光明社科文库
GUANGMING DAILY PRESS:
A SOCIAL SCIENCE SERIES

·文学与艺术书系·

《呐喊》《彷徨》的空间叙事

余新明 | 著

光明日报出版社

图书在版编目（CIP）数据

《呐喊》《彷徨》的空间叙事 / 余新明著．－－北京：
光明日报出版社，2021.6

ISBN 978－7－5194－6060－0

Ⅰ．①呐… Ⅱ．①余… Ⅲ．①鲁迅小说—小说研究
Ⅳ．①I210.97

中国版本图书馆 CIP 数据核字（2021）第 083252 号

《呐喊》《彷徨》的空间叙事
NAHAN PANGHUANG DE KONGJIAN XUSHI

著　　者：余新明

责任编辑：史　宁　　　　　　　责任校对：姚　红

封面设计：中联华文　　　　　　责任印制：曹　净

出版发行：光明日报出版社

地　　址：北京市西城区永安路 106 号，100050

电　　话：010-63169890（咨询），010-63131930（邮购）

传　　真：010-63131930

网　　址：http://book.gmw.cn

E-mail：shining@ gmw.cn

法律顾问：北京德恒律师事务所龚柳方律师

印　　刷：三河市华东印刷有限公司

装　　订：三河市华东印刷有限公司

本书如有破损、缺页、装订错误，请与本社联系调换，电话：010-63131930

开　　本：170mm×240mm

字　　数：251 千字　　　　　　　印　　张：17

版　　次：2021 年 6 月第 1 版　　　印　　次：2021 年 6 月第 1 次印刷

书　　号：ISBN 978－7－5194－6060－0

定　　价：95.00 元

序

  鲁迅的现代小说《呐喊》《彷徨》，作为最集中地显示了中国现代小说杰出成就与现代风采的文学经典，从其问世到当下，已经有近百年了。由于这两本小说所包含的思想内容及形成的艺术范式犹如一个圆球一样，无论研究者基于怎样的理论、方法进行透视都能有效地发现一个可以进行言说和分析探讨的平面，因此，近百年来，一代又一代中外学人，尤其是研究中国现代文学的学人，有如清泉向往海洋一样，不仅被鲁迅的这两本小说深深吸引，而且基于不同的文化、社会、文学背景与不同的人生经验，从不同的阅读感受与理论思辨出发，多方面地研究了这两本小说非凡的思想内涵与艺术神采以及巨大的意义与价值，奉献了丰富多彩且美不胜收的研究成果。我本人也曾从"跨艺术"的层面对鲁迅的这两本小说进行过相应的研究，并于2012年与我的学生一起，出版了《鲁迅小说的跨艺术研究》的专著。正是在这样的学术背景之下，余新明完成了他从"空间叙事"的角度研究鲁迅《呐喊》《彷徨》的新著，为研究鲁迅的《呐喊》《彷徨》提供了新的研究成果。

  这部新的关于鲁迅《呐喊》《彷徨》的研究成果，有两点特别值得关注，从一定的意义上讲，这两点也可以看作是该成果对《呐喊》《彷徨》研究的新贡献或曰"创新"。

  首先，该成果有机地整合了当代社会学中的"空间理论"与小说艺术学中的"叙事理论"，形成了研究《呐喊》《彷徨》的新的理论前提，这就是"空间叙事"的理论前提。没有疑问，诚如余新明在著作中所说，"空间叙事"的概念及其相关理论，都不是他自己首创的，而是别人提出并多次应用的，但，运用这一概念及其理论研究《呐喊》《彷徨》在艺术方面的成就，在我看来，则是余新明的首创。之所以如此说，是因为，在既往研究《呐喊》《彷徨》的成果中，虽然研究者们不仅关注了这两本小说巨大的思想容量及其人学性质与启蒙、反封建等重大价值，也关注了这两本小说杰出的艺术成就与非凡的艺术创新，甚至在研究《呐喊》《彷徨》的艺术成就的过程中也关注过"空间"问题，但，这些研究成果对"空间"问题的关注与研究，不仅没有清醒的"空间"理论意识，也常常将小说中的"空间"简单地纳入小说三要素之一的"环境"之中，甚至与"环境"等同，而且，更没有从"空间"理论出发，结合"叙事"理论，对鲁迅《呐喊》《彷徨》中的各种"空间"的"叙事"特征、功能、价值等进行较为充分且具有说服力的分析，当然也没有形成与"空间叙事"相关的判断与结论。余新明的这部新著，则恰恰在这方面显示了自己的特点与创新。该成果的所有研究，都是基于"空间叙事"的视角展开的，"空间叙事"不仅有如一条"阿里阿德涅的彩线"引导各部分的研究通向一个共同的目标——从不同方面挖掘出《呐喊》《彷徨》里空间选择和使用的特点及其叙事价值与意义；而且有如强有力的黏合剂，将整部成果的三个部分，即"形态""功能""艺术技巧"黏合成一个有机的整体，而在这个统一严整的整体中，各部分的分工又十分明确："形态"是基础，"功能"则是重点（也是创新内容最集中的一个部分），"艺术技巧"则是拓展。

其次，研究思路的创新。该成果虽然借用了"空间叙事"的理论与方法，但并没有生吞活剥地使用这种理论及其方法来简单地"框套"《呐喊》《彷徨》，而是在"两结合"中展开言说并进行条分缕析的研究。在其"两结合"的研究思路中，我认为，三个方面的"两结合"尤其值得关注。第一个方面的"两结合"是将对《呐喊》《彷徨》的"空间叙事"的特点、成就、价值等的分析与两本小说的思想内容的分析结合起来，从而不仅有效地实现了对《呐喊》《彷徨》的形式研究（空间叙事）与内容研究的结合，而且，由此也形成了剔析两本小说思想内容的新思路。第二个方面的"两结合"是将鲁迅启蒙改造国民性的目的精神意图与小说的"空间叙事"分析结合,从而更有效地说明了鲁迅为什么选择这样的"空间"来进行叙事,而不选择别样的空间来叙事的创作主体的"思想逻辑"与小说本体的"艺术逻辑"。当然,余新明的分析及其观点,只是一家之言,但由于作者"结合"起来分析问题,这无疑极大地增强了论述与分析的说服力。第三个方面的"两结合"是将"空间叙事"与小说所采用的一些艺术技巧的结合。无疑,"空间叙事"关涉的也是艺术问题,而这样的艺术问题涉及的主要是"叙事"的方式与方法问题,而不是修辞、结构、手法等艺术问题,作者将不同的艺术问题结合起来论述,这不仅更细化了对鲁迅小说艺术的研究,也能更好地凸显鲁迅小说在艺术方面的"整一性"特征,而且也有效地拓展了自己对《呐喊》《彷徨》艺术的研究,这也是值得称道的。

余新明曾是我的博士研究生,该生在我门下攻读博士学位时,不仅读书较多,知识的积累较为丰富,而且长于思辨,因此,这也使他在研究问题的时候,不仅视野较为开阔,而且在阐述自己观点的过程中思路清晰、判断严谨,这样的特点,在他这部专著中得到了较为充分的体现。他现在的这部专著,是在他的博士论文的基础上修改、增补后形成的,虽然这部专著在整体上并没有突破其博士论文的框架及其基本观点,但在材料方面则明显地更丰富了,在论述和分析方面也明显地更为严谨、充实了。这部专著的出版,可以说是他研究学问的一个小结,当然也是他开始新的学术历程的起点,我希望他能在今天的基础上能为中国现代文学的研究,特别是鲁迅研究做出自己更大的贡献。

是为序。

许祖华

2020 年 2 月记于湖北武汉

目 录
CONTENTS

引　论

一、论题的提出

本论题中的空间，指小说中故事发生的具体地点和人物活动的具体场所。① 那么，什么是空间叙事呢？

空间叙事不是我发明的一个概念。1999 年暨南大学的张世君教授出版了她的博士论文《〈红楼梦〉的空间叙事》，在这本书的"引言"和"结语"中，她对空间叙事的内涵做了说明。"空间叙事是所有中国文学和西方文学叙事都存在的现象，但人们尚未给予它充分的重视和肯定，并对它进行深入切实的研究。迄今为止的叙事学理论大都重视对时间的研究，强调叙事结构在时间序列中建构，忽视叙事中的空间作用"②，"空间在叙事中的作用不容忽视。构成小说叙事从来都要靠空间意象的展开。也即在文本的时间序列建立起来以后，就要依靠空间的叙述来展开时间序列。因此研究叙事理论，不谈或少谈空间是一种理论的疏忽或者批评的疏忽"③。在这两段话中，张世

---

① 这只是对"空间"内涵的一个初步解释，本书中的"空间"还包括弥漫于这些具体的地点和场所当中的社会性内容，是一种物质性和社会性的复合体，下文将有详细论述。这里为了论述方便，暂只提到它的物质性的一面，即"具体的地点和场所"。

② 张世君.《红楼梦》的空间叙事［M］.北京：中国社会科学出版社，1999：3.

③ 张世君.《红楼梦》的空间叙事［M］.北京：中国社会科学出版社，1999：263－264.

君教授都强调了"空间在叙事中的作用"。就我的理解，张世君教授的"空间叙事"有两层含义：从小说作品来说，小说里所叙之事既在一定的时间里展开（利用时间），同时也在一定的空间内进行（利用空间），因而所有的小说叙事都可称之为"空间叙事"（当然也都是"时间叙事"）；从研究者来说，空间叙事则提供了一个研究视角，即从空间来研究小说叙事，其核心是研究小说叙事中空间的作用。张世君教授还特别指出："本书研究时间艺术的空间特点，并不排斥时间或者抹杀时间。时间的空间化是一个世界性的研究命题，正是因为过去的研究对时间艺术中的空间特点关注不够，本书才侧重讨论空间叙事的特点，研究空间并不等于否认时间，想来不致引起人们的误解。"① 这就消解了"空间叙事"这个概念可能引起的负面阐释。

北京大学的曹文轩先生在他谈论小说艺术的著作《小说门》中也给予空间极大的关注。他认为，"现代小说理论最苍白的部分，也是有关空间的部分，而最发达、最有系统的部分，是与现代形态的小说实践相一致的时间部分"②，他因此呼吁人们重视对小说里的空间进行研究。在《小说门》中，他花了一章的篇幅来讨论小说里的"空间"，并提出了一些值得重视的观点："作为小说材料的一切故事，都只能发生于空间之中——是空间才使这些故事得以发生"③，"我们说小说是时间的艺术，是从小说形式而言的。而从小说所要关注的、最终作为自己内容的那一切来看，空间问题却又成了它基本的、永远的问题。既然它所关注的对象无法离开空间，那么它也就无法抛弃空间。并且，恰恰因为小说在形式上属于时间艺术，因此，空间问题反而在这里变得更加引人注意了：作为时间艺术的小说究竟如何看待空间，又如何处理空间？空间问题就成了小说家的一门大学问"④。曹文轩先生在论述中还提到了巴尔扎克作品中的空间，认为巴尔扎克在写作时必须弄清楚人物所在的地点，"因为这个地点绝对不仅仅是那个人物得以立脚的地方，它也参

① 张世君.《红楼梦》的空间叙事［M］.北京：中国社会科学出版社，1999：5.
② 曹文轩.小说门［M］.北京：作家出版社，2002：192.
③ 曹文轩.小说门［M］.北京：作家出版社，2002：167.
④ 曹文轩.小说门［M］.北京：作家出版社，2002：170.

与了人物性格的塑造——没有这个特定的地点，也就没有那'一个'人物"①。尽管曹先生在这儿没有使用"空间叙事"这一概念，但他的论述却基本上是围绕"空间叙事"来进行的，读来给人以很大的启示。

近年来，江西社科院的龙迪勇先生也用一系列很有影响的论文表达了对小说"空间叙事"的强烈关注。在《叙事学研究的空间转向》一文中，他认为叙事学研究既存在一个时间维度，也存在一个空间维度，但传统的叙事学研究却忽视了空间，"叙事与空间的关系在传统叙事学中则几乎还是一片空白"。在当代理论界"空间转向"的大背景下，他认为叙事学也要发生"空间转向"，并进而提倡建立一种"空间叙事学"。空间叙事学的三个问题域是："空间与叙事活动""叙事作品中的空间问题""总体阅读与叙事作品的空间形式"，实际上是谈空间与作家、作品、读者的关系这三个问题。其核心是第二个问题，即"叙事作品中的空间问题"，他认为这个问题就是要研究"叙事作品中的空间元素的叙事功能，以及叙事作品的空间形式问题"。空间元素的叙事功能包括："故事发生的地点和叙事必不可少的场景""利用空间来表现时间""利用空间来安排小说结构""利用空间来推动整个叙事进程"。而"空间形式"是小说的一种结构方式，即不像传统小说那样追求故事时间的序列性和因果律，相反代之以空间的同时性和事件的偶合律，因而呈现为一种并置、交叉式的空间结构。② 龙迪勇先生的这些论述，无疑极大地丰富了小说"空间叙事"的内涵。

在国外，人们也注意到了小说中的空间与小说叙事的关系。伊恩·P. 瓦特在其论述西方小说兴起的著作《小说的兴起》中认为，在巴尔扎克等先驱的小说中，物质性空间"变成了小说中无所不在的控制主力"③。巴赫金认为，"在大多数情况下，创作想象的一个基本出发点便是确定一个完全具体

---

① 曹文轩 . 小说门 [M] . 北京：作家出版社，2002：188.
② 龙迪勇 . 叙事学研究的空间转向 [J] . 江西社会科学，2006（10）.
③ 转引自曹文轩 . 小说门 [M] . 北京：作家出版社，2002：189.

的地方"①，尽管这个判断是从创作的角度出发，但是巴赫金还是指出了空间的重要作用。墨西哥作家奥·帕斯也认为空间在文学中是一个不亚于时间的核心因素，并且相信尽管文学的呈现形式表现为语言的呈现形式——一种时间的延续，但"语言之流最终产生某种空间"②。菲利普·韦格纳在吸收了亨利·列斐伏尔和福柯等思想家关于"空间"的论述后提出了"空间批评"的概念，认为这些思想家的研究"有助于促进更多地关注文学和其他文化文本中对空间的表现，关注空间问题如何改变我们思考文学史的方式"③，这里面也有不少地方牵涉到叙事中的空间问题。当代美国比较文学家厄尔·迈纳在其《比较诗学》中谈到，"随着我们把大量的批评空间都奉献给时间，现在到了我们关注空间的时候了"，"奇怪的是空间受到的注意非常的少，更奇怪的是，空间对时间的逻辑优先性在文学中能够轻而易举地得到证明"④。这些都表明了国外的研究者对文学中空间的重视。显然，小说里的空间，以及空间与小说叙事的建构问题，是研究文学中的空间这一问题的重要组成部分。

我的"空间叙事"概念正是建立在前人的相关论述的基础上，基本接受了他们的这些看法。我认为，"空间叙事"就作品来说，是指作品利用空间来参与并最终形成小说叙事，如空间给故事发生发展和人物活动提供一个舞台，利用空间来推动故事发展，利用空间安排小说结构和形成各种场景，利用空间来制约人物的行动，利用空间来形成小说的叙事动力，等等；同时，就研究者来说，它也是一种研究视角，即从空间的角度来研究小说叙事是怎样形成的，并认为空间叙事研究就要重点研究小说里的空间的叙事功能，即

① ［俄］巴赫金.小说理论［M］.白春仁、晓河，译.石家庄：河北教育出版社，1998：267.
② ［墨］奥·帕斯.批评的激情［M］.赵振江，译.昆明：云南人民出版社，1995：252.
③ 菲利普·韦格纳.空间批评：批评的地理、空间、场所与文本性［M］//阎嘉.文学理论精粹读本.北京：中国人民大学出版社，2006：142-243.
④ 转引自张世君.《红楼梦》的空间叙事［M］.北京：中国社会科学出版社，1999：264.

空间怎样参与了小说叙事的建构，怎样影响了小说叙事的进程，在此基础上，还要研究小说里的空间在参与小说叙事建构过程中所使用的一些技巧，以及自身呈现出来的一些特点。所以，我的"空间叙事"概念具有同时指向作品和研究者的双重意义，但从内在逻辑上看，这两层意思是互逆互通的，它们最终都指向了作品本身。

在这一概念里，还有一个很重要的词语是"叙事"，在这里是在最宽泛、最基本的意义上使用它的，即"用语言，尤其是用书面语言表现一件或一系列真实或虚构的事件"（热拉尔·热奈特《叙事的界限》），或者"指详细叙述一系列事实或事件并确定和安排它们之间的关系"（罗吉·福勒《现代批评术语词典》）。① 这也是小说这种叙事文体的本质特征。故事（事件）是叙事的对象和基础，而它们总是在一定的时间和空间里存在的，所以要建构一个小说叙事，是离不开空间的。在这里，可以看出"空间叙事"的一层隐含意思是"作品（也是作家）利用空间来建构一个或一系列事件"。

小说里故事发生发展和人物活动的空间，是作家偶然的选择，还是必然的安排呢？在小说叙事建构上，它仅是提供一个舞台，还是有什么其他的作用呢？我们再来看几个例子。

周蕾在分析张爱玲的名作《封锁》时就给予这篇小说中的空间——停驶的电车以很高的、决定性的地位："如果没有了大都市，没有了电车，没有了一切现代的物质文化，'封锁'的故事根本不能成立。"② 正是"封锁"的电车，才把小说主人公从他们日常生活的轨道中强行拉出来（与他们的其他社会关系"隔开"了），而电车所规定的互不相识然而又聚集到一起的乘客关系，才使一场梦幻"艳遇"有了可能。

巴尔扎克的小说《沙漠中的爱情》里的空间也具有类似功能。这篇小说的空间是一望无际的沙漠和狭窄的山洞，一个士兵掉队，躲藏在山洞里，一

---

① 见王先霈，王又平主编．文学理论批评术语汇释［M］．北京：高等教育出版社，2006：345，"叙事（narrative）"词条．

② 周蕾．技巧、美学时空、女性作家——从张爱玲的《封锁》谈起［M］//杨泽．阅读张爱玲．桂林：广西师范大学出版社，2003：104．

觉醒来，发现身边躺着一只母豹——无边的沙漠和狭窄的山洞里就只有一个
士兵和一只母豹，此外再无别的生物。士兵没有伤害母豹，母豹也没有伤害
士兵，二者和平相处，还产生一种类似爱情的感情。巴尔扎克绝顶聪明，在
战争的残酷背景下写人性与兽性的升华，寓意深刻。那么，这一小说叙事及
其深刻主题是依靠什么完成的？其特殊真实性又是如何形成的？马玉琛先生
说："关键之点当然在环境，即空间。环境不可置换，若将这一对'特殊人
物'放在城市、放在农村、放在动物园的铁栅栏里，不是士兵打死母豹就是
母豹撕碎了士兵。而只有在沙漠里的山洞这一特殊空间里，没有别的任何生
物存在，士兵和母豹才能和平相处。小说的真实性和深刻性源于特殊而典型
的环境。"① 离开了这一特定空间，《沙漠中的爱情》将无法完成这样的
叙事。

金健人先生在 1987 年的一篇文章里特别提到了《红楼梦》里的大观园，
他认为大观园把宝玉、黛玉、宝钗等少男少女会聚在一起，为宝黛的爱情准
备了充分的条件——可以无碍地进行亲密接触，这正是《红楼梦》写爱情能
够取得突破的主要原因。像宝、黛这样纯朴的初恋感情，在《红楼梦》以前
的中国古典小说里是没有的。因为在封建中国，有一道阻隔青年男女交往的
铁墙，那就是"男女之大防"的封建礼教，所以几乎找不到一个现实空间能
让男女主角从两小无猜到情窦初开，一直葆有其天性地进行经常、正常的密
切接触，在相互体会到生活态度的一致、思想倾向的相同、性格志趣的投合
的基础上产生出真挚的爱情。而这正是宝、黛爱情的先决条件，只有具备了
这样的先决条件，才可能有宝黛的爱情故事，《红楼梦》才能成为《红楼梦》。
而此前的中国文学，由于未能解决青少年男女能够生活在一起的空间难题，
所以也只能出现另外的爱情故事，如：《西厢记》里的崔莺莺和张生，他们
不是由于相互了解而产生爱情，而是得助于偶然机缘的一见钟情；《孔雀东
南飞》里的焦仲卿和刘兰芝，他们不是先恋爱后结婚，而是先结婚后恋爱；
《金瓶梅》里的西门庆和潘金莲、李瓶儿等人，则没有爱情，只有赤裸裸的

---

① 马玉琛. 小说创作中的空间运用 [J]. 陕西教育学院学报, 2003 (2).

情欲和龌龊的偷情；梁、祝的故事采用的方法是不依据现实生活的常态来设置，而是运用女扮男装的习见手法来突破；《牛郎织女》《白蛇传》没有采用现实主义的表现方法，而是借助于非现实的神怪力量来克服。在现实主义作品中出现最多的倒是妓院的妓女和嫖客，如《李娃传》《杜十娘怒沉百宝箱》《卖油郎独占花魁》等。这并非是中国古代的作家们喜好到花街柳巷去寻觅主人公，实在是因所处的时代，唯有妓女才可以接触到除父亲、丈夫、兄弟以外的男子，所以正常的男女恋情只能寄身于卖淫这种变态的男女关系中。因此可以说，《红楼梦》在写爱情故事上的空前突破，是和大观园的设置分不开的。①

从这三个例子我们可以直观感受到，小说里空间不是作家的偶然选择，而是他的精心选择和必然安排，空间也不仅为小说里的故事提供一个舞台，还以空间自己本身的特点（或曰规定性）参与、影响小说叙事的建构。从这个意义上说，小说里的空间是不可替代的，一定的故事总发生在一定的空间里，空间变了，故事也得跟着改变。

小说里的空间何以能影响小说叙事、参与小说叙事呢？

这是因为人们活动于其间的空间，除了具有一个物质维度（具有可视的长、宽、高的物理性质）外，还具有其他的一些性质。就自然空间（大自然本身就有的，不是人创造出来的，如高山、森林、大海等）来说，它还具有自己的自然属性，这也成为建构小说叙事的一种力量。像上面第二个例子，沙漠、山洞因广阔无边、偏僻、狭小和具有一定的保护功能，既切断了与人类社会的联系（对于士兵来说）、与其他动物的联系（对于母豹来说），也促成了士兵与母豹的"相遇"，并在他们极度"孤单"的情况下形成了相依为命的关系。在海明威的《老人与海》里，大海这一自然空间是人类的"异己"力量，老人也是在与大海的搏斗中体现出他的精神和价值的。就人文空间（人类创造出来各种建筑空间和其他各种形式的空间）来说，还具有一个看不见却无所不在的社会维度（即上文所说的它本身的特点，或曰规定性），

---

① 金健人. 小说的空间构成［J］. 杭州大学学报，1987（2）.

并且这一维度越来越受到人们的重视，像上述例子中，"电车"形成的陌生人的相遇以及对他们社会关系的切断，大观园对外部社会空间的区隔与相对封闭、纯情、平等，等等，都体现出它们各自的社会维度。

但一般情况下，由于小说写的是人的生活、反映的是人类社会的种种状况，所以它里面的空间多为人文空间，只有自然空间而没有人文空间的情况是很少见的，我们研究的重点也要放到小说里的人文空间上来。在《呐喊》《彷徨》里，人的活动就绝大多数出现在人文空间里，自然空间基本上没有参与小说叙事建构（《社戏》里写到了江南水乡，但在前往赵庄的途中，"我"和小伙伴们活动的空间还是在船上，它也是一个人文空间）。

金健人先生认为，小说里人物活动的空间包括三个方面的内容："一是地域的内容，它承担着人物的活动，同时又限制着活动的范围；二是社会的内容，它将人物与人物之间的关系统统网罗于内；三是景物的内容，它是地域内容和社会内容在作品中的具体化和形象化。"[①] 金健人先生所说的"地域"实际上就是空间的物质维度，社会内容就是指空间的社会维度，而"景物"就是我们通常所说的场景，即空间在小说中的具体呈现形式。人们能感觉到，人在人类的建筑物（村庄、城市、房子、广场、寺庙等），或人类制造出来的其他空间（帐篷里、船上、车厢内等）里活动时，是会做出不同的反应的。法国新小说派小说家米歇尔·布托尔就非常强调作家要把握住地点空间的特性，"因为我们知道，人们在客厅里、厨房里、森林里或沙漠里说话和行动的方式是不一样的。因此，必须把背景告诉我们，也就是说把场所的特征告诉我们"[②]，但人在不同的空间里为什么会不一样，他并没有给出答案。答案就在于：人生产、制造出来的人文空间，具有强烈的反映人的思想观念的形而上的意识形态性，并且以这种性质来影响，甚至控制在此空间中活动的人们的行为方式。这就是我们在上文里所说的"空间的社会维度"。我们常说，蜜蜂是天才的建筑师，它能把蜂巢建得非常巧妙而漂亮，但是，人类最笨拙的建筑师也有比蜜蜂高明的地方，那就是他能在建筑完工之前就

---

① 金健人. 小说的空间构成［J］. 杭州大学学报，1987（2）.
② 柳鸣九. 新小说派研究［M］. 北京：中国社会科学出版社，1986：115.

在大脑里设想出建筑的整个形象，而蜜蜂却做不到这一点。人类的建筑物是人大脑的产物，它必然反映人的思想观念，而人在本质上是各种社会关系的总和（马克思语），建筑物必定会成为社会关系的折射，这就是人类建筑物的意识形态性。

在中国，人们很早就注意到了这一点。古老的《礼记》里有这么一段话（引文划线部分由本书作者加）：

昔日周公朝诸侯于明堂之位，天子负斧依南向而立。三公，中阶之前，北面东上。诸侯之位，阼阶之东，西面北上。诸伯之国，西阶之西，东面北上。诸子之国，门东，北面东上。诸男之国，门西，北面东上。九夷之国，东门之外，西面北上。八蛮之国，南门之外，北面东上。六戎之国，西门之外，东面南上。五狄之国，北门之外，南面东上。九采之国，应门之外，北面东上。四塞，世告至。此周公明堂位也。<u>明堂也者，明诸侯之尊卑也</u>。①

著名建筑学家梁思成先生也有一段话可与之参照：

（在中国古代），以多座建筑合组而成之宫殿、官署、庙宇，乃至于住宅，通常均取左右均齐之绝对整齐对称之布局。庭院四周，绕以建筑物。庭院数目无定。其所最注重者，乃主要中线之成立。一切组织均根据中线以发展，<u>其布置秩序均为左右分立，适于礼仪（Formal）之庄严场合</u>；公者如朝会大典，私者如婚丧喜庆之属。反之如优游闲处之庭院建筑，则一反对称之隆重，出之以自由随意之变化。部署取高低曲折之趣，间以池沼花木，接近自然，而入诗画之境。此两种传统之平面部署，<u>在不觉中，含蕴中国精神生活之各面，至为深刻</u>。②

---

① 杨天宇.《礼记》译注（上）[M].上海：上海古籍出版社，2004：390.
② 梁思成. 中国建筑史 [M]. 天津：百花文艺出版社，1998：17.

这两段话都在一定程度上道出了人类建筑物的意识形态本质。对此，敬文东先生评论说："诸如此类平易近人的描述，足以让我们放胆下一个结论：房屋（它只是建筑的一部分，只是空间的人化形式之一种）从很古旧的时期起，就是一种'意识形态'，就是一种潜在的、暗中起作用的政治；房屋绝不只是房屋本身，也绝不只是砖、石、泥、瓦等各项建筑材料按照某种空间规则的完美堆砌。在'房屋'这个巨大而源远流长的'能指'之外，昂然挺立的，始终是它的超强'所指'（或意识形态内容）。实际上，根据我们有限的经验和知识，基于房屋（或其他形式的建筑，或其他空间的人化形式）在历史上对人的巨大作用，我们还可以断然下结论：房屋确实有资格成为一套自成体系的语义／符码系统。"①

在西方，尤其是 20 世纪后期，思想文化理论发生了普遍的"空间转向"，"而此一转向被认为是 20 世纪后半叶知识和政治发展中最举足轻重的事件之一"，"学者们开始刮目相待人文生活中的'空间性'，把以前给予时间和历史，给予社会关系和社会的青睐，纷纷转移到空间上来"。② 法国著名的理论家米歇尔·福柯则宣称："19 世纪最重要的着魔（obsession），一如我们所知，乃是历史：以它不同主题的发展、中止、危机与循环，以过去不断累积的主题，以逝者的优势影响着世界的发展进程。而当今的时代或许应是空间的纪元。"③ 在他的代表性著作（如《规训与惩罚》《疯癫与文明》等）中，他着重研究了权力与空间的关系。他认为，"空间是任何公共生活形式的基础。空间是任何权力运作的基础"④，"有关空间的历史——这也就是权力的历史——从地缘政治的大战略到住所的小策略，从教室这样制度化的建筑到医院的设计。……空间的定位是一种必须仔细研究的政治经济形式"⑤。研究者评论说："对福柯而言，空间乃权力、知识等话语转化成实际

---

① 敬文东．从铁屋子到天安门——关于二十世纪前半叶中国文学"空间主题"的札记［J］．上海文学，2004（8）．

② 陆扬．空间理论和文学空间［J］．外国文学研究，2004（4）．

③ 包亚明．后现代性与地理学的政治［M］．上海：上海教育出版社，2001：18．

④ 包亚明．后现代性与地理学的政治［M］．上海：上海教育出版社，2001：13-14．

⑤ 包亚明．权力的眼睛——福柯访谈录［M］．上海：上海人民出版社，1997：152．

权力的关键。"① 这无疑会大大改变我们对空间的理解和认识。西方另一位著名思想家亨利·列斐伏尔也对空间做了深刻分析。他说："空间是一种社会关系吗？当然是……空间里弥漫着社会关系；它不仅被社会关系支持，也生产社会关系和被社会关系所生产。"② 在他的代表作《空间的生产》中，他对这一观点进行了具体、深入、反复的阐述，"（社会）空间不是诸多事物中的一件事物，也不是诸多产品中的一件产品，毋宁说，它把生产出的事物加以归类，蕴涵了事物同时并在的内在相关性——它们（相对的）秩序和/或（相对的）无序。它是某种序列和运作的产物，因此不能归结到纯粹的事物之列。与此同时，它根本不是臆造出来的，与（比如说）科学、表象、观念或梦想相比，它是不真实的或'理想化的'。社会空间本身是过去行为的产物，它就允许有新的行为产生，同时能够促成某些行为并禁止另一些行为"③，"空间从来就不是空洞的：它往往蕴涵着某种意义"④。亨利·列斐伏尔的这些论述都围绕着一个核心问题：什么才是社会关系的真正存在方式？很显然，他的答案是空间："只有当社会关系在空间中得以表达时，这些关系才能够存在：它们把自身投射到空间中，在空间中固化，在此过程中也就产生了空间本身。因此，社会空间既是行为的领域，也是行为的基础。"⑤ 综合福柯和列斐伏尔对空间的论述，我们发现，他们都把空间看成是社会关系（权力在根本上也是一种社会关系）的产物，同时空间又表现这种社会关系，并且是这种社会关系变成实际的关键，对空间里不符合这种社会关系的，用福柯的话来说就要进行"规训与惩罚"，用亨利·列斐伏尔的话来说就是"禁止另一些行为"。所以，反过来，空间又强化了这种社会关系，"被社会关系生产"和"生产社会关系"在空间这儿是互相强化的统一，空间正是以它的这种性质对人产生影响。

① 包亚明．后现代性与地理学的政治［M］．上海：上海教育出版社，2001：29.
② 包亚明．后现代性与地理学的政治［M］．上海：上海教育出版社，2001：48.
③ 包亚明．后现代性与地理学的政治［M］．上海：上海教育出版社，2001：97.
④ 包亚明．后现代性与地理学的政治［M］．上海：上海教育出版社，2001：83.
⑤ 包亚明．后现代性与地理学的政治［M］．上海：上海教育出版社，2001：97.

　　尽管福柯、列斐伏尔谈论的空间多是现代后现代的建筑空间，而且多是从非文学的角度进行研究的，但从都是人文空间这一共同点来看，他们谈论的空间同样适用于小说里的人文空间，小说里的人文空间也具有社会属性，也有如敬文东先生所说的在"能指"之外还有超强"所指"。砖块、水泥、木料等物质做成的物理空间——我们一般所说的建筑本身是无法参与小说叙事进程的，只有当它们人文化、社会化了——被称为酒店、城市、广场、家时，它们才以其社会属性影响生活于其间的人，进而影响到小说叙事。这也是小说作品（当然作品是由作家创作出来的）能够利用空间来参与并最终形成小说叙事的全部秘密所在。在这个意义上说，小说里的人文空间在参与小说叙事建构时，它们是社会性的，物质性只是它们的一种并不重要的表现形式。本论文用"空间"取代过去我们常用的"地点""场所"，即包蕴着在这些空间身上物质性和社会性的统一，以及社会性更居重要地位的意思。

　　当我们具体到鲁迅先生的《呐喊》《彷徨》，其中的空间是怎样的呢？

　　美国著名文学理论家亨利·詹姆斯说："一部艺术品的最深刻的品质，将永远是它的作者的头脑的品质。"① 他的意思是说创作主体决定了作品的根本性质，这和中国古代的"知人论世"的批评观非常类似。《孟子·万章下》："颂其诗，读其书，不知其人可乎？是以论其世也。是尚友也。"孟子的意思是说，我们要深刻领会文学作品，就必须尽可能地去了解作家的生平、思想等各方面的材料（最好是与作家交朋友）。这样做的原因，当然是因为作家的"头脑"决定了作品的"品质"。从这一根本原则出发，当我们具体到小说时空时，我们也可以说，作家的时空观就决定了他的小说的时空观，反之，小说的时空观也反映了作家的时空观——"从最根本的意义上说，任何叙事所要表达的首先就是贯穿在叙事内容中的世界观"②，这是一个可以互逆互证的过程。

　　鲁迅的时空观是什么？这对于研究《呐喊》《彷徨》的时空观极为重要。

──────────

①　［美］亨利·詹姆斯. 小说的艺术——亨利·詹姆斯文论选［M］. 朱雯，等译. 上海：上海译文出版社，2001：30.

②　高小康. 中国古代叙事观念与意识形态［M］. 北京：北京大学出版社，2005：17.

鲁迅的时空观是个很大的题目，鲁迅似乎并未在自己的文章中进行集中的论述，但我们仍可以在他的一些文章中窥见端倪。1926 年，鲁迅已完成了《呐喊》《彷徨》的全部创作，他在《写在〈坟〉后面》中提出了著名的"中间物"概念，"在进化的链子上，一切都是中间物"，这和他进行文学创作的前期（1927 年以前）思想上信奉"进化论"一起，都给我们一种强烈的错觉，似乎他强调、突出的是发展、变化等时间层面，而不注重空间。其实，就"中间物"概念来说，在时间的过去、现在、未来中，它指的是现在，"中间物"是现在的"中间物"。鲁迅 1918 年的名为《人与时》的一首诗是这样写的：

> 一个人说，将来胜过现在。
> 一个人说，现在远不及从前。
> 一个人说，什么？
> 时道，你们都侮辱我的现在。
> 从前好的，自己回去。
> 将来好的，跟我前去。
> 这说什么的，
> 我不和你说什么。①

在写于 1925 年的另一篇文章中，鲁迅说："仰慕往古的，回往古去罢！想出世的，快出世吧！想上天的，快上天吧！灵魂要离开肉体的，赶快离开罢！现在的地上，应该是执着现在，执着地上的人们居住的。"② 可以说，鲁迅关注的是"现在"，而"'现在'存在着的事物就是空间"③。王富仁先生认为鲁迅是一个与"时间主义者"相对的"空间主义者"，"时间主义者、

① 鲁迅．人与时［M］//鲁迅．鲁迅全集（第七卷）．北京：人民文学出版社，2005：35.
② 鲁迅．杂感//鲁迅．鲁迅全集（第三卷）．北京：人民文学出版社，2005：52.
③ 李烈炎．时空学说史［M］．武汉：湖北人民出版社，1988：520.

理想主义者关心的是空间未来的变化，自我未来的需要，而空间主义者、现在主义者关心的只是现实的空间环境和现在自我的人生选择：正视现在、正视现在的空间环境；正视自我、正视现在自我的生存和发展。这就是鲁迅的思想，鲁迅思想的核心。"①

　　至于进化论，虽然给过鲁迅很大的鼓舞，但中国的现实，很快就让他怀疑了。1932 年，他回忆自己当初参加"文学革命"时的思想状况，这样说："见过辛亥革命，见过二次革命，见过袁世凯称帝，张勋复辟，看来看去，就看得怀疑起来，于是失望，颓唐得很了。"② 本以为革命会带来进步、变化的鲁迅，在现实面前动摇了，现实告诉他，时间的流驶未必会产生积极的变化，也许会更加黑暗。但他依然参加了"文学革命"，他要用他手中的笔做"绝望的抗战"，所以"进化论"对他来说更是一种理想，一份对未来的期望。当他把目光投向中国现实人生时，他获得的更是一种无变化的空间感觉："中国社会上的状态，简直是将几世纪缩在一时：自油松片以至电灯，自独轮车以至飞机，自标枪以至机关炮，自不许'妄谈法理'以至护法，自'食肉寝皮'的吃人思想以至人道主义，自迎尸拜蛇以至美育代宗教，都摩肩挨背的存在。"（1919 年）③ 这是一种古今杂陈的空间。"试将记五代，南宋，明末的事情的，和现今的状况一比较，就当惊心动魄于何其相似之甚，仿佛时间的流驶，独与我们中国无关。现在的中华民国也还是五代，是宋末，是明季"（1925 年）④，这可以说是一种毫无古今变化的空间感。在鲁迅看来，中国社会表面上是变来变去，其实只是"招牌虽换，货色照旧"，什么货色？中国人落后的"国民性"。1925 年他在给许广平的一封信中沉痛地说："说起民元的事来，那时确是光明得多，当时我也在南京教育部，觉得

---

① 王富仁. 时间·空间·人（四）[J]. 鲁迅研究月刊，2000（4）.
② 鲁迅.《自选集》自序[M]//鲁迅. 鲁迅全集（第四卷）. 北京：人民文学出版社，2005：468.
③ 鲁迅. 随感录 五十四 [M]//鲁迅. 鲁迅全集（第一卷）. 北京：人民文学出版社，2005：360.
④ 鲁迅. 忽然想到（四）[M]//鲁迅. 鲁迅全集（第三卷）. 北京：人民文学出版社，2005：17.

中国将来很有希望。自然，那时恶劣分子固然也有的，然而他总失败。一到二年二次革命失败之后，即渐渐坏下去，坏而又坏，遂成了现在的情形。其实这也不是新添的坏，乃是涂饰的新漆剥落已尽，于是旧相又显了出来。使奴才主持家政，那里会有好样子。最初的革命是排满，容易做到的，其次的改革是要国民改革自己的坏根性，于是就不肯了。所以此后最要紧的是改革国民性，否则，无论是专制，是共和，是什么什么，招牌虽换，货色照旧，全不行的。"① 从国民性的视角去看中国的历史和现实，鲁迅显然并未看出什么变化，他反而感到这是一种根深蒂固的东西。"难道所谓国民性者，真是这样地难于改变的么？倘如此，将来的命运便大略可想了，也还是一句烂熟的话：古已有之。"② 德国哲学家黑格尔对中国也有类似的看法，"那种不断重复出现的、滞留的东西取代了我们称之为历史的东西。当各种因素互相结合的前提终于变成了活生生的进展的时候"，中国"还处在世界历史之外"。③ 不论黑格尔说的"不断重复出现的、滞留的东西"是否是鲁迅所指的国民性，但两位思想家都看出了中国社会表面的变迁中有一个不变的"内核"，这一判断应是大致不错的。鲁迅思考中国社会的焦点不是政治制度，也不是经济发展，而是更具根本性的人的思想观念、精神面貌。早在 1902 年在东京弘文学院留学时，鲁迅就经常和许寿裳讨论与国民性相关的三个问题：一、怎样才是最理想的人性？二、中国国民性中最缺乏的是什么？三、它的病根何在？许寿裳认为这是贯穿鲁迅一生的主题："他对这三大问题的研究，毕生孜孜不懈，后来所以毅然决然放弃学医而从事于文艺运动，其目标之一，就是想解决这些问题，他知道即使不能骤然得到全部解决，也求于逐渐解决上有所贡献。因之，办杂志，译小说，主旨重在此；后半生的创作

---

① 鲁迅. 两地书 第一集 ［M］//鲁迅. 鲁迅全集（第十一卷）. 北京：人民文学出版社，2005：31-32.
② 鲁迅. 忽然想到（四）［M］//鲁迅. 鲁迅全集（第三卷）. 北京：人民文学出版社，2005：18.
③ 夏瑞春. 德国思想家论中国 ［M］. 南京：江苏人民出版社，1995：114.

数百万言，主旨也重在此。"① 作为深知鲁迅的挚友，许寿裳的看法当然是准确、有说服力的。展示中国人落后的国民性并试图加以改造，这正是鲁迅从事文学创作的根本出发点。

再回到鲁迅的时空观这个问题上来，尽管时间空间是密不可分的，但显然，鲁迅在思考中国的国民性时，他偏重于空间，他善于在表面纷乱杂陈的事物中发现其不变、重复、并置、统一的内核，这是一种空间思维方式。这种思维方式，流露于鲁迅文艺作品的每个角落。例如，他对中国有两个非常有名的比喻，"绝无窗户而万难破毁"的"铁屋子"②，"所谓中国的文明者，其实不过是安排给阔人享用人肉的"筵宴"，"所谓中国者，其实不过是安排这人肉的筵宴"的"厨房"③，"铁屋子"和"筵宴""厨房"都是空间性的形象。他的反封建思想革命的第一声"呐喊"则明确写道："我翻开历史一查，这历史没有年代，歪歪斜斜的每叶上都写着'仁义道德'几个字。我横竖睡不着，仔细看了半夜，才从字缝里看出字来，满本都写着两个字是'吃人'！"④ 在历史意识冠绝全球的中国，在中国的史书上，鲁迅居然发现中国的"历史没有年代"，这不能不说是因为鲁迅空间意识的强烈。

鲁迅的这种时空观深深地影响了他的小说。尽管小说是一门时间艺术，但鲁迅在《呐喊》《彷徨》中，却最大限度地利用了空间、展示了空间，可以说空间是达致其启蒙创作目的的根本途径之一。小说的叙事时间是必须的，在这方面的回旋余地很小（尽管如此，鲁迅在他的小说中也对叙事时间进行了一定的改造），但小说的故事时间却成了鲁迅充分施展其艺术才能的切入点：最大限度地降低时间在故事中的作用，或把故事时间压缩到极短。

---

① 许寿裳. 挚友的怀念——许寿裳忆鲁迅［M］. 石家庄：河北教育出版社，2000：12.
② 鲁迅. 呐喊·自序［M］//鲁迅. 鲁迅全集（第一卷）. 北京：人民文学出版社，2005：441.
③ 鲁迅. 灯下漫笔［M］//鲁迅. 鲁迅全集（第一卷）. 北京：人民文学出版社，2005：228.
④ 鲁迅. 狂人日记［M］//鲁迅. 鲁迅全集（第一卷）. 北京：人民文学出版社，2005：447.

例如，在《狂人日记》中，十三则日记"不著月日"，没有具体明确的时间演进，只有简单同时也很模糊的昼与夜的变化。在《阿Q正传》中，小说的前半部分在展示阿Q的精神胜利法时，用的也是无明显推进的模糊时间概念，如"有一回""每逢""许多年""有一年的春天"等，直到后半部分，在把阿Q的命运和对辛亥革命的反省结合起来时，故事时间才向前发展。《孔乙己》中的时间也如此，常常用"有一回""每每""有几回"等表示经常性的词语来写孔乙己的不幸遭遇，而选择的几个场面之间则没有时间上的推移关系，场面相对各自独立。即使有时间推移的小说，也把时间的作用降到很小，不像传统小说中的时间那样形成开端、发展、高潮、结局的模式，在《呐喊》《彷徨》中，很少有情节性的高潮，也没有在故事时间中逐渐积聚起来的矛盾冲突，因而时间在很大程度上只是提供了一个松散的故事框架而已。鲁迅关注的，是中国人落后国民性的种种表现（与空间有关），而不是它的形成（与时间有关）。

所以，鲁迅在《呐喊》《彷徨》中最为关心的是对最能展示落后国民性的空间的选择，而不是对故事时间的安排。王富仁先生说："只要我们把鲁迅同二十年代青年文学家的作品放在一起加以感受，我们就会知道，鲁迅更加重视的是空间而不是时间，那些青年文学家重视的更是时间而不是空间。"① 这个判断可以说是抓住了鲁迅小说艺术中最根本的东西。所以读者在接受《呐喊》《彷徨》时，印象最深刻的也不是以时间为中心的故事情节，而是与落后的国民性一起深深印入脑海中的空间形象：孔乙己生活的咸亨酒店，阿Q生活的未庄，祥林嫂生活的鲁镇，赵七爷大耍淫威的土场，"我"与吕纬甫对饮的酒楼……在这些空间里，由于人物的参与，又形成了一个个令人难忘的空间场景：咸亨酒店里的笑声，祥林嫂在鲁镇街头的痛苦诉说，土场上吃晚饭时的"风波"，酒楼上吕纬甫的倾诉……可以说，《呐喊》《彷徨》揭示中国人落后的国民性的核心主题与小说里的空间形成了一种非常完美的结合：国民性在空间这儿找到了一个落脚的支点，空间在展示国民性中

---

① 王富仁. 时间·空间·人（四）[J]. 鲁迅研究月刊，2000（4）.

体现出了自身的价值。空间，在《呐喊》《彷徨》中，具有远较一般小说重要得多的作用。

因此，从小说中空间的角度来研究《呐喊》《彷徨》，就具有不言而喻的重要意义。

在以往的《呐喊》《彷徨》研究中，人们也早就注意到了《呐喊》《彷徨》里的空间的重大价值。但囿于理论视野或研究重心、兴趣点的不同，《呐喊》《彷徨》里空间的重要意义并未得到全面、清晰地呈现，存在着含混、疏漏的现象。

含混主要是把《呐喊》《彷徨》里的空间塞进小说三要素的"环境"这一大筐子里去，以致空间本身的独立价值难以体现出来。自 20 世纪 20 年代西方的"三要素"小说理论传入中国以来，它就一直占据了中国小说理论的主流地位，并且一直到现在还在起作用。应该说，"三要素"理论有它科学、合理的理论价值的一面，但具体到"环境"，又表现出模糊、暧昧的一面。"环境"到底包括哪些内容？历来说法不一，但大致有时间、地点、自然景物、生活情景、氛围乃至天气状况等。1928 年，茅盾在《小说研究 ABC》中着重从时间和地点两方面论述环境。他强调"处处抓住时代精神"，就是一时代的色彩和空气，在地点方面则强调"地方色彩"。① 在今天的小说理论著作中，环境的内容基本上没有什么变化："小说环境包括社会环境和自然环境，前者指一定历史时期社会制度、政治结构、经济形态、风俗习性以及在此基础上形成的时代氛围，后者指人物活动的具体场所，包括人物活动的时间、地点、方位、场景以及自然界的季节、天气、色彩和光线变化等。"② 由此观之，小说人物周围的一切（包括其他人物），都可当成这个人物的"环境"，环境也因此成了一个涵盖力极强的大筐子，地点（空间）也被装进去了。当我们从环境的角度去研究《呐喊》《彷徨》时，也许会谈到地点（空间），但往往与其他环境因素混杂在一起，无疑，地点（空间）就

---

① 转引自程丽蓉. 对话场景中的中国现代小说理论话语［M］. 北京：人民文学出版社，2006：256.

② 陈果安. 小说创作的艺术与智慧［M］. 长沙：中南大学出版社，2004：165.

没有自己的独立价值和意义，显得模糊不清了。很多的《呐喊》《彷徨》研究都因此只见环境不见地点（空间），空间的作用和意义被遮蔽掉了。

疏漏指的是往往只看到了空间（一般与环境结合在一起）在表达小说主题上的价值和意义，而忽略了其在小说叙事中的价值和意义。常见的是把《呐喊》《彷徨》里的空间，就像《〈呐喊〉自序》里"铁屋子"的隐喻一样，看成是"吃人"的中国封建思想文化的象征、黑暗中国的象征，从这个角度来进行对空间的深入分析，以揭示《呐喊》《彷徨》深刻的思想意义。这样研究当然有它的价值，但显然忽略了《呐喊》《彷徨》里的空间对小说叙事的建构作用。

因此，为了弥补以往《呐喊》《彷徨》研究中对小说空间研究存在的含混、疏漏的现象，我提出"《呐喊》《彷徨》的空间叙事"这一研究课题。张世君教授在这方面已经取得了很大的成绩，她对《红楼梦》的空间叙事"做出了自己的发言"，我则试图对鲁迅的《呐喊》《彷徨》的空间叙事做出自己的发言。空间叙事是所有小说叙事的共性，但每部小说在"空间叙事"上也都有自己的"个性"，张世君教授发现《红楼梦》存在三个空间层次（实体空间、虚化空间、虚拟空间）并分别对应三种空间元素（门、香、恍惚），如果说这是《红楼梦》空间叙事的"个性"的话，那么，《呐喊》《彷徨》的空间叙事"个性"又是什么呢？这正是我提出"《呐喊》《彷徨》的空间叙事"这一研究命题的重点、难点和价值、创新所在。

另外，需要说明的是，之所以把《呐喊》《彷徨》作为一个整体进行研究，除了学术界公认的《呐喊》《彷徨》具有思想价值取向、艺术技巧上的大体一致外，还因为从空间叙事的研究视角看来，《呐喊》《彷徨》里的大部分小说在空间的处理、运用上也有很多相似性，而鲁迅的另一部小说集《故事新编》与《呐喊》《彷徨》相比，明显的是差异性多于相似性，因而将其排除在外。但鲁迅是个天才，具有超强的创造能力，茅盾曾称赞"《呐喊》里的十多篇小说几乎一篇有一篇的形式"①，所以单就《呐喊》《彷徨》来

---

① 茅盾 . 读《呐喊》［M］//瞿秋白，等 . 红色光环下的鲁迅 . 石家庄：河北教育出版社，2000：119.

说，在进行空间叙事研究时就会遇到一些困难，因为《呐喊》《彷徨》里有些小说，其空间性因素，或者说空间在叙事中的作用不太明显，如更像散文的《兔和猫》《鸭的喜剧》等几篇小说，我在研究时也会将它们排除在外；但《呐喊》《彷徨》里的绝大部分作品，包括公认的名篇，都将包括在空间叙事的研究视野之内。

二、本论题的研究现状

就《呐喊》《彷徨》的叙事研究来说，前人已做过不少探索。最早把叙事学作为整体的艺术分析框架来运用的是汪晖先生，他在《反抗绝望》一书中，用整整一编的篇幅，对鲁迅小说的"叙事原则与叙事方法"进行了基本属于叙事学的分析。他重点分析了鲁迅小说叙事中的人称和文体，他的目的是通过对鲁迅小说的叙事方式的分析来研究鲁迅的内在精神结构，这是对西方叙事学理论的一种"逆向性改造"①。继汪晖之后，陈平原先生在《中国小说叙事模式的转变》中对鲁迅小说的叙事模式进行了研究，他从叙事时间（从连贯时间到扭曲时间）、叙事角度（从全知全能的第三人称到第一人称）、叙事结构（从以情节为中心到以人物心理、背景氛围为中心）这三个方面的变化中来肯定鲁迅小说在中国小说叙事模式转变中的重要、关键地位。当然，这也是一种宽泛的叙事学研究。对鲁迅小说进行严格的西方叙事学研究的是韩国留学生郭树竞，她的《论〈药〉的叙事结构》（载《中国现代文学研究丛刊》1996 年第 4 期）综合运用罗兰·巴尔特关于叙事作品"功能层""行动层""叙事层"的划分理论和惹内特（也译热奈特）的时态、语式、语态等叙述话语理论，对《药》进行了严格的叙事学意义上的研究。由于这种纯西方叙事学研究的枯燥和笨重，该文发表以后并未带来更多的后继者。这之后对鲁迅小说叙事艺术研究做出重要贡献的是王富仁先生，他的《论鲁迅小说的叙事艺术》分两部分发表在《中国现代文学研究丛刊》2000 年 3、4 期上。他进行的也是一种宽泛意义上的叙事学研究，用他自己的话说就是

---

① 王富仁. 鲁迅小说的叙事艺术［M］//王富仁. 中国文化的守夜人——鲁迅. 北京：人民文学出版社，2002：148.

"文化分析与叙事学研究的双重变奏"。他从叙事视角（人称）、结构模式、时空结构、叙事顺序、叙事时间等几个方面对鲁迅小说的叙事艺术进行了深入的分析。2000 年云南大学出版社出版了谭君强先生的《叙述的力量——鲁迅小说叙事研究》一书，该书在较为严格的意义上运用西方叙事学理论对鲁迅小说的叙事模式进行了深入的研究，还论及鲁迅小说在中国小说叙事模式转换中的意义和作用，以及小说中的叙述者等问题。2002 年首都师范大学出版社出版了赵卓先生的《鲁迅小说叙述艺术论》，该书运用结构主义的"宏观"把握和现象学的"微观"分析方法研究了鲁迅小说的"叙述结构形态"和"叙述修辞形态"，也是一种非常宽泛的叙事学研究。上述这些叙事研究，关注的是鲁迅小说里的叙事人称、叙事视点、叙事时间等传统叙事学领域的问题，它们很少谈及，或者根本没有谈及空间与鲁迅小说叙事建构的问题。

尽管如此，作为"在整个鲁迅研究和整个中国现代文学研究中都是最有成绩的部门"[1] 的《呐喊》《彷徨》研究，在一些并非以叙事为研究目的的研究中还是或多或少地涉及了"《呐喊》《彷徨》的空间叙事"这一研究课题，只是囿于理论视野或研究重心的限制，往往显得零碎、散乱而不系统。有时是在其他名义（比如"环境""背景"等）下进行的，有时是在其他研究目的、研究主题中带出来的，总体上处于一种杂乱、附属的尴尬状态。这方面的论文、专著数量很多，要在"《呐喊》《彷徨》的空间叙事"框架内对它们做一个完整的综述是很困难的，我也只能就我所见，做一个简单的归纳描述。

《呐喊》《彷徨》中最引人注目的是空间，是《呐喊》《彷徨》中的"茶馆""酒店"，其次是"鲁镇""未庄"。

近几年兴起的小城镇小说（有的称之为"小城小说""小城文学"）研究热表达了对包括茶馆酒店在内的小城镇空间的密切关注。而在这些研究中，《呐喊》《彷徨》里的大部分小说，如《孔乙己》《药》《明天》《风波》《故乡》《阿 Q 正传》《祝福》《在酒楼上》《长明灯》《孤独者》《离婚》等，

---

① 王富仁．中国反封建思想革命的一面镜子——《呐喊》《彷徨》综论［M］．北京：北京师范大学出版社，1986：1．

都赫然在列。赵冬梅的专著（博士论文）《小城故事——中国现代文学中的小城小说》（人民文学出版社 2006 年版）、李莉的《中国现代小城镇小说》（武汉大学 2007 年博士论文）、熊家良的论文《茶馆酒店：中国现代小城叙事的核心化意象》（载《东南大学学报》哲学社会科学版 2006 年第 3 期）都从茶馆、酒店在小城镇中的重要地位的角度来对它们进行研究，其目的在于借此透视这些空间形象与人物塑造、思想主题表达的关系。尽管这些空间形象与小说的叙事建构的关系不是他们考察的重点，但由于内容、形式的密不可分，所以在分析中还是或多或少地透露出这方面的信息。熊家良说："鲁迅曾说中国人多为'示众的材料'和'无聊的看客'，这'看'与'被看'往往便是借助于小城的酒店茶馆来进行。夏瑜的经历成为华家茶馆茶客们的谈资，孔乙己的遭遇作了咸亨酒店顾客们的'下酒菜'，单四嫂子在间壁酒店，蓝皮阿五、红鼻子老拱等酒鬼不怀好意的惦记中守着天明……"他还认为在茶馆酒店里形成了以"众"凌"寡"的不平衡结构，这就是小城叙事的作者们，"借助于茶馆酒店的人事，所要传达出的对当时中国社会的本质认识"①。他的论述已经涉及了这些空间与小说叙事的建构问题，但对"看"与"被看"如何借助于茶馆酒店、茶馆酒店怎样形成以"众"凌"寡"的不平衡结构并未做深入说明。李莉则强调了茶馆酒店作为公共空间的舆论功能，"《药》选择茶馆作为故事生成的地点，以公众对夏瑜'认识'的形成，形象地演绎了公众舆论的产生和扭曲过程"②，"从某种意义上说，孔乙己的真正对立面是咸亨酒店的'公众'。给孔乙己这个在死亡边缘徘徊的人以最后致命一击的，也正是这些'公众'。公众的步步进逼——说穿他的隐情、揭戳他的'伤疤'，让他不断地陷入难以摆脱的尴尬和困窘，失去他最看重的尊严，失去做人的资格，最后陷入死境。"③ 这样分析就初步论述到这些空间对小说故事发生发展的推动作用了。赵冬梅在她的专著第四章"审美风格"

① 熊家良．茶馆酒店：中国现代小城叙事的核心化意象［J］．东南大学学报（哲学社会科学版），2006（3）．
② 李莉．中国现代小城镇小说［D］．武汉：武汉大学，2007：12.
③ 李莉．中国现代小城镇小说［D］．武汉：武汉大学，2007：12.

中把小城小说划为两类："小城中的故事"和"故事中的小城"，前者是以"故事"（即追求情节的完整、人物的塑造、主题的明晰、对社会现实的关注等）为主，"小城"（即与小城相关的构成布局、自然风物、方言习俗等）只是故事发生的背景或作品艺术特色的组成部分，在作品中处于从属地位，并没有独立的价值和意义，后者以"小城"为主，并不追求作品的"故事"性，或者"故事"仅仅是"小城"的一部分，与流注于作品中的或浓或淡的抒情相掩映，共同完成了作者的创作意图或对小城形象的塑造，小城作为一个有个性的存在，在有些作品中甚至是一个象征、一个意象，具有独立的审美价值和文化意义，而鲁迅的"小城小说"，明显属于后者。① 这已经谈到了作为空间形象的小城的叙事作用了，只是由于论题的限制，也并未深入展开。

还有众多的著作、论文不是从小城（镇）文学的角度，而是直接对《呐喊》《彷徨》里的空间进行研究。王富仁在《中国反封建思想革命的一面镜子——〈呐喊〉〈彷徨〉综论》里认为："重视环境展现，把环境的展现放在小说创作的首要位置，是《呐喊》《彷徨》的一个重要艺术特征。"② 并且认为在这两本小说集中，环境描写、环境表现可以离开典型人物的塑造而独立自存，可以脱离开对人物性格的理解而具有独立的意义和价值，而其中的很多人物典型却远没有这么大的独立性。尽管王富仁先生囿于传统"三要素"小说理论而没有明确提到"空间"，但毫无疑问，《呐喊》《彷徨》里的空间是他论述的环境中一个极为重要的组成部分，因为在后面的论述中他一再地提到了这些空间："茶馆（《药》《长明灯》）、酒店（《孔乙己》《明天》）、夏日乘凉吃饭的土场（《风波》）、杀头与游街示众的街头（《药》《阿 Q 正传》《示众》）等场所，成了鲁迅反复加以利用的环境。"③ 王富仁先生虽然偏重于"环境"的思想、文化分析，但也在一些地方谈到了它们与

---

① 赵冬梅.小城故事——中国现代文学中的小城小说［M］.北京：人民文学出版社，2006：111-112.
② 王富仁.中国反封建思想革命的一面镜子——《呐喊》《彷徨》综论［M］.北京：北京师范大学出版社，1986：273.
③ 王富仁.中国反封建思想革命的一面镜子——《呐喊》《彷徨》综论［M］.北京：北京师范大学出版社，1986：277.

小说叙事的建构问题，他认为《呐喊》《彷徨》中的人与环境是矛盾对立的，"在这种矛盾对立中，环境描写与人物塑造是交互为用的，一方面，在环境具体化的过程中，'揭开冲突和纠纷，成为一种机缘，使个别人物显出他们是怎样的人物，现为有定性的形象'，完成人物的生活命运或思想命运的描写，完成悲剧主人公的典型形象的塑造；……"① 同样，由于研究论题的限制，王富仁先生也未在此方面继续进行深入研究。周海波、苗欣雨的论文《"鲁镇"的生存哲学——重读〈孔乙己〉》着重论述了作为"鲁镇"的代表空间形象的咸亨酒店的哲学内涵（非常接近于前面谈到的"社会空间被社会关系所生产，反过来它又强化这种社会关系"），"作为一个公共场所，咸亨酒店传达着某种文化信息，其负载的暗示、隐喻意义，使得一个公共场所无法形成真正的'公共领域'，从而'柜台隐喻'控制了场景中行动着的人们，其生硬、冷漠也成为社会的一种写照。……实际上，在孔乙己出场之前的这种场景创造，不仅作为艺术铺垫而出现，而且场景本身构成了文本世界重要的叙事内容，成为人物的活动场景，并与人物的生存方式和精神世界联系在一起，甚至融为一体，成为人物生存世界的主要内容。"② 尽管该文没有进一步展开，但此论述（尤其是"控制"一词）已在实际上触到了空间与叙事的核心问题。毕绪龙的论文《"鲁镇"：鲁迅小说的叙述时空》前半部分重点论述了"鲁镇"最为突出的几种"空间形式"：酒店、茶馆和"四爷的客厅"。他认为《孔乙己》的"咸亨酒店"具有四种功能，即"消遣和消费功能""标示身份的功能""舆论功能"和"结构功能"，并强调指出"酒店功能作为一种叙事功能，自然地把所有人物的行动和性格、视角、情节、时间的延宕、节奏的快慢统一在市镇的封闭空间之中，并且内在地展示了一种传统时间"。与酒店不同，"茶的提神作用在风俗中往往深化为秩序、明辨是非的前提，并与一种仪式相关。鲁迅成功地赋予茶馆以严肃、尊卑分明的文

---

① 王富仁. 中国反封建思想革命的一面镜子——《呐喊》《彷徨》综论 [M]. 北京：北京师范大学出版社，1986：285.

② 周海波，苗欣雨. "鲁镇"的生存哲学——重读《孔乙己》[J]. 山东社会科学，2003（1）.

化秩序形式",而小说中"四爷的客厅",显然也被处理成四爷这个乡绅进行权力运作的场所。① 这些分析,虽没有重点研究空间与叙事的关系,但已不自觉地进行了某种程度的探讨。此外,较为重要的还有逄增玉先生的《现代文学叙事与空间意象营造》、敬文东先生的《从铁屋子到天安门——关于 20世纪前半叶中国文学"空间主题"札记》两篇论文。前者认为鲁迅笔下的"故乡"和"鲁镇"呈现为"沉郁、萧索、破败、压抑的'荒村'"意象,其他具体空间都与这一意象有内在的精神联系,小说里的"船"也是如此,但有时也"承担着'荒村'世界的唯一具有'变化'和希望的'命运之船'的寓意"。② 后文分析了 20 世纪中国文学中众多空间意象,认为鲁迅的小说《在酒楼上》的主人公吕纬甫是一个"铁屋子"的清醒的"出走者",因而"酒楼"作为空间形象,作为众多人化的空间形式的一种,"表征着近乎彻底的失败和绝望,而不是出走者意愿中的成功和希望。它是承载失败和绝望的空间"。③ 两篇文章尽管都是从空间意象的精神内涵方面进行探讨,但也都与小说叙事发生了密切的联系。

从以上简单的描述可以看出:在近年来的《呐喊》《彷徨》研究中,尽管人们的研究范围已涉及小说中的空间与小说叙事的建构关系,但仍然大都偏重于思想文化、精神内涵方面的研究,这些空间的叙事功能,始终没有得到足够的重视,因而也没有展开深入、系统的研究。应该说,在这些方面,还有一个宽广的可供拓展的天地。

前人关于《呐喊》《彷徨》的空间叙事研究的成果尽管不太厚实,但仍是我进行研究的基础和起点,我将充分利用这些已有的研究成果,力争在这个论题上有所进益。

三、研究的基本思路和方法

关于《呐喊》《彷徨》,人们已经说了很多——依王富仁先生的说法,

① 毕绪龙.“鲁镇”:鲁迅小说的叙述时空 [J].鲁迅研究月刊,2005 (9).
② 逄增玉.现代文学叙事与空间意象营造 [J].文艺争鸣,2003 (3).
③ 敬文东.从铁屋子到天安门——关于 20 世纪前半叶中国文学“空间主题”札记 [J].上海文学,2004 (8).

"《呐喊》和《彷徨》的研究在整个鲁迅研究和整个中国现代文学研究中都是最有成绩的部门"①。在这种情况下，我选择《呐喊》《彷徨》作为研究对象，不免有坐享其成的便利和落入窠臼的危险。面对大量的资料和专著，既方便了我少走弯路，也使我容易被学术成规所诱导，身不由己地丧失自己的思考和个性。然而正是这种危险性，也隐含着某种突破和创新的可能性——风险与机遇总是并存的。我的这种坚信是建立在《呐喊》《彷徨》的伟大的基础上，因为伟大作家的伟大作品总存在多种解读的可能，《红楼梦》、莎士比亚是说不尽的，同样，《呐喊》《彷徨》也是说不尽的，不同的读者，不同的时代，总会从《呐喊》《彷徨》中看出一些新的东西。

这种信念使我毅然走入了《呐喊》《彷徨》的世界，一个极其复杂、变化万千的艺术世界。选择进入口首先成了一个问题，搜检已有的研究成果，我发现对《呐喊》《彷徨》的思想研究已经相当厚实，以我的学术积累几无突破的可能。而其艺术分析则相对较弱，我的学术兴趣又恰在此处，因此我就决定以《呐喊》《彷徨》的艺术分析作为我的主攻方向。《呐喊》《彷徨》的艺术特色也是深邃的，若想有所得，一个新颖的角度是必须的。以往对《呐喊》《彷徨》的艺术研究，多集中在创作方法（现实主义、浪漫主义还是象征主义）、人称、视点、时间等方面，空间与小说叙事的建构关系一直没有引起足够的重视，也没有进行系统的研究。而前述的张世君先生、龙迪勇先生、曹文轩先生的观点，以及人们对空间的进一步认识，则使我确信：从空间的角度来研究《呐喊》《彷徨》的艺术技巧，应该是可行而有效的。

小说里所叙之事，既是在一定的时间内发生的，也是在一定的空间里发生的。由于以往叙事学和小说理论都重视研究小说里的时间，因此《呐喊》《彷徨》里的空间与小说叙事的建构关系一直没有得到研究者的足够重视。因此，我提出了"《呐喊》《彷徨》的空间叙事"这一研究课题，它要解决的问题是：《呐喊》《彷徨》里的空间在小说叙事中扮演了什么角色？承担了什么功能？为什么一个故事只能发生在这一个空间而不是另外一个空间里？

---

① 王富仁. 中国反封建思想革命的一面镜子——《呐喊》《彷徨》综论［M］. 北京：北京师范大学出版社，1986：1.

空间参与小说叙事建构形成了哪些表现形态？鲁迅在安排空间时使用了哪些技巧？他是怎样来处理《呐喊》《彷徨》中的空间的？……围绕这些问题，我的基本章节安排如下：

第一章主要研究《呐喊》《彷徨》空间叙事的形态。所谓"形态"，通常指的是事物的具体结构形状①，空间叙事的形态就是指从小说里空间的角度来看小说的具体结构形状。我认为，在《呐喊》《彷徨》里存在两类空间叙事形态。一类是固定空间叙事，指小说里的故事基本上在一个空间里完成，它又分成两个小类：绝对固定空间叙事和相对固定空间叙事，前者指小说里的空间不仅单一、固定，而且其内部还没有区隔，人物、故事被严格限制在那里，如《孔乙己》《风波》等；而后者指大的空间固定，而其内部又有若干小的空间，人物、故事可以在这些小的空间内游移，一般来说这一大的空间里有一个中心空间，而且整体性较强，如《祝福》《明天》等。另一类大的空间叙事形态是移动空间叙事，小说叙事是在两个或两个以上的空间里完成的，这些空间区隔明显，整体性不强，且都得到了充分的表现，如《阿Q正传》《离婚》等。这一大类又可分成二元对立型移动空间叙事、二元互动型移动空间叙事和圆形移动空间叙事三个小类。在《呐喊》《彷徨》中，鲁迅显然偏爱绝对固定空间叙事，这种类型的小说占《呐喊》《彷徨》全部25篇的一大半，有13篇之多。为了能在一个绝对固定空间里就形成一个完整的小说叙事，鲁迅采用了多种建构叙事的技巧，如在实体空间的基础上创造心理真实空间，置人物活动的具体空间于更大的背景空间之下，空间之外人物因素的引入，对空间进行区隔以拓展其层次、挖掘其深度等。这是《呐喊》《彷徨》里众多小说以一个空间就形成一个完整的小说叙事的秘密，也是第一章研究的重点。

第二、三两章研究《呐喊》《彷徨》里各具体空间意象的叙事功能，也是"空间叙事"要研究的核心和重点。巴赫金在研究小说中的"时空体"时，曾把西方小说中大量出现的各种时空体划分为"道路"时空体、"城堡"

---

① 徐岱．小说形态学［M］．杭州：杭州大学出版社，1992：3.

时空体、"沙龙客厅"时空体、"小城"时空体、"门坎"时空体五种。① 巴赫金尽管认为"时空体的主导因素是时间"②，但在给时空体命名时，却显然是空间式的，这在某种程度上也意味着在进行研究时空间、时间割裂的可能性，如曹文轩先生在分析巴赫金的时空体时就干脆称之为"空间意象"③。但《呐喊》《彷徨》里的空间意象除有与西方小说的共性外，还有东方式、鲁迅式的特色。根据《呐喊》《彷徨》文本的实际情况，我把《呐喊》《彷徨》里的空间意象分成四类：一是小城镇（包含近似于村子的村镇）空间意象（鲁镇、未庄、S城、吉光屯、故乡等）；二是小说里的一些宗教文化空间意象，如土谷祠、静修庵（《阿Q正传》）、土地庙（《祝福》）、社庙（《长明灯》）、城隍庙（《在酒楼上》）等；三是"沙龙""客厅"式空间意象，之所以要将巴赫金的"沙龙客厅"分开，是因为在这儿它们各有专指，"沙龙"是《呐喊》《彷徨》中群体会聚、聚众狂欢的场所，有西方的沙龙意味，如小说里的茶馆、酒店、土场等，而"客厅"则是东方意义上的客厅，如四爷的客厅、魏连殳的客厅、慰老爷的客厅等；四是"道路"式空间意象，包括一般意义上的道路、街头和船，也包括隐喻意义上的"道路"。第一类是整体性的空间意象，后三类都是局部性的空间意象，但无论是整体的还是局部的空间意象，我们都要仔细研究它们的社会维度（"精神气质"），这是分析它们的叙事功能的出发点。

在《呐喊》《彷徨》的众多小城镇中，我们着重要研究未庄和鲁镇，具体地说就是未庄与《阿Q正传》的叙事建构、鲁镇与《明天》《祝福》的叙事建构。未庄在《阿Q正传》中既是一个"行为的地点"，更是一个"行动着的地点"，它的社会维度——鲜明的等级性是建构小说叙事的核心和秘密，它决定了《阿Q正传》里众多事件的基本性质，也是阿Q的"精神胜利法"

---

① ［俄］巴赫金. 小说理论［M］. 白春仁，晓河，译. 石家庄：河北教育出版社，1998：444-450.

② ［俄］巴赫金. 小说理论［M］. 白春仁，晓河，译. 石家庄：河北教育出版社，1998：275.

③ 曹文轩. 小说门［M］. 北京：作家出版社，2002：168.

得以形成的根本原因。鲁镇在参与《明天》的叙事建构时，它表现出来的社会维度是它的"惯例"性（"习惯性"），即人们都依惯例来指导自己的行为，但恰恰是这些惯例造就了单四嫂子的悲剧，也形成了中国人的冷酷和麻木。在《祝福》中，鲁镇表现出来的社会维度是它强大的民俗文化传统——具体说就是"祝福"文化，而祥林嫂由于并非自己的原因而得不到这种文化的"认可"，鲁镇文化对祥林嫂的排斥和祥林嫂谋求鲁镇的接纳就形成了这篇小说的基本矛盾和叙事动力。几个宗教文化空间意象则主要以自己包含的宗教、文化意义积极地参与、影响小说叙事建构，是小说叙事得以形成的不可或缺的重要元素。

"沙龙"式空间意象（茶馆、酒店）是小城镇里人们聚会、交流信息的公共空间，在小说叙事上便于形成"说/被说"的叙事模式，有的还形成小说故事向前发展的驱动力或是小说的"看点"，而且基本上都有利于形成小说的群体场景。"客厅"是家里的"公共空间"，一般供家里人在一起谈话，或是招待客人，在《呐喊》《彷徨》中，它主要为人们的言说提供了一个"公共空间"，在言说中形成某些情节并显出人的灵魂。《呐喊》《彷徨》里的"道路"式空间意象有两类，一类是实体性的，一类是隐喻性的。实体性的道路空间意象主要用来形成"相遇情节"，熟人相遇就形成对话场景，陌生人相遇就形成互看场景。而隐喻性空间意象一般是深化叙事的意蕴，使叙事向更高的层次拓展，在《伤逝》中它也点明了涓生、子君故事的推动力量——寻求"新的生活道路"。

第四章研究《呐喊》《彷徨》空间叙事中的一些技巧问题。一是空间的处理技巧，包括空间的选择、表现和控制等问题。鲁迅在表现中国农民和传统知识分子的精神创伤时，选择了以绍兴为蓝本的众多水乡小城镇，在表现启蒙知识分子在"五四"落潮后的精神痛苦和彷徨犹疑时他就选择北京，这是大的地域空间的选择；在小的具体空间选择上，鲁迅往往选择那些封闭性建筑空间——有时只突出其一隅，这就便于人物在这里敞开他们的心灵，从而充分地袒露他们的精神世界。这些选择都是由鲁迅关注中国人的精神世界的创作目的决定的。在空间表现上，鲁迅采用了空间场景化、画面化的文本表现技巧和"遗貌取神"叙事策略，使《呐喊》《彷徨》里的空间的社会维度成为读者关注的唯一焦点（基本上将它们的外在形状、结构、材料等都排除掉了）。在空间的控制上，鲁迅主要采用了"视点控制"技巧，具体说就是"内视点"控制和"移动视点"控制。这些处理技巧也都是为便于表现人物的精神世界服务的。二是空间叙事中的时间处理技巧，实际上是时间与空间的关系问题。鲁迅在《呐喊》《彷徨》中，对时间进行压缩（故事时间很短，或只选取几个时间点，或小说开头就把故事的结局拿出来以减弱小说对发展的依赖），对空间则是突出（使它们承载丰富的信息量），在实际上就形成了时间、空间的"反比例"表现。在空间被突出的过程中，相应地，时间也得到了"改造"：在场景中，故事时间被空间"吞噬"了；在场景与场景的组合中，故事时间和叙述时间都被"切割"了，出现了弗兰克所说的"空间形式"。小说结构也呈现为一种"空间性"结构（以空间场景的并列组接而不是以表现时间关系的因果组接建构起故事），完全不同于中国古代以情节为中心的小说的时间性结构，由此也凸显出《呐喊》《彷徨》在中国小说叙事艺术转型中的重要价值和意义。

在研究中，我将在充分细读作品和借鉴前人已有成果的基础上，综合运用传记学、社会学、叙事学、空间理论、小说理论等理论知识，以及横向联系纵向挖掘相结合、个案分析理论总结相结合的研究方法，力争全面、系统、清晰地揭示《呐喊》《彷徨》空间叙事的"个性"。我的基本结论是：空间在《呐喊》《彷徨》的小说叙事中扮演了一个极为重要的角色（远超小说里的时间因素），它可以清楚地指明，这不是由于仅在其中发生的行动，更是由于以它完成的行动；所以这些空间都是独特的"这一个"，因而也无法被取代。

第一章

《呐喊》《彷徨》空间叙事的形态论

什么是"形态"？徐岱先生在他的《小说形态学》中这样解释"形态学"："顾名思义，形态学的主要研究对象是事物的形态。而所谓'形态'，通常指的是事物的具体结构形状。所以，简单地加以概括，我们可以说形态学这门学科也就是关于事物之结构的学说，其研究对象的形式化与具体性决定了它只是一种描述性的科学，所要解决的主要是对象的基本特征问题。"①这个关于"形态学"的界定也道出了"形态"的内涵：事物的具体结构形状，或曰一种外在的基本特征。那么，什么是小说空间叙事的形态呢？就是指小说里的空间在参与小说叙事建构时呈现出来的"具体结构形状"，是小说文本在空间叙事这一维度上表现出来的一种外在特征。换句话说，小说叙事是在怎样的空间条件下完成的：是在一个封闭的空间里完成的呢，还是在一个开放的空间里完成的？是在都市空间里完成的呢，还是在一个农村空间里完成的？是在一个空间里完成的呢，还是在多个空间里完成的？……应该说，小说空间叙事的形态可以从多个角度切入。具体到《呐喊》《彷徨》的空间叙事，根据小说文本的突出特点——很多小说叙事是在一个空间里完成的——我选取"在一个空间里完成的小说叙事"或"在多个空间里完成的小说叙事"这一角度来研究《呐喊》《彷徨》空间叙事的形态。《呐喊》《彷徨》里在一个空间里完成的小说叙事，因其空间固定不变，我称之为"固定

---

① 徐岱. 小说形态学 [M]. 杭州：杭州大学出版社，1992：3.

空间叙事";在多个空间里完成的小说叙事,因其人物在不同的空间里移动,我称之为"移动空间叙事"。

在区分《呐喊》《彷徨》里的各篇小说哪些是固定空间叙事,哪些是移动空间叙事时,我们会遇到另一个难题:我们怎么确定小说里的空间是一个还是两个、多个?如《祝福》里的空间,大的有鲁镇,小的有"河边""土地庙""街头""鲁四老爷的家"等空间,那么,这算是固定空间叙事呢,还是算移动空间叙事?为了解决这个问题,我在这两类空间叙事形态下又进行更细的区分,即把固定空间叙事又分成绝对固定空间叙事和相对固定空间叙事两种。所谓绝对固定空间叙事是指小说里的空间不仅只有一个,而且它还不可能再区分出更小的相对完整的空间来,人物只能在这一很小的空间里活动,故事也全部在这一小的空间里完成。根据这一限定,《呐喊》《彷徨》里属于绝对固定空间叙事的篇目有:《孔乙己》《一件小事》《头发的故事》《风波》《故乡》《端午节》《在酒楼上》《白光》《幸福的家庭》《肥皂》《示众》等。所谓相对固定空间叙事是指在小说中有一个较大的空间,而这一空间又能够分成几个小的空间单元,人物在小空间之间来往穿梭,故事也依靠几个小空间合力完成;更重要的是,这几个小空间必须统属于一个大的、整体性的空间,而且这几个小空间单元里必须有一个是中心空间单元,它是最主要的,其他的小空间只能算是附属空间,这样它们的层次配置就构成一个有主有次的整体。如《祝福》里大的空间是鲁镇,它分成了"河边""土地庙""街头""鲁四老爷的家"等几个小空间单元,这当中"鲁四老爷的家"是最重要的一个小空间单元。具体说,《呐喊》《彷徨》里属于相对固定空间叙事的篇目有:《狂人日记》《明天》《祝福》等。

我们要把移动空间叙事和相对固定空间叙事区别开来。一般说来,移动空间叙事里的几个空间具有相对独立性,而且一般没有主次之分,每一个空间都得到具体的描绘。它不像相对固定空间叙事那样在小的局部空间之上还有一个居于统属地位的总体空间,或者说即使有一个曾经提到的大的空间,但其整体性也不强,整体空间也没有得到相应的仔细描绘。《呐喊》《彷徨》里属于移动空间叙事的篇目有:《药》《阿 Q 正传》《社戏》《长明灯》《高老夫子》《孤独者》《伤逝》《弟兄》《离婚》等。需特别说明的是，《长明灯》里尽管有一个"吉光屯"，但小说里的茶馆、社庙、四爷的客厅等几个空间都具有相对独立性，而且它们都得到了具体的描绘，并没有主次，所以还是移动空间叙事。《药》里的空间也是如此。

第一节　固定空间叙事

一、绝对固定空间叙事

在《呐喊》《彷徨》里，如果把《兔和猫》《鸭的喜剧》算上的话，绝对固定空间叙事的小说就有 13 篇（另外 11 篇是：《孔乙己》《一件小事》《头发的故事》《风波》《故乡》《端午节》《在酒楼上》《白光》《幸福的家庭》《肥皂》《示众》），占《呐喊》《彷徨》全部 25 篇小说的一大半。对于绝对固定空间叙事，我们要研究两个问题：它的文本表现形式和形成原因。

（一）绝对固定空间叙事的文本表现形式

就《呐喊》《彷徨》的空间叙事来说，小说里的空间的文本表现形式一般是场景。也就是说，在《呐喊》《彷徨》中，空间不是孤零零地单独出现的，而是与人、事和时间结合成场景一起出现在文本中，空间依托场景而显示自己的存在。当然也有例外情形，如《祝福》里对鲁四老爷书房的介绍，空间在这里并没有形成场景，它就是它自己，但这里的书房显然更多的是隐喻意义。在绝大多数情况下，鲁迅在《呐喊》《彷徨》都不会对某一空间做单纯的、与人和事无关的介绍，相反，它们总是结合成场景一起出现，场景是《呐喊》《彷徨》里空间的存在方式。

什么是场景？美国小说理论家利昂·塞米利安认为："一个场景就是一个具体行动，就是发生在某一时间、某一地点的一个具体事件；场景是在同一地点、在一个没有间断的时间跨度里持续着的事件。它是通过人物的活动而展现出来的一个事件，是生动而直接的一段情节或一个场面。场景是小说中富有戏剧性的成分，是一个不间断的正在进行的行动。"① 塞米利安把小说中的场景描写看成是小说互相对立的两种写法之一（另一种是"概括叙述"），他所说的"地点"实际上就是一个空间场所。由于场景在小说中的重要作用，众多小说理论家都对它做过论述。珀·路伯克认为，场景常常是用戏剧手法或绘画手法来加以处理的，它作为一种"展示"而同概述交替使用。在小说中，"场景是要占显赫地位的，场景是引起兴趣、提出问题的最简便方法"。例如："在《包法利夫人》中，场景都是以罕见的技巧来配置处理的；每重新阅读一次，似乎没有一个场景不是给人越来越多的享受。舞会，农业展览会，剧场中的那个夜晚，爱玛和莱昂在卢昂教堂那次命运攸关的相会，教士和药剂师在爱玛临终时那次异乎寻常的交道——这些形成了这部作品的关节，形成了这部作品的结构图解。"（《小说技巧》）茨维坦·托多洛夫把场景设定为故事时间和叙事时间的"完全吻合：它只有在直接引语的情况下才有可能实现，即话语表示故事情节"（《文学作品分析》）。热拉尔·热奈特也说，场景"一般是'对话式'的，习惯上它被认为代表着叙事文和故事时间的等同状态"，其公式为："TR ＝ TH"。在传统的小说中，"详细的场景和概略叙述之间的速度对比几乎总是反映着富于戏剧性内容和非戏剧性内容的对比。……小说规范的真正节奏，就在于起等待和连贯作用的非戏剧性概述与起决定性作用的戏剧性场景之间的交替，这在《包法利夫人》中尚且显而易见"。但热奈特指出，在普鲁斯特的世界中，"涉及的不是富于戏剧性的场景，而不如说是典型场景"。"先前的传统把场景变成情节集中、几乎完全摆脱描写或推论的累赘、更没有错时干扰的场所，与此传统相反，普鲁斯特场景，正如 J. P. 豪斯顿所指出，在小说中对各种附属信息和情况起'时间焦点'或磁极的作用，这些信息或情况几乎始终被各式各样的题外话扩大甚至充塞：回顾、提前、反复性的描写性插入语，叙述者的说教，等等，它们全用来形成集叙（syllepse），在作为借口的一场活动周围聚集起可以赋予它充分纵聚合价值的一堆事件和论述。"（《叙事话语》）施洛米丝·

---

① ［美］利昂·塞米利安. 现代小说美学［M］. 宋协立，译. 西安：陕西人民出版社，1987：6-7.

里蒙-凯南列举了两种场景:"最纯粹的场景形式是对话,如海明威的《杀人者》中那两个不速之客同饭店主人之间的神经质的对话";"对一个事件的详细叙述也应该被看作场景式的。按照这个观点,场景的根本特征就是叙述信息的和叙述者的相对隐退。例如,《包法利夫人》中对全班同学大笑查理·包法利说自己名字时的奇怪发音的描写就是这样一个例子"。(《叙事虚构作品》)① 这些相关论述都谈到了场景的一个重要特征:场景里包含的故事时间和叙事时间大约相等,因此读者在阅读时,就不易感到时间的流动,因而其文本阅读效果是空间性的。

我们来看《孔乙己》中的一个场景:

孔乙己喝过半碗酒,涨红的脸色渐渐复了原,旁人便又问道,"孔乙己,你当真认识字么?"孔乙己看着问他的人,显出不屑置辩的神气。他们便接着说道,"你怎的连半个秀才也捞不到呢?"孔乙己立刻显出颓唐不安模样,脸上笼上了一层灰色,嘴里说些话;这回可是全是之乎者也之类,一些不懂了。在这时候,众人也都哄笑起来:店内外充满了快活的空气。②

这是一个典型的对话场景,其中夹杂着人物的神态描写,虽然故事时间也有发展(旁人问和孔乙己做出反应都需要时间),但发展很慢,没有什么实质性的变化,因而读者在阅读时并没有形成什么流动的感觉,倒是容易使人注意到这一场景发生的空间——咸亨酒店,"店内外充满了快活的空气"。小说里的空间参与小说叙事的文本形式就是一个一个的场景,场景让我们注意到的不是时间,而是空间。

就《呐喊》《彷徨》里的绝对固定空间叙事来说,它的文本表现形式从场景来划分有两种:单一场景和多个场景。单一场景是指在一个绝对固定空

---

① 王先霈、王又平主编.文学理论批评术语汇释 [M].北京:高等教育出版社,2006:367,"场景(scene)"词条.

② 本论文中引用的小说原文均见《鲁迅全集》人民文学出版社 2005 年版,以后不再特别注明。

间里只形成了一个场景，只一个场景就撑起了整个小说叙事的骨架，比如《一件小事》《头发的故事》《在酒楼上》《白光》《幸福的家庭》《示众》等。多个场景指在一个绝对固定空间里形成了多个场景，小说结构框架是靠多个场景撑起来的，如《孔乙己》《风波》《故乡》《端午节》《肥皂》等。对于多个场景的绝对固定空间叙事，我们主要研究场景与场景之间的关系。

　　在《呐喊》《彷徨》的绝对固定空间叙事里，多个场景之间一般形成两种关系：并列和对比（对比可看作是反向的并列）。

　　我们先来看场景的并列关系。在《孔乙己》这篇小说中，一共有六个场景，分别是第 4、6、7、8、10、11 这六个自然段，其中 4、6、7、8、11 这五个场景里孔乙己都出场了，而几乎每一次出场都引来一片笑声，第 10 段他虽然没有出场，但这个场景的基本思想观念、情感取向与其他场景没有什么分别，人们在谈到孔乙己时依然是嘲讽的口吻和冷漠的态度，因而这些场景就形成一种彼此并列的关系。再比如，《风波》里发生在土场上的三个场景，尽管看起来它们有时间上的延续，但从内在逻辑上看，并没有形成一种因果联系，而且，它们都集中体现了偏僻乡村里农民的愚昧和落后，以及好面子的国民劣根性，所以彼此之间也是一种并列关系。《端午节》《肥皂》里的几个场景也大抵如此。

　　对比关系主要出现在《故乡》这篇小说中。"故乡"这个饱含人的思想感情的词语，本身就内蕴着丰富的对比：童年与成年，异乡与家乡，记忆与现实，美好与丑陋，离开与回归……它似乎预定了一整套动情程序，足以诱发被故乡所蛊惑的人的种种思绪——《故乡》里的"我"就是这样一个被蛊惑者。虽是回乡搬家，但在"我"的眼里，寻求故乡从前的美好更为重要，可是眼前的现实呢？

　　　　时候既然是深冬，渐近故乡时，天气又阴晦了，冷风吹进船舱中，呜呜的响，从蓬隙向外一望，苍黄的天底下，远近横着几个萧索的荒村，没有一些活气。我的心禁不住悲凉起来了。

这么一幅萧瑟的荒村图景，与"我"记忆中的、希望看到的故乡截然相反：

> 深蓝的天空中挂着一轮金黄的圆月，下面是海边的沙地，都种着一望无际的碧绿的西瓜，其间有一个十一二岁的少年，项带银圈，手捏一柄钢叉，向一匹猹尽力的刺去，那猹却将身一扭，反从他的胯下逃走了。

这篇小说里除了有对比的场景外，也有并列的场景，即"我"见杨二嫂和见闰土这两个场景。有人认为这两个场景是对比，因为一个反映了杨二嫂尖酸刻薄、爱占小便宜的小市民性格，一个反映了闰土虽有封建等级观念但不失质朴的农民性格。其实，这只是一种表面现象，这两个场景在小说中的"我"看来，都代表着现实的、令人失望的故乡，这种失望，在这两个场景结尾处的"默默"一词上清楚地表现出来：

> 我知道无话可说了，便闭了口，默默的站着。

> 他只是摇头；脸上虽然刻着许多皱纹，却全然不动，仿佛石像一般。他大约只是觉得苦，却又形容不出，沉默了片时，便拿起烟管来默默的吸烟了。

第一句话是"我"的沉默，第二句话是闰土的沉默，这沉默代表了"我"与杨二嫂、与闰土之间的一种深刻的思想隔膜，尽管在"我"小的时候，"我"都曾经与他们有过很亲密的关系，但当"我"再次回到故乡时，作为现实故乡的代表，杨二嫂、闰土和"我"已经没有沟通的可能了。而这，是"我"所不愿的，也是"我"要否定的。虽然在这沉默中，杨二嫂和闰土表现出迥然不同的性格特征，但是在形成"我"对现实故乡的痛苦感受上却是那么的一致，他们都代表了辛亥革命前后中国日益衰败的农村，他们身上表现出来的思想也是"我"极力要铲除的；而且，这两个场景之间也是仅有时间上的先后承续，而没有因果逻辑联系，所以也是一种并列关系。

（二）绝对固定空间叙事的形成原因探析

小说叙事在一个绝对固定的空间里完成，这对作家的艺术才能提出了挑战，因为我们现实生活里的事情，往往是 A 空间种因 B 空间发展到 C 空间才结果，其根由在于我们人是流动的。要在一个绝对固定的空间里完成一个小说叙事，就必须利用多种艺术手法，尽量使这一空间能够"容纳"一个叙事。鲁迅在具体操作的时候，主要运用了以下几种技巧。

1. 利用人物的语言或心理活动，在实体空间的基础上创造心理真实空间，形成实体空间与心理空间的叠加

尽管实体空间狭小而固定，但是鲁迅设置的实体空间都含有使人物开口说话或使心灵之门开启的"机关"，人物一旦触到这个"机关"，就用对话或心理活动拓展出一个新的空间。它是关于人物心灵的，它能够超越实体空间的界限；同时，它又是自由的，因为人的心灵有"观古今于须臾，抚四海为一瞬"（陆机《文赋》）的灵便，它能够把发生在异时异地异人身上的事情给串在一起，因而能够极大地扩充实体空间的"容量"。用人物语言来叙述事件，这在珀西·卢伯克①看来，是一种"间接叙述法"，其长处是"一个故事从别人心灵中反映出来，看上去效果就更大"②。什么效果呢？卢伯克没有说明，但稍加分析，我们自然就明白这样写的双重效果：既写了事，又写了关注、叙述这个事的人物的心理状态，及他对事情的评判褒贬，这就最能见出其精神面貌了。这对于以改变国民的精神为创作目的的鲁迅来说，是最自然不过的事情。小说里人物的心理活动也有类似的艺术效果。我们来看几个具体的例子。

例一：

有一天，大约是中秋前的两三天，掌柜正在慢慢的结账，取下粉板，忽然说，"孔乙己长久没有来了。还欠十九个钱呢！"我才也觉得他的确长久没有来了。一个喝酒的人说道，"他怎么会来？……他打折了

---

①　前面译作"珀·路伯克"，实际上同一个人，因版本不同而译法不同。
②　［英］卢伯克，福斯特，缪尔. 小说美学经典三种［M］. 方土人，罗婉华，译. 上海：上海文艺出版社，1990：28.

腿了。"掌柜说，"哦！""他总仍旧是偷。这一回，是自己发昏，竟偷到丁举人家里去了。他家的东西，偷得的么？""后来怎么样？""怎么样？先写服辩，后来是打，打了大半夜，再打折了腿。""后来呢？""后来打折了腿了。""打折了怎样呢？""怎样？……谁晓得？许是死了。"掌柜也不再问，仍然慢慢的算他的账。

　　这是《孔乙己》里的一段文字，是几个场景中孔乙己唯一没有出场的一次。人物的对话由"粉板"引起，因为在中国传统习俗中，过年过节是各商家催讨欠款的时间，到了中秋，咸亨酒店的掌柜要清账，看到粉板上孔乙己的名字，自然就想起了孔乙己——也可以说是"才"想起孔乙己，因为这一段话前面的一句是"孔乙己是这样的使人快活，可是没有他，别人也便这么过"。可以说，粉板是引起这段对话的"机关"。通过咸亨掌柜和酒客的对话，把发生在咸亨酒店之外的关于孔乙己的事情引进来了，不仅用一种极为简练、经济的语言写了事情的主要经过，而且还写出了咸亨掌柜和酒客对这件事情的态度。酒客的评判是孔乙己"自己发昏"，"竟"偷到丁举人家里去了。"他家的东西，偷得的么？"对丁举人是畏之如虎，对落魄的孔乙己是没有丝毫的同情。咸亨掌柜呢，听到酒客说孔乙己"许是死了"时，他的反应是"也不再问，仍然慢慢的算他的账"，孔乙己的生死没有他的账重要。鲁迅在这儿揭示出来的中国人对不幸者的冷酷是惊心动魄的，他曾经沉痛地说："造化生人，已经非常巧妙，使一个人不会感到别人的肉体上的痛苦了，我们的圣人和圣人之徒却又补了造化之缺，并且使人们不再会感到别人的精神上的痛苦。"[①] 这段话正是对鲁迅这一看法的最为透彻的阐释。这样，鲁迅就通过这种引入人物对话的"间接叙述法"，巧妙地弥补了因空间被固定而造成的不足；而孔乙己被丁举人打折了腿更是导致他最终死去的直接原因，在这个意义上说，这儿的人物对话还推动了故事的发展。

---

① 鲁迅. 俄文译本《阿Q正传》序及著者自叙传略［M］//鲁迅. 鲁迅全集（第七卷）. 北京：人民文学出版社，2005：83.

例二：

"你也许本来知道，"他接着说，"我曾经有一个小兄弟，是三岁上死掉的，就葬在这乡下。我连他的模样都记不清楚了，但听母亲说，是一个很可爱念的孩子，和我也很相投，至今她提起来还似乎要下泪。今年春天，一个堂兄就来了一封信，说他的坟边已经渐渐的浸了水，不久怕要陷入河里去了，须得赶紧去设法。母亲一知道就很着急，几乎几夜睡不着，——她又自己能看信的。然而我能有什么法子呢？没有钱，没有工夫：当时什么法也没有。

"一直挨到现在，趁着年假的闲空，我才得回南给他来迁葬。"他又喝干一杯酒，看着窗外，说，"这在那边那里能如此呢？积雪里会有花，雪地下会不冻。就在前天，我在城里买了一口小棺材，——因为我豫料那地下的应该早已朽烂了，——带着棉絮和被褥，雇了四个土工，下乡迁葬去。我当时忽而很高兴，愿意掘一回坟，愿意一见我那曾经和我很亲睦的小兄弟的骨殖：这些事我生平都没有经历过。到得坟地，果然，河水只是咬进来，离坟已不到二尺远。可怜的坟，两年没有培土，也平下去了。我站在雪中，决然的指着他对土工说，'掘开来！'我实在是一个庸人，我这时觉得我的声音有些希奇，这命令也是一个在我一生中最为伟大的命令。但土工们却毫不骇怪，就动手掘下去了。待到掘着圹穴，我便过去看，果然，棺木已经快要烂尽了，只剩下一堆木丝和小木片。我的心颤动着，自去拨开这些，很小心的，要看一看我的小兄弟，然而出乎意外！被褥，衣服，骨骼，什么也没有。我想，这些都消尽了，向来听说最难烂的是头发，也许还有罢。我便伏下去，在该是枕头所在的泥土里仔仔细细的看，也没有。踪影全无！"

我忽而看见他眼圈微红了，但立即知道是有了酒意。他总不很吃菜，单是把酒不停的喝，早喝了一斤多，神情和举动都活泼起来，渐近于先前所见的吕纬甫了，我叫堂倌再添二斤酒，然后回转身，也拿着酒杯，正对面默默的听着。

"其实，这本已可以不必再迁，只要平了土，卖掉棺材；就此完事了的。我去卖棺材虽然有些离奇，但只要价钱极便宜，原铺子就许要，至少总可以捞回几文酒钱来。但我不这样，我仍然铺好被褥，用棉花裹了些他先前身体所在的地方的泥土，包起来，装在新棺材里，运到我父亲埋着的坟地上，在他坟旁埋掉了。因为外面用砖墩，昨天又忙了我大半天：监工。但这样总算完结了一件事，足够去骗骗我的母亲，使她安心些。——阿阿，你这样的看我，你怪我何以和先前太不相同了么？是的，我也还记得我们同到城隍庙里去拔掉神像的胡子的时候，连日议论些改革中国的方法以至于打起来的时候。但我现在就是这样子，敷敷衍衍，模模胡胡。我有时自己也想到，倘若先前的朋友看见我，怕会不认我做朋友了。——然而我现在就是这样。"

这是《在酒楼上》的四段文字，吕纬甫不仅用它来叙述了一件完整的事情，而且还不时剖析自己在做这件事时的心态。从时间上看，迁坟这件事从接到堂兄的信到最终完成差不多快一年的时间，从空间来看，吕纬甫从太原到 S 城到乡下迁坟又回到 S 城，若不用人物自己的语言来叙述，"酒楼"这一空间是无论如何容纳不下的。吕纬甫（实际上是鲁迅）不仅用简洁的语言把它写出来了，而且还由此带出与这一切紧密相关的吕纬甫的精神状态。在叙述了这一事情后，吕纬甫又叙述了另外一件事：送剪绒花给顺姑。这件事更为复杂，时间、空间跨度更大，而且其中又夹进了别人的叙述——"店主的母亲，老发奶奶"，是她告诉吕纬甫顺姑的死亡情况，这就形成了"中国套盒"① 式的叙述结构。这两件事，由于它们巨大的事件容量和情绪容量，就极大地拓展了"酒楼"这一实体空间。这一空间拓展之所以能够实现，很大程度上得益于"酒楼"这一实体空间隐伏的"机关"，或曰它的特点。酒

---

① "中国套盒"是一种民间工艺品，与"俄国玩偶"类似，把它引入小说研究是为了说明这样一种小说结构：像这两个民间工艺品那样"大套盒里容纳形状相似但体积较小的一系列套盒，大玩偶里套着小玩偶，这个系列可以延长到无限小"。（［秘鲁］巴·略萨．中国套盒［M］．赵德明，译．天津：百花文艺出版社，2000：86.）这里我用它来形容《在酒楼上》叙述里套叙述的叙事方法。

楼这一实体空间到底有什么"机关"呢?

第一,这个酒楼是 S 城的一座酒楼,而 S 城是"我"和吕纬甫曾经共同生活过的地方,也是他们年轻时候一起"战斗"("同到城隍庙里去拔掉神像的胡子的时候,连日议论些改革中国的方法以至于打起来")过的地方,并且离"我"和吕纬甫的故家都很近,可以以故乡来指称它。前面在研究《故乡》里的对比场景时,曾经说到"故乡"是一个包蕴非常丰富的词汇。无论是小说里的"我"还是吕纬甫,一到 S 城,怕都有万千感慨吧!尽管是"深冬雪后,风景凄清","我"还是在"怀旧"心态的驱使下去"寻访"旧同事,去看以前工作过的学校,是想寻找"旧日的梦的痕迹"吧。由"我"到 S 城的心情就可以推知吕纬甫到 S 城的心情,而在酒楼上吕纬甫的讲述也印证了这一点。为寻找"旧日的梦的痕迹"而来,现实的 S 城却让他们无法寻觅。这种失落,怎不让他们心潮跌宕呢!

第二,酒楼为"我"和吕纬甫提供了一个聚会之所。酒楼作为一个公共空间,本就为天南海北的人们制造相遇的机会,而于"我"和吕纬甫来说,这个叫一石居的酒楼是"很熟识"的。既然旧同事见不着,学校也"于我很生疏",那么到一石居来看看,是不是想补偿一下寻梦不成的失落呢?"我"到一石居是这样的一种心态,小说里没有说明吕纬甫是为什么到一石居的,但我们可以借"我"而推及吕纬甫,他大概也是抱着这样的心理来到一石居的。很多研究者都认为,小说里的"我"也好,吕纬甫也好,都是作者鲁迅的精神化身。①

---

① 周作人说《在酒楼上》"所说的吕纬甫的两件事都是著者自己的"(周作人,周建人. 书里人生——兄弟忆鲁迅(二)[M]. 石家庄:河北教育出版社,2000:73.),钱理群先生也认为"小说中的'我'和'吕纬甫'确实都有鲁迅的身影"(钱理群. 鲁迅作品十五讲[M]. 北京:北京大学出版社,2003:67.)。在这篇小说中,鲁迅把他当时的思想状态分给小说中的"我"和吕纬甫两人,消极、敷衍的吕纬甫反映了鲁迅在"五四"落潮后彷徨、犹疑的一面。而小说里的"我"(与吕纬甫所居的旅馆"方向正相反"一句就暗示了"我"与吕纬甫的不同)则反映了鲁迅思想里坚守理想、继续战斗的一面。这恰恰反映了鲁迅思想的一个特点:思想的不同侧面"往返质疑""互相辩驳"(钱理群语)。

只是，一样的寻梦，一样的寻梦不成，却最后收获了不一样的精神状态。①
无论怎样，这个他们都熟识的酒楼，在偶然中制造了他们相遇的必然。

第三，酒楼这个空间，为吕纬甫敞开心扉提供了另一个"催化剂"——
酒。谁都知道酒里面含的酒精对人的神经有刺激作用，饮酒尤其是过量饮酒
后，人的理性控制就会放松，会较平时更多地袒露内心的真实情怀，我们平
常所说的"酒后吐真言"即指这种情况。我们来看《在酒楼上》关于人物饮
酒的情况。刚开始"我"一人时，"我"就叫了"一斤绍酒"②，到吕纬甫来
时，"我"叫堂倌"再去添二斤"，后来又"叫堂倌再添二斤酒"。吕纬甫饮
酒的情况也是不停地在小说中出现，且程度是逐步加深：

1. "也还是为了无聊的事。"他一口喝干了一杯酒，吸几口烟，眼
睛略为张大了。"无聊的。——但是我们就谈谈罢。"

2. "一直挨到现在，趁着年假的闲空，我才得回南给他来迁葬。"
他又喝干一杯酒，看着窗外，说……

3. 我忽而看见他眼圈微红了，但立即知道是有了酒意。他总不很吃
菜，单是把酒不停的喝，早喝了一斤多，神情和举动都活泼起来，渐近
于先前所见的吕纬甫了，……

---

① "我"寻梦不成尽管也失落，但见到吕纬甫现在这样子，却让"我"醒悟到"我"
决不能像他那样消沉下去，决不能变成他那个样子，这就促使"我"排除掉以前思
想中一些消极的成分，坚定了继续前进的信心。所以才有了小说结尾处的畅快感受
（"我独自向着自己的旅馆走，寒风和雪片扑在脸上，倒觉得很爽快"），这与小说
开头进一石居独自饮酒"略带些哀愁"的感觉是相反的。而吕纬甫在小说结尾处的
表现仍是那样消沉，所以说他们最后收获了不一样的精神状态。

② 据周作人回忆，绍兴人吃酒几乎全是黄酒（即绍兴酒），吃的人起码两浅碗，即是
一提（周作人，周建人. 书里人生——兄弟忆鲁迅（二）［M］. 石家庄：河北教
育出版社，2000：10.），而一提就是一窜筒酒（"窜筒"是绍兴酒店里特有的温酒
工具），一窜筒酒"容积刚好是两碗，相当于一斤"（裘士雄等. 鲁迅笔下的绍兴风
情［M］. 杭州：浙江教育出版社，1985：162.）。"我"只为"我"一个人要了
"一斤酒"，是绍兴人吃酒的平均数，而当吕纬甫来时，"我"马上要"添二斤"，
可见吕纬甫的酒量较大。而实际上最后两人总共喝了五斤酒，可谓是"酒逢知己千
杯少"，但从后文来看，吕纬甫过量了是肯定的。

4. "一直到了济南，"他向窗外看了一回，转身喝干一杯酒，又吸几口烟，接着说。

5. 他满脸已经通红，似乎很有些醉，但眼光却又消沉下去了。

而伴随着吕纬甫饮酒的是他不断地诉说，而小说里的"我"基本上只是在默默地倾听。可以说，饮酒为吕纬甫讲述他的故事提供了一种必要的刺激物，而酒，则是酒楼这一空间的标志。

总而言之，正是酒楼这一空间它所包蕴的这些"机关"才使吕纬甫的长篇讲述成为可能，这种讲述不仅引入了酒楼这一空间之外的众多事件，而且形象地呈现了吕纬甫的精神状态。在实际的文本效果上，讲述创造了一个真实的心理空间——吕纬甫的精神世界，它叠加在酒楼这一实体空间之上，和吕纬甫的神情，和废园的景致，和小说开头"我"的心情等混杂在一起，就创造出了"最富鲁迅气氛"的小说。①

与《在酒楼上》非常类似的是《头发的故事》这篇小说，小说里的空间是"我"的寓里，但N先生却以他的独白式的语言把小说的内容远远扩展到这一狭小的空间之外，而且，这些关于"头发的故事"几乎与"我"的寓这一空间毫不相关，但的确是在这一空间里诱发出来的。小说开头写到"我"在揭去隔夜的日历时发了一句感慨："阿，十月十日，——今天原来正是双十节。这里却一点没有记载！"这表明如果不是日历的提醒，"我"也几乎忘了双十节。这恰恰触动了刚好到"我"的寓里来谈闲天的N先生，于是便有了下边众多的关于"头发的故事"。这篇小说也是在一个狭小的实体空间之上建立起一个内容丰富、思想深刻的心理空间，它也得益于人物的谈话。

利用人物的心理活动来横向或纵向拓展空间，在《呐喊》《彷徨》的绝对固定空间叙事中也很常见。所谓横向拓展，指的是空间范围的扩大，把人物

---

① 1956年，时在香港办报的曹聚仁到北京访问周作人，一见面就谈起鲁迅的小说。曹聚仁告诉周作人，他最喜欢《在酒楼上》；周作人表示欣然同意，他说，我也认为《在酒楼上》写得最好，这是一篇"最富鲁迅气氛"的小说。（钱理群. 鲁迅作品十五讲［M］. 北京：北京大学出版社，2003：60.）

心理意识到的内容远远扩大到他被限定的实体空间范围之外去。如《端午节》里主要情节均发生于方玄绰的家，但小说内容并未被这一狭小空间所局限，其技巧之一即是方玄绰的心理活动。我们来看小说的最后一段的几句话。

例三：

　　这时候，他忽而又记起被金永生支使出来以后的事了。那时他惘惘的走过稻香村，看店门口竖着许多斗大的字的广告道"头彩几万元"，仿佛记得心里也一动，或者也许放慢了脚步的罢，但似乎因为舍不得皮夹里仅存的六角钱，所以竟也毅然决然的走远了。

发生在方玄绰的这段心理活动前面的情节是他的太太因家里用度窘迫而提议去买彩票，结果被方玄绰骂为"无教育"；而这段心理活动，就内容来说是发生在家这一空间之外的，就文本效果来说，它恰恰揭露了方玄绰内心的真实想法（与他的太太差不多，同样为生活压力而苦恼），结果就是在实体空间（方玄绰表现得一本正经）和心理空间之间造成了巨大的反讽，并用这种反讽宣告了方玄绰的"差不多"主义的破产。类似的横向拓展还有《幸福的家庭》里作家对他拟写的小说"幸福的家庭"的艺术构思，它也超越了实体空间——作家的家的限制，它具有玫瑰色的虚幻色彩；但在作家构思过程中，他的妻子和孩子不时把他从这一虚幻空间拉回到现实实体空间里来，而这一实体空间是灰色的。由此，这篇小说也在实体空间和人物的心理空间之间形成巨大的反讽，有力而诙谐地展示了青年作家的悲惨处境。

　　纵向空间拓展指人物的心理活动所涉及的故事内容就空间范围来说并没有超出实体空间的范围，但在时间上却做了向前或向后的延伸，从而在另一维度上拓展了空间。这一拓展，也在实际的文本效果上形成了一种"空间的叠加"。如《故乡》里，当"我"听母亲说闰土就要来时，脑里就立刻闪现出关于闰土的神异的图画来，这幅色彩鲜明、充满生命活力的图画，是三十多年前闰土留给"我"的，是故乡的过去，它叠加在萧瑟、破败的现在的故乡的画面之上，形成一种极有视觉冲击力和情绪感染力的对比，有力地表达了小说的主题：辛亥革命前后农村的破败和农民生活是痛苦的。再比如《白光》里，陈士成回到家后，由于落榜刺激过大，在院子里痛苦地徘徊时，他忽地记起了小时候在院子里乘凉时祖母给他讲故事——儿时的快乐和现在的痛苦都纠结在这个院子里，而其间的变化，陈士成由天真的儿童到现在一心想金榜题名、发大财的落魄书生，不能不让人感慨万千。并且，祖母曾对他说过家里也许埋有祖先留下来的财富，这直接导致了陈士成"掘藏"的疯狂举动。这一向过去延伸的心理活动，不仅基本上把陈士成的过去和现在连成一体完整地勾画出他的人生轨迹，而且使陈士成的家这一实体空间有了更大的生活容量和思想容量，并最终形成了这篇小说文笔简约而包蕴丰厚的美学风格。

2. 置人物活动的具体空间于更大的背景空间之下

这种方法实际上是将小说里的"绝对固定空间"置放于一个更大的空间背景之下。尽管鲁迅在谈他做小说的主见时曾经说过"我力避行文的唠叨，只要觉得够将意思传给别人了，就宁可什么陪衬拖带也没有"① 的话，但为了"够将意思传给别人"，在空间绝对固定的情况下，他也在部分小说中对空间的背景进行交代，当然也是鲁迅式的简约风格。如《一件小事》这篇小说，全篇只有一个场景，故事发生在京城的马路上，而且写的是一件很普通的小事情。但其深刻的思想意义和叙事得以完成就在于鲁迅给"马路"这一空间设置了一个色调截然相反的、更为广阔的背景空间：

> 我从乡下跑到京城里，一转眼已经六年了。其间耳闻目睹的所谓国家大事，算起来也很不少；但在我心里，都不留什么痕迹，倘要我寻出这些事的影响来说，便只是增长了我的坏脾气，——老实说，便是教我一天比一天的看不起人。

从这开头的一段看来，"我"对京城的整体感觉是否定的（这种否定集中在近几年发生在京城的"国家大事"上），但在这一否定的大空间背景之

---

① 鲁迅. 我怎么做起小说来［M］//鲁迅. 鲁迅全集（第四卷）. 北京：人民文学出版社，2005：526.

下，发生在京城的马路上这一小空间里的小事情才有了意义：从看不起人到觉得车夫形象的高大，并以此凸显劳动人民的高贵品质和"我"的反省精神。再如《端午节》里的场景全发生在方玄绰的家里，但鲁迅在展开具体的场景描写之前，却花了很大的篇幅对发生在家这一绝对固定空间里的场景做背景介绍。小说里共有方玄绰与他的太太对话的两个场景，第一个场景是方玄绰感觉到家里的"生活水平"下降了，在这之前叙述人概略交代了方玄绰的"差不多"理论，重点写他对教员索薪的态度；第二个场景写方玄绰和太太商讨怎么对付缺钱的窘境，而这一场景之前也花了好几段写他在教员索薪、官员讨薪中的表现，用方玄绰在更广阔的背景空间的"差不多"主义和他在家庭空间里的实际困窘进行对比，以宣告他的"差不多"主义的破产，并对这种"没有和恶社会奋斗的勇气，所以瞒心昧己的故意造出来的一条逃路"进行严格的批判。可以说，《端午节》里的空间场景如果没有这种背景空间的支撑，它就失去了存在的意义和叙事的价值。《白光》里陈士成的故事主要发生在他的家里，但这之前也有好几段的背景交代：他去看县考的榜，然后失魂落魄地回到家里……小说里的故事从他到家开始，但这一背景空间的铺垫才是叙事的真正动因。没有"家"之外的背景空间，"家"这一空间里的故事就无法立起来，就是无源之水，无本之木。

这种叙事技巧实际上也是将绝对固定空间和它周围更广阔的社会空间连接起来，当绝对固定空间被置放在一个更大的空间背景中时，即使是绝对固定空间里发生的再普通的事情，它也具有非同寻常的意义，一个绝对固定空间完成一个小说叙事就更有保障了。

3. 绝对固定空间之外人物因素的引入

这一种技巧是说，某一人物本不属于这一绝对固定空间，但为了扩大叙事的容量，或为了形成小说叙事，就把这些人物引入这一空间里来。人物增加了，自然就有可以叙述的故事。《故乡》开头即交代回乡的主要目的：搬家，拜望亲戚本家，但在叙事中这些本是"我"要做的主要事情都被隐去了，两个本不属于"我"的"家"人、也不是"亲戚本家"的人物——杨二嫂和闰土，却被引入"我"的"家"里来，并且成为故乡的代表人物。杨二嫂的小市民气，闰土的麻木困苦，都使回乡搬家的主要情节发生了偏离，但也恰恰是这种偏离，才使《故乡》开拓出了别样的美学意蕴。《风波》里引入的赵七爷，更使乡村里平静的土场掀起了一场"风波"。七斤所在的村子，是鲁镇附近的偏僻小村，夏天的时候村民都有到临河土场边乘凉边吃饭的习惯，应该说土场这一空间是属于七斤和这个村子的其他村民的，但偏偏"邻村茂源酒店的主人，又是这三十里方圆以内的唯一出色人物兼学问家"赵七爷来了。赵七爷的到来，就如同平静的湖面投入了巨石，土场立刻就"动"起来了。我们来看小说对赵七爷到来时的一段描写：

> 太阳收尽了他最末的光线了，水面暗暗地回复过凉气来；土场上一片碗筷声响，人人的脊梁上又都吐出汗粒。七斤嫂吃完三碗饭，偶然抬起头，心坎里便禁不住突突地发跳。伊透过乌桕叶，看见又矮又胖的赵七爷正从独木桥上走来，而且穿着宝蓝色竹布的长衫。

紧接着这一段的是对赵七爷这个人物的交代，着重突出了他的头发和竹布长衫，并进一步解释七斤嫂心坎里突突发跳的原因。小说借助于这一"外来人物"，不仅把空间范围拓展到土场之外，而且使这一空间之内的人物有了一个重新展现自己的契机——他们借此都活跃起来，原来"无思无虑"的"田家乐"变成了个个忧愁不安。如果没有引入赵七爷，张勋复辟对七斤他们的影响虽然也会让他们焦急，但土场上绝不会像现在起这么大的"风波"，因为在赵七爷到来前七斤和七斤嫂就知道了皇帝又坐了龙庭而且要辫子的消息，但他们仍是安静地吃饭，土场上的人们和以前相比也没有大的变化。是赵七爷对人们的恐吓，人们对他的盲目信任，才最终在土场上掀起了一场"风波"。

在《肥皂》里鲁迅也运用了这种技巧。《肥皂》的故事发生的空间全集中在四铭的家里，但小说的后半部分却引入了何道统和卜薇园两人，他们到四铭家里来"是为了移风文社的第十八届征文题目"与四铭商量的。由"移风"而自然联系到了"孝女"的事情，当四铭提到两个光棍说过"买两块肥皂来，咯吱咯吱遍身一洗，好得很哩"时，何道统居然也和四铭太太一样看出了四铭的"潜意识"。"你买,哈哈,哈哈!"这就不仅剥去了四铭、何道统等人假道学真淫棍的丑恶面目,而且用何道统等人对四铭谈论孝女发表的与四铭太太近乎一致的看法,把家庭和社会上人们对四铭的看法集中到四铭的家这一空间里来,这就使小说的讽刺显得猛烈而集中,给读者以深刻的印象,并由此而减少了由于时间和空间的分散而造成的对艺术效果的"稀释"作用。

4. 对空间进行区隔以拓展其层次、挖掘其深度。

这种区隔在《呐喊》《彷徨》中主要是依靠门、窗对空间的分割形成的。我们人类所居住的建筑,被按照各种生活需要而划分成不同的功能空间,就像现代城市有工业区、商业区、生活区一样,我们的家也被划分成卧室、客厅、厨房等功能空间。中国传统民居往往还有院子、天井等建筑部分。除了墙对建筑空间的分割外,另外一个最重要的分割物就是门了,而且它不仅能够分割空间,还以其开合连通了空间,方便人们出入。安置在墙上的窗,则以其通透性,在视觉上把被分割了的空间又连起来,并以远和近的不同勾勒出空间的层次感。门和窗的这些功能,被鲁迅巧妙地用于《呐喊》《彷徨》的叙事建构,这在《在酒楼上》和《幸福的家庭》两篇小说中表现得最为明显。

《在酒楼上》充分利用了窗的通透性,在视觉上把"我"和吕纬甫饮酒的酒楼室内空间和楼下的废园连接起来。在"我"刚上酒楼时特别交代"原是木棂的后窗却换嵌了玻璃",透过这玻璃窗户"眺望楼下的废园","我"看到了什么呢?

> 几株老梅竟斗雪开着满树的繁花,仿佛毫不以深冬为意;倒塌的亭子边还有一株山茶树,从暗绿的密叶里显出十几朵红花来,赫赫的在雪中明得如火,愤怒而且傲慢,如蔑视游人的甘心于远行。

王富仁先生极为欣赏这段景物描写,并对它在小说中的作用做了精辟分析:"假若优中选优的话,我认为这是《呐喊》和《彷徨》中最精彩的一段景物描写。它之精彩,还不仅仅因为它外在形象的鲜明与美丽,主要在于它极其准确地复现了'我'在这时的具体而微的情绪感受,并以此与吕纬甫的悲剧、与《在酒楼上》全文的思想内容、与鲁迅对吕纬甫悲剧的思想感受，达到了一种内在的和谐，内在的暗示。"① 王富仁先生主要是从思想内容方面来看这段写景的作用，但其叙事价值也已经大致点出来了——王富仁先生在这儿用了"暗示"一词。就这段景物描写的内容来说，它写到了斗雪盛开的梅花和"明得如火，愤怒而且傲慢"的红山茶，如果联系到鲁迅小说一贯的隐喻性②，我们可以把它视为在过去五四新文化运动高潮期先觉醒过来的现代知识分子对黑暗势力、对腐朽的封建传统的勇猛进击精神，"我"和吕纬甫当年都有这种精神。这对于正处于彷徨期的"我"和已经消沉、颓唐的吕纬甫来说，都是颇能给予慰藉的。"我"对如此美景的反应是"很值得惊异了"，吕纬甫的反应是"对废园忽地闪出我在学校时代常常看见的射人的光来"。因此，这段景物描写，就与在酒楼上颓唐、消沉的吕纬甫的大段陈述形成了强有力的对比，而勾连这两种迥异精神状态的，正是酒楼上的"窗户"。宗白华先生说："窗子在园林建筑艺术中起着很重要的作用。有了窗子，内外就发生交流。窗外的竹子或青山，经过窗子的框框望去，就是一幅画。"③《在酒楼上》的窗户正是这样，它通过人物的视觉，为酒楼这一近空间设置了一个远的空间，并最终形成了空间的纵深感和层次感。在主题上，它形象地刻画出启蒙知识分子在"五四"落潮期的思想变迁，使我们在关注吕纬甫的现在的同时也时时反顾他的过去，在反顾他的过去的同时也时时想到他的现在——就像电影里的"蒙太奇"一样，在性质完全不同的画面之间来回切换。这样，在小说叙事上就构成一种内在的紧张关系。另外，由于小

---

① 王富仁. 中国反封建思想革命的一面镜子——《呐喊》《彷徨》综论 [M]. 北京：北京师范大学出版社，1986：298.

② 鲁迅小说的隐喻性早已得到学术界的公认。钱理群先生不仅认为"鲁迅小说具有本体性的隐喻性"，而且"这种隐喻性不是一种写作技巧，不是一种艺术的表现形式，而是鲁迅对整个世界的把握方式，是鲁迅的一种思维方式"（钱理群. 与鲁迅相遇 [M]. 北京：生活·读书·新知三联书店，2003：128.）；王富仁先生也说"鲁迅小说从其基本的倾向上，就不是现实主义的和浪漫主义的，而是隐喻的、象征主义的"，"它的隐喻的意义远远超过了这些事件本身的意义"（王富仁. 中国文化的守夜人——鲁迅 [M]. 北京：人民文学出版社，2002：179.）。

③ 宗白华. 美学散步 [M]. 上海：上海人民出版社，1981：64.

说的主体部分是吕纬甫的大段自叙，在自叙的间隔中插入窗外的景物，也对叙事起了避免单调的调节作用。

与《在酒楼上》利用窗不同，《幸福的家庭》主要利用门来建构叙事。《幸福的家庭》里的门把小说中青年作家的家分成室内和外间，小说开始时青年作家一人在室内创作名为《幸福的家庭》的小说，他沉醉在"幸福的家庭"的幻想中。但渐渐地，外间的事物——首先是妻子和小贩讨价还价的声音，其次是妻子的进进出出，再其次是白菜和劈柴——依次侵入室内空间来，他幻想中的幸福家庭也在这种入侵中逐渐崩塌，而门，正是这"入侵"的通道。我们来看小说中的两段文字：

> "二十三斤半，……"他觉得劈柴就要向床下"川流不息"的进来，头里面又有些桠桠叉叉了，便急忙起立，走向门口去想关门。但两手刚触着门，却又觉得未免太暴躁了，就歇了手，只放下那积着许多灰尘的门幕。他一面想，这既无闭关自守之操切，也没有开放门户之不安：是很合于"中庸之道"的。
>
> "……所以主人的书房门永远是关起来的。"他走回来，坐下，想，"有事要商量先敲门，得了许可才能进来，这办法实在对。现在假如主人坐在自己的书房里，主妇来谈文艺了，也就先敲门。——这可以放心，她必不至于捧着白菜的。

当他听到门外妻子打女儿的声音时，他再也坐不住了，"就站了起来，钻过门幕"，来到了外间。"门可以分割空间，造成门内门外的空间转换和心理转换"①，一到外间，他就不能不从虚幻的"幸福的家庭"跌落到贫穷不堪的现实家庭中来。可以说，当他一人在门内（室内）时，他停留在虚幻中，但当他跨出门外时，他就不得不面对现实。而他由室内到室外的空间转换，也是由门这一空间连通器造成的。正是门的连通作用才形成了小说叙事

---

① 许衍凤."门"文化研究［J］．艺术生活，2006（4）．

的发展动力——不是作家幻想的发展动力，而是小说叙事"旁逸斜出"的发展动力；而且，门还把室内作家幻想的"幸福家庭"和作家现实的不幸福的家庭连起来，这就形成了小说的喜剧色彩——一种近似于欧·亨利小说"含泪的微笑"的艺术风格。

需要我们注意的是，利用门、窗对空间的分割和连通来建构小说叙事不仅在绝对固定空间叙事中存在着，在相对固定空间叙事和移动空间叙事中也大量存在，我们在后面的分析中还会提到这一点。

鲁迅偏爱绝对固定空间叙事，其中的一个原因当然是他一贯的简练文风，如他所说的"力避行文的唠叨，只要觉得够将意思传给别人了，就宁可什么陪衬拖带也没有"，要"极省俭的画出一个人的特点"①，等等，如果一个空间就能完成一个小说叙事、能够将他的意思表达出来，鲁迅就绝不会使用更多的空间。然而，这背后的深层次原因，则与鲁迅"竭力想摸索人们的魂灵"② 这一创作主旨密切相关。当小说叙事集中到一个绝对固定不变的空间里时，这一空间必然会承担惊人的丰富信息（如上文分析的种种技巧就是汇聚丰富信息的手段），空间的社会性内容也必然非常丰厚，当小说人物在这样的空间里活动时，受空间惊人丰富信息的刺激，他的思想、情感和灵魂就必然更容易显示或暴露出来，如前面分析的"酒楼"、四铭的"家"等空间，都具有这样的作用。另外，由于要表现的是人的灵魂，因此要刻画的主要是精神事件，这样的精神事件不像一般的行为事件那样需要其他行为事件（必然带来其他的空间）作支撑，它们本身就足以表达出作者的主旨，如《示众》要表现中国人的"看客心理"，夏日街头的一幕就足够表现，因此就不需要其他空间了。总之，鲁迅对中国人精神世界的强烈关注必然导致他更多地采用绝对固定空间叙事这一叙事形态，反过来，这一叙事形态也有利于他创作意图更好地实现。

---

① 鲁迅. 我怎么做起小说来 ［M］//鲁迅. 鲁迅全集（第四卷）. 北京：人民文学出版社，2005：526-527.
② 鲁迅. 俄文译本《阿Q正传》序及著者自叙传略 ［M］//鲁迅. 鲁迅全集（第七卷）. 北京：人民文学出版社，2005：84.

二、相对固定空间叙事

在《呐喊》《彷徨》中，属于相对固定空间叙事的有三篇：《狂人日记》《明天》和《祝福》。从空间叙事形态的角度来说，我们也要研究两个相关的问题：一是小说故事发生的空间的单元布局和整体性问题，二是小说里的人物在各单元空间游走的原因。

（一）相对固定空间叙事中空间的单元布局与整体性构成

1. 相对固定空间叙事中空间的单元布局

之所以引入"单元"这个概念，是想借用其既有整体性又有相对完整性、独立性的内涵——《现代汉语词典》对"单元"的解释是："整体中自成段落、系统，自为一组的单位（多用于教材、房屋等）：～练习｜～房｜三号楼二～六室。"① 较之于绝对固定空间叙事里空间的区隔、分割，相对固定空间叙事里的整体性空间也被分隔成一个个小空间，但这些小空间并不像绝对固定空间叙事那样是一个完整空间里的局部空间，没有自己相对的独立性；它们尽管也属于一个大的空间的一部分，但有自己的相对独立性和完整性，有的还能做进一步的空间分割（而绝对固定空间里分割出来的局部空间几乎不能再行分割）。而且，在建筑表现形式上，这些小空间也呈现为一个个的独立的建筑单位，因而我更愿意称它们为空间单元，它们体现了空间连中有分、分中有连的特点。

一篇小说里所有的空间单元组接起来，就形成了小说叙事的单元布局。《狂人日记》的主体部分（狂人的十三则日记）就故事发生发展的实体空间来说，由两个单元组成：狂人的家是一个空间单元，家之外的路上、街头是另一个空间单元，这两个空间单元被"大门"分隔开来，并且狂人的家这个空间单元又被书房的"门"分割成书房内外两个局部空间。《明天》里有三个空间单元：互为"间壁"的咸亨酒店和单四嫂子家、庸医何小仙家、鲁镇的街头（路上）。需要说明的是，之所以将咸亨酒店和单四嫂子家这两个相

---

① 中国社会科学院语言研究所词典编辑室. 现代汉语词典（修订本）［M］. 北京：商务印书馆，1996：245.

对完整的空间放在一起作为一个空间单元，除了在建筑形式上它们二者连在一起外，还因为它们在小说里总是一起出现，隔墙而来的声音（性质截然相反的两种声音）把它们紧紧连为一体。《祝福》里大致有四个空间单元：鲁镇东头的河边、鲁四老爷家、鲁镇的街头、鲁镇西头的土地庙，前两个空间单元是在小说中实际出现的，后两个是在"我"回忆祥林嫂的事迹中出现的——这些空间单元共同构成了祥林嫂在鲁镇的全部遭际。

就小说叙事来说，人物或故事从一个空间单元转移到另一个空间单元，就往往形成小说叙事的"分节"。分节是借用张世君教授的一个概念，她在《〈红楼梦〉的空间叙事》中这样解释"分节"的含义：

> 我们在梳理《红楼梦》的空间场景意象时发现，在场景内、场景外，场景与场景叙事之间，有一种自然而然，油然而生的停顿与转换现象，我们把这种空间场景的停顿与转换的描写称之为"分节"。
>
> 分节（articulation）是西方 60 年代以来视觉艺术和心理学研究中的一个重要的中介术语，我们把它移植到小说空间叙事中来使用，以期使它成为与空间叙事相适应的一个新概念。分节的含义包括连接点、关节点。分节与电影手法的切换相似，但又有不同。切换，是完全由一个空间画面转换为另一个空间画面。而分节不仅有切换的特征，还具有分中有连的含义，而不是把事物截然分开、隔断。这也是分节最大的特点。我们采用分节概念来论述小说叙事中的空间场景的停顿与转换，就在于它表述了场景叙事画面和段落有分有连，分中有连，连中有分的特点。①

依据张世君教授的"分节"定义，我们会发现，《呐喊》《彷徨》空间叙事中的分节现象主要存在于相对固定空间叙事中，并且分节主要是空间单元的转移完成的。绝对固定空间叙事里的空间尽管也有空间的分割，但各局部空间的"连"性太强，几乎无法"分"，如前述的《幸福的家庭》中门虽

---

① 张世君 .《红楼梦》的空间叙事［M］. 北京：中国社会科学出版社，1999：109-110.

然把小说里的空间分成室内和室外，但整篇小说基本上是被我们视为一个空间场景来看的，因而就没有分节现象出现。与此相反，在移动空间叙事中，由于各空间的独立性太强，小说叙事在从一个空间转移到另一个空间时，就呈现出很大的跳跃性，给读者的感觉是"断"，"连"的程度很低，因而也难以出现分节现象。我们可以拿《明天》和《长明灯》做一个比较。

《明天》里的三个空间单元之间的连和分都很清楚，分就不说了，我们来看它们之间的连：第一个空间单元是互为"间壁"的咸亨酒店和单四嫂子家，小说写到的第一天晚上，在咸亨酒店里是红鼻子老拱和蓝皮阿五在不怀好意地呜呜地唱，而单四嫂子则焦急地守护病重的宝儿，并且由于病情的加重，直接导致主要人物单四嫂子到何小仙家看病，小说故事情节由此进入第二个空间单元；从何小仙家出来，很自然地在街上碰到占单四嫂子便宜的蓝皮阿五，是为小说的第三个空间单元；单四嫂子到家后，宝儿病死，出葬，单四嫂子守着太空太大的家，又是红鼻子老拱和蓝皮阿五在不怀好意地呜呜地唱，小说又回到了第一个空间单元。每一个空间单元不仅由一个共同的因（单四嫂子的儿子宝儿病了）串在一起，而且还以一个共同的人物——单四嫂子做它们外在的连接者，更重要的是它们的承续过程十分清楚，中间没有什么断开的地方。而《长明灯》的四个空间场景，不仅没有一个统一的出场人物，而且场景之间的跳跃性很强，每一个场景都呈现出较大的独立性，因而它们之间"断"更大于"连"。第一个空间场景是写方头和阔亭等人在灰五婶的茶馆里商议怎么对付要熄灭长明灯的疯子，第二个空间场景是在社庙前疯子与他们的直接较量，到第三个空间场景是郭老娃、方头等人到四爷客厅商议怎么对付疯子，第四个场景是疯子被关到庙里而孩子们在庙前做游戏，这四个空间场景不仅具体地点变了，而且人物也在不断变更，更重要的是空间场景之间的间隔很大，就像是张世君教授所说的电影画面的"切换"。例如，第一个空间场景的末句是"灰五婶答应着，走到东墙下拾起一块木炭来，就在墙上画有一个小三角形和一串短短的细线的下面，划添了两条线"，而第二个空间场景的起始句是"他们望见社庙的时候，果然一并看到了几个人：一个正是他，两个是闲看的，三个是孩子"；第二个空间场景的末句是

"但他似乎并不留心别的事，只闪烁着狂热的眼光，在地上，在空中，在人身上，迅速地搜查，仿佛想要寻火种"，而第三个空间场景的起始句却是"方头和阔亭在几家的大门里穿梭一般出入了一通之后，吉光屯全局顿然扰动了"；第三个空间场景的末句是"老娃和方头也顿然都显了欢喜的神色；阔亭吐一口气，尖着嘴唇就喝茶"，而第四个空间场景的起始段是"未到黄昏时分，天下已经泰平，或者竟是全都忘却了，人们的脸上不特已不紧张，并且早褪尽了先前的喜悦的痕迹。在庙前，人们的足迹自然比平日多，但不久也就稀少了。只因为关了几天门，孩子们不能进去玩，便觉得这一天在院子里格外玩得有趣，吃过了晚饭，还有几个跑到庙里去游戏，猜谜"——这纯是画面的"切换"，它们之间的"断"是显在的，而"连"是潜在的、逻辑上的，不足以形成文本表现形式上的"分节"。

2. 相对固定空间叙事中空间的整体性构成

相对固定空间叙事里空间的整体性主要是同移动空间叙事相较而言，移动空间叙事里的几个空间一般很难形成一个在外观形式（建筑）上的整体，它们各自的独立性、完整性压倒了它们紧密结合在一块儿的可能性。而在相对固定空间叙事中，各空间单元在各自的相对独立性之外还能够结合成一个有机整体，这种结合性是依靠小说文本中的几种手段完成的。

第一个手段是这些空间单元的组合在建筑形式上呈现出一种整体性特征。就《狂人日记》《明天》《祝福》这三篇小说来说，它们都发生在一个小镇上：《明天》和《祝福》是发生在"鲁镇"，《狂人日记》依小说里出现街道和有佃户来交租的情况看，推知为一个像未庄那样的"村庄"或像鲁镇这样的"小镇"都是站得住脚的，而小说里故事发生的范围，都未超出这些村镇，在一定的意义上，这些村镇在小说中都作为一个整体而存在着。

第二个手段是在空间单元之间进行巧妙而紧密的勾连，通过细针密线把它们"编织"为一个整体。除利用同一个主要人物（在这三篇小说中分别是狂人、单四嫂子、"我"）进行贯穿外，还利用反复出现的次要人物或事物进行空间的前后照应、穿插。如《狂人日记》里，通过狂人家的大门把内外两个空间单元连起来，而赵家的狗（先是在家外以吃人的眼光让狂人害怕，后是以其吠声传入家里的狂人耳内)、陈老五(在街上拖我回家,后又把在大门口看狂人"发疯"的看客赶走),尤其是小说中的"眼光"(家之外是遍布这种吃人的眼光,家里也是如此:佃户的、大哥的、鱼的、老头子的,全是吃人的凶光)的多次出现,更是让我们读者处处感到狂人的家之内外这两个空间单元的一致性,这种一致性弥合了它们在建筑上的内外分别而上升为一种整体性。在《明天》中,反复出现的次要人物则是红鼻子老拱和蓝皮阿五等人,他们伴随着单四嫂子出现在全部的空间单元里。在《祝福》中,除鲁四老爷、四婶等反复出现的次要人物外,还利用了"祝福"这一特殊的节令来连接各个空间单元,四个空间单元都与"祝福"习俗密切相关。而这篇小说开头和结尾关于整个鲁镇祝福气氛的描绘,更从大范围上把这些空间单元融成一个整体。

第三个手段是设置一个中心空间单元,其他空间单元都向这一中心收拢。《狂人日记》的中心单元是狂人的家,狂人在家外受到的眼光的逼迫都通过狂人在家中的心理活动折射出来;《明天》的中心单元是单四嫂子的家和咸亨酒店,这是单四嫂子行为的出发点和归结处,小说里的三个晚上都写单四嫂子在家中的痛苦和孤寂,而每当此时间壁的咸亨酒店总是传来红鼻子老拱、蓝皮阿五等人不怀好意的小曲;《祝福》的中心单元是鲁四老爷的家,"我"对鲁四老爷的近距离观察、祥林嫂的重大命运转折以及最后死亡的信息,都是在这儿完成或传达出来的。小说通过中心空间单元的设置,就把其他空间单元紧紧吸附过来,加强了小说里的空间作为一个整体的内在凝聚力。

(二) 主要人物在各单元空间游走的原因分析

小说里的空间既然被划分为几个空间单元,那么,推动小说里的主要人物从一个空间单元游走到另一个空间单元的原因是什么呢?我认为,它应该是一种力量,是小说叙事中在内在逻辑上所设置的一种力量。

如上所述,《狂人日记》里有两个空间单元,一个是家之外的社会空间,一个是狂人的家(它又被书房门分为书房内外两个局部空间),这两个空间单元的分界线(同时也是连接点)是"大门"。狂人的一、二则日记写的是家之外的社会空间，第一则写的是狂人因见月光而发生了觉醒，第二则写他在觉醒之后首次面对外部世界，但在敌视的眼光及街上女人的辱骂中，狂人被陈老五硬拖回家去了，他由此而进入第二个空间单元：狂人的家。一到家，狂人便被关进书房，"进了书房，便反扣上门，宛然是关了一只鸡鸭"。但在家里，狂人却发现家里人的眼光同外面的人一样；并且，这种眼光还以进入书房的形式逐渐向内"入侵"：首先是陈老五送来的饭菜中的鱼的眼睛，"白而且硬，张着嘴，同那一伙想吃人的人一样"；接着是大哥引来的老头子也是"满眼凶光"。这些空间都充满"吃人"的眼光，于狂人来说是与他隔绝的敌对空间，因此从大门外到大门里是"与'我'隔绝的空间从屋外之世界扩张到屋里即房间外之世界"，从书房外到书房里是"房间外之世界扩张到房间里之世界"；相应地，狂人之"封闭空间越来越狭窄了"①。表面看起来，狂人是被陈老五和家人拖回家中、关到房内，但在狂人的感觉中，促使他进行空间转移的主要是"吃人"的眼光所产生的一种恐惧力量。他对他周围的空间，自外而内地发现它们都遍布"吃人"的眼光，他不断地想躲避这种眼光，就从屋外"躲"到了屋内，从房外"躲"到了房内；相应地，则是"吃人"空间的不断由外向内"入侵"。与狂人生存空间（实体空间）的逐渐缩小相反的是，他的心理活动（我们可称之为"心理空间"）却越来越剧烈，其反省也是越来越彻底：由眼前的人想吃人联想到整个中国历史都是一部吃人的历史，由外面的人想吃人推及家里的人（大哥、母亲）也是吃人的人，到最后在"太阳也不出，门也不开，日日是两顿饭"的情况下，发现自己也是吃人的人！可以说，正是外部空间的挤压，才促成狂人反省的逐步深入、彻底！莎士比亚在《哈姆雷特》中借哈姆雷特之口说："啊，上帝，即

---

① ［韩］李珠鲁．试论鲁迅《狂人日记》的文学时空［J］．苏州大学学报（哲学社会科学版），2001（2）．

便我困在坚果壳里/我仍以为自己是无限空间的国王。"① 狂人被困在由吃人的眼光形成的"坚果壳里",但其思想却因此而拓展出一个"无限空间"。

《明天》的主人公单四嫂子是一个寡妇,照封建礼教来说她不应该到家庭之外的社会空间里去"抛头露面",但她唯一的儿子——宝儿的病,却迫使她不得不进入社会空间,因为那儿才有救治宝儿的医生。于是,单四嫂子从家庭空间来到骗子医生何小仙家,被骗去了好不容易节省下来的钱;回来时在街上遇到蓝皮阿五,又被他借机"揩油"——这都显示了人们对单四嫂子的冷酷和欺压。在小说的后半部分,空间集中到单四嫂子家里,与前半部分不同的是,不再是单四嫂子离开家庭空间到社会空间里去,而是家之外的人到单四嫂子家里来,他们来"帮忙"。在他们的"帮忙"之下,宝儿是葬出去了,可家里的大部分财物也消失了,只剩下"太大的屋子四面包围着他,太空的东西四面压着他,叫他喘气不得"。无论是前半部分单四嫂子由内(家)向外的空间转移,还是后半部分人们由外(单四嫂子的家之外)向内的空间转移,都揭示出单四嫂子生活的冷酷环境,其"明天"是难以乐观的。

《祝福》里有四个空间单元(鲁镇东头的河边、鲁四老爷家、鲁镇的街头、鲁镇西头的土地庙),与"我"有关的是前两个,祥林嫂与这四个都有关。钱理群先生认为《祝福》是一个"三重结构",写的是"我和鲁镇""祥林嫂和鲁镇",以及"我和祥林嫂"这三层关系②,应该说这三层关系的形成是与小说里的四个空间单元分不开的。鲁镇东头的河边,"我"和祥林嫂相遇,形成了"我和祥林嫂"的关系;在鲁四老爷家的所见、所闻,以及与祥林嫂的河边相遇,形成了"我和鲁镇"的关系;而"祥林嫂和鲁镇"的关系,其形成则依赖于祥林嫂在鲁四老爷家做工、被歧视,在鲁镇街头的痛

---

① 张沛先生对这一句话的解释是:"'胡桃壳'(是"坚果壳"的另一译法——本书作者注)里的'无限空间'就隐喻了一个封闭自足的精神世界,这个精神世界是一个以自身为目的的思想王国;而'我',作为此间的唯一居民,便是拥有无上权威和绝对自由的'国王'了。"(张沛.哈姆雷特的问题 [M].北京:北京大学出版社,2006:121.)

② 钱理群.与鲁迅相遇 [M].北京:生活·读书·新知三联书店,2003:128.

苦诉说和被嘲笑，到土地庙捐门槛的不被认可，直至死前与"我"的河边对话。促使"我"在空间单元之间游走的原因是"我"回到故乡鲁镇后，因已经没有家，只好先寓在鲁四老爷家里，后又外出访友；然而，从作者鲁迅先生来说，这种解释是很可疑的，因为小说中的"我"回到故乡后最使"我"心绪起伏的不是鲁四老爷等本家和朋友，而是祥林嫂，因而是鲁迅调遣小说里的"我"从朋友家里出来在河边遇到祥林嫂，这种写法不是故事的"直线发展"，而是"旁逸斜出"。从祥林嫂来说，她在各空间单元游走的原因是"求生"——求取过生活的物质资料或精神安慰。到鲁四老爷家，第一次既是为了躲避被婆婆卖出嫁人，也是为了寻求一个立身之所；第二次则纯是为了活命。到鲁镇的街头，是为了寻求鲁镇人的同情和安慰。到土地庙捐门槛，是为了摆脱"不洁"的歧视和避免死后被劈成两半，以获得在祭祀时有分配碗筷的权利。祥林嫂为什么到河边去？小说里没有明说，但我们联系到鲁镇与外部世界的联系主要是靠船，并且祥林嫂被婆婆抢走也是用船时，我们也许可以这样推测：对死已有预感的祥林嫂，是不是到河边来找寻回家（尤其是与儿子阿毛共有的家）的路，找寻她的儿子呢？或者，她是想在河边碰见"见识得多"的出门人好询问人有无灵魂的问题。这些在后面她在河边与"我"的对话中都可以得到印证。祥林嫂的空间转移，处处都是为了安稳地做一个奴隶，结果却是处处不能如愿。在这个意义上，我们可以说，《祝福》形象地证明了鲁迅先生对中国历史的一种判断：中国还处于人民"想做奴隶而不得的时代"①。

第二节　移动空间叙事

依据本章前面对空间叙事形态的划分，在《呐喊》《彷徨》中属于移动

---

① 鲁迅先生把全部中国历史分为"想做奴隶而不得的时代"和"暂时做稳了奴隶的时代"，这种循环，也就是"先儒"们所说的历史上的"一治一乱"。（坟·灯下漫笔［M］//鲁迅全集（第一卷）. 北京：人民文学出版社，2005：225.）

空间叙事的篇目有《药》《阿Q正传》《社戏》《长明灯》《高老夫子》《孤独者》《伤逝》《弟兄》《离婚》9篇。我们依据移动空间叙事中空间之间的关系，又把这9篇小说分成三类：二元对立型移动空间叙事、二元互动型移动空间叙事和圆形移动空间叙事。

一、二元对立型移动空间叙事

所谓二元对立型移动空间叙事是指在一个移动空间叙事中，各个空间彼此间在建构叙事中形成了一种二元对立的关系，小说的基本结构也以这种二元对立为基础；但要注意的是，这里的二元对立指空间之间的内在逻辑关系，并非指仅有两个空间，它可以有两个，也可以有三个、四个或更多个。具体说，《呐喊》《彷徨》里是二元对立型移动空间叙事的有《社戏》《长明灯》《离婚》3篇。对于二元对立型移动空间叙事，我们要研究这种对立关系是怎么形成的。空间就其物理特征来说，也容易形成对立关系，如高大与低矮、广阔与窄小，等等。但鲁迅先生在建构小说叙事时，对空间的这些物理性质弃置不顾。换句话说就是《社戏》《长明灯》《离婚》3篇小说里空间的对立关系不依赖于物理性质，而是从小说里人物对空间的感受或读者对空间的情感判断来形成这种对立关系，其基础是建立在空间场景的对立之上的。

就《社戏》来说，它以看戏的经历串联起三个空间场景，这三个空间场景发生于两个空间内，一个是北京的戏园，另一个是绍兴水乡。就演戏来说，这两个空间，本相距甚远（一北一南），且演员阵容、舞台设置也大不相同，它们本多有可对比的地方。但鲁迅不在这些常人所见的方面下手，他通过小说中"我"的感受来写建立在这两个空间基础上的空间场景，以"我"的不同感受来体现空间建构小说叙事时（形成空间场景）的对立。关于北京的戏园，小说写了两次去看戏的两个空间场景，都有一个共同的感受——"不适于生存"。而在绍兴水乡看社戏，"我"的感受是："真的，一直到现在，我实在再没有吃到那夜似的好豆——也不再看到那夜似的好戏了"，几十年过去了还念念不忘，可见其感受之美、之深。两种迥然不同的感受决定了对两个空间里的空间场景的不同书写，也为空间场景涂抹上不同的底色。《长明灯》里有三个空间，它们形成了四个空间场景，这四个空间场景构成了对立的关系。在灰五婶的茶馆里，在四爷的客厅上，愚昧的民众和老奸巨猾的四爷聚集商议，他们千方百计地要阻止小说里的疯子熄灭长明灯；而在社庙前，包括被关到社庙后，疯子则是不屈不挠地要熄灭长明灯。具体地说，就是小说的第一、三个空间场景和第二、四个空间场景形成对立关系，并且这种对立关系形成了小说的基本叙事结构。当然，这种对立不是空间本身的对立，而是我们读者对这两个空间以及建立在空间基础上的场景的情感判断而产生的一种情感对立。

下面我们重点分析一下《离婚》里空间参与小说叙事时的对立情况。《离婚》里有两个空间：一个是庄木三、爱姑前往庞庄时乘坐的航船，另一个是慰老爷家的客厅。航船作为一个叙事空间被鲁迅引入小说里来，是有其特殊含义的。绍兴地处江南水乡，河网密布，当地人的主要交通工具就是船。绍兴的船种类繁多，按船篷的颜色来分有两种：乌篷船和白篷船。乌篷船"多是供大户人家作客、迎亲、出丧、上坟、游览和看戏之用"，并且"只有大地主、官宦人家才有自家的乌篷船"。① 《阿Q正传》中举人老爷送财物到未庄赵太爷家所用的就是一只"大乌篷船"。鲁迅在《社戏》里写道："乌篷船里的那些土财主的家眷固然在，然而他们也不在乎看戏，多半是专到戏台下来吃糕饼水果和瓜子的。"而所谓"白篷船"，就是船篷未加黑色油漆的船，"多用作农用船和公共交通运输船"②。周作人在《乌篷船》中说："白篷的大抵作航船用。"③ 鲁迅在1931年致日本友人山上正义的信中曾说："载客往来于城镇和乡村的船，称为'航船'。"④ 鲁迅和周作人所谓的"航船"，绍兴当地人一般称为"埠船"，它一般白天航行，用来载客（晚间航行

① 裘士雄，黄中海，张观达. 鲁迅笔下的绍兴风情 ［M］. 杭州：浙江教育出版社，1985：27.

② 裘士雄，黄中海，张观达. 鲁迅笔下的绍兴风情 ［M］. 杭州：浙江教育出版社，1985：27.

③ 周作人. 周作人作品精编 ［M］. 桂林：漓江出版社，2004：172.

④ 鲁迅. 致山上正义 ［M］// 鲁迅. 鲁迅全集（第十四卷）. 北京：人民文学出版社，2005：190.

的，载客运货兼用的才叫"航船"）。埠船，早上从甲地开船，沿途停靠几个村子，上下一些乘客，最后到终点乙地，当天返回甲地。它一般以绍兴城（或某大集镇）为中心，早上，从乡下四面八方向城（镇）里摇来，下午又从城（镇）摇回去。①《离婚》中庄木三、爱姑乘坐的"航船"，就是指白天航行的"埠船"，它在鲁迅的小说《风波》《社戏》和散文《范爱农》里都提到过。乘坐"航船"的一般是普通民众，而乌篷船则是地主士绅们专用。在《社戏》中有这么一句话，"我们这白篷的航船，本也不愿意和乌篷的船在一处"。在《离婚》中，当庄木三、爱姑快到慰老爷家时，小说特地提到了一句"（庄木三、爱姑）早望见门口一列地泊着四只乌篷船"，这当然是小说里的七大人等财主、乡绅用的。反过来说，庄木三、爱姑坐的白篷船（航船），决定了他们在船上遇见的也是和他们一样的普通乡民。费孝通先生说，中国的乡土社会是"一个'熟悉'的社会，没有陌生人的社会"②，这就决定了庄木三、爱姑和其他乘船者的相互熟悉。果然，在航船上，由于庄木三在"沿海三六十八村"的大名，以及人们对爱姑离婚情况的了解，人们都支持爱姑的反抗行为——尽管人们还存有对七大人的敬畏。因此，在航船上庄木三、爱姑和其他船客的对话场景，实质上把航船这一空间改造成对庄木三、爱姑有利的社会环境。

但一旦到了慰老爷家的客厅里，客厅这一空间马上就对庄木三、爱姑不利起来。首先，在慰老爷家的客厅里，庄木三、爱姑面对的是一个与他们日常生活相对陌生的空间，通常人在陌生的空间环境下是会局促不安的。我们来看爱姑进入慰老爷家的感觉：

> 他们跨进黑油大门时，便被邀进门房去；大门后已经坐满着两桌船夫和长年。爱姑不敢看他们，只是溜了一眼，倒也并不见有"老畜生"和"小畜生"的踪迹。当工人搬出年糕汤来时，爱姑不由得越加局促不

---

① 裘士雄，黄中海，张观达. 鲁迅笔下的绍兴风情 ［M］. 杭州：浙江教育出版社，1985：27-28.

② 费孝通. 乡土中国 生育制度 ［M］. 北京：北京大学出版社，1998：9.

安起来了，连自己也不明白为什么。"难道和知县大老爷换帖，就不说
人话么？"她想。"知书识理的人是讲公道话的。我要细细地对七大人说
一说，从十五岁嫁过去做媳妇的时候起……"她喝完年糕汤；知道时
机将到。果然，不一会，她已经跟着一个长年，和她父亲经过大厅，又
一弯，跨进客厅的门槛去了。客厅里有许多东西，她不及细看；还有许
多客，只见红青缎子马挂发闪。……

我们从爱姑的"不敢看""溜了一眼""不及细看"等视觉动作中，就
可以感觉到爱姑身处慰老爷家这一相对陌生空间时所受到的威压，这对于即
将为自己命运抗争（也可以说是一场极为艰苦的"谈判"）的爱姑来说是极
为不利的。其次，在这一空间里面对的人，其社会地位远较庄木三、爱姑
高，庄木三、爱姑因此也失去了在航船上的心理优势。然后，七大人成为客
厅的中心，其他人都对他低三下四、服服帖帖，更兼以他把玩的、爱姑以前
见所未见闻所未闻的"屁塞"，这些都加重了空间对爱姑的威压，使爱姑处
于极端恐慌的状态中。所以爱姑尽管泼辣、有抗争精神，但最终还是莫名其
妙，然而也是理所当然地败下阵来。从爱姑的感觉来说（小说的后半部分视
角是以爱姑为中心），航船和慰老爷家的客厅是两个截然不同的对立空间，
小说的基本结构框架也是由这种对立关系形成的。

二、二元互动型移动空间叙事

所谓二元互动型移动空间叙事，是指小说里的空间也大致分为两类，但
它们并不像二元对立型移动空间叙事中的空间那样形成对立的关系，而是形
成一种互动的关系。这种互动关系，具体表现为小说里两类空间的"互相影
响"，即小说里的人物在 A 空间的行为会受到 B 空间的影响，反之，他在 B
空间的行为也会受到 A 空间的制约。总之，对于人物的行动来说，这两类空
间是互相影响、彼此制约的。在《呐喊》《彷徨》中，可划入二元互动型移
动空间叙事的有《阿 Q 正传》和《高老夫子》2 篇。

《阿 Q 正传》里形成二元互动关系的两个空间是小说里提到的"未庄"

和"城"，未庄是一个小"村镇"，基本上在"乡村"范围内，所以《阿Q正传》的互动是一种"城与乡"的互动。费孝通先生在《小城镇 大问题》这篇文章里提到，曾有人主张用"城镇""乡镇""村镇"来区分"小城镇"的几种层次，"'城镇'指松陵一样的大镇，即县属镇；'乡镇'指公社一级，也是体制改变后乡政府所在地的镇；其下则是'村镇'"。① 《阿Q正传》里的未庄就是一个小"村镇"（原文："未庄本不是大村镇，不多时便走尽了。"），小说里提到的城就是"县城"（原文："但四天之后，阿Q在半夜里忽被抓进县城里去了。"），而县城对周围的广大农村地区来说，它是"农村的政治、经济和文化的中心"②，尤其在政治上，由于它是国家在地方上的县一级政府所在地，所以它辖下的农村都受它控制。它的这种政治优越性，体现为居住在县城里的人的社会地位较高，即使是"镇里的商人地主（也）没有城里的官僚地主为优越"③。所以，《离婚》里的慰老爷几次调解不成功的爱姑离婚一事，城里的七大人一到问题就解决了；小说里的人们一提起七大人就表现出敬畏的神态，七大人出现时则受到"众星捧月"般地吹捧。《风波》里的七斤因为每日撑船进城，"因此很知道些时事"，所以"在村人里面，的确已经是一名出场人物了"。但是，也因为撑船进城，辛亥革命时在城里被革命党剪去了辫子，因而当城里复辟的消息传来时，弄得全家惶惶不可终日，村人也不再高看他，正所谓"成也萧何，败也萧何"。我们由此可以想见城对乡的影响之大。

就《阿Q正传》里主人公阿Q的命运和行为来说，它不仅体现出"城"对"乡"的控制和影响，也在一定的程度上表现出"乡"对"城"的反影响。

（一）"城"对"乡"的控制和影响在阿Q身上的表现

一是人曾经进城的经历，助长了阿Q自大的脾气，在一定程度上抬高了阿Q在未庄的社会地位。因为"进了几回城"，所以他在"本来少上城"的未庄人面前"自然就更自负"。关于阿Q的这种心理状态，小说里有一段非

① 费孝通. 费孝通选集［M］. 天津：天津人民出版社，1988：362.
② 费孝通. 费孝通选集［M］. 天津：天津人民出版社，1988：332.
③ 费孝通. 费孝通选集［M］. 天津：天津人民出版社，1988：316.

常有趣的叙述：

> ……然而他又很鄙薄城里人，譬如用三尺三寸宽的木板做成的凳子，未庄人叫"长凳"，他也叫"长凳"，城里人却叫"条凳"，他想：这是错的，可笑！油煎大头鱼，未庄都加上半寸长的葱叶，城里却加上切细的葱丝，他想：这也是错的，可笑！然而未庄人真是不见世面的可笑的乡下人呵，他们没有见过城里的煎鱼！

而且，这种进城的经历，也为他后来在未庄因"恋爱的悲剧"弄得走投无路时再次进城埋下了伏笔。

二是阿Q在未庄两次社会地位的上升，都与他进城密切相关。由于阿Q既无产业房屋，也无父母兄弟，所以他在未庄这一等级社会里实际上处于最底层，赵太爷甚至不准他姓赵，村人也"只要他帮忙，只拿他玩笑"。在未庄人眼中他是微不足道的。但有两次，阿Q的社会地位直线上升，直追未庄地位最高的赵太爷。第一次是阿Q到城里做小偷后再回到未庄，因其既发了财，又知道众多的城里新闻（城里人叉小乌龟子，杀革命党）——这一条颇近于《风波》里的七斤，所以"阿Q这时在未庄人眼睛里的地位，虽不敢说超过赵太爷，但谓之差不多，大约也就没有什么语病的了"。第二次是当革命党进城的消息传到未庄时，阿Q看到举人老爷和未庄人都异常害怕，于是在醉酒后大呼："造反了！造反了！"这直接导致未庄人用"惊惧的眼光对他看"，连赵太爷也喊他"老Q"，赵白眼则称他"阿Q哥"。阿Q地位的这种转变是与城里革命党的造反以及阿Q曾进城见过革命党分不开的，否则未庄人也不会相信阿Q的"造反"。

三是阿Q的"大团圆"与"城"紧密相关。阿Q死亡的最直接原因是城里的把总派兵把他从未庄抓到城里去判了死刑，而间接原因是赵府遭抢和阿Q在城里曾干过偷儿，以及造反时曾说过"发财？自然。要什么就是什么……"等类似的话。

可以说，阿Q命运中的几次大的起落都受到"城"的控制和影响。

（二）阿Q身上体现出来的"乡"对"城"的反影响

需要特别说明的是，我们这儿要谈的不是乡村对城镇的影响，而是说阿Q在未庄养成的习惯、心理特征会影响到他在城里的行为举止。应该说，在阿Q去城里之前，他的"精神胜利法"就已经形成了，所以他到了城里之后做出许多事，也都受到"精神胜利法"的影响。如他终止在举人老爷家帮忙是因为"举人老爷实在太'妈妈的'了"，他回到未庄是由于不满意城里人，他喜欢看革命党被杀头是因为他"以为革命党便是造反，造反便是与他为难"。还有，被抓到城里后，在大堂上，"膝关节立刻自然而然的宽松，便跪了下去了"；长衫人物叫他"不要跪"，但"阿Q虽然似乎懂得，但总觉得站不住，身不由己的蹲了下去，而且终于趁势改为跪下了"，这的确是如小说里长衫人物所说的"奴隶性"，然而阿Q这种奴隶性的形成却在未庄——我们从小说里几次提到的"未庄通例""未庄老例"中可窥见一斑。再有，阿Q圆圈画不圆，开始有点羞愧，"但不多时也就释然了，他想：孙子才画得很圆的圆圈呢。于是他睡着了"。对于被杀头和游街示众，他的想法是："似乎觉得人生天地间，大约本来有时也未免要杀头的""他不过便以为人生天地间，大约本来有时也未免游街要示众罢了"。这些，都可以说是他的"精神胜利法"在城里的继续，换句话说，在未庄形成的"精神胜利法"决定了他在城里的表现。另外，不从阿Q的角度说，小说里也还有一个明显的"乡"对"城"的反影响，即赵家遭抢这件事，它发生在未庄，却直接波及城里，因为被抢的还有举人老爷寄存在赵家的财物，这也直接导致了阿Q的命运在城里结束。

《高老夫子》的空间互动则体现在"家"与"社会"（在小说中具体指贤良女学校）的相互关系上。家作为一个空间，同其他的社会空间相比，它是一个关乎个人和家庭的隐秘空间，一般在其中往来的都是关系非常密切的人，人在自己的家中会更多地袒露自己真实的一面，无论是行为还是思想上。小说里的高老夫子在接到贤良女学校的聘书后，一个人在家里，其所为所想都暴露出他是一个不学无术、荒淫玩乐而又故作正经的小人。更兼以他的朋友黄三来邀约他去打麻将，在对话中更揭示出他一贯是个什么样的人，而今却因为要到贤良女学校当历史教员而装模作样起来。高老夫子在家里"胡思乱想",没有来得及好好预备讲义,直接决定了他在贤良女学校讲课的失败。而讲课的失败,又反过来决定了他回到家及到黄三家的表现:他一改午后在黄三面前的"一本正经"和"装模作样",由先前的不满黄三对女学校的攻击改为赞同("女学堂真不知道要闹成什么样子。我辈正经人,确乎犯不上酱在一起");对别人称他为"尔础高老夫子",他不再像中午那样扬扬自得,而是答之以"狗屁";不打麻将,就"仿佛欠缺了半个魂灵",重回到麻将桌时,还"以为世风有些可虑"。从总体上看,高老夫子在家的行为决定了他在贤良女学校的行为,而他在贤良女学校的表现又有力地佐证了他在家的真实面目,并且也决定了他回家后的表现和在黄三家的表现,这样小说就形成了一个家与学校的互动格局,它也是小说的基本叙事框架。

三、圆形移动空间叙事

所谓圆形移动空间叙事,指的是小说里人物活动和故事发展所经历的空间,其终点又回到了出发点或类似于出发点的空间,这样的小说所形成的"空间轨迹"近似于圆形,我们因此称它们为圆形移动空间叙事。圆形移动空间叙事里的空间不像二元对立或二元互动移动空间叙事那样形成一种二元格局,而是随时间推移、人物活动和故事发展逐渐出现,起点空间和终点空间重合形成一个封闭的圆形,其他空间则呈现为这个圆形上的几个点。在《呐喊》《彷徨》中,可划入圆形移动空间叙事的有4篇:《药》《孤独者》《伤逝》和《弟兄》。圆形移动空间叙事中最值得我们探讨的就是这个"圆",它具有非常丰富的意味,围绕它我们将讨论三个问题。

(一)"圆"的形成

一般来说,"圆形产生于旋转运动,就像胳膊围绕着肩部旋转而形成圆形轨迹一样"①。作为几何图形的圆,我们往往用圆规在纸上把它画出来:圆规的一只脚固定,另一只脚围绕它旋转,旋转出来的轨迹就形成了圆,而

---

① [美]鲁道夫·阿恩海姆. 艺术与视知觉 [M]. 滕守尧,朱疆源,译. 成都:四川人民出版社,1998:232.

固定的那一点则是圆心。可见，要形成一个圆形，就需要一个固定的"圆心"和围绕圆心所做的旋转运动。

1. 设置"圆心"

这4篇小说，它们的空间设置都有一个共同的中心，在每一个空间里形成的空间场景都趋向这个中心；而且，尽管空间在变化，但它们指向的中心却始终不变，是"固定"的。如《药》这篇小说，它有三个空间（丁字街口的刑场、华家茶馆和坟场）、四个空间场景（刑场买药、茶馆吃药、茶馆谈药和清明上坟），但这三个空间、四个场景在明的一方面来说都指向华老栓买"药"为小栓治病这一中心，就暗的一方面来说它们都指向对夏瑜革命事迹的深入挖掘，而明和暗这两个中心又由"药"（人血馒头）作中介重合为一点，使小说里的各个空间、场景都具有双重意义。《孤独者》的"圆心"是对魏连殳"孤独心理"的层层挖掘；《伤逝》的"圆心"是涓生的忏悔，小说里的每一空间和场景都被浓浓的忏悔之情所笼罩，而且最终都指向忏悔；《弟兄》的"圆心"是揭示张沛君在兄弟怡怡面目下的真实心理，每一空间、场景都指向这一点。

2. "旋转运动"

当圆心固定以后，要形成一个圆就必须有旋转，而旋转的一个基本特点就是终点又回到出发点，但这种返回不是沿原路直线返回，而是画出圆形轨迹的返回；这在小说中，由于时间的推移、人事的变迁，无论是人还是事，都无法回到曾经的空间（起点、终点除外），而且在叙述上也无再次叙写出来的必要。在这种情况下，旋转运动的内在控制力就是起点和终点的重合。这4篇小说，它们的这种重合又分两种情况：一是空间和场景的相似性重合，如《药》起于刑场而终于坟场，二者都与"死亡"密切相关，而在刑场里首次出现了（人血）馒头，在坟场也出现了"馒头"（"两面都已埋到层层叠叠，宛然阔人家里祝寿时的馒头"），这些都极易把它们联系起来。再如在《孤独者》里，开头的空间和结尾的空间并不相同，但场景却极其相似（"送殓"），小说开头就交代了这一点："我和魏连殳相识一场，回想起来倒也别致，竟是以送殓始，以送殓终。"第二种情况是完全回到出发的空间，如《伤逝》里故事的始、终都是会馆，而且是同一间屋，"依然是这样的破窗，这样的窗外的半枯的槐树和老紫藤，这样的窗前的方桌，这样的败壁，这样的靠壁的板床"，一连五个"这样"就清楚地表明了空间的回归。在《弟兄》中，故事始于公益局的办公室，也终于公益局的办公室。这两种情况都使小说里的其他空间成为圆形轨迹上的几个点，并最终形成了小说的圆形空间轨迹。《在酒楼上》吕纬甫的一段话是对这种圆形空间轨迹的最好注解：

> "我在少年时，看见蜂子或蝇子停在一个地方，给什么来一吓，即刻飞去了，但是飞了一个小圈子，便又回来停在原地点，便以为这实在很可笑，也可怜。可不料现在我自己也飞回来了，不过绕了一点小圈子。……"

（二）"圆"的封闭性

美国学者威廉·莱尔在谈到鲁迅小说的结构特征时，认为鲁迅的全部小说在结构设计上有四个共同特点，其中第二点是"运用'封套'：这是重复手法的一种特殊运用。把重复的因素放在一个故事或一个情节的开头和末尾，使这个重复因素起着戏剧开场和结束时幕布的作用"①（我们在上面"圆"的形成部分用的是"重合"，其义等同于这里的"重复"）。王富仁先生认为威廉·莱尔在这里所说的是"鲁迅小说在形式上的封闭性"，他也赞同威廉·莱尔的观点，即"几乎鲁迅的每篇小说，都有一个严密的封套，它把小说敞开着的袋口密密缝住，使小说成为一个自有头尾、自给自足的一个严密的封闭系统"。王富仁先生进一步把《呐喊》《彷徨》里的封套细分成"精神状态的封套""场景的封套""谈话的封套""事件的封套""动态的封套""生命的封套"6种，"以上各种封套，有时单独使用，有时结合使用，把《呐喊》和《彷徨》的各篇都封闭得严严的"。②从空间的角度来说，王富仁先生提到的"场景的封套"就是空间（或空间场景）的首尾重合所形成

---

① [美]威廉·莱尔.故事的建筑师 语言的巧匠 [M]//乐黛云.国外鲁迅研究论集.北京：北京大学出版社，1981：334.

② 王富仁.中国反封建思想革命的一面镜子——《呐喊》《彷徨》综论 [M].北京：北京师范大学出版社，1986：361-363.

的具有封闭特性的"圆"。

这4篇小说里空间的圆形轨迹,把小说里各种人、事都紧紧地包裹起来,使小说在形式上成为一个圆满自足的艺术整体。《药》的开头是夏瑜的死亡,而结尾则是清明上坟,是夏瑜死亡的继续,也是小栓死亡的说明,这两个类似的死亡场景既归结了夏瑜的故事,也完结了老栓买药给小栓治病的故事,它们形成了小说里包容华、夏两家悲剧的封闭结构。《孤独者》则"以送殓始,以送殓终",两个类似的场景把小说里的主要人物魏连殳一生的大事都包裹进去,以魏连殳祖母的死为揭示魏连殳性格、心理的开端,以魏连殳自己的死做这种揭示的顶点和结束,这之间魏连殳的各种经历、变化都被细密地编织进这一封闭结构之中。这是一种空间场景类似而形成的封闭。这种封闭性不仅使小说结构严密,还使小说外观显得齐整、有序。

(三)"圆"的开放性

古希腊哲学家赫拉克利特有句名言:"人不可能两次踏入同一条河流。"这4篇小说虽说最后都回到了类似或完全相同的空间(或空间场景),但这种回归毕竟是经历了一段圆弧的回归,这其间发生的一切并非没有意义,它总会形成这样或那样的改变。这些改变,就体现出小说里的"圆"形空间轨迹开放性的一面:它让我们思索这段轨迹带来的变化和这些变化背后的意义。应该说,这4篇小说里的空间的圆形轨迹,是一种形式上的封闭性和思想意义上的开放性的统一。就像太阳一样,一个圆球自有自己的边界,具有一定的封闭性,但同时又不断地向外散发出热力和光辉。

《药》里的刑场和坟场,都与死亡有关,但这一封闭性圆形的背后,有多少值得我们思索的问题:夏瑜为革命流的血,为什么做了小栓治病的药?小栓吃了人血馒头之后,为什么还是死去?刑场众多的看客和坟场里夏瑜坟头的"一圈红白的花",说明了什么?到刑场去买药的华老栓和到坟场去上坟的夏四奶奶,有什么不同?或有什么相同?……

《孤独者》里写到的两次大殓,第一次是魏连殳为祖母送殓,第二次写人们为魏连殳送殓,这两次大殓"我"都在场。第一次,"我"亲耳听见了魏连殳的哭声:"忽然,他流下泪来了,接着就失声,立刻又变成长嚎,像一匹受伤的狼，当深夜在旷野中嗥叫，惨伤里夹杂着愤怒和悲哀。"第二次，"我"从魏连殳大殓的屋子走出来，"耳朵中有什么挣扎着，久之，久之，终于挣扎出来了，隐约像是长嗥，像一匹受伤的狼，当深夜在旷野中嗥叫，惨伤里夹杂着愤怒和悲哀"，在想象中，又似乎听到了魏连殳的哭声。可以说，第一次是魏连殳为他的祖母孤独的一生而哭，而后一次，则分明是魏连殳为自己的一生"孤独"而哭：他想做一个改革者，做一个真诚的人，做一个推动中国进步、发展的人，却不被社会所理解，反被排挤以致活不下去，只好以游戏人生乃至一死来表达他的反抗①——从头至尾他都是一个彻底的"孤独者"。这样的人曾是鲁迅所说的"精神界之战士"，但由于他们并未同人民大众结合，且对大众的看法有些偏颇，故他们的命运多以悲剧告终。鲁迅曾这样评价他们："这一类人物的命运，在现在——也许在将来——是要救群众，而反被群众所害，终于成了单身，忿激之余，一转而仇视一切，无论对谁都开枪，自己也归于毁灭。"② 从第一次送殓到第二次送殓，这样的一个圆形空间轨迹，都不能不使我们思索这之间魏连殳所走过的道路，而这篇小说极其深刻的思想意义也由此被昭示出来。

再如《伤逝》，尽管涓生又回到了他曾经住过的会馆的同一间屋子里，可是他能回到从前吗？他与子君曾经的热恋，他与子君曾经拥有的幸福，他与子君对社会的抗争，他对子君的爱渐渐消失，子君的死亡，等等，都让今日之涓生已非昨日之涓生。小说最后写道：

　　　　我要向着新的生路跨进第一步去，我要将真实深深地藏在心的创伤中，默默地前行，用遗忘和说谎做我的前导……

---

① 李允经先生认为，《孤独者》后半部分写魏连殳做了杜师长的顾问，是魏连殳的"转向"，但"决不能简单地视之为对黑暗势力的投降。如果一定要说他是附身黑暗势力，那也是躯体的、客观的、被迫的，而不是灵魂的、主观的和情愿的。他是以一种畸形的变态的方式去戏谑社会"，是"以灵魂的自我毁灭来嘲弄社会"。（李允经. 向旧我告别——《孤独者》新说［J］. 鲁迅研究月刊，1996（6）.）

② 鲁迅. 两地书·四［M］//鲁迅. 鲁迅全集（第十一卷）. 北京：人民文学出版社，2005：20.

在小说空间的圆形轨迹中，在小说形式上的封闭性中，这样的结尾已经很清楚地显示了涓生的变化。这不能不让我们思索涓生这种人生经历的社会意义、思想意义，它达到了一种主题上"余音绕梁"的艺术效果。《弟兄》也是这样，张沛君第一次出现在公益局时，他的"兄弟怡怡"让同事们羡慕，他也觉得自己的确是这样的人。经过弟弟的病，他发现自己在潜意识中并不如此，也还是一个自私的人，一个像同事的两个儿子为金钱打架一样的人。这让他在小说结尾再到公益局时，不自觉地就有些变化了：

> 这一天，沛君到公益局比平日迟得多，将要下午了；办公室里已经充满了秦益堂的水烟的烟雾。汪月生远远地望见，便迎出来。"嚯！来了。令弟全愈了罢？我想，这是不要紧的；时症年年有，没有什么要紧。我和益翁正惦记着呢；都说：怎么还不见来？现在来了，好了！但是，你看，你脸上的气色，多少……。是的，和昨天多少两样。"沛君也仿佛觉得这办公室和同事都和昨天有些两样，生疏了。虽然一切也还是他曾经看惯的东西：断了的衣钩，缺口的唾壶，杂乱而尘封的案卷，折足的破躺椅，坐在躺椅上捧着水烟筒咳嗽而且摇头叹气的秦益堂……

张沛君的弟弟的病并无大碍，但他的变化却在形式的圆形封闭中折射出无穷的意味。

王富仁先生说："形式上的高度的封闭性和内涵意义上的高度开放性的统一，是鲁迅《呐喊》和《彷徨》的结构特征之一。"① 我想，《呐喊》《彷徨》的这种特征有一部分应该归功于小说里的圆形空间轨迹吧。

---

① 王富仁．中国反封建思想革命的一面镜子——《呐喊》《彷徨》综论［M］．北京：北京师范大学出版社，1986：365.

第二章

《呐喊》《彷徨》空间叙事的功能论（上）

本章主要研究《呐喊》《彷徨》里各具体空间意象的叙事功能，即各具体空间意象在参与小说叙事建构时表现出来的"作用和能力"。

我们在"引论"部分曾经论证过，小说里的人文空间不仅为小说里故事的发生发展和人物的活动提供了一个舞台，它更是建构小说叙事的重要力量，在小说叙事中有不可替代的独特作用。空间的叙事力量，主要来源于它的社会维度。自 20 世纪七八十年代以来，在人文社科领域的"空间转向"开始关注一向被忽略的空间，时间的优先性受到人们越来越多的质疑。我们综合西方众多思想家①关于空间的研究，就会发现他们关于空间的论述是对西方启蒙运动和笛卡儿式的空间概念的共同挑战，这种空间概念把空间当作一个不同于主体（精神实体）的客观的同质延伸（物质实体），以及康德哲学的空间概念，即把空间当作人类活动在其中展开的一个空洞容器。与这样的预设相反，这些不同思想家的著作以令人惊讶的方式表明：空间本身既是一种"产物"，是由不同范围的社会进程与人类干预形成的，又是一种"力量"，它要反过来影响、指引和限定人类在世界上的行为与方式的各种可能

① 这些思想家包括我们中国学者熟知的福柯，安东尼·吉登斯，亨利·列斐伏尔，戴维·哈维，爱德华·W. 索亚，吉尔·德勒兹，雅克·德里达，弗雷德里克·詹姆逊，爱德华·萨义德等人。（详见阎嘉主编. 文学理论精粹读本［M］. 北京：中国人民大学出版社，2006：136.）

性。① 这种空间观念也影响到了人们对叙事文本中的空间的认识，人们开始意识到在叙事建构中空间也是一个像时间一样的重要因素。在《空间故事》一文中，米歇尔·德·塞尔托（Michel de Certeau）将叙事理论化，认为它是"日常生活的常事"，建筑模块便是它们的空间，这些空间使得发生在时间中的各种文化实践和运动成为可能。他的警句是："每个故事都是一个旅行的故事——一种空间经验。"② 佛朗哥·莫雷蒂在《欧洲小说集》（Atlas of the European Novel）里说，叙事的空间轨道不仅将叙事联系起来，而且积极地使叙事成为可能。他认为，空间对叙事性来说不是偶然的，而是具有发生作用的。③ 他的原话是这样说的："那么，空间不是叙事的'外部'，而是一种内在的力量，它从内部决定叙事的发展。"④ 因此，我们在研究空间意象的叙事功能时，要重点分析空间意象的社会维度与小说叙事建构的关系。

为了便于研究，我们把《呐喊》《彷徨》里的空间意象进行分类。巴赫金在研究小说中的"时空体"时，曾把西方小说中大量出现的各种时空体划分为如下几种：一是"道路"时空体，它主要是"偶然邂逅的场所"，"在这里，通常被社会等级和遥远空间分隔的人，可能偶然相遇到一起；在这里，任何人物都能形成相反的对照，不同的命运会相遇一处相互交织"，有时还"不知不觉地变成了隐喻意义，成了生活道路、心灵道路"；二是 18 世纪末叶"哥特式"小说里的"城堡"时空体，它们"使哥特式小说展开了一种特殊的城堡情节"；三是在斯丹达尔和巴尔扎克小说里的"沙龙客厅"时空体，"在这里实现人们的相会（相会已无过去在'道路'或'他人世界'中那种特别偶然的性质），在这里开始故事纠葛，也时常在这里结束故事"，"在这里出现对小说具有特殊意义的对话，揭示出主人公各种性格、'思想'和

① 菲利普·韦格纳. 空间批评：批评的地理、空间、场所与文本性［M］//阎嘉. 文学理论精粹读本. 北京：中国人民大学出版社，2006：137.

② M. de Certeau, Spatial Stories, in The Practice of Everday Life, trans. S. Rendell, p. 15.

③ 转引自［美］James Phelan, J. Rabinowitz. 当代叙事理论指南［M］. 申丹，等译. 北京：北京大学出版社，2007：209.

④ F. Moretti, Atlas of the European Novel, 1800—1900, London：Verso, 1988, p. 70.

'欲念'";四是"小城"时空体,经常出现在福楼拜的小说中,"是圆周式日常生活时间的地点","这里没有事件,而只有反复的'出现'";五是"门坎"时空体,"是危机和生活转折的时空体"。① 巴赫金尽管认为"时空体的主导因素是时间"②,但在给时空体命名时,却显然是空间式的,这在某种程度上也意味着在进行研究时空间、时间割裂的可能性,如曹文轩先生在分析巴赫金的时空体时就干脆称之为"空间意象"③。但《呐喊》《彷徨》里的空间意象除有与西方小说的共性外,还有东方式、鲁迅式的特色。我们模仿巴赫金的划分,并根据《呐喊》《彷徨》文本的实际情况,把《呐喊》《彷徨》里的空间意象分成四类:一是小城镇空间意象(鲁镇、未庄、S城、吉光屯、故乡等),它们近似于巴赫金的"小城";二是小说里的一些宗教文化空间意象(这是巴赫金未曾重点强调的),如土谷祠、静修庵(《阿 Q 正传》)、土地庙(《祝福》)、社庙(《长明灯》)、城隍庙(《在酒楼上》)等;三是"沙龙""客厅"式 空间意象,之所以要将巴赫金的"沙龙客厅"分开,是因为在这儿它们各有专指,"沙龙"是《呐喊》《彷徨》中群体会聚、聚众狂欢的场所,有西方的沙龙意味,如小说里的茶馆、酒店、土场等,而"客厅"则是东方意义上的客厅,如四爷的客厅、魏连殳的客厅、慰老爷的客厅等;四是"道路"式 空间意象,包括一般意义上的道路、街头和船,也包括隐喻意义上的"道路"。

需要说明的是,之所以把《呐喊》《彷徨》里的空间称为"空间意象",是因为这些空间在参与小说叙事建构时充分地表现出"意象性"特征。意象是东西方文论中都存在而且很常用的一个批评概念,是"意"(丰富的思想内容、情感或意义)与"象"(形象感、画面感)的结合体。它以"象"刺激我们的感觉,以"意"撞击我们的心灵,但很多文论家显然更看重的是它的"意"。I. A. 瑞恰兹的看法是:"人们总是过分重视意象的感觉性。使意象

① [俄] 巴赫金. 小说理论 [M]. 白春仁,晓河,译. 石家庄:河北教育出版社,1998:444-450.

② [俄] 巴赫金. 小说理论 [M]. 白春仁,晓河,译. 石家庄:河北教育出版社,1998:275.

③ 曹文轩. 小说门 [M]. 北京:作家出版社,2002:168.

具有功用的，不是它作为一个意象的生动性，而是它作为一个心理事件与感觉奇特结合的特征。"①《呐喊》《彷徨》里的空间既有外在的形象性（但鲁迅一般不做描绘，需要读者依据自己的生活经验去想象、补充），也有内在的意识形态蕴含，而且在参与小说叙事建构时，也主要不是以它们的外在物理性质（可见的形象性）——尽管它们具有这些特征——而是以它们包蕴的意识形态特征（社会维度）起作用的。从这个意义上说，把它们称为"意象"是合适的。另外，在具体分析时，由于空间意象的社会维度各不相同而且一般"隐藏"很深，所以需要做出精细的分析，才能准确地把握它们与小说叙事建构的关系。

第一节　城镇空间意象与小说叙事建构

在《呐喊》《彷徨》中，鲁迅写到了两个地域，一个是北京，一个是以他的家乡绍兴为摹本的江南水乡。北京当然是一个城市，但鲁迅在以它作为小说的背景空间时，却往往不对它做整体性表现，而只是摄取它一隅的印象，如《一件小事》中的马路上，《示众》里炎夏的街头，《弟兄》里的公益局和张沛君的公寓，等等。像这种只对空间进行局部表现而缺乏整体揭示的空间意象，我们将放到后面的"小"空间意象中去进行考察。在本节中，我们只考察整体性相对较强的空间意象，这些空间意象主要体现在《呐喊》《彷徨》中的江南水乡这一地域内。需要说明的是，对这一地域内的空间意象，也要将属于局部空间的空间意象留在后面讨论，如《孔乙己》和《祝福》里都出现了"鲁镇"，但《孔乙己》里的鲁镇只有咸亨酒店进入叙事视野，鲁镇作为一个整体并没有出现，所以将它留在下面的"沙龙"式空间意象中去研究；而《祝福》里的鲁镇则不然，它的整体性相对较强，可作为一个"镇"来进行研究。

---

① 王先霈，王又平主编．文学理论批评术语汇释［M］．北京：高等教育出版社，2006：258，"意象（imagery）"词条．

在《呐喊》《彷徨》的全部 25 篇小说中，明显地以故乡绍兴为背景的小说就有 11 篇：《孔乙己》《药》《明天》《风波》《故乡》《阿 Q 正传》《社戏》《祝福》《在酒楼上》《孤独者》《离婚》①。在这些小说中，鲁迅写绍兴的城、镇、村，主要有 S 城、鲁镇、未庄、赵庄、平桥村等。S 城出现在《在酒楼上》《孤独者》两篇小说里，它并没有被当作主体来进行总体上的描绘，而只是一个背景。《药》的故事也发生在一个"城"里，但它也仅作为背景而存在，鲁迅着力表现的只有三个"点"：刑场、茶馆和城外的坟场。鲁镇出现在《孔乙己》《明天》和《祝福》里，前面说过，在《孔乙己》里，鲁镇只出现了一个"点"——咸亨酒店，而在后两篇小说里，鲁镇则有相对的整体性。我们来看它们对鲁镇的整体表现：

> 单四嫂子早睡着了，老拱们也走了，咸亨也关上了门了。这时的鲁镇，便完全落在寂静里。只有那暗夜为想变成明天，却仍在这寂静里奔波；另有几条狗，也躲在暗地里呜呜的叫。
>
> ——《明天》

这是鲁镇年终的大典，致敬尽礼，迎接福神，拜求来年一年中的好

---

① 周作人认为《长明灯》这篇小说的"地理不明"，因为"从郭老娃和阔亭的名字看来，应当是北方，鲁迅曾屡次说及北京或是河北人喜欢用'阔'字做名号，是南边所没有的"，"但是末尾小孩们猜谜，那个鹅谜却是道地的绍兴儿歌，不但是'白篷船，红划楫，摇到对岸'云云，是水乡特有的风物，下文'点心吃一些，戏文唱一出'（原来是一只）的'戏文'，也都是方言"。（周作人，周建人．书里人生——兄弟忆鲁迅（二）［M］．石家庄：河北教育出版社，2000：80-81.）从他的分析来看，《长明灯》的地理背景是南北均可。傅建祥认为"鲁迅在总共 25 篇小说中，以故乡为背景的小说就有 11 篇"（傅建祥．鲁迅作品的乡土背景［M］．杭州：杭州出版社，2003：61.），著名学者李欧梵则说："从一种现实的基础开始，在他二十五篇小说的十四篇中，我们仿佛进入了一个以 S 城（显然就是绍兴）和鲁镇（他母亲的故乡）为中心的城镇世界。"（李欧梵．铁屋中的呐喊［M］．石家庄：河北教育出版社，2000：55.）李欧梵可能是将 11 篇小说以外的《狂人日记》《白光》和《长明灯》也包括进去，这样说也未尝不可，但这 3 篇小说里江南水乡特色不太明显也是一个不争的事实。另外，《头发的故事》这篇小说从涉及的事情来看，也可认为主要发生在绍兴，只是也不太明显。所以在《呐喊》《彷徨》中以绍兴为背景的小说表现明显的有 11 篇，不明显的有 4 篇，合起来是 15 篇。

运气的。杀鸡，宰鹅，买猪肉，用心细细的洗，女人的臂膊都在水里浸得通红，有的还带着绞丝银镯子。煮熟之后，横七竖八的插些筷子在这类东西上，可就称为"福礼"了，五更天陈列起来，并且点上香烛，恭请福神们来享用，拜的却只限于男人，拜完自然仍然是放爆竹。年年如此，家家如此，——只要买得起福礼和爆竹之类的——今年自然也如此。天色愈阴暗了，下午竟下起雪来，雪花大的有梅花那么大，满天飞舞，夹着烟霭和忙碌的气色，将鲁镇乱成一团糟。

——《祝福》

《风波》里也提到七斤撑船，"早晨从鲁镇进城，傍晚又回到鲁镇"则反证了七斤所住的是鲁镇附近的一个小村子，但这个村子鲁迅也只提取了它的一角——土场来建构小说叙事。未庄出现在《阿Q正传》里，鲁迅在小说中明确地称它为"村镇"，这有别于《祝福》里的鲁镇（鲁迅在小说里称鲁镇为"市镇"："冬季日短，又是雪天，夜色早已笼罩了全市镇"）。我想，鲁迅在这儿用"村镇"来称呼未庄，意在点明未庄的规模、社会状况等处于村子和镇的中间状态，即它比一般的村子要大，同时又比一般的镇要小。费孝通先生在《小城镇 大问题》中认为小城镇是有层次的，"小城镇的层次是层层包含的。……商品的销售范围实际上就是吴江民间所说的'乡脚'。乡脚并不是以镇为中心的一个清晰的圆周，每一种商品都有各自的乡脚，所以一个小城镇的乡脚由许多半径不等的同心圆组成。小城镇层次的划分实际上决定于它们乡脚的大小"①。按这种划分标准，未庄里的商品（如酒店里卖的酒）基本上是未庄人自己购买——小说里酒店里的顾客都是未庄人，所以未庄应该算是最小的镇，实际上它也就是比一般的村子大点、有街道有茶馆酒店而已，非常接近于"乡村"的范畴。但从小说对未庄的表现来看，它写到了未庄的酒店、土谷祠、街上、赵府钱府、河埠头、静修庵等，也基本上是对它做了一个整体性展示。赵庄、平桥村出现在《社戏》里，庞庄出现在

———————————

① 费孝通．费孝通选集［M］．天津：天津人民出版社，1988：354-355．

《离婚》里，它们在小说中都仅仅是一个背景，往返赵庄的途中、赵庄的戏台、去庞庄的船上、慰老爷家的客厅才是被表现的主体空间。所以，在《呐喊》《彷徨》的众多城镇和乡村中，只有《阿Q正传》里的未庄和《明天》《祝福》里的鲁镇得到了整体性的描绘，因此这3篇小说就是我们研究城镇空间意象的重点篇目。

　　荷兰文艺理论家米克·巴尔认为空间在故事中以两种方式起作用："一方面它只是一个结构，一个行动的地点。在这样一个容积之内，一个详略不等的描述将产生那一空间的具象与抽象程度不同的画面。空间也可以完全留在背景中。不过，在许多情况下，空间常被'主题化'：自身就成为描述的对象本身。这样，空间就成为一个"行动着的地点"（acting place），而非'行为的地点'（the place of action）。它影响到素材，而素材成为空间描述的附属。'这件事发生在这儿'这一事实与'事情在这里的存在方式'一样重要，后者使这些事件得以发生。在这两种情况下，在结构空间与主题化空间的范围内，空间可以静态地（steadily）或动态地（dynamically）起作用。静态空间是一个主题化或非主题化的固定结构，事件在其中发生。一个起动态作用的空间是一个容许人物行动的要素。"① 在米克·巴尔的这段论述中，接连出现了两组关系密切的术语，如"行动着的地点"（acting place）和"行为的地点"（the place of action），"这件事发生在这儿"和"事情在这里的存在方式"，结构空间和主题化空间，静态地（steadily）和动态地（dynamically），等等，它们是空间在故事中起作用的两种方式的具体内涵，应该说它们是可以而且很多时候是统一在同一空间之上的。由于每组术语的各个概念之间联系紧密，我们就在每组中抽取一个相互对应的概念（"行为的地点"和"行动着的地点"）来研究《呐喊》《彷徨》里城镇空间意象的叙事功能。

　　作为"行为的地点"，城镇空间意象的主要叙事功能是形成作品的"骨骼"——空间场景，在这方面，它们的作用没有太大区别，因此下面只以《阿Q正传》里的未庄为例做一简要说明。而作为"行动着的地点"的城镇

---

① ［荷］米克·巴尔. 叙述学 叙事理论导论（第二版）［M］. 谭君强，译. 北京：中国社会科学出版社，2003：160-161.

空间意象，它们最鲜明的特征就是具有各自不同的社会维度，并以这些不同的社会维度成为小说叙事建构的基石和核心，因此要进行具体的展开分析。

一、作为"行为的地点"的城镇与小说叙事建构

《阿 Q 正传》里的未庄是我们考察城镇空间意象这一叙事功能的个案和代表。

前面说过，在整体上《阿 Q 正传》是一种互动型移动空间叙事，它是一种"城与乡"的互动，未庄承担了这种互动格局中"乡"的一极。从《阿 Q 正传》主要揭示中国人落后的国民劣根性来看，未庄被置于比城更重要的地位，因为代表国民劣根性的阿 Q 的"精神胜利法"在未庄已经塑造完成，或者说已经得到充分表现。而与城相关的部分（全文只有第九章是正面写城）则是阿 Q 在未庄生活的延伸，鲁迅的目的显然是要表现小说的另一个主题，即对辛亥革命失败的反思，这与前一个主题相比，地位次要一些。① 因此，未庄在《阿 Q 正传》的叙事建构中也相应地处在更重要的地位。

任何故事都必须发生在一定的空间内，任何人物的活动也必须在一定的空间里进行，空间对于小说叙事来说是必不可少的，它在小说里的作用首先就是为"行为"提供了一定的"地点"。这是显而易见的，似乎我们对它并无分析的必要。但深究下去，我们就发现，不同的空间就形成不同的行为，而这些行为在小说里又依托空间形成不同的空间画面，也就是我们常说的场景。我们在第一章曾经谈到过对场景的种种阐释，这些阐释都从叙事学的角度抓住了场景的一个很重要的特征，即场景中故事时间和叙事时间的大体一致（因而读者就不易感到故事时间的流动和事件的发展，在心理上形成一种空间感），但同时它们也忽略了场景中的另一因素——发生场景的空间。我们有必要再来回顾一

---

① 鲁迅多次强调他写《阿 Q 正传》的启蒙目的：一是鲁迅在《〈呐喊〉自序》里谈到的他进行文艺活动的目的是"改变他们（国民）的精神"；二是鲁迅在《俄文译本〈阿 Q 正传〉序及著者自叙传略》里说他创作《阿 Q 正传》的目的是"写出一个现代的我们国人的灵魂来"，"要画出这样沉默的国民的灵魂"；三是鲁迅在《伪自由书·再谈保留》中说"十二年前，鲁迅作一篇《阿 Q 正传》，大约是想暴露国民的弱点的"。

下美国小说理论家利昂·塞米利安关于场景的定义："一个场景就是一个具体行动，就是发生在某一时间、某一地点的一个具体事件；场景是在同一地点、在一个没有间断的时间跨度里持续着的事件。它是通过人物的活动而展现出来的一个事件，是生动而直接的一段情节或一个场面。场景是小说中富有戏剧性的成分，是一个不间断的正在进行的行动。"①在这一定义中，"同一地点"是非常关键的，它道出了空间在形成场景中的重要作用。

当阿 Q 在未庄的各个局部空间之间游走时，场景就出现了：有阿 Q 在酒店里喝酒与人笑谈的场景，有他在赵家挨打的场景，有他在街上被闲人打的场景，有他在戏台下赌钱的场景，有他在墙根下和王胡比捉虱子的场景，有他在酒店门口调笑小尼姑的场景……这些场景，无论在内容上有什么不同，它们都必须建立在一个具体空间的基础上。我们来看一下小说里著名的阿 Q 和小 D 的"龙虎斗"场景：

> 几天之后，他竟在钱府的照壁前遇见了小 D。"仇人相见分外眼明"，阿 Q 便迎上去，小 D 也站住了。"畜生！"阿 Q 怒目而视的说，嘴角上飞出唾沫来。"我是虫豸，好么？……"小 D 说。这谦逊反使阿 Q 更加愤怒起来，但他手里没有钢鞭，于是只得扑上去，伸手去拔小 D 的辫子。小 D 一手护住了自己的辫根，一手也来拔阿 Q 的辫子，阿 Q 便也将空着的一只手护住了自己的辫根。从先前的阿 Q 看来，小 D 本来是不足齿数的，但他近来挨了饿，又瘦又乏已经不下于小 D，所以便成了势均力敌的现象，四只手拔着两颗头，都弯了腰，在钱家粉墙上映出一个蓝色的虹形，至于半点钟之久了。"好了，好了！"看的人们说，大约是解劝的。"好，好！"看的人们说，不知道是解劝，是颂扬，还是煽动。然而他们都不听。阿 Q 进三步，小 D 便退三步，都站着；小 D 进三步，阿 Q 便退三步，又都站着。大约半点钟，——未庄少有自鸣钟，所以很难说，或者二十分，——他们的头发里便都冒烟，额上便都流汗，阿 Q

---

① ［美］利昂·塞米利安. 现代小说美学［M］. 宋协立，译. 西安：陕西人民出版社，1987：6-7.

的手放松了，在同一瞬间，小 D 的手也正放松了，同时直起，同时退开，都挤出人丛去。

　　"记着罢，妈妈的……"阿 Q 回过头去说。"妈妈的，记着罢……"小 D 也回过头来说。

　　这一场景发生在"钱府的照壁前"，也就是未庄的街道（也可以说是路上）——按巴赫金的说法是"偶然邂逅的场所"，属于未庄的公共空间。它制造了阿 Q 和小 D 的相遇①，也招来了最为鲁迅深恶痛绝的一大圈看客。在这一场景中，给读者印象最深的就是钱家粉墙上的"蓝色虹影"——这也是一个空间意象，整个场景尽管也有事件的发展，但其核心意义却在向这一空间意象收拢：天上的彩虹是七彩而美丽的，而阿 Q 和小 D "龙虎斗"形成的虹影却是单一的蓝色，它似乎也折射出这一场景之下人的丑恶。这一场景的另一空间意象是钱府的照壁。照壁，又称树屏、照墙、影墙，俗称"影壁墙"，它是中国建筑独有的形式。有的照壁放在大门之内，也有的放在院落门前，其功能是建筑物前的屏障，挡住外人的视线，使之不能对院内一览无余，又成为人们进入院落前停歇和整理衣冠的地方。古代一般是有钱有势的士绅人家的住宅，或宫殿官府，或寺庙道观才有照壁。宫殿大门前或门内的照壁又称"萧墙"，《论语·季氏》有"祸起萧墙"之说，通指灾祸发生在内部。对于钱府来说，阿 Q 和小 D 的"龙虎斗"可谓是"萧墙之外"了，因而钱家也居然没有人出来观看，或是干涉。鲁迅显然在这儿刻意回避了这一点，因为钱府的人若出来看，则把他们混同于一般的看客，与他们在未庄的身份不相称；若出来干涉（以他们在未庄的地位当然可以这么做，况且"照壁"是客人进入主家之前为表对主人尊重而正衣冠的地方），则阿 Q 和小 D 的"龙虎斗"就很难进行，或很难持续进行，就没有"半点钟之久""大约半点钟"的写法了，也很难聚集起充当看客的"人丛"。在这儿，空间不仅有力地参与了场景的形成，还带有些许的意蕴传达和层次拓展意味。

---

① 电影《阿 Q 正传》里是阿 Q 刚走到钱府的照壁前，小 D 就从钱府里出来，显然是小 D 刚刚到钱府做过雇工，这被阿 Q 认为是抢他的饭碗。

　　单一的空间场景①在叙事的作用上我们还不容易看出，若把一篇小说里众多的空间场景连起来，它们就形成了人物活动的"空间轨迹"，我们据此可以绘制"小说的位置图"。而据佛朗哥·莫雷蒂在《欧洲小说集》（*Atlas of the European Novel*）中的说法，绘制小说的位置图，可以帮助发现文学研究中一直被掩盖的东西，以及空间怎样引起故事和情节。他还认为，叙事的空间轨道不仅将叙事联系起来，而且积极地使叙事成为可能。他写道："地理并非惰性的容器，不是一个文化历史'发生'于其中的盒子；它是一股积极的力量，弥漫于文学领域之中，并深刻地影响着它。"② 关于叙事的空间轨迹"积极地使叙事成为可能"我留在下面分析，在这儿我重点分析它怎样"将叙事联系起来"。

　　阿Q在未庄活动的具体空间有酒店、赵太爷家、街上、戏台下、土谷祠、静修庵、钱府的院子里等，我们把这些地方连起来，就基本上可以画出他在未庄的人生轨迹。而且，这些不同的空间，可以使阿Q遇到不同的人③，从而形成不同的情节，最终在小说里出现不同的场景。王富仁先生认为《阿Q正传》之所以能够塑造出阿Q这个不朽的艺术典型，恰恰因为它有为任何其他现代文学作品（包括鲁迅自己的作品在内）所不具备的艺术优长："我觉得首先应当提到的，便是它的环境设置，鲁迅为阿Q创造了一个能够完全充分表现自己的社会环境和思想环境，从而使它的社会典型意义达

---

①　前面说过，场景当中既有时间又有空间，但因为一个单一的场景其故事发展缓慢，而且因其故事时间大体等于叙事时间，因而读者对它的感觉是空间性的，所以在场景中空间是较时间更为突出的因素，为了突出场景的空间因素，我就称场景为"空间场景"。

②　这一段文字转引自美国叙事理论家苏珊·斯坦福·弗里德曼的《空间诗学与阿兰达-洛伊的〈微物之神〉》，见［美］James Phelan J. Rabinowitz. 当代叙事理论指南［M］. 申丹，等译. 北京：北京大学出版社，2007：209.

③　华莱士·马丁说："如果人物待在一个地方，那么可以让他们在不同的社会领域和阶层中往来，从而造成变化。"（［美］华莱士·马丁. 当代叙事学［M］. 伍晓明，译. 北京：北京大学出版社，2005：39.）即使是"一个地方"，"不同的社会领域和阶层"也一定分布在不同的局部空间。

到最大的量。"① 为了准确、直观，王富仁先生还绘制了一张关于阿 Q 身处的环境的图表。他总结说："从上图我们可以看出，鲁迅在阿 Q 上下左右的各个空间，都设置了环境性的人物，阿 Q 就在这较之未庄的实际生活空间远为广大的艺术化了的社会空间之中活动着，在这个空间的各类联系中充分表现了阿 Q 的各个方面，同时又以阿 Q 的各种不同表现反射了包围着他的社会环境。……总之，没有环境设置的最佳化方案，《阿 Q 正传》便不可能取得如此辉煌的成功。"② 王富仁先生在这谈的环境主要是社会环境——阿 Q 周围的各种各样的人。但未庄是一个等级鲜明的社会（这一点下面将详细说明），这些不同等级的人也必然会出现在未庄不同的空间里，他们仍需要有一个"坚实的大地"，所以他们与阿 Q 在这些不同的空间里相遇就成为叙事中的一个大问题。在酒店里，阿 Q 遇到的是掌柜和酒客，他们的行为主要是语言对话，在阿 Q 自己则往往借酒来进行精神优胜；在街上、路上（"偶然邂逅的场所"——巴赫金），阿 Q 则既可以遇到闲人、王胡、小 D（阿 Q 先被他们打，然后精神优胜），也可以遇到"假洋鬼子"（也被打），还可以遇到比他更弱小的尼姑（阿 Q 则以欺负尼姑来博得看客的鉴赏）；在赵家的客厅，则被赵太爷斥骂和批嘴巴，在赵家的厨房③，则向吴妈求爱；在未庄哪儿都不敢去偷，就只敢到静修庵去偷萝卜；而在土谷祠，更多的是阿 Q 躺在床上进行大段的心理活动，如向吴妈求爱前的想女人，辛亥革命来临之际做造反的梦，等等。不同的人物在不同的空间与阿 Q 相遇，并由此形成不同的场景。

在小说中，场景可以说是小说的"骨骼"，场景连接起来就构成小说叙事的基本骨架。英国小说理论家珀西·卢伯克在他的《小说技巧》中认为，

① 王富仁. 中国反封建思想革命的一面镜子——《呐喊》《彷徨》综论［M］. 北京：北京师范大学出版社，1986：289.

② 王富仁. 中国反封建思想革命的一面镜子——《呐喊》《彷徨》综论［M］. 北京：北京师范大学出版社，1986：291.

③ 客厅是赵太爷会客和家人活动的主要地方，而厨房则是下人干活的地方，这种空间分别体现了一定的等级性。米克·巴尔就这样认为："在英国电视连续剧《楼上楼下》中，厨房与客厅的对照表现出主仆之间巨大的差别。"（［荷］米克·巴尔：叙述学 叙事理论导论［M］. 谭君强，译. 北京：中国社会科学出版社，2003：258.）

场景常常是用戏剧手法或绘画手法来加以处理的，它作为一种"展示"而同概述交替使用。在小说中，"场景是要占显赫地位的，场景是引起兴趣、提出问题的最简便方法"。例如"在《包法利夫人》中，场景都是以罕见的技巧来配置处理的；每重新阅读一次，似乎没有一个场景不是给人越来越多的享受。舞会，农业展览会，剧场中的那个夜晚，爱玛和莱昂在卢昂教堂那次命运攸关的相会，教士和药剂师在爱玛临终时那次异乎寻常的交道——这些形成了这部作品的关节，形成了这部作品的结构图解"①。在《阿Q正传》中，各个场景的连接也形成了小说的基本结构，而其连接则依赖于小说里的"叙述"（也有人称为"概述"）。在上面那场著名的"龙虎斗"场景的前后，都有"叙述"的段落与小说里的其他语段（有的是场景）相连接：

> 阿Q愈觉得稀奇了。他想，这些人家向来少不了要帮忙，不至于现在忽然都无事，这总该有些蹊跷在里面了。他留心打听，才知道他们有事都去叫小D。这小D，是一个穷小子，又瘦又乏，在阿Q的眼睛里，位置是在王胡之下的，谁料这小子竟谋了他的饭碗去。所以阿Q这一气，更与平常不同，当气愤愤的走着的时候，忽然将手一扬，唱道："我手执钢鞭将你打！……"

这是"龙虎斗"场景之前的叙述语段。在这一叙述语段之前是阿Q到老主顾家找工作被赶出来的场景。我们再来看"龙虎斗"场景之后的叙述语段：

> 这一场"龙虎斗"似乎并无胜败，也不知道看的人可满足，都没有发什么议论，而阿Q却仍然没有人来叫他做短工。

而这一语段之后，则是阿Q到静修庵偷萝卜的场景。如果说场景是小说结构的"骨骼"的话，那么这些叙述语段则是连接这些"骨骼"的经络，它

---

① ［英］卢伯克，福斯特，缪尔. 小说美学经典三种［M］. 方土人，罗婉华，译. 上海：上海文艺出版社，1990：53.

们把场景连成"骨架"，支撑起小说的基本结构。值得注意的是，《阿Q正传》里的场景很多并不是依时间和因果关系排列在文本里的，尤其是小说的一、二、三章（从第四章"恋爱的悲剧"开始才渐渐有一条清晰的线索），在写阿Q的"精神胜利法"时更多的是"旁逸斜出"而非直线推进，这直接导致了小说的情节弱化。对此，捷克汉学家普实克早有洞见："我们可以认为鲁迅处理情节的方法是简化，把情节内容简括到单一的成分，企图不借助于解说性的故事框架来表现主题。作者想不靠故事情节这层台阶而直接走向主题的中心。这就是我以为新文学中最新的特点，我甚至想把它列成公式：减弱故事情节的作用甚至彻底取消故事情节，正是新文学的特点。"①我想，他所说的这种"单一的成分"也应该包含这些并没有互为因果的空间场景吧。

二、作为"行动着的地点"的城镇与小说叙事建构

（一）未庄作为"行动着的地点"

如果说未庄作为"行为的地点"（the place of action）决定了"这件事发生在这儿"的话，那么，它作为"行动着的地点"（acting place）就显示了"事情在这里的存在方式"，或者说，它"使这些事件得以发生"。进一步说，它还决定了在未庄会发生什么样的事情。

未庄之所以是一个"行动着的地点"，在于它拥有自己独特的社会维度，正是社会维度才决定了发生在这一空间里的事情的"存在方式"。未庄的社会维度是什么呢？我们来看小说中多次提到的未庄"老例"（有时叫"通例"）。

通例一：

> 然而阿Q虽然常优胜，却直待蒙赵太爷打他嘴巴之后，这才出了名。他付过地保二百文酒钱，愤愤的躺下了，后来想："现在的世界太不成话，儿子打老子……"于是忽而想到赵太爷的威风，而现在是他的

---

① ［捷克］普实克. 鲁迅的《怀旧》：中国现代文学的先声［J］. 文学评论，1981
（5）.

儿子了，便自己也渐渐的得意起来，爬起身，唱着《小孤孀上坟》到酒店去。这时候，他又觉得赵太爷高人一等了。说也奇怪，从此之后，果然大家也仿佛格外尊敬他。这在阿Q，或者以为因为他是赵太爷的父亲，而其实也不然。未庄通例，倘如阿七打阿八，或者李四打张三，向来本不算一件事，必须与一位名人如赵太爷者相关，这才载上他们的口碑。一上口碑，则打的既有名，被打的也就托庇有了名。至于错在阿Q，那自然是不必说。所以者何？就因为赵太爷是不会错的。但他既然错，为什么大家又仿佛格外尊敬他呢？这可难解，穿凿起来说，或者因为阿Q说是赵太爷的本家，虽然挨了打，大家也还怕有些真，总不如尊敬一些稳当。否则，也如孔庙里的太牢一般，虽然与猪羊一样，同是畜生，但既经圣人下箸，先儒们便不敢妄动了。阿Q此后倒得意了许多年。

通例二、三：

在未庄再看见阿Q出现的时候，是刚过了这年的中秋。人们都惊异，说是阿Q回来了，于是又回上去想道，他先前那里去了呢？阿Q前几回的上城，大抵早就兴高采烈的对人说，但这一次却并不，所以也没有一个人留心到。他或者也曾告诉过管土谷祠的老头子，然而未庄老例，只有赵太爷钱太爷和秀才大爷上城才算一件事。假洋鬼子尚且不足数，何况是阿Q：因此老头子也就不替他宣传，而未庄的社会上也就无从知道了。但阿Q这回的回来，却与先前大不同，确乎很值得惊异。天色将黑，他睡眼蒙胧的在酒店门前出现了，他走近柜台，从腰间伸出手来，满把是银的和铜的，在柜上一扔说，"现钱！打酒来！"穿的是新夹袄，看去腰间还挂着一个大搭连，沉钿钿的将裤带坠成了很弯很弯的弧线。未庄老例，看见略有些醒目的人物，是与其慢也宁敬的，现在虽然明知道是阿Q，但因为和破夹袄的阿Q有些两样了，古人云，"士别三日便当刮目相待"，所以堂倌，掌柜，酒客，路人，便自然显出一种疑而且敬的形态来。

有论者说："……这些不成文的'通例''老例'其实就是封建性的习俗，几乎为所有人所默认，并且具有左右人们的巨大力量，谁也违背不得。"① 可以说，这些通例、老例经过悠长岁月的沉淀，已经化为未庄人一种不自觉的行为，指导他们来处理日常生活的各种问题。而且，未庄的这些通例无一例外地都与"名人"或"醒目的人物"有关，无一例外地都显示出对这些人物的尊敬——一种不适当的尊敬，简直就是一种既怕又想阿谀奉承的心态。美国学者威廉·巴雷特说："习惯和常规是一块遮蔽存在的大幕布。只要这块大幕布位置牢靠，我们就不需要考虑人生的意义是什么，它的意义似乎已经充分体现在日常习惯的胜利之中了。"② 那么未庄的这些通例遮蔽的是什么呢？它们遮蔽（同时也透露出）的是未庄人鲜明的等级观念：对上层人是拼命讨好、奉承，对他们的点滴小事都津津乐道，而对下层人，如阿Q之流，则是挖苦与嘲笑。对阿Q因说姓赵而被赵太爷打，在阿Q到赵府赔罪之后，他们的议论是"阿Q太荒唐，自己去招打；他大约未必姓赵，即使真姓赵，有赵太爷在这里，也不该如此胡说的"。就因为赵太爷在这里，即使阿Q真姓赵也不能说自己姓赵，这是什么逻辑？未庄人的逻辑就是：赵太爷是上等人，阿Q是下等人，赵太爷不准阿Q姓赵，阿Q即使真姓赵也不能姓赵。所以当阿Q"中兴"回来，穿了新夹袄又发了财，一下子成为未庄的"醒目人物"，人们就对他显出"疑而且敬的神态来"。这次阿Q不仅发了财，而且还像《风波》里的七斤一样向未庄人贩卖他在城里得来的"新闻"，结果是他在未庄的地位"直线上升"，由最底层上升到最高层，"阿Q这时在未庄人眼睛里的地位，虽不敢说超过赵太爷，但谓之差不多，大约也就没有什么语病的了"。

未庄的这种等级性不仅从未庄的通例、老例中可以看出，就从人们的空

---

① 卢今. 旷代文章数阿Q［M］//陈漱渝. 说不尽的阿Q——无处不在的魂灵. 北京：中国文联出版公司，1997：47.

② ［美］威廉·巴雷特. 非理性的人——存在主义哲学研究［M］. 杨照明，等译. 北京：商务印书馆，1995：133.

间布局也可以看出来。未庄上等人，钱太爷住的是钱府（门前还有显示威仪的"照壁"），赵太爷住的是赵府，阿Q轻易都不敢进去。小说里写到阿Q有三次到赵府，一次是赵太爷派地保把阿Q叫去（阿Q不敢不去），结果是阿Q挨打赔罪；第二次是到赵府舂米（还因此破例点灯），阿Q向吴妈求爱，结果是逃出赵府，后又赔罪、失业；第三次是赵太爷让邹七嫂喊阿Q来要买阿Q的便宜货，阿Q走到檐下就不敢进去了。阿Q到钱府想投革命党，也是"怯怯的蹩进去"，足见其威势。阿Q住哪儿呢？土谷祠，"白天是耍蛇人和赌博者聚集的场所，夜里成了乞丐和无业游民的栖身之地"①。他平常出入的也只是普通平民出没的酒店，他到上等人家里要么是去做工，要么是被叫去赔罪。小尼姑所住的静修庵，也象征性地被安排到了村外，这显示了其地位在未庄人心中更为低下。尼姑是被社会所歧视的，被视为"不祥之物"。绍兴人认为在路上遇到尼姑有晦气，"看见时必须吐一口唾沫，若是两人同行，最好是把她轧（照上海话说）过，即两人分走路旁，让她在中间走过去"，并且无论是谁欺负尼姑"则无论大小，谁都不来管闲事的"②。阿Q被假洋鬼子用哭丧棒打了以后，认为是见了尼姑才这样"晦气"的，所以先是"大声的吐一口唾沫"，接着就欺负小尼姑。尽管阿Q是个弱者，备受欺压，小尼姑还是被他"视若草芥"，由此可见尼姑地位的低微。在革命时，不仅阿Q想到的第一个革命对象是静修庵，赵秀才、钱洋鬼子也是如此。未庄的这种空间布局充分地折射出其社会维度——鲜明的等级性，这正印证了亨利·列斐伏尔关于空间的看法：人造环境是"对社会关系的粗暴浓缩"③。

未庄的这种社会维度——它的鲜明的等级性，就决定了在未庄发生的绝大多数事情都与"等级"有关。换句话说，它决定了在未庄里发生的绝大多数事情的根本性质，即米克·巴尔所说的"事情在这里的存在方式"。就阿Q来说，他基本上处在未庄等级结构的最底层（他之下还有小尼姑），与他

① 傅建祥. 鲁迅作品的乡土背景［M］. 杭州：杭州出版社，2003：53.

② 周作人. 忌讳尼姑的习惯［M］//周作人，周建人. 书里人生——兄弟忆鲁迅（二）. 石家庄：河北教育出版社，2000：198.

③ 包亚明. 现代性与空间的生产［M］. 上海：上海教育出版社，2003：98.

同级的有小 D、王胡、吴妈等人，稍高于他的有赵府的两个真本家（赵司晨、赵白眼）、地保、邹七嫂和未庄的闲人等，处在最顶层的是赵府和钱府。因此，碰到小尼姑阿 Q 就欺负她，碰到赵太爷、假洋鬼子等他就被欺负，碰到未庄的闲人阿 Q 也是被打，遇到同级的小 D、王胡则基本上是"龙虎斗"式的打，遇到吴妈则是向其求爱（他不可能去向秀才娘子求爱，就像贾府的焦大不会爱林黛玉一样）。但无论怎样，由于阿 Q 所处的位置太低，所以他还是失败居多——仅有的一次胜利还是欺负小尼姑。因此，在这些失败面前，阿 Q 就用"精神胜利法"来进行自我安慰，而这背后的深层动机就是渴望有朝一日能爬到未庄的顶层去——他对革命的幻想充分地展示了这一点。作为长期生活在未庄的流浪汉，阿 Q 思想里是从来不缺乏封建等级观念的，小说里说他的思想"其实是样样都合于圣经贤传的"，而封建社会里所谓的"圣经贤传"都是为了宣扬封建等级观念。在这样的思想观念支配之下，身处底层的阿 Q 的理想和行为，都是想向未庄等级结构的上层爬。但等级结构里的"唯上"倾向（即只对自己身处层级的上层讨好，而对自己层级的下层则是打击和嘲讽）使阿 Q 的这些行为和理想基本上全归于失败：之一，赵太爷的儿子中了秀才，他在酒店里说自己也姓赵，还比秀才长三辈，是阿 Q 渴慕上层的具体表现之一，结果是不准姓赵，失败；之二，看不起同级的王胡，结果被王胡打，失败；之三，中兴回来，即到酒店炫耀，地位短暂上升，但最终因钱被花光底细彻底暴露又跌至底层，失败；之四，辛亥革命中，看到革命使赵太爷等害怕，就高呼"造反了"，希图通过革命成为未庄的主宰，结果仍然失败，还因此丢了性命。可以说，阿 Q 想从未庄的底层爬上高层的理想，是阿 Q 各种行为的基本动力，它也是《阿 Q 正传》的基本叙事动力——因为阿 Q 是《阿 Q 正传》唯一的中心人物。这一点也印证了华莱士·马丁在《当代叙事学》里提到的吉拉德、马莎·罗伯特等人的一个观点，即"理想和现实之间的张力是现代叙事作品的核心"①。阿 Q 向上爬的理想和现实的不断失败之间的张力，正构成了《阿 Q 正传》的核心：叙事的

---

① ［美］华莱士·马丁. 当代叙事学［M］. 伍晓明，译. 北京：北京大学出版社，2005：30.

核心和主题产生的核心。

未庄的等级特性，使它成为一个"行动着的地点"，它使阿 Q 不安分于自己实有的位置而开展出种种行动来。这种鲜明的等级性，也使未庄在《呐喊》《彷徨》中显出一种独特性和典型性。其独特性表现为未庄在鲁迅众多的以绍兴为背景的乡土小说中的不可替代性。未庄能被更大的城代替吗？不能，因为城与乡土上的村镇相比，是一个"陌生社会"（而乡土社会是个"熟人社会"），等级观念不会像"熟人社会"这样强烈、鲜明，如阿 Q 到城里白举人家做工，从来就没有想到和他攀什么亲戚，小说里也未写到他被谁欺负，相反他还在城里认识了几个做贼的朋友。未庄能被更小的村子代替吗？也不能，再小，就像《社戏》里的平桥村一样，"住户不满三十家，都种田，打鱼"，大家都差不多，也不能形成鲜明的等级结构，而且像阿 Q 这样靠打短工为生的人也就无工可打了。鲁镇行吗？从规模上来说，似乎行，但《明天》《祝福》里的鲁镇，并没有展现出鲜明的等级结构，《孔乙己》里也仅展现出它的一隅——咸亨酒店，如果把阿 Q 放到这样的空间里，我们就失去阿 Q 了。所以，未庄是不可替代的。

未庄典型的一面也在这种等级结构上，因为"世界各国的封建制度，都是以严格的等级制度为其特征的，封建的等级观念构成了封建社会思想意识形态的总基础和总纽带"①，所以封建思想笼罩下的各个空间，尤其是得现代风气较晚的乡村空间无不表现出浓重的等级观念，从这个意义上说，未庄正是这样的乡村空间的典型代表。鲁镇，吉光屯，"故乡"等，也体现出一定程度的等级性，只是没有未庄这么典型、鲜明。

（二）鲁镇作为"行动着的地点"

前面说过，鲁镇出现在《呐喊》《彷徨》的好几篇小说里，但得到相对完整地表现的只有《明天》和《祝福》两篇。鲁镇作为一个空间，它在参与小说叙事建构时，所起的第一个作用就是在小说里形成场景，就像上面论述未庄能够形成场景一样。由于在上面关于未庄形成场景的部分论述很充分，

① 王富仁. 中国反封建思想革命的一面镜子——《呐喊》《彷徨》综论［M］. 北京：北京师范大学出版社，1986：46.

所以在鲁镇形成叙事场景这一点上我们不再展开论述，而把重点放在鲁镇的社会维度参与小说叙事建构上。小说里的空间基本上都能形成场景，但不同的社会维度却决定了空间会形成怎样的场景。换句话说，场景的具体内容是和空间的社会维度密不可分的，如我们在《阿Q正传》里发现它的社会维度是等级观念，所以里面的场景基本上都与此相关。在叙事上说，空间的社会维度还构成了叙事的基本动力，它制约、影响了人物的行为动机和行为方式，使它成为如米克·巴尔所说的"行动着的地点"。

未庄的社会维度是等级观念，在鲁镇中这种等级观念也得到了一定程度的表现，如《祝福》中设置了鲁四老爷、《明天》中设置了咸亨掌柜等鲁镇上层人物。但显然，鲁迅在这儿并不是以等级观念为中心，因为小说里的祥林嫂和单四嫂子所受到的并不是等级压迫，她们也非如阿Q一样想向上爬，可见制约她们行为的另有原因。

鲁镇的社会维度到底是什么呢？因为《明天》和《祝福》是两篇小说，鲁迅又追求"一篇有一篇新形式"①，鲁镇在《明天》和《祝福》里也被鲁迅处理得各不相同，因此下面就对这两篇小说进行分别说明。

1. 鲁镇与《明天》的叙事建构

周作人曾说"《明天》是一篇很阴暗的小说"，"因为这小说乃是写孤儿寡妇的"②，而故事的结局就是孤儿的死亡和寡妇一人留在太大太空的屋子里思念自己的儿子，情调的确很"阴暗"。这么一个"阴暗"的故事是怎么建构起来的？故事发生的空间——鲁镇又在其中起了什么作用？

张定璜先生在《鲁迅先生》里谈起鲁镇时这样说："鲁镇只是中国乡间，随便我们走到那里去都遇得见的一个镇，镇上的生活也是我们从乡间来的人儿时所习见的生活。在这个习见的世界里，在这些熟识的人们里，要找出惊天动地的事情来是很难的，找来找去不过是孔乙己偷东西给人家打断了腿，

---

① 茅盾．读《呐喊》［M］//瞿秋白，等．红色光环下的鲁迅．石家庄：河北教育出版社，2000：119.

② 周作人，周建人．书里人生——兄弟忆鲁迅（二）［M］．石家庄：河北教育出版社，2000：13.

单四嫂子死了儿子，七斤后悔自己的辫子没有了一类的话罢了，至多也不过是阿Q的枪毙罢了。"① 张定璜先生在这儿说的是鲁镇以及有关鲁镇的故事的普通性和普遍性，"习见"二字就非常准确地点出了这一特点。然而，他没有说出来的意思是鲁镇和鲁镇故事的经常性和恒久性，即鲁镇和鲁镇生活的不变性。

像未庄、鲁镇这样的乡村小镇，其生活总体上来说是单调而平淡的，这也是一般的小城小镇的特点。巴赫金在谈到福楼拜的《包法利夫人》中的"小省城"时，这样评价它："这样的小城，是圆周式日常生活时间的地点。这里没有事件，而只有反复的'出现'。时间在这里失去了向前的历史进程，而只是在一些狭窄的圈子里转动，这就是一日复一日、一周复一周、一月复一月、一生复一生的圆圈。过了一天是老样子，过了一年也是老样子，过了一生仍然是老样子。日复一日地重复着同一些日常的生活行动，同一些话题，同一些词语，等等。"② 不仅是西方的小城小镇如此，就是我们中国的小城小镇在进入现代化进程以前，也是如此。我们来看一下师陀在《果园城记》里对果园城的几处叙述：

> 在任何一条街上你总能看见狗正卧着打鼾，他们是绝不会叫唤的，即使用脚去踢也不；你总能看见猪横过大街，即使在衙门口也决不例外。他们低着头，哼哼唧唧的吟哦，悠然摇动尾巴。在人家家门口——此外你还看见女人——坐着女人，头发用刨花水抿得光光亮亮梳成圆髻。他们正亲密的同自己的邻人谈话，一个夏天又一个夏天，一年接着一年，永远没有谈完过。
>
> ——《果园城记·果园城》

在这里没有高尚的娱乐场所，没有正当集会，甚至比较新点的书都

---

① 张定璜. 鲁迅先生［M］//孙郁，张梦阳. 吃人与礼教——论鲁迅（一）. 石家庄：河北教育出版社，2000：9-10.
② ［俄］巴赫金. 小说理论［M］. 白春仁，晓河，译. 石家庄：河北教育出版社，1998：449.

买不到。我们可以指出它每天照例要发生的事情，并且可以象星期菜单似的给小学教师安排一个节目……到了下午，你知道每个小城到下午都有这种现象，全城，连最主要的大街都显出疲倦。

——《果园城记·颜料盒》

我们可以看出，师陀笔下的果园城，同福楼拜小说里的小省城差不多。在这样的小城小镇里，人们过的都是一种遵循习惯的圆周式生活，表现出来的是一种程式化的生活图景。如果说，在未庄，人们遵循的是老例、通例的话，那么在鲁镇，人们还是如此：

年年如此，家家如此，——只要买得起福礼和爆竹之类的——今年自然也如此。

这是《祝福》里对鲁镇人们进行祝福活动的介绍，鲁镇人们都看重、遵循祝福的习俗。可以说，在小城小镇里，人们都是依习惯过活，在生活里遇到问题，也都是按照惯例来进行处理。在《阿Q正传》中，由于因阿Q要向等级结构的上层爬而构成《阿Q正传》的叙事动力而遮蔽了这一点的话，那么，在《明天》中这一点却表现得极为明显。

在《明天》中，人们都依鲁镇的惯例来处理各种问题。鲁镇的惯例是什么呢？我们来看小说里的几处描写：

（1）原来鲁镇是僻静地方，还有些古风：不上一更，大家便都关门睡觉。深更半夜没有睡的只有两家：一家是咸亨酒店，几个酒肉朋友围着柜台，吃喝得正高兴；一家便是间壁的单四嫂子，他自从前年守了寡，便须专靠着自己的一双手纺出棉纱来，养活他自己和他三岁的儿子，所以睡的也迟。

（2）掌柜回来的时候，帮忙的人早吃过饭；因为鲁镇还有些古风，所以不上一更，便都回家睡觉了。只有阿五还靠着咸亨的柜台喝酒，老

95

拱也呜呜的唱。这时候，单四嫂子坐在床沿上哭着，宝儿在床上躺着，纺车静静的在地上立着。许多工夫，单四嫂子的眼泪宣告完结了，眼睛张得很大，看看四面的情形，觉得奇怪：所有的都是不会有的事。他心里计算：不过是梦罢了，这些事都是梦。明天醒过来，自己好好的睡在床上，宝儿也好好的睡在自己身边。他也醒过来，叫一声"妈"，生龙活虎似的跳去玩了。

（3）单四嫂子终于朦朦胧胧的走入睡乡，全屋子都很静。这时红鼻子老拱的小曲，也早经唱完；跄跄踉踉出了咸亨，却又提尖了喉咙，唱道："我的冤家呀！——可怜你，——孤另另的……"蓝皮阿五便伸手揪住了老拱的肩头，两个人七歪八斜的笑着挤着走去。单四嫂子早睡着了，老拱们也走了，咸亨也关上门了。这时的鲁镇，便完全落在寂静里。只有那暗夜为想变成明天，却仍在这寂静里奔波；另有几条狗，也躲在暗地里呜呜的叫。

我们注意到，鲁迅在这里使用了"古风"一词，而在《阿Q正传》《祝福》《孔乙己》里没有提到这一词，这对于写小说一向思虑甚密的鲁迅来说，也许是大有深意的。古风，是"古代的风俗习惯，多指质朴的生活作风：~犹存"，这是词典里对古风的一种解释（另一种是"古体诗"），鲁镇的古风是人们很早就上床睡觉。在《明天》里，没有遵循这一古风的是咸亨酒店和单四嫂子家，一有赖皮在那儿快乐地饮酒、"想心思"，一为生病的儿子在着急、发愁。对比何其鲜明、强烈！这一古风，在现实情况下（寡妇单四嫂子的儿子宝儿病重，而鲁镇人仍然是很早就轻松睡去，或者快乐喝酒）显得多么残忍，鲁镇人对别人的痛苦是多么冷漠！① 小说里写到的三个晚上都是如此，它们就像植物的"节"一样，也形成了小说叙事的节点：收拢前面的

----

① 鲁迅对中国人之间的相互冷漠一直是深恶痛绝的，他曾说："造化生人，已经非常巧妙，使一个人不会感到别人的肉体上的痛苦了，我们的圣人和圣人之徒却又补了造化之缺，并且使人们不再会感到别人的精神上的痛苦。"（鲁迅. 集外集·俄文译本《阿Q正传》序及著者自叙传略 [M] //鲁迅全集（第七卷）. 北京：人民文学出版社，2005：83.）

叙事，并诱发出后面的叙事，小说里两个白天的事情都由它们诱发出来，也归结到它们这里来。

"古风"一词在叙事建构上的作用还不止如此，就小说里的人物来说，他们都因循鲁镇的惯例来应付日常生活，这就构成了人物活动乃至整个小说叙事的深层动机，而这才真正是《明天》在叙事上的深刻之处。我们来看看小说里的人物依据惯例来采取行动的具体表现。

单四嫂子：儿子病了，她采取的行动是求神签、许愿心、给孩子吃单方——这分明是乡下愚昧迷信地方人们应付疾病而常采取的方法，已经成为人们生活惯例的一部分，在这儿被她"不假思索"地拿来用了。当这些法子都没有效果时，她想到的法子依然是当地人的习惯做法，"那只有去诊何小仙了"，结果儿子还是病死。儿子死后，尽管家里已是一贫如洗，但她还是依据当地习惯，不惜借债、抵押来尽可能办好儿子的后事。① 结局是人亡财尽，家里所有财物被"洗劫一空"，只剩下她在"太静""太大""太空"的屋子里思念儿子。

其他人物：其他人物的活动主要集中在两个地方，一个在何家看病，何小仙作者突出了其"指甲足有四寸多长"，药店店伙也是"长指甲"，店名也含有"老"字（贾家济世老店——店名也是一种讽刺，"贾"也许像《红楼梦》里一样是"假"的谐音，"济世"的结果是宝儿病死了），这些都突出了一个"老"字。医生看病循老例，药店是老店，无不显示出鲁镇"老"的特征，鲁迅曾愤激地说过"中国大约太老了"② 的话，也许用在这儿正合适。另一个地方就是众人在单四嫂子家操办宝儿的丧事，在这个过程中，尽管事情多而杂，可是人们都进行得轻车熟路——也分明是依例而行。人们纯

---

① 周作人认为宝儿的丧事"如照事实来讲，不可能有那么的排场"，这是作者"为了写小说的方便而说的地方"。（周作人，周建人. 书里人生——兄弟忆鲁迅（二）[M]. 石家庄：河北教育出版社，2000：14.）我认为这个地方鲁迅不按照事实来写也许就是为了强调当地习惯对人们行为的约束力，而从单四嫂子这一面来说则表达了她对儿子的爱和失去儿子的痛苦。

② 鲁迅. 两地书·四[M]//鲁迅. 鲁迅全集（第十一卷）. 北京：人民文学出版社，2005：20.

粹是为完成一件事情而去完成事情，至于单四嫂子的痛苦，又有谁去真的关心呢？我们看下面两段话：

> 下半天，棺木才合上盖：因为单四嫂子哭一回，看一回，总不肯死心塌地的盖上；幸亏王九妈等得不耐烦，气愤愤的跑上前，一把拖开他，才七手八脚的盖上了。

> 王九妈又帮他煮了饭，凡是动过手开过口的人都吃了饭。太阳渐渐显出要落山的颜色；吃过饭的人也不觉都显出要回家的颜色，——于是他们终于都回了家。

生活里的惯例已经把人该有的一份关爱给磨灭殆尽了，"幸亏""不觉""终于"这些词里该包含了鲁迅对中国人的多少痛恨！

可以说，在鲁镇人们都是依惯例在运转的，惯例成为支配他们生活的基本准则。我们在这儿有必要再次引用美国学者威廉·巴雷特的话："习惯和常规是一块遮蔽存在的大幕布。只要这块大幕布位置牢靠，我们就不需要考虑人生的意义是什么，它的意义似乎已经充分体现在日常习惯的胜利之中了。"①惯例所遮蔽的，就是人们习以为常并且以为很正常的日常生活中的痛苦和不幸。鲁迅创作这篇小说的目的，也许就是想让我们看看在中国这样一个传统习惯极为根深蒂固的国家里，在我们习见的日常生活中，在我们依惯例而动的行为方式中，到底遮蔽、掩盖着多少像单四嫂子这样的普通人的痛苦！这一点，正是《明天》展开叙事的根本出发点，也是小说叙事的基本内在动力，可以说，它是小说叙事的核心，也是叙事建构的全部基础。

单四嫂子会有"明天"吗？从她的名字上看，她的丈夫是单四，如果按照《祝福》里贺老六的取名法，她也应该像祥林嫂那样有大伯（单四的哥哥）的，他们会不会像祥林嫂的大伯那样来收屋、赶走单四嫂子呢？当然有可能。即使不被赶走，她也不会有"明天"，因为依惯例而活的她，早已没

---

① ［美］威廉·巴雷特. 非理性的人——存在主义哲学研究［M］. 杨照明，等译. 北京：商务印书馆，1995：133.

有反思生活的能力。小说里的叙述者一再强调单四嫂子是一个"粗笨女人"（整篇小说共出现了 5 次），其中有一次原句子是这样的："——我早经说过：他是粗笨女人。他能想出什么呢？"马克思、恩格斯在《神圣家族》中指出，人正是"由于有表现本身的真正的个性的积极力量才得到自由"①，可是因为惯例的约束，或者说是对惯例的自觉遵照执行，单四嫂子（包括鲁镇人，甚至所有的传统中国人）失去了"自由"，没有追问"为什么"的能力最终也就失去了自己。在懵懂的状态下，她也在无意中参加了杀死宝儿的"无主名无意识的杀人团"②（具体地说就是她没有用科学的方法来救治宝儿，她采取的是一些迷信、愚昧的措施）——这也正是《明天》远较一般悲剧更为深刻的地方！

2. 鲁镇与《祝福》的叙事建构

未庄、鲁镇都是传统中国的一部分，在那里人们都依循习惯而活。当然，这些习惯包括很多方面，人们在遇到不同的事情时，传统习惯与之相关的部分便会展露出来。如在未庄，当阿 Q 想提高自己的地位时，未庄人关于等级的习惯性观念便表现出来并支配他们的行为；在《明天》里，当孩子发病以致死亡时，鲁镇人关于生病、死亡的一套经验就起作用了。而这些不同的习惯性的力量，不仅成为小说里人物的行动准则，也构成小说叙事的核心和基础。

那么，也是传统中国的一部分，《祝福》里的鲁镇，会呈现出什么样的面貌呢？它的习惯性力量，又表现在哪些方面呢？

《祝福》被夏志清先生誉为《彷徨》中"研究中国社会最深刻"的四部作品之一（另三部是《在酒楼上》《肥皂》和《离婚》），其深刻性在他看来就在于："《祝福》是农妇祥林嫂的悲剧，她被封建和迷信逼入死路。鲁迅与其他作家不同，他不明写这两种传统罪恶之可怕，而凭祥林嫂自己的真实信仰来刻画她的一生，而这种信仰和任何比它更高明的哲学和宗教一样，明

---

① 马克思，恩格斯. 神圣家族，或对批判的批判所做的批判 [M] //马克思，恩格斯. 马克思恩格斯全集（第二卷）. 北京：人民出版社，1957：167.
② 鲁迅. 我之节烈观 [M] //鲁迅. 鲁迅全集（第十一卷）. 北京：人民文学出版社，2005：129.

显地制定它的行为规律和人生观。"① 如果说，"封建和迷信"在夏志清先生这儿还语焉不详的话，高远东先生就说得更清楚一些，他认为《祝福》是一个"儒道释吃人的寓言"，"鲁迅有意以鲁镇显示传统中国的社会、历史、文化的几乎全部内容：从风俗到制度、从思想到宗教、从日常生活到行为准则"，总之，鲁镇是一个文化空间，而"祥林嫂之死是一个文化的悲剧，是从风俗制度到思想信仰整体的悲剧"。② 应该说，这两位先生的研究都已经深刻地揭示出了《祝福》最本质的东西，比如说鲁镇的文化特性、祥林嫂死亡的文化原因，但仍然有一些问题，比如小说叙事的建构问题，即小说叙事是怎样一步步发展下去以及整个叙事是怎样最终完成的还没有最终解决。

在《祝福》中，鲁镇被鲁迅设置为一个文化空间，这一点已得到学术界的公认。尽管人们对这一文化空间的文化内涵的认定略有出入，但在鲁镇文化的重点和核心是鲁镇的民俗文化上，人们似乎没有什么分歧。而小说里祥林嫂的特殊身份，和以民俗文化为重点和核心的鲁镇文化之间的不相容性，则构成了《祝福》的叙事动力——它推动叙事一步步向前发展并形成结局：祥林嫂的死亡。

小说一开始就在民俗意味极浓的祝福时节展开："我"在此时回到故乡鲁镇，然后就是对鲁镇祝福习俗的详细描写。小说前半部分的另一重点放在"我"对鲁镇的感受上，"我"觉得鲁镇与我很不相宜，决计要走了。这些似乎与祥林嫂关系不大，但是，"我"与鲁镇的故事③，却折射出鲁镇的文化特性，因而在叙事上可以说是为下面"祥林嫂与鲁镇"的故事做了一个铺垫。从小说里"我"回家的动机看，"我"显然是回故乡看望亲友的，但到了故乡，"我"却感觉到"我"是如此不合时宜：他们都忙着祝福，根本没有时间接待"我"。而作为"我"在鲁镇亲友的代表，鲁四老爷不仅没有时

---

① 夏志清. 中国现代小说史［M］. 上海：复旦大学出版社，2005：30.
② 高远东：《祝福》：儒道释吃人的寓言［M］//汪晖，钱理群，等. 鲁迅研究的历史批判——论鲁迅（二）. 石家庄：河北教育出版社，2000：334.
③ 钱理群先生认为《祝福》是一个三重结构，写的是"我和鲁镇""祥林嫂和鲁镇"，以及"我和祥林嫂"这三层关系（钱理群. 与鲁迅相遇［M］. 北京：北京大学出版社，2003：122.），我认为这三层关系可以看成三个密切相关的故事。

间陪"我"，而且还与"我"话不投机，他是个老监生，本能地反感"新党"，在他看来，康有为"还是新党"，而视康有为为保皇派的五四启蒙知识分子，在他的眼里就应该是新新党了——而"我"恰恰就是。这就充分地反映出鲁镇文化的保守性和落后性。另一方面，"我"感觉到了鲁镇浓厚的祝福氛围，"我"在饭桌上本想打听一下祥林嫂的死亡情况，可想到祝福的忌讳，就没有开口。而下面一段话则充分地证明了民俗文化在鲁镇占据着统治地位：

> 我也还想打听些关于祥林嫂的消息，但知道他虽然读过"鬼神者二气之良能也"，而忌讳仍然极多，当临近祝福时候，是万不可提起死亡疾病之类的话的，倘不得已，就该用一种替代的隐语，可惜我又不知道，因此屡次想问，而终于中止了。

鲁四尽管熟知理学——有前文"我"在他的书房里看到他读的书和对他是"讲理学的老监生"的介绍可知，但鲁镇祝福的民俗仍有力地支配着他的思想和行为。这样，小说就用"我"和鲁镇的故事对鲁镇的文化，尤其是它的民俗文化进行了一个初步的介绍，为下文展开祥林嫂和鲁镇的故事进行了"预热"。

在"我"回忆祥林嫂与鲁镇的故事中，鲁镇民俗文化的具体内容逐渐清晰起来。在小说中，鲁镇的民俗文化具体指"祝福"的习俗，其他风俗都或多或少与之发生联系。范寅《越谚》卷中"风俗"门下云："祝福，岁暮谢年，谢神祖，名此，开春致祭曰'作春福'。"① 小说中对祝福习俗也进行了具体描写。祝福的目的是"致敬尽礼，迎接福神，拜求来年一年中的好运气"。"有些人家在祝福完毕后，接着祭祖"②，这是祈求祖宗的保佑，在《祝福》里也提到了这一点，可见《祝福》里的"祝福"是既包含祭福神也包含祭祖的。与祥林嫂密切相关的，倒是祝福的禁忌。小说里写到的禁忌之

① 转引自周作人.《彷徨》衍义［M］//周作人，周建人. 书里人生——兄弟忆鲁迅（二）. 石家庄：河北教育出版社，2000：67.

② 裘士雄，黄中海，张观达. 鲁迅笔下的绍兴风情［M］. 杭州：浙江教育出版社，1985：112.

一即是上面提到的在祝福时候，是不能提到死亡疾病之类不吉利的话的，这一点在中国绝大部分乡村过节的时候大概都如此。另一个禁忌，是小说里写到的，准备福礼，是不能由"不干不净"的人来准备的。什么样的人是不干不净的呢？显然，在小说里是指像祥林嫂这样的寡妇。当祥林嫂第二次到鲁镇来时，鲁四老爷告诫四婶说：

> 这种人虽然似乎很可怜，但是败坏风俗的，用她帮忙还可以，祭祀时候可用不着她沾手，一切饭菜，只好自己做，否则，不干不净，祖宗是不吃的。

祥林嫂为什么会被鲁四老爷认为是"败坏风俗""不干不净"的呢？从封建正统儒家思想来说，它强调已婚女性要"从一而终"，而第二次到鲁镇的祥林嫂，显然没有做到这一点——尽管她被婆婆卖到山里去并非所愿，也曾做过"真出格""异乎寻常"的反抗。女子在婚姻上要"从一而终"的观念在中国由来已久，并且无论是在官方还是民间都根深蒂固。早在《周易·卦三十二·恒》中就有"恒其德贞，妇人吉；象曰：'妇人贞吉'，从一而终也"语，《礼记·郊特牲》中也有"壹与之齐，终身不改，故夫死不嫁"之语。到宋代，由于理学的大盛，理学思想逐渐成为官方意识形态，理学代表人物程颐在《近思录》中提出的"饿死事小，失节事大"的观点也深入了民间，对中国人文化心理的形成起了很大的作用。[①] 封建统治者看到理学有助于统治民众，也就对其大肆宣扬，对民间的节妇进行包括立贞节牌坊在内的各种表彰。"上以风化下"，官方的思想向民间推行的时间久了，最后也就成为民间的信仰，化为民众自觉遵守的习俗。在绍兴，过去也是守节之风盛行。绍兴古贡院附近还有一个专门为寡妇设立的"清洁堂"，把寡妇送进这暗无天日、举目无亲的"清洁堂"去守节。"清洁堂"门口有两个女人管着，

---

① 严复认为："近代中国之面目为宋人所造就者十之八九。"转引自高远东.《祝福》：儒道释吃人的寓言［M］//汪晖，钱理群，等. 鲁迅研究的历史批判——论鲁迅（二）. 石家庄：河北教育出版社，2000：337.

既不让外面的人进去，也不让里面的人出来，一直把这些守节的寡妇关到死为止。在绍兴主要城门外，都有叫行牌头的地名，那里贞节牌坊林立。在乡间路旁或城里台门口，还有旌节石碑，甚至有的台门口挂有"奉旨旌表"的巨幅匾额。① 在这样的文化环境中，守节也成为寡妇们自觉的行为。《祝福》里就借卫老婆子的话写出了她们对被迫再嫁的反抗："回头人出嫁，哭喊的也有，说要寻死觅活的也有，抬到男家闹得拜不成天地的也有，连花烛都砸了的也有。"祥林嫂也是守节的自觉执行者，她对被婆婆发卖也做过激烈的反抗。

寡妇为什么要守节呢？这与中国民间中的"寡妇禁忌"有关。禁忌（ta-boo）又译"戒律""禁律"，或音译为"塔布"。詹姆斯·乔治·弗雷泽指出，巫术的"积极性规则是法术，而消极性规则是禁忌"。所谓积极的巫术总是告诉我们："这样做必然发生什么事情"；消极的巫术或禁忌则说："别这样做，以免发生什么事情"。"但无论是所希望的或所不希望的结果似乎都是与相似律和染触律相关联的"，"是这两大原则的特殊应用而已"。对于禁忌而言，"可怕的结果并非真的由于触犯了禁忌才发生。如果那个设想中的不幸结局必然要跟着犯忌而到来，那么禁忌也不成其为禁忌，而是一种劝人行善的箴言或一种普通的常识了"（《金枝》）。西格蒙德·弗洛伊德从精神分析学的角度出发，认为禁忌根植于人的非理性或无意识之中。他说："神圣的东西虽然是某种不能触摸的东西、一种神圣的禁令，具有非常强烈的情感暗示，但是实际上却并没有理性动机。"② 中国的寡妇禁忌，其实也植根于中国人的非理性或者无意识中。在中国许多地方，在民间信仰中，寡妇被"人咸目为不祥人，以为其夫主之魂魄，常随妇身，又娶之者，必受其祟，故辄弃置不顾，无人再娶"③。鲁迅在《我之节烈观》中也有"大抵因为寡

---

① 裘士雄，黄中海，张观达. 鲁迅笔下的绍兴风情 ［M］. 杭州：浙江教育出版社，1985：126-127.

② 王先霈，王又平主编. 文学理论批评术语汇释 ［M］. 北京：高等教育出版社，2006：564-565，"禁忌（taboo）"词条.

③ 《中华风俗志》，转引自任骋. 中国民间禁忌 ［M］. 石家庄：花山文艺出版社，1998：156.

妇是鬼妻，亡魂跟着，所以无人敢娶"之语。另外，有的地方还认为，寡妇命太硬，她的丈夫就是被她克死的，可见她是一个不祥的人。这样的不祥之人，身后还有鬼魂跟着，因此寡妇走到哪儿都被人歧视，形成中国民间普遍存在的"寡妇禁忌"。而"从一而终"的儒家正统观念，也被巧妙地融进了这种禁忌里，并在一定程度上还要靠它维持。

祥林嫂就是这样的一个不幸的寡妇，更不幸的是，她想守节，但在强大的族权力量面前，被鲁迅称为"很难""很苦"的守节她也未能最终完成——她被婆婆卖出再嫁。这还不算完，更要命的是第二个丈夫病死，儿子又被狼叼走，她再次成为寡妇，在人们的眼里，她是更加罪孽深重——尽管这一切都不是她的错！她再次走投无路，只好来到鲁镇，想勉强活下去。可鲁镇是个什么地方呢？是一个贞节风气很浓，而民间鬼神文化很发达的地方。如小说里提到的鲁四老爷的祭祖，是他们家里"最重大的事件"。祭祖，实际上是中国祖先崇拜的一部分①，而其根源在于鬼神崇拜。在中国人心中，死去的祖先还有魂灵存在，他们尽管也成了鬼，但只要子孙孝顺，经常（尤其是过年过节的时候）祭拜，祖先鬼不但不会伤害他们，还会保佑他们，给他们赐福。而这样的民俗文化，显然是排斥一个不祥、不洁而且身后还有鬼魂跟着的寡妇的到来的。祥林嫂走投无路要到鲁镇来谋生，而鲁镇固有的民俗文化又排斥其进入，所以，祥林嫂的谋求进入和鲁镇这一文化空间依自己的固有特性对她的排斥，就构成了《祝福》的深层结构和最根本的叙事动力。

对于自己是个寡妇因而是人们眼中的异类，祥林嫂应该是很清楚的——

---

① 钱穆在《现代中国学术论衡》中说："天子宇宙之祭，列国诸侯皆来阶祭。诸侯亦各有国，乃由中央天子之列祖列宗所封建。而得此封建，亦不在己，乃是在其列祖列宗。故诸侯之归其国，又必各自祭其祖宗，更下至于庶民之受百亩而耕，亦祭其祖宗。尊祖敬宗之礼，固已下达天下。"（钱穆：《现代中国学术论衡》，岳麓书社，1989年，第18页）陈爱强先生由此认为，"对于中国精神文化系统而言，祖先崇拜无疑是官方儒家文化的基础、民间文化的核心，是农民精神信仰的基本内容，而成为中国普通民众的宗教"。（陈爱强．国民痼疾与祖先崇拜——鲁迅小说一个文化学的阐释［J］．鲁迅研究月刊，1997（11）．）

这从她逃婚出来到激烈反抗被卖就可看出。因此祥林嫂第一次到鲁镇来，首先是找一个中人——卫老婆子做介绍，其次是在主顾面前"顺着眼，不开一句口，很像是一个安分耐劳的人"。她谋求进入鲁镇的这一策略果然有效，四婶"便不顾四叔的皱眉，将她留下了"。而在试工期内，她"整天的做，似乎闲着就无聊，又有力，简直抵得过一个男子"，这样祥林嫂就以卖力劳动，在鲁镇留了下来。四叔尽管讨厌她是个寡妇，但看到她是这样好的一个劳动力，也就没说什么，而且还让她参与祝福的各种准备工作。也许，在鲁镇人看来，只要我不娶你，就沾不上你的鬼气；你不再嫁，就是一个节妇，祖宗是不会讨厌的——因为祖宗也赞成寡妇守节。显然，祥林嫂以自己守节的行为和自己拼命干活的表现，让人们不再在意她是个寡妇。这也是她所希望的，所以面对沉重的体力劳动，"她反满足，口角边渐渐有了笑影，脸上也白胖了"。

如果就此下去，对于祥林嫂来说就是幸福。但在那个时代，一个被嫁出去的女人是永远把握不了自己的命运的。代表族权的婆婆把她卖到山里去，更不幸的是第二个丈夫又病死，儿子也被狼叼走了，大伯来收屋赶她走。在走投无路的情况，她第二次来到鲁镇。

但这次，情形显然与上次不同。在鲁镇人眼里（也许还有在她自己的眼里），她是一连克死两个丈夫的不祥之人，因再嫁也不再是大家肯定的"节妇"，而是"败坏风俗""不干不净"的人。祥林嫂为了进入鲁镇，采取的办法也与上次不同，她不再"不开一句口"，而是诉说她儿子被狼叼走的悲惨故事，接着"但是呜咽"。这一策略也奏了效，"四婶起初还踌躇，待到听完她自己的话，眼圈就有些红了。她想了一想，便教拿圆篮和铺盖到下房去"。祥林嫂陈述她的凄惨故事也许是因为心头郁积的悲痛，但也不能否认有她想博取同情以进入鲁镇的考虑，在四婶答应接受她后，小说里有这么一句可作为证明："卫老婆子仿佛卸了一肩重担似的嘘一口气，祥林嫂比初来时候神气舒畅些，不待指引，自己驯熟的安放了铺盖。"但这只是鲁镇对她的暂时接受，其拒斥很快就显露出来。

一是因遭受沉重打击，祥林嫂不再像过去那样能干了，这直接引起主人的不满——要知道，鲁四老爷家把她留下来就是看中了她的能干，现在，她不能干了，就潜伏着随时解雇她的可能。

二是祭祀时因她的"败坏风俗""不干不净"而不再让她做关于祭祀的各种工作，"祥林嫂，你放着罢！我来摆"，"祥林嫂，你放着罢！我来拿"，她已经失去了做祭祀准备工作（而不是祭祀本身）的资格。

三是鲁镇人对她的态度，"镇上的人们也仍然叫她祥林嫂，但音调和先前很不同；也还和她讲话，但笑容却冷冷的了"，这与第一次祥林嫂到鲁镇来鲁镇人夸奖她"实在比勤快的男人还勤快"形成了鲜明的对比。

面对这些拒斥，祥林嫂也做出了自己的努力。面对鲁镇人，她对他们讲她日夜不忘的凄惨故事以博得他们的同情，这一招刚开始"倒颇有效"，但日子久了，她的凄惨故事"早已成为渣滓，只值得烦厌和唾弃"，鲁镇人不再接受她。面对不能参与祭祀工作，以及柳妈所说的她死后要被锯成两半的恐惧，她用自己一年的血汗钱到土地庙去捐门槛，以期能赎罪，禳解身上的"寡妇禁忌"。但是死罪（到阴间被锯成两半）可免，活罪难逃，她仍然不准参加祭祀工作，她仍被视为"不干不净"的人。这样，她付出巨大努力的罪孽救赎也归于失败，并导致她想重新努力工作以赢得主人满意的努力也彻底失败。她再也无法进入鲁镇，她被整个鲁镇彻底抛弃了，她只能往死路上走，她被鲁镇，更准确地说，是被以祝福为代表的鲁镇文化"吃"掉了。"当鲁镇社会与祥林嫂处于一种敌对的紧张关系，并排斥其介入时，它就变成了一个残酷的'吃人'结构，而其文化——包括风俗、信仰、伦理、禁忌等——的秘密也就历历在目地暴露出来"[1]，这个判断精彩地点出了祥林嫂的死亡与鲁镇文化的密切关系。这一密切关系的外在表现，就是谋求进入和排斥进入的行为层面，它构成了《祝福》叙事的动力、基础和核心，并最终以鲁镇的胜利来完成整个小说叙事。

以鬼神文化为中心的鲁镇民俗文化，不仅建构起"我"与鲁镇、祥林嫂与鲁镇的故事，还建构起"我"与祥林嫂的故事：她向我询问灵魂的有无，把本置身于事外的"我"也与祥林嫂的死亡联系起来，并最终把这三个故事

---

① 高远东.《祝福》：儒道释吃人的寓言［M］//汪晖，钱理群，等.鲁迅研究的历史批判——论鲁迅（二）.石家庄：河北教育出版社，2000：337-338.

结成一个有机整体。鲁镇就以这种社会维度参与《祝福》的叙事建构。

未庄、鲁镇都是传统中国的象征，中国的子民们在这些地方依千百年来形成的惯例、风俗而生活。鲁迅在这三篇小说中，把传统中国的这种古旧气质形象地化为未庄、鲁镇的社会维度，并以在这些具体的社会维度下生活的人们精神的扭曲、麻木、愚昧和命运的悲惨，来显示彻底改造的必要性。未庄、鲁镇的社会维度，则成为这三篇小说叙事建构的基石和核心。

第二节 宗教文化空间意象与小说叙事建构

中国尽管没有严格西方意义上的宗教，但中国宽泛意义上的民间宗教却很发达，佛家的寺庙、尼姑庵，道家的宫观殿堂等曾遍及中国各地。在普通中国民众的生活中，尤其是在远离大都市的广大农村乡土地区，民间宗教在人们生活中起着很重要的作用。

前面说过，《呐喊》《彷徨》里的空间背景大多以鲁迅的故乡绍兴为主，在那里，民间宗教文化（有时与民间习俗交织在一起）就颇为发达。周作人的《鲁迅的故家》、周建人的《鲁迅故家的败落》《阿Q时候的风俗人物一斑》以及裴士雄等人的《鲁迅笔下的绍兴风情》都对绍兴的民间宗教文化做过详细介绍。在这块土地上孕育出来的《呐喊》《彷徨》，也被笼罩在浓浓的民间宗教文化氛围中。在小说叙事建构中，鲁迅除了设置像未庄、鲁镇这样大的相对完整的空间外，还巧妙地在这些大空间内部安置了一个个小的宗教文化空间。这些宗教文化空间意象，也有力地参与了小说叙事建构。

在《呐喊》《彷徨》中，具体的宗教文化空间意象有：《药》里的坟场，《阿Q正传》里的土谷祠和静修庵，《祝福》里的土地庙，《长明灯》里的社庙，《离婚》里的魁星阁等。这些宗教文化空间在小说叙事建构上，起着各自不同的具体作用，下面就具体一一分析。

一、宗教文化空间意象对小说叙事意蕴的拓展

宗教文化空间意象作为带有浓厚宗教、文化意味的社会空间，它们往往不仅是"行为的地点"，更重要的是以"行动着的地点"出现在作品中的。由于其丰厚的文化因子，它们在小说叙事意蕴的拓展上具有天然的优势，一种普通空间难以企及的深入挖掘社会心理、人的思想精神的优势。作为深知中国文化、深知中国人心理的伟大作家，鲁迅在《呐喊》《彷徨》中就非常老练地、巧妙地利用了宗教文化空间意象的这一优势。

（一）坟场对《药》的叙事意蕴的拓展

米歇尔·福柯在《不同空间的正文和上下文》中提到了一种他称之为"差异地点"的空间，在介绍这种差异地点的几个描述原则时，他多次提到在西方国家里普遍存在的墓地。他认为"墓地"就是一个差异地点，而差异地点的第四原则是"通常与时间的片断性相关——这也就是说它们对所谓的（为对称之故）差异时间（heterochronies）开放"。差异地点与差异时间"是在一个相对复杂的方式下被结构与分配的"，"首先，存在着一些无限累积时间的差异地点，如博物馆和图书馆"，它们有能够"把所有时光、时代、形式、品味封闭在一个地点的意志"，有"一种在不变地点上，组织某种持续、无限之时间积累的计划"。① 在福柯看来，墓地也能够累积时间，因为在同一墓地里埋葬着不同时间甚至不同年代死去的人，就像博物馆、图书馆收藏着不同时间的文物和书籍一样。

西方的墓园这样，我们东方的坟场也是如此。而在《药》中，坟场不仅埋葬着死去的华小栓和夏瑜，还因此而牵出活人（华大妈和夏四奶奶）的相遇——把《药》里明暗两条线再次紧密地结在一起。

坟场本不是一般意义上的宗教文化空间，但在特定时间里，它就在某种程度上具有了宗教文化空间的意味。比如清明节这天，华大妈和夏四奶奶到坟场来祭奠自己的儿子，为他们上坟，这背后就有中国民间宗教思想力量作

---

① ［法］米歇尔·福柯. 不同空间的正文和上下文［M］//包亚明. 后现代性与地理学的政治. 上海：上海教育出版社，2001：25-26.

支撑，即相信人死后仍有亡魂存在，亲人和亡魂间在特定情况下可以互相感应。另外，人们给死去的亲人烧纸钱，是因为相信有另外一个世界存在，纸钱烧过后即化为鬼魂在阴间用的钱。所以，当人们在坟场进行带有宗教意味的活动时，坟场就转化成一个宗教文化空间。

在小说叙事建构上，坟场首先制造了华大妈和夏四奶奶的相遇。福柯还指出，西方的墓园"是一个与城邦、社会或村落等基地有关的空间，因为每一个体，每一家庭都有亲属长眠于此"①，而这正是华大妈和夏四奶奶相遇的缘由。从小说来看，华大妈和夏四奶奶并不认识，但死去的儿子都葬在一个坟场里，却使她们有在特定时间（如清明节）相遇的可能和必然。在深层次上，小说的四个场面、两条线索，除在第一个场面直接连在一起外，夏瑜这条线一直是隐伏在地下的暗线。到了坟场，这条暗线又从地下露出来，与明线紧紧绞合在一起，并由此把小说所有的材料都勾连成一个严实的整体。

其次，坟场还有力地拓展、深化了整个故事的叙事意蕴。鲁迅在坟场的空间布置上，有意地把夏瑜的坟与小栓的坟并放在一起，"一字儿排着，中间只隔一条小路"。这就不能不使我们想到，为革命流血而死的夏瑜和被疾病夺去生命的小栓，他们的死，在某种意义上是差不多的：夏瑜革命的目的是为了唤醒天下民众，结果是民众没有被唤醒，革命失败，他自己的鲜血倒做了愚昧民众治病的"药"，从这方面来看他的死是毫无意义的；而小栓的死，于中国大局来说，也是毫无意义的，充其量只是让他的父母悲痛而已。这就说明，无论是像夏瑜这样的革命者为中国进步开的"药方"，还是愚昧民众为治病弄的迷信"药方"，都是无效的，这就从反面论证了辛亥革命失败的教训以及改变中国人精神的必要性、迫切性。这也是鲁迅一贯的主张，他在《两地书》中曾说过"最要紧的是改革国民性"，这一看法在《药》中就通过坟场上并排着的两个中国青年的坟集中体现出来了。

不仅如此，鲁迅还借坟场这一空间意象做足了国民精神愚昧的文章，同时也遵前驱的将令，显示出一点点亮色。关于国民精神愚昧的文章，表现在

---

① ［法］米歇尔·福柯. 不同空间的正文和上下文［M］//包亚明. 后现代性与地理学的政治. 上海：上海教育出版社，2001：24.

当夏四奶奶注意到华大妈在看她时，她"便有些踌躇，惨白的脸上，现出些羞愧的颜色"，她为什么会这样？因为"路的左边，都埋着死刑和瘐毙的人，右边是穷人的丛冢"，而夏瑜的坟就在左边，而小栓的坟在右边。在人们看来，被判死刑总是因为犯了罪，就像在《阿Q正传》里人们评价阿Q被杀头时说的"自然都说阿Q坏，被枪毙便是他的坏的证据"一样。这样死，就比病死更可耻，哪怕病死的是像小栓这样的穷人。夏四奶奶又何尝不是如此认为的呢？儿子的死，都没有改变她的这种意识。当夏四奶奶看到夏瑜坟上的花时，她愚昧的一面再次显露出来：她以为这是夏瑜显灵，是想诉说他的冤屈——而从小说里夏瑜在牢里的表现来看，他从未觉得自己冤屈，相反倒有一种义无反顾、革命到底的气概，这就充分表明了像夏四奶奶、华大妈这样的民众，由于思想的愚昧和麻木，是理解不了革命者的革命行为的。而鲁迅借乌鸦的飞走，也从正面否定了夏四奶奶的理解，表明了鲁迅对国民精神的高度警惕和深刻认识。小说的唯一亮色借夏瑜坟上的一圈红白的花表现出来，这表明夏瑜的革命行动得到了纪念，同时也表明仍有革命者存在而且他们将继续革命下去。这一意蕴效果也是在纪念死者这一带有宗教文化意味的行为中表达出来的，它仍然必须借助坟场这一宗教文化空间。

（二）魁星阁对《离婚》的叙事意蕴的拓展

在《离婚》中，魁星阁是一个不太引人注目的空间意象。在小说中，它一共被提到了三次，第一次是未到庞庄时庄木三在船上的思想活动涉及了魁星阁，"他知道一过汪家汇头，就到庞庄；而且那村口的魁星阁也确乎已经望得见"。另外两次都是庄木三和爱姑到庞庄时提到的，"木三他们被船家的声音警觉时，面前已是魁星阁了"，"他跳上岸，爱姑跟着，经过魁星阁下，向着慰老爷家走"。一向惜墨如金的鲁迅，在《离婚》很短的文字内，居然把魁星阁这一空间意象提了三次，这难道不值得我们思考鲁迅用意何在吗？

我们先来看看魁星阁是个什么样的空间意象。在 2005 年版的《鲁迅全集》的《离婚》后面附有对"魁星阁"的解释："供奉魁星的阁楼。魁星原是我国古代天文学中所谓二十八宿之一奎星的俗称。最初在汉代人的纬书《孝经援神契》中有'奎主文昌'的说法，后奎星被附会为主宰科名和文运兴衰的神。"① 从这一解释来看，魁星阁是与读书人紧紧联系在一起的，它象征着科举高中和文运昌盛，或者说象征着人们的这种愿望。在乡村，因为长期以来农民对读书人很敬畏，所以一看到魁星阁，人们也不自觉地对它充满了敬畏。周作人在《〈彷徨〉衍义》中也谈到了魁星阁，他是这样说的："本文中说庞庄快到了，那村口的魁星阁已经望得见。著者的大姑母在吴融的马家，每年去拜新年，坐了半天船，一望见魁星阁就知道要到了，起手准备换着礼服，即是清代的袍褂，讲究一点还要穿上一双缎靴。这种魁星阁到处都有，大抵是在河道拐弯的地方，或是什么桥头，想必是有什么风水作用吧，但吴融的一个特别留下记忆，因为曾经多年作为一种目标，所以更是稔熟了。"② 周作人是以一种推测的语气来谈到魁星阁的，他认为它们也许是"风水作用"，什么风水？就是上面所说的这个地方、这个村子曾出过科举高中的读书人，或者希图出这样的读书人吧。而一到了有魁星阁的村子，人们就格外庄重，讲礼节。

从魁星阁里供奉的"魁星"来说，它本是天上的奎星，古人认为是主管文运之神，后来才改称"魁星"。"顾炎武《日知录》说：'今人所奉魁星，不知更自何年，以奎为文章之府，故立庙祀之。乃不能像奎，而改奎为魁。又不能像魁，而取之字形，为鬼举足而起其斗。'凡士人中举，称'魁星点斗，独占鳌头'，状元称'魁甲'，解元称'魁解'。文昌帝君（文教之神——本书作者注）与魁星神虽然为文人所关注，但旧时下层出身者要出人头地只有走科举做官一途，一般民众虽无文化，却希望下一代有读书人，能升官发财，如同现在家长们希望孩子上大学考研究生一样，所以文昌帝君与魁星仍然受到普通民众的崇敬。"③ 这段文字很能说明魁星阁在民间，尤其是在像绍兴这样文风一直很盛的地方的人们心目中的崇高地位。

显然，在《离婚》中，魁星阁不仅被鲁迅作为一个地点的标志在使用，

① 鲁迅. 离婚［M］//鲁迅. 鲁迅全集（第二卷）. 北京：人民文学出版社，2005：158.

② 周作人，周建人. 书里人生——兄弟忆鲁迅（二）［M］. 石家庄：河北教育出版社，2000：89.

③ 牟钟鉴. 宗教·文艺·民俗［M］. 北京：中国社会科学出版社，2005：147.

它还暗示出了当地农民的一种心理，即对读书人尊敬、迷信、害怕的心理。而这种心理，正是小说中一贯泼辣的爱姑最终莫名其妙地败下阵来的根本原因。小说里多次写到农民的这种心理：在前往庞庄的船上，汪得贵说"他们知书识理的人是专替人家讲公道话的"；在慰老爷家的客厅里，爱姑几次想到和说到的是"知书识理的人是讲公道话的"，"七大人是知书识理，顶明白的"，"知书识理的人什么都知道"；慰老爷也说"七大人是最爱讲公道话的，你们也知道"；等等。对于爱姑和庄木三这样的农民来说，来到有魁星阁的地方，在心理上就觉得矮了一截，更何况又来了个城里的七大人，一个通过科举进入了仕途的读书人。庞庄的慰老爷虽然也读过书，但显然没有中举（证据是他只能蜗居在庞庄，而没有到城里去做官），因而对爱姑来说读书人的威慑力还不是那么强。从这个意义上看，庞庄村口的魁星阁，简直就是七大人的化身和象征。正是因为爱姑对七大人的盲目迷信、崇敬和畏惧，才使一向泼辣的她在慰老爷家见到七大人时就马上失去了往昔的威风，最终糊里糊涂地离了婚。魁星阁这种潜在的心理暗示作用，有力地渗透到了叙事中，并成为影响故事发展的一个重要力量。

二、宗教文化空间意象与小说情节安排

宗教文化空间意象不仅在小说中有力地拓展了小说叙事的意蕴，也以自己的文化因子直接地参与小说情节的构成、安排。这种构成、安排，有时隐晦，有时显在，但都是小说叙事得以形成的不可或缺的重要元素。

（一）土谷祠、静修庵与《阿Q正传》的情节安排

古代中国是个典型的农业国，农业是中国历代封建王朝的立国之本，所以在中国很早就有大地五谷崇拜，而且一直绵延不绝。土地种植五谷，五谷赖土以生，两者始终是密不可分的，反映在崇拜上，便是"社稷"的两位一体。自周以来，代表土地神的"社"和代表五谷神的"稷"总是合称为"社稷"而同时受到祭祀。《白虎通·社稷》说："人非土不立，非谷不食。土地广博，不可遍敬也，五谷众多，不可一一祭也。故封土立社，示有土

也；稷，五谷之长，故立稷而祭之也。"①　皇家官府祭祀的是社稷坛，而在民间，普通百姓祭祀的是土谷祠。在乡土中国，土谷祠曾经广泛分布，大量存在。土谷祠，也就是土地庙（社庙）。《清嘉录》卷二中述："民间土地祠祀所谓大夫以下，成群立社，曰置社，即后代之里社也。古二十五家为社，明史里社，每里一百户立坛一所，祀五土五谷之神。"因而庙里祀奉的神，各地都不相同，文官武将，骚人墨客，都可奉为神。②　我们由此可以想见在中国乡村地区土谷祠的繁盛。很自然的，鲁迅在设计未庄时，就把这一宗教文化空间编织进去，并让它成为流浪汉阿Q在未庄的安身之所。

土谷祠在一定的意义上来说是阿Q的"家"，他晚上在这里睡觉，人们寻找他时也总是到这个地方来。阿Q在未庄的活动，很大一部分是在土谷祠内进行的。如果说未庄的其他空间主要是用来制造阿Q和其他人相遇并由相遇而制造出他的各种行为的话，那么，土谷祠则主要是阿Q用来"思想"的地方。当阿Q白天在外面与人发生种种纠葛后，他晚上就躺倒在土谷祠里，用精神胜利法为自己"疗伤"，以求得想往上爬却屡屡失败后的心理平衡。如他在戏台下与人赌钱，本来赢了一大堆钱却又被人抢去，这种失败，让他"如有所失的走进土谷祠"，接下来是：

　　很白很亮的一堆洋钱！而且是他的——现在不见了！说是算被儿子拿去了罢，总还是忽忽不乐；说自己是虫豸罢，也还是忽忽不乐：他这回才有些感到失败的苦痛了。但他立刻转败为胜了。他擎起右手，用力的在自己脸上连打了两个嘴巴，热剌剌的有些痛；打完之后，便心平气和起来，似乎打的是自己，被打的是别一个自己，不久也就仿佛是自己打了别个一般——虽然还有些热剌剌——心满意足的得胜的躺下了。他睡着了。

---

① 转引自詹鄞鑫. 神灵与祭祀——中国传统宗教综论［M］. 南京：江苏古籍出版社，1992：60.

② 裘士雄，黄中海，张观达. 鲁迅笔下的绍兴风情［M］. 杭州：浙江教育出版社，1985：96.

　　在小说里，土谷祠成了从深层次上展示阿Q心理状态的最佳舞台。因为这是一个仅属于阿Q的"私人空间"，在这里，没有未庄其他人的目光窥视，眼前也缺少外界更多的刺激物，因而他的思想就格外地活跃起来。他到土谷祠来基本上是睡觉，而据弗洛伊德的精神分析学说，人在睡眠，尤其是做梦的时候，人的理智控制最弱，而思维意识尤其是潜意识相反则极为活跃。鲁迅是非常了解弗洛伊德的精神分析学说的①，也许是受他的学说的影响，但也许是无意识地安排，总之，阿Q的大段思想活动几乎都是在土谷祠里进行的，并且都与睡眠有关。比如在调戏了小尼姑后，"他飘飘然的飞了大半天，飘进土谷祠"，思维便活跃起来，"他很不容易合眼"，开始"想女人"了，这就直接导致了下面向吴妈求爱的情节。阿Q心理活动最精彩最完整的一段是当辛亥革命的消息传到未庄后，他在土谷祠睡觉时做的梦。白天，因为看到革命如此地让未庄人害怕，所以他也在街上大呼"造反了！造反了！"，并对自己的"革命目标"有一些朦胧的设想，如"好，……我要什么就要什么，我欢喜谁就是谁"，"发财？自然。要什么就是什么……"，等等。到了晚上，当阿Q在土谷祠睡觉时，鲁迅通过他的梦，把他的这些设想都进一步具体化了，阿Q式的革命图景便因此清晰地呈现在我们眼前：

　　　　"造反？有趣，……来了一阵白盔白甲的革命党，都拿着板刀，钢鞭，炸弹，洋炮，三尖两刃刀，钩镰枪，走过土谷祠，叫道，'阿Q！同去同去！'于是一同去。……

　　　　"这时未庄的一伙鸟男女才好笑哩，跪下叫道，'阿Q，饶命！'谁听他！第一个该死的是小D和赵太爷，还有秀才，还有假洋鬼子，……留几条么？王胡本来还可留，但也不要了。……

---

① 　在《鲁迅全集》里，鲁迅至少有七篇文章提到了弗洛伊德（见《鲁迅全集》第十八卷"弗洛伊德"词条，人民文学出版社，2005年，第105页），这足可见他对弗洛伊德及其学说的熟悉。2005年版《鲁迅全集》第二卷《故事新编·序言》的第一条注解就指出，"作者对这种学说，曾一度注意过，受过它的若干影响，后来采取批评和分析的态度"。

"东西……直走进去打开箱子来：元宝，洋钱，洋纱衫……秀才娘子的一张宁式床先搬到土谷祠，此外便摆了钱家的桌椅，——或者也就用赵家的罢。自己是不动手的了，叫小 D 来搬，要搬得快，搬得不快打嘴巴。……

"赵司晨的妹子真丑。邹七嫂的女儿过几年再说。假洋鬼子的老婆会和没有辫子的男人睡觉，吓，不是好东西！秀才的老婆是眼胞上有疤的。……吴妈长久不见了，不知道在那里，——可惜脚太大。"

这样的革命图景，为下文阿 Q 被抓被杀埋下了伏笔：因为后来在革命中赵家果真遭抢了，而有过如此设想但并未付诸行动的阿 Q 便因此做了替罪羊。在更深层的意思上，鲁迅还借这种图景来折射辛亥革命失败的一个原因：没有广泛发动民众，也没有向民众宣传革命道理。在鲁迅看来，阿 Q 式的革命也只是一种"奴才式的革命"，其目标也不过是与中国历史上的大多数农民起义一样，仅为取而代之而已！

土谷祠还有一个叙事意义是它在小说里的反讽功能。反讽（irony）本是一种修辞技巧或曰方法，但"在叙事研究中，反讽也是一个重要的概念"。韦恩·布斯指出，如果叙述者同"作者的声音"不一致，读者的理解同叙述者或人物有差异，都可能构成反讽。例如，马克·吐温的小说《哈克贝利·芬》中，流浪儿哈克是叙述人，他"声称要自然而然地变得邪恶，但作者却在他身后默不作声地赞扬他的美德"，这就是反讽。布斯引用马克·肖勒尔的话说："在每一点上我们都被迫发出疑问：'我们怎能相信他呢？他的观点一定是错误的观点。'我们感到事物所具有的特性，与那个为我们描述这个事件的叙述者所具有的特性这两者之间的不一致，就是基本的反讽，而且它决不是一个简单的反讽。"（《小说修辞学》）罗伯特·史柯尔斯和凯洛格也说："反讽总是由理解上的差异造成的。凡是出现某人比别人知道或理解得多或少的情形，反讽实际上（或潜在地）便一定存在了。"（《叙述的本

质》)① 反讽还有"结构反讽""字面反讽""稳定反讽和不稳定反讽""浪
漫反讽""命运反讽（也叫"宇宙反讽"）"等多种形式。在《阿Q正传》
中，土谷祠由于它隐含的民间宗教文化意义和在小说里实际表现的不一致，
也表现出一种反讽性的叙事功能。在民间，土谷祠是用来干什么的？前面说
过，在中国的民间宗教文化信仰中，它主要供人们用来祭祀土地神和五谷
神，以让他们保佑农业丰收人们有饭吃。但在小说中，鲁迅一次也没有写到
这些祭祀行为，相反的，住在这里的阿Q却是经常没有饭吃，甚至没有衣
穿、没有被盖。土谷祠供的神并没有保护阿Q，地保倒可以随意到土谷祠来，
他来的每一次都让阿Q越发穷困，直至在未庄待不下去。土谷祠也不能够保
佑阿Q的性命，抓他的团丁冲进土谷祠把他抓走了。这种反讽的笔调，既构
成了"字面反讽"，也是关于阿Q的"命运反讽"。

　　"土谷祠是阿Q活动的舞台，也是他的安身立命之所。阿Q栖身在土谷
祠，掌管百谷的土谷神并没有给他带来温饱，他被逼得走投无路，只好到静
修庵去偷萝卜充饥，离开土谷祠到外地谋生。但当阿Q'阔'了之后，又回
到土谷祠，土谷祠在他的一生中显得何等重要！"② 如果把阿Q的住所换到
另一个地方去，不仅小说是另外一种写法，就是对阿Q的思想刻画和小说主
题意蕴的深层拓展，也要逊色许多。

　　同土谷祠相比，静修庵只能算是阿Q生活的外围空间，但在整个《阿Q
正传》的叙事建构中，静修庵仍然起了极为关键的作用。如果说，鲁迅把土
谷祠作为展示阿Q深层思想的舞台并有意利用它来达到一种反讽的叙事效果
的话，那么静修庵则被鲁迅有意用来做叙事的"节点"——故事发展的转折
之处。

　　在小说的前半部分，生活在未庄的阿Q，"割麦便割麦，舂米便舂米，
撑船便撑船"，对于生活里的失败他总能以精神"优胜"来对待，他的精神

---

① 王先霈、王又平主编. 文学理论批评术语汇释 [M]. 北京：高等教育出版社，
2006：292-293，"反讽（irony）"词条.

② 裘士雄、黄中海、张观达. 鲁迅笔下的绍兴风情 [M]. 杭州：浙江教育出版社，
1985：98.

胜利法也基本上得到全面展现。从结构上来说，小说的前半部分基本上没有一条向前发展的清晰脉络，用来表示时间的也多是"有一回""有一年"等模糊性的、经常性的词语。但从第三章后半部分开始，小说就开始有了清晰的向前推进的情节，而这一转折就暗含了静修庵这一阿Q生活的外围空间。具体地说，就是阿Q调戏小尼姑（静修庵的一个隐喻性人物），这直接导致了恋爱的悲剧，恋爱的悲剧之后就是未庄人因此嫌恶阿Q，他找不到工作，没有食物吃，结果就是到他认为处于未庄等级结构最底层的静修庵来偷东西吃。然而，静修庵的老萝卜让他失望了，"待三个萝卜吃完时，他已经打定进城的注意了"。一进城，就迎来了阿Q的"中兴史"。在这当中，阿Q的命运发生了两次转折：一是恋爱的悲剧之后，阿Q在未庄失去了工作，逼得走投无路了，在未庄的地位更为低下；二是阿Q进城，命运再次改变，发财后回到未庄，地位很快上升到几乎与赵太爷差不多了。而阿Q的这两次命运转折，都与静修庵密切相关。与静修庵相关的阿Q命运的第三次转折，是在辛亥革命中。本来，因钱财耗尽、底细尽露的阿Q已经再次沉落到未庄的最底层，但他借造反的东风地位又上升到未庄最高层。他本想到静修庵"革命"以得些革命的实绩，不料静修庵已经被"革命"过了，这表明所谓的革命党已经把他抛弃。他在未庄的地位再次下降，而且这次下降后他再也没有"翻身"的机会，这样一直到他的死亡。可以说，静修庵是阿Q在未庄最后一次从顶点往下跌落的开始，是小说叙事另一有力的"节点"。

　　静修庵本是一个宗教文化空间，鲁迅在这儿并没有展现其宗教文化性质，而是从它在未庄人眼里的社会地位这一角度来利用它形成小说叙事的节点。在静修庵的参与下，阿Q的命运形成了几次起落，故事也形成转折跌宕之势，阿Q的悲剧命运、精神状态，以及中国乡村社会的面影都在这转折跌宕中深刻地表现出来了。

　　（二）土地庙与《祝福》的情节安排

　　土地庙在《祝福》里并没有正面出现过，叙述人只是以叙述的口吻简单地交代祥林嫂到土地庙捐门槛的事。但在小说叙事上，土地庙的出现则起了重要作用：它是小说形成高潮的必要前奏。要形成小说的叙事高潮，就必须有必要的铺垫，就要蓄势。土地庙在形成祥林嫂悲剧故事的高潮中就扮演了一个极为重要的"蓄势"角色。

祥林嫂第二次到鲁镇时，因为是第二次守寡，所以鲁镇人都冷冷地对待她，鲁四老爷家祭祀时也不让她插手。在与柳妈的闲聊中，又得知像她这样嫁过两个丈夫的人死后还要被阎王锯作两半，好分给两个死鬼男人，这就引起了祥林嫂的极大恐惧。前面说过，祥林嫂本是寡妇，而在传统中国，在中国的民间，寡妇在社会上生活就有许多禁忌，比如要守节，不能再嫁，等等。尽管非自愿，但祥林嫂毕竟再嫁了，而且第二个丈夫又很快死去。这就使祥林嫂更加成为鲁镇人眼中的不祥之人。而禁忌本身最基本的特征就是：它是一种否定性的行为，禁忌遭到破坏必受惩罚，而这些都是在人的心理及精神的层面发挥效力。禁忌的基本模式就是不要做什么，否则必会受到惩罚。祥林嫂违反了寡妇不能再嫁的禁忌，因此阎王要惩罚她，要把她分成两半。而柳妈提出来的"禁忌禳解"的方法就是到土地庙去"捐门槛"。这样，在《祝福》里土地庙就"浮"出了水面。

在绍兴，土地庙也就是土谷祠，也叫社庙，里面供奉的是土地、五谷神。在民间，有到庙里捐门槛以赎罪的习俗。所谓的捐门槛也就是修门槛的费用由捐助人出，捐资后门槛即成为捐资人的替身，门槛被千千万万的人踏、跨之后，捐资人的罪孽也就消除了。在小说中，祥林嫂对柳妈的话深信不疑，也到鲁镇的土地庙去捐门槛。庙祝开始不许，"直到她急得流泪，才勉强答应了"，目的还是想要高价钱，"大钱十二千"，而这是祥林嫂一年的工钱，它远远超过了一个门槛的价钱！祥林嫂不是不知道一个门槛的价钱，但土地庙里的门槛含有她赎掉她全部"罪孽"的希望，所以她愿意用一年的血汗钱来捐门槛。因此，捐门槛的行为就蕴含着祥林嫂想做一个普通人的全部希望！所以捐门槛回来后，她"神气很舒畅，眼光也分外有神，高兴似的对四婶说，自己已经在土地庙捐了门槛了"。高兴是因为她认为自己的罪孽已赎，要告知四婶是想让鲁家的人知道她不再是罪孽深重的不干不净之人了，她在祭祀的时候有资格参加了。正因为有这些心理铺垫、力量积蓄，所以自然就形成了小说叙事的高潮：

冬至的祭祖时节，她做得更出力，看四婶装好祭品，和阿牛将桌子抬到堂屋中央，她便坦然的去拿酒杯和筷子。"你放着罢，祥林嫂！"四婶慌忙大声说。她像是受了炮烙似的缩手，脸色同时变作灰黑，也不再去取烛台，只是失神的站着。直到四叔上香的时候，教她走开，她才走开。这一回她的变化非常大，第二天，不但眼睛窈陷下去，连精神也更不济了。而且很胆怯，不独怕暗夜，怕黑影，即使看见人，虽是自己的主人，也总惴惴的，有如在白天出穴游行的小鼠，否则呆坐着，直是一个木偶人。不半年，头发也花白起来了，记性尤其坏，甚而至于常常忘却了去淘米。

祥林嫂的自认为有了普通人的资格，却遇到了四婶的仍然视她"不干不净"，她并不认为捐门槛就免除了祥林嫂的所有"罪孽"。也许，在四婶看来，捐门槛只能使祥林嫂在阴间不被锯成两半，而活着的时候她仍是不洁不祥的人，仍然不能参加祭祀，这真是典型的"死罪可免，活罪难逃"。四婶的一句话，就整个否定了祥林嫂此前所做的全部努力，她的精神被彻底击垮了。无疑，这里是以民俗文化为核心的鲁镇文化，展现得最为恐怖和狰狞的地方。

祥林嫂到土地庙捐门槛的行为，既为小说叙事的高潮做了必要的准备，也体现了传统中国某些民间信仰的愚昧性和"吃人性"。由此，我们可以再次回忆一下夏志清关于《祝福》的一段话："《祝福》是农妇祥林嫂的悲剧，她被封建和迷信逼入死路。鲁迅与其他作家不同，他不明写这两种传统罪恶之可怕，而凭祥林嫂自己的真实信仰来刻画她的一生，而这种信仰和任何比它更高明的哲学和宗教一样，明显地制定它的行为规律和人生观。"①

（三）社庙与《长明灯》的情节安排

在《长明灯》中出现了一个宗教文化空间——社庙，也就是我们在上文

---

① 夏志清．中国现代小说史［M］．上海：复旦大学出版社，2005：30.

谈到过的土谷祠、土地庙，民间用来祭祀土地五谷神的地方。在小说里，鲁迅特意在社庙里安置了一个象征性事物——长明灯，而这个村子也因为这盏从梁武帝时就点着的灯而被称为"吉光屯"。在小说中，长明灯象征着中国传统中极为迷信、愚昧而又根深蒂固的消极部分。对于"不大出行"，"动一动就须先走喜神方，迎吉利"的吉光屯居民来说，长明灯是吉光屯的荣耀，"那灯一灭"，吉光屯就要"变海"，而吉光屯的人们就要"变泥鳅"。而在小说里的疯子看来，吹熄了长明灯，"我们就不会有蝗虫，不会有猪嘴瘟……"。这是两种截然对立的看法，所以当疯子准备熄灭长明灯时，就遭到了人们的激烈反对。疯子和吉光屯的其他居民间围绕社庙（具体地说是社庙里的长明灯），思想上的和行为上的矛盾，就构成了《长明灯》强大的叙事动力，它推动故事向前发展（方头等人在茶馆商议怎么阻止疯子的行为→方头等人在社庙门口与疯子的正面交锋→在四爷家的客厅里方头等人与四爷商议怎么阻止疯子→疯子最终被关到社庙的黑屋子里），并最终形成小说的结局：疯子熄灭长明灯的行为失败。

从《呐喊》《彷徨》的整体思想表达来看，小说里的疯子显然是一个现代启蒙知识分子，长明灯则是中国腐朽没落的思想文化传统的象征，而吉光屯则可以看成是亟待改造的太过古老的中国的象征。而从疯子启蒙思想的形成来看，也与社庙密切相关。小说里写道：

"有一天他的祖父带他进社庙去，教他拜社老爷，瘟将军，王灵官老爷，他就害怕了，硬不拜，跑了出来，从此便有些怪。后来就像现在一样，一见人总和他们商量吹熄正殿上的长明灯。他说熄了便再不会有蝗虫和病痛，真是像一件天大的正事似的。大约那是邪祟附了体，怕见正路神道了。"

这是发生在疯子年轻时候的事情，小说尽管没有明说，但无疑疯子的启蒙思想（被吉光屯的人视为"怪""邪祟附了体"）与他在社庙的这一经历密切相关。因此，社庙在小说叙事中实际上还承担着"锁"的功能：一切线索都收归这里，一切都能在这里找到答案！

但在传统思想文化笼罩下的前现代中国，启蒙知识分子由于思想观念的先进、超前，往往被视为"异类""狂人""疯子"，如《狂人日记》里的"狂人"、《药》里的夏瑜（华家茶馆里的茶客就说他"发了疯了"）、《孤独者》里的魏连殳（人们对他的评价是"古怪""异样""异类"），等等。他们拥有另类于他们生存环境的思想，因而就很难为周围的人们接受，他们的故事就只能是悲剧。但鲁迅对他们是充满了同情与肯定的。在《长明灯》中，鲁迅就借社庙这一宗教文化空间从正面直接地写出了启蒙知识分子那种不屈不挠的斗争精神和行为。

在小说强大的叙事动力推动下，小说里围绕社庙这一空间就形成了疯子和吉光屯的反对者之间的直接斗争，相应地就形成了两个空间场景。

场景一：

"你干什么？"但三角脸终于走上一步，诘问了。"我叫老黑开门，"他低声，温和地说。"就因为那一盏灯必须吹熄。你看，三头六臂的蓝脸，三只眼睛，长帽，半个的头，牛头和猪牙齿，都应该吹熄……吹熄。吹熄，我们就不会有蝗虫，不会有猪嘴瘟……。""唏唏，胡闹！"阔亭轻蔑地笑了出来，"你吹熄了灯，蝗虫会还要多，你就要生猪嘴瘟！""唏唏！"庄七光也陪着笑。一个赤膊孩子擎起他玩弄着的苇子，对他瞄准着，将樱桃似的小口一张，道："吧！""你还是回去罢！倘不，你的伯伯会打断你的骨头！灯么，我替你吹。你过几天来看就知道。"阔亭大声说。他两眼更发出闪闪的光来，钉一般看定阔亭的眼，使阔亭的眼光赶紧辟易了。"你吹？"他嘲笑似的微笑，但接着就坚定地说，"不能！不要你们。我自己去熄，此刻去熄！"阔亭便立刻颓唐得酒醒之后似的无力；方头却已站上去了，慢慢地说道："你是一向懂事的，这一回可是太胡涂了。让我来开导你罢，你也许能够明白。就是吹熄了灯，那些东西不是还在么？不要这么傻头傻脑了，还是回去！睡觉去！""我知道的，熄了也还在。"他忽又现出阴鸷的笑容，但是立即收敛了，沉实地说道，"然而我只能姑且这么办。我先来这么办，容易些。我就要吹熄他，自己熄！"他说着，一面就转过身去竭力地推庙门。"喂！"阔亭生气了，"你不是这里的人么？你一定要我们大家变泥鳅么？回去！你推不开的，你没有法子开的！吹不熄的！还是回去好！""我不回去！我要吹熄他！""不成！你没法开！""…………""你没法开！""那么，就用别的法子来。"他转脸向他们一瞥，沉静地说。"哼，看你有什么别的法。""…………""看你有什么别的法！""我放火。""什么？"阔亭疑心自己没有听清楚。"我放火！"沉默像一声清磬，摇曳着尾声，周围的活物都在其中凝结了。但不一会，就有几个人交头接耳，不一会，又都退了开去；两三人又在略远的地方站住了。庙后门的墙外就有庄七光的声音喊道："老黑呀，不对了！你庙门要关得紧！老黑呀，你听清了么？关得紧！我们去想了法子就来！"但他似乎并不留心别的事，只闪烁着狂热的眼光，在地上，在空中，在人身上，迅速地搜查，仿佛想要寻火种。

在这一发生在社庙门前的场景中，方头等人极尽劝说、欺骗、恐吓之能事，但疯子始终没有上当，因为他有坚定的斗争精神、有智慧的头脑去识破这些诱导手段。通过这一场景，一个伟大的启蒙知识分子的形象就竖立起来了。

场景二：

"我放火！"

孩子们都吃惊，立时记起他来，一齐注视西厢房，又看见一只手扳着木栅，一只手撕着木皮，其间有两只眼睛闪闪地发亮。

沉默只一瞬间，癞头疮忽而发一声喊，拔步就跑；其余的也都笑着嚷着跑出去了。赤膊的还将苇子向后一指，从喘吁吁的樱桃似的小嘴唇里吐出清脆的一声道：

"吧！"

从此完全静寂了，暮色下来，绿莹莹的长明灯更其分明地照出神殿，神龛，而且照到院子，照到木栅里的昏暗。

这一场景，继续突出了疯子那种永不屈服的斗争精神：被关在社庙里，还想着怎么熄灭长明灯（"我放火！"）。疯子想熄灭社庙里的长明灯，结果却是长明灯依然绿莹莹地亮着，而他却反被关在社庙里，个中原因，不令人回味吗？同时，鲁迅还借到社庙前玩耍的小孩子，再次强调了对包括孩子在内的国民进行思想启蒙的重要性。暮色，绿莹莹的长明灯，昏暗，都显示了启蒙主题的沉重和改造国民性任务的艰难。

这两个发生在社庙的空间场景，不仅赋予这个故事以多重深刻的思想意蕴，而且支撑起《长明灯》叙事框架的"半壁江山"，启蒙者的高大形象也因此得到深刻、完整的表现。

第三章

《呐喊》《彷徨》空间叙事的功能论（下）

第一节　"沙龙""客厅"式空间意象与小说叙事建构

前面说过，在《呐喊》《彷徨》中鲁迅使用最多的整体空间意象是以他的故乡绍兴为蓝本的众多小城镇，如未庄、鲁镇、S 城等，也说过由于这些小城镇与广大农村的密切联系和与现代都市的明显区别，它们在实际上都被划入乡土中国范围内。鲁迅在建构《呐喊》《彷徨》的小说叙事时，不仅充分利用了这些小城镇的整体性，还巧妙地利用了这些整体性空间内的局部空间，如上面第二节所谈到的"宗教文化空间"即是其中之一。在这一节中，我们要着重谈谈第二类局部空间（它们在某种程度上也是空间意象）——"沙龙""客厅"式空间意象和小说叙事建构的关系。

一、"沙龙"式空间意象与小说叙事建构

"沙龙"是法语 Salon 一字的译音，中文意即客厅，原指法国上层人物住宅中的豪华会客厅。从 17 世纪，巴黎的名人（多半是名媛贵妇）常把客厅变成著名的社交场所。进出者，多为戏剧家、小说家、诗人、音乐家、画家、评论家、哲学家和政治家等。他们志趣相投，聚会一堂，一边呷着饮料，欣赏典雅的音乐，一边就共同感兴趣的各种问题抱膝长谈，无拘无束。

后来，人们便把这种形式的聚会叫作"沙龙"，并风靡于欧美各国文化界，19 世纪是它的鼎盛时期。正宗的"沙龙"有如下特点：1. 定期举行；2. 时间为晚上（因为灯光常能造出一种朦胧的、浪漫主义的美感，激起与会者的情趣、谈锋和灵感）；3. 人数不多，是个小圈子；4. 自愿结合，三三两两，自由谈论，各抒己见。沙龙一般都有一个美丽的沙龙女主人。沙龙的话题很广泛，很雅致；常去沙龙的人都是些名流。我们在欧洲电影、小说和戏剧中经常会看见富丽堂皇或典雅精致的沙龙场面。20 世纪的二三十年代，中国也曾有过一个著名沙龙，女主人就是今天人们还经常提起的林徽因，可见这种社交方式早就传到了中国。

但这只是西方式的"沙龙"，它仅供已经充分都市化、贵族化的西方上层人物聚会、交往。在传统乡土中国，在广泛分布于中国各处的小城镇里，人们也需要聚会、交往，由于文化程度、市民意识以及经济条件的限制，人们交往的空间不是贵妇人的豪华客厅，而是数量众多、消费低廉的茶馆、酒店。由于它们也承载了聚会、交往、供人们娱乐的社会功能，是中国社会的"沙龙"，所以我称它们为"沙龙"式空间意象。

鲁迅最为熟悉、在《呐喊》《彷徨》中表现得也最多的是像 S 城、鲁镇这样的小城镇。巴赫金在提到"小城"时空体时，指出这样的小城经常出现在福楼拜的小说中，"是圆周式日常生活时间的地点"，"这里没有事件，而只有反复的'出现'"。① 巴赫金用这句话很准确地揭示出西方小城日常生活的习惯性、循环性，即小城人们过的是一种按惯例来进行的生活，凡事都有例可循，生活在一定程度上程式化了，同样的事情也总是反复出现。尽管东西方的小城在城市风貌、建筑布局上有着巨大的差异，但在生活的程式化上却是惊人的相似——在近现代中国的小城镇里，人们也过着一种日复一日的、圆周式的生活。这一点在上一章里已有分析。这种程式化的生活，不可避免地导致了小城镇人们生活的单调。人们为了在这种单调的生活中找一些调味品，就必须寻找更多的刺激、获取更多的新的信息，这就催生了在近现

---

① ［俄］巴赫金. 小说理论［M］. 白春仁，晓河，译. 石家庄：河北教育出版社，1998：449.

代中国的小城镇里茶馆、酒店的发达。

　　在近现代中国的小城镇里，由于一般没有近现代意义上的报纸，也没有像西方那样供人们聚会的广场，更没有像我们当代意义上的电话、互联网，因此人们获取信息的渠道极为有限。而小城镇居民一般又分为三类人，一类是有产阶级，包括有钱有势的政府官员、地主、士绅、大商人等，第二类是普通劳动者，包括小手工业者、雇工、仆人、偶尔进城的农民等，第三类是地痞、流氓、无赖等，他们多是第一类人的帮闲和食客，也就是俗称为"无业游民"的那一部分人。有产阶级和无业游民也是有闲阶级，因为他们一般不需要靠每天劳动来过生活，所以他们每天有大量的时间需要打发，这样他们就更要在单调的生活里"找乐子"。普通劳动者在繁重而单调的劳动之外，也需要休息和调节。这样，人来人往、各类信息汇聚而且花费也不太贵的茶馆、酒店就成为这三类人的最佳去处。

　　20 世纪 30 年代，郁达夫曾经这样描述自己的故乡小城：

　　　　虽则是一个行政中心的县城，可是人家不满三千，商店不过百数。一般居民，全不晓得做什么手工业，或其他新式的生产事业，靠以度日的，有几家自然是祖遗的一点田产，有几家则专以小房子出租，在吃两元三元一月的租金，而大多数的百姓，却还是既无恒产，又无恒业，没有目的，没有计划，只同蟑螂似的在那里生生死死，繁衍下去。

　　　　这些蟑螂的密集之区，总不外乎两处地方：一处是三个铜子一碗的茶店，一处是六个铜子一碗的小酒馆。他们在那里从早晨坐起，一直可以坐到晚上排门的时候，讨论柴米油盐的价格，传播东邻西邻的新闻，为一点不相干的细事，譬如说罢，……相辩论，弄到后来，也许相打起来，打得头破血流，还不能够解决。

　　　　因此，在这么一个小的县城里，茶馆、酒店，竟也有五六十家之多，于是大部分的蟑螂，就家里可以不备面盆手巾、桌椅板凳、碗筷等日常用具，而悠悠地生活过去了。①

在近现代中国，不仅小县城是这样，就是小县城之下的普通小镇也是如此。沙汀笔下的四川小镇，通常只有两家面食店、三家"店面破旧得像用猪圈楼板装修"的客栈和一家"较为像样的"官店，却有着六、七家茶馆（《某镇纪事》）。北斗镇则拥有八、九个茶铺，赶场天则多达十几个（《淘金记》）。不仅有着上等职业和没有职业的所谓"杂色人等"，每天"第一个精彩节目"是上茶馆，就是一般人也是一早起床，"各人都按照老规矩"，一路扣着纽扣上茶馆去。"没有茶馆便没有生活，这点道理在四川一个小镇子上尤其见得正确无误"（《模范县长》），沙汀小说里的这一句话，若改成"没有茶馆酒店便没有生活"并应用到近现代中国的小城镇上去，想来不会有什么问题。杨义先生曾经指出，"旧中国作为宗法制社会流行的是酒店茶馆文化"②，作为宗法制社会的一部分和典型代表的小城镇自然更是如此。

鲁迅既然在《呐喊》《彷徨》中以小城镇作为表现的核心空间意象，茶馆、酒店自然也就成为这些核心空间意象必须着力表现的局部空间，而茶馆、酒店也的确在《呐喊》《彷徨》中多次出现：《孔乙己》和《明天》里的咸亨酒店，《阿Q正传》里的酒店，《在酒楼上》里的一石居酒楼，《药》里的华家茶馆，《长明灯》里灰五婶的茶馆，等等。杨义曾将鲁迅与西方作家相比，他认为"鲁迅写的'鲁镇'文化，很大程度上就是茶馆酒店文化。西方作家写西方的思潮、人们的交往和社会心理，往往写舞会、沙龙、咖啡店，就是舞厅、沙龙、咖啡店的文化"③。尽管人们很早就注意到了《呐喊》《彷徨》里的茶馆、酒店，但在分析研究时大多从思想、文化着眼，对这些空间意象建构小说叙事的作用关注不够，而这一点将成为我研究的重点。需要特别说明的是，研究茶馆、酒店的叙事功能是离不开它们的思想、文化特

---

① 郁达夫. 悲剧的出生——自传之一 ［M］//郁达夫. 郁达夫文集（第三卷）. 广州：花城出版社，1991：362-363.

② 杨义. 中国现代文学流派 ［M］. 北京：人民出版社，1998：71.

③ 杨义. 中国现代文学流派 ［M］. 北京：人民出版社，1998：71-72.

性的，但无疑它们的叙事功能才是我研究的目的和重点，而不是它们包蕴的思想、文化本身。

（一）茶馆、酒店的社会维度

小城镇里的茶馆、酒店就其社会功能来说，是一个与人们的家庭空间相对的社会空间，也是一个公共空间。在这里，人们主要接触到家庭以外的其他社会成员。一般来说，茶馆、酒店是一个大家都能去的地方。但实际上，由于思想文化传统、风俗习惯、经济原因等因素的影响，茶馆、酒店也并非是一个绝对意义上的公共空间。它们的相对性表现在：

①到茶馆、酒店来的顾客在社会地位上并非绝对平等。前面曾说过，传统中国的统治思想是封建思想，而封建思想的核心则是等级制度，它把人分成了三六九等，充斥人们大脑的也是等级观念。作为传统中国的一部分，茶馆、酒店并未脱离等级制度的控制，它们依然是等级观念得以实现的具体场所。换句话说，这些公共空间也像其他的社会空间一样被中国森严的等级制度濡染成一个等级化、势利化的场所。如《药》里写刽子手康大叔在华家茶馆出现的一幕：

> "老栓只是忙。要是他的儿子……"驼背五少爷话还未完，突然闯进了一个满脸横肉的人，披一件玄色布衫，散着纽扣，用很宽的玄色腰带，胡乱捆在腰间。刚进门，便对老栓嚷道：——"吃了么？好了么？老栓，就是运气了你！你运气，要不是我信息灵……"老栓一手提了茶壶，一手恭恭敬敬的垂着；笑嘻嘻的听。满座的人，也都恭恭敬敬的听。华大妈也黑着眼眶，笑嘻嘻的送出茶碗茶叶来，加上一个橄榄，老栓便去冲了水。

我们再看沙汀的《在其香居茶馆里》写调解人陈新老爷的出场：

> 茶馆里响着一片呼唤声，有单向堂倌叫拿茶的，有站起来让座的，有甚至于怒气冲冲地吼道：

"不许收钱啦！嗨！这个龟儿子听到没有？……"

于是立刻跑过去塞一张钞票在堂倌手里。

尽管康大叔和陈新老爷也是到茶馆来喝茶的，但由于他们固有的社会地位，所以在茶馆里他们依然受到尊崇，得到优待，成为人群的中心和焦点。仔细想一下，我们就会发现，人们在这里依然被分成了三六九等，还是一种等级关系。我们联系一下鲁迅的《孔乙己》这一点就会看得更清楚。

②并非每一个人都会到茶馆、酒店里来。喝茶需要时间，需要有一定的消费能力，一般来说，只有有闲阶级才具备这些条件。对于需要付出体力劳动才能维持生活的普通劳动者来说，经常泡茶馆是很难想象的。从乡下偶尔进城来的农民，也许会到茶馆里去，但也只是一次两次，不会形成习惯。《药》里的华家茶馆，经常去的也不过是驼背五少爷、花白胡子、康大叔等人。《长明灯》里灰五婶的茶馆里，"不拘禁忌地坐在茶馆里的不过几个以豁达自居的青年人，但在蛰居人的意中却以为个个都是败家子"，从"败家子"我们可以看出在一般人看来泡茶馆是浪费金钱的，因而一般以勤俭持家为美德的中国人是不会常去的。再比如酒店，花费比茶馆更高，如果不是必须，一般人也不会经常到酒店里去。经常去酒店的倒是像阿Q、红鼻子老拱、蓝皮阿五、孔乙己这样无业无家的人。在绍兴，做工的人也到咸亨酒店去喝酒，那是为了解乏，况且价钱便宜，还是"站着喝酒"，喝完了也就很快地走了。在这样价格低廉、一般只供无业游民和普通劳动者出入的小酒店里，我想，像未庄的赵太爷、钱太爷和鲁镇的丁举人一般是不会去的——小说里就没有一次写到他们在酒店喝酒。因此，近现代中国小城镇上的茶馆、酒店就不同于西方现代学者所说的"公共领域"，在那里出入的是具有现代特征的市民，他们彼此平等，可以就共同关心的重大问题进行平等地协商和交流。所以，它们就只能是相对意义上的公共空间，而不可能是西方意义上绝对的公共空间。

当然，它们仍然具有一般公共空间的基本性质，即汇聚人群的社会功能。这一点，对于信息交流非常困难的传统乡土中国社会来说非常重要：再闭塞再偏僻的地方，人们也需要相互交流，人们不可能把自己封闭起来，因为人的本质属性就是人的社会性。人们聚集到茶馆、酒店里来，就带来了各种信息；回去之后，他们就把各种信息"播撒"开来。在很多小城镇里，茶馆、酒店就成为当地的信息和舆论中心，对于缺少娱乐的传统中国的小城镇居民来说，它们也是一个"娱乐中心"——各种新闻、小道消息、谣言隐私都让他们感到快乐，因为小城镇的日常生活是单调、枯燥、乏味的。这也是吸引人们到茶馆、酒店去的非常重要的一个原因，它在很大程度上甚至超过了饮酒喝茶这一初始目的。

总之，茶馆、酒店的基本社会维度就是一个相对的公共空间，这一点衍生出了它们的其他社会性质。

（二）《呐喊》《彷徨》里茶馆、酒店的叙事功能

就建筑本身来说，茶馆、酒店不同于公园、广场等开放式的公共空间，它们一般是封闭式的。在一个封闭性的公共空间里，聚集在一起的很多人就有了相互言说的可能。实际上，我们一提到小城镇上的茶馆、酒店，就会想到人声鼎沸的热闹场面。在这里，人们最有意思的不是他们的吃和喝，而是他们的说和听。说者找到了传递消息、发表意见和看法的舞台，听者则获取了各种信息，有时还积极参与进去，形成热烈的讨论。前面说过，近现代中国的小城镇还是与乡村一样属于乡土中国的范围，而乡土中国的一个基本特点就是它是一个"熟人社会"，所以在这些茶馆、酒店里，说者和听者基本上都彼此熟悉，因而他们的谈话就更有意味，而一个外来的陌生人很难洞悉其中的奥妙。鲁迅显然是一个洞悉者，他在《呐喊》《彷徨》中把茶馆、酒店里发生的非常有意思的一切，都细致地写出来，并加以放大。在这个过程中，茶馆、酒店成为小说叙事的一个基础和关键，它们承担了非常重要的叙事功能。

其一，形成《呐喊》《彷徨》中一种非常重要的叙事模式——说/被说。我们都知道，鲁迅创作《呐喊》《彷徨》的目的是为了解剖中国人落后的国民性，因而他关注的是人的灵魂，是人的精神世界，而刻画人的精神世界最好的方法就是人物的语言，"言为心声"就是这个意思。钱理群等先生在

《中国现代文学三十年》中曾将《呐喊》《彷徨》的情节、结构模式归结为"看／被看"和"离去——归来——再离去"两大模式①，其实在这两大模式下都含有"说／被说"的叙事模式，只不过前者应用于整篇小说，而后者则应用于小说的某些部分。

　　"说／被说"叙事模式在《呐喊》《彷徨》中又可细分为两类，一是"被说"的是别人的事，像华家茶馆里康大叔、驼背五少爷、花白胡子等人说的就是革命者夏瑜的事情，灰五婶的茶馆里阔亭、方头等人说的是疯子的事情，在咸亨酒店里众人说的是孔乙己被丁举人打折了腿的事情。说别人的事情，就不可能只是简单的转述，它往往包含着对事情的评价，这就取得了一石二鸟的叙事效果，既非常经济地交代了事情（一般来说用人物语言交代比直接叙述或描写要更为简洁），又通过人物对这件事的看法显出他的性格和精神世界。如《药》中，康大叔对夏瑜革命行为的评价是"不要命""真不成东西"，对夏三爷告官的评价是"真是乖角儿"，这就见出他僵硬、腐朽、反动的封建立场。还有驼背五少爷、花白胡子等人对夏瑜革命行为的评价——"发了疯了"，也见出他们思想的腐朽、保守和落后。通过他们的"说"，夏瑜作为革命者的高大形象树立起来了，而驼背五少爷、花白胡子、康大叔等人的落后国民性也清晰地呈现出来了。康大叔到茶馆来一是为向华家邀功（曾事先告知老栓买"药"），二是为向驼背五少爷、花白胡子等人炫耀他掌握的"新闻"，以显示他的身份、地位和影响。而驼背五少爷、花白胡子等人则是为了听"新闻"到华家茶馆来的。华家茶馆是他们评说夏瑜革命的最佳场所和舞台，也是展示他们灵魂的最佳舞台，没有这个舞台，这样的"说／被说"将无法完成。

　　对于《药》这篇小说来说，更巧妙的是华家茶馆不仅是康大叔、驼背五少爷、花白胡子等人言说夏瑜革命行为的舞台，也是与夏瑜死亡有关联的贫民华老栓一家生活的地方。换言之，茶馆把贫民华老栓、革命者夏瑜和持腐朽封建思想的康大叔、驼背五少爷等人密切联系起来。关于这一点，许杰先

① 钱理群，温儒敏，吴福辉. 中国现代文学三十年（修订本）［M］. 北京：北京大学出版社，1998：40.

生曾做过精彩的分析：

> 这小说中所涉及的发生故事的场所，一共有三处地方，即一华老栓的家，也就是他的茶馆，二夏瑜就义的街头，也即是康大叔和华老栓交易人血馒头的地方，三华夏两家母亲上坟的坟场。这三个场所，因为故事的构成，刑场与坟场，是几乎无法转移的，但华老栓的茶馆，以及把这故事的主要人物移到华老栓的一家和华老栓的店堂中来显现，却便显出作者匠心经营的地方。

> 在封建的社会里，要同康大叔一流的人物打交道，要集中各色人等来谈闲天，在普通家庭，以及普通职业场所，都是不大可能的。所以，要选择发生这一故事的场所，除了咸亨酒店的一类酒店之外，便要算到茶馆了。作兴，读者也会说明，说鲁迅之所以写华老栓与华老栓的茶馆，原来在光绪三十三年的时候，真有那么一个茶馆老板，真的发生过这样的事；那自然是没有话说的。但是，我们读一篇小说，都应该把他当作一件艺术品来欣赏，不应该把他当作历史事实的纪录来考证：因为文艺作品，是须得通过作者匠心的经营的。作兴鲁迅在写作的时候，真的有所根据，但我们在研究分析的时候，我们却不能用这样机械的眼光来衡量。鲁迅所以采用华老栓的茶馆，作为这故事发展的主要场所，这是鲁迅的创造，他的不朽的匠心经验的表现。我们试想，如果没有这个茶馆，或者华小栓的老子并不是这个茶馆的老板，这莫说全文的第二第三两段的故事无处安置，就是全篇小说的故事，又从何处生根、从何处发展，向何处着落呢？

> 只因这小说选定这一个发生故事的场所，所以夏瑜的革命牺牲和他的抱负故事，才可以在闲谈中透露出来，不然的话，这夏瑜的故事，便无从着落，即使有了着落，也一定要另起炉灶，更不知要花多少笔墨呢！而且问题岂止夏瑜的故事无法着落，就是华老栓、华小栓的故事也无处着落。更谈不上发展。不是吗？我们试想，如果华老栓不是茶馆的老板，他怎么会有机会和康大叔一流打交道，他又从何处得到这杀人的

消息？就是说，他作兴也另有机缘，这些条件都不成问题，但第二三两段的闲谈的人，又到那里去找，夏瑜的故事，又将请什么人来补叙呢？我们想到这一点，就知道这小说里的主要人物是华老栓，故事的发生的场所是华老栓的茶馆，华老栓的职业，是茶馆老板，以及华老栓的独子华小栓生的肺病，都是一个有机的组织，是作者匠心独到的经营。①

许杰先生这段话说得实在通透，他处处强调了华家茶馆的独特性和不可替代性。我们常说《药》有明暗两条线（华老栓和华小栓的故事是明线，夏瑜的故事是暗线），而这暗线，就依赖于茶馆里康大叔、驼背五少爷、花白胡子等人的说，而他们说的触发点也是康大叔到茶馆来问华老栓人血馒头吃了没有，所以茶馆不仅是康大叔、驼背五少爷、花白胡子等人言说的舞台，还是他们言说的契机。如果说"说/被说"是《药》达致其艺术效果的有力支撑，那么毫无疑问，既是一个公共空间同时也是华家生活的家庭空间的茶馆，则为"说/被说"提供了一个极为重要的、不可或缺的基础。

灰五婶的茶馆里阔亭、方头等人的说和咸亨酒店里众人的说也形成了"说/被说"的叙事模式，在这一模式中，不仅"被说"的事情叙述出来了，更由于言说中的评价显出说者的思想和精神面貌，把一个"客观事件"巧妙地转化为反映人的灵魂的"精神事件"，从而达到了揭露落后国民性的启蒙目的。此处不再赘述。

第二类"被说"的是自己的事情，与第一类一样，在述说自己的事情时当然也有评价，但不同的是说者在说自己的事情时，他的情感取向和思想态度更多的是体现在选择所说的事情上。发生在一个人身上的事情很多，选择哪些事情来向别人诉说则最能体现他思想关注的焦点，最能见出他灵魂的色彩。在《呐喊》《彷徨》中，这一类的"说/被说"叙事模式主要表现在《在酒楼上》这篇小说中。小说里的"我"和吕纬甫在一石居酒楼偶遇了，对于一别十年的旧同窗、旧同事来说，该有多少话要说呀！"我"是到 S 城

----

① 许杰. 鲁迅小说讲话 [M]. 西安：陕西人民出版社，1981：45-46.

寻旧时同事不遇而到以前非常熟悉的一石居来的，尽管有逃避客中的无聊的目的，但到一石居来，也未必就没有想追忆过去美好时光的用意。吕纬甫为何到一石居来，小说里没有说明，但推想起来，应该和"我"的情况差不多。过去两人也常常到这里来喝酒，也常常在一起议论些改革中国的方法，因此两人充满斗志因而意气风发的青年时代都与一石居有着密切的关联。但在吕纬甫的长篇诉说中，他们青年时代的那些事，只是简略地带过去了，在酒的刺激下，在偶遇老友的刺激下，在熟悉的一石居和废园里斗雪盛开的老梅以及明得如火的红山茶的刺激下，吕纬甫却深情款款地谈起了这次回乡为小弟迁坟和给顺姑送剪绒花这两件事。应该说，他们年轻时代的奋斗，分别十年后的经历，都有很多需要诉说的。但鲁迅，却让吕纬甫选择了这两件事来叙述，用意何在？吕纬甫在做这两件事时，是很虔诚、很认真的，这之中的缘由表面看起来似乎是为了遵从母亲的意愿，或者说是为了骗骗母亲，但更多的却是吕纬甫本人从心底里愿意，因为这两件事里包含有他过去太多的美好的东西：小弟是一个"很可爱念的孩子，和我也很相投"，而顺姑也是一个可爱、能干的姑娘，曾好心地做荞麦粉给他吃，她非常盼望有朵剪绒花……因此，吕纬甫做这两件事的深层动机是为了寻找"旧日的梦的痕迹"（小说里的"我"又何尝不是呢？）。但本是认真去做的两件事，抱美好希望的两件事，却都以失望和模模糊糊收场，这恰恰折射出"五四"一代启蒙知识分子在"五四"落潮后的痛苦："五四"高潮期，他们曾经慷慨激昂、奋发有为，期待着对中国进行变革，但"五四"落潮后的黑暗现实却告诉他们他们奋斗的失败、理想的破灭，在痛苦的心境中，想追寻一些奋斗时的激情和从前的美好，这表明他们的进取、奋斗之心并未完全泯灭，但现实又是如此地让人无可奈何！这才是"五四"启蒙者在"五四"落潮后的迷茫、彷徨、痛苦的根源。但鲁迅却用小说里吕纬甫找不到小弟的骨殖和顺姑的病死告诉人们，昔日的美好是无法追寻的（这一点还可上升到一种人生哲学的高度——过去了的东西是无法再追回来的，这也许是我们人类的一种宿命），他同情吕纬甫但同时也以这种方式宣告吕纬甫追寻旧梦的失败。鲁迅想告诉我们的是：不要彷徨犹疑，也不要到昔日去寻找安慰，而应该去继续追寻理想，找到新的路。小说结尾的一段话就暗示了这一点：

> 我们一同走出店门，他所住的旅馆和我的方向正相反，就在门口分别了。<u>我独自向着自己的旅馆走，寒风和雪片扑在脸上，倒觉得很爽快。</u>见天色已是黄昏，和屋宇和街道都织在密雪的纯白而不定的罗网里。

再回到酒楼这一空间里来，同《药》的故事必须安排在茶馆等空间里一样，吕纬甫的诉说也只能安排在一石居这个酒楼里。若在街头偶遇，那么在寒冷的雪天里"我"和吕纬甫就很难进行长时间的谈话；如果安排为"我"就在 S 城，谈话就在"我"的 S 城家里进行的，那么就没有象征着奋斗和进取的废园的老梅和山茶花，而且家也不能像过去他们常去的一石居那样勾起对往日的回忆；若换到茶馆，则缺少酒，没有了酒精的刺激，见面后对"我"很客气的吕纬甫也不会那么容易地袒露心扉，即使说一些事情他也可能说一些一般化的东西，而不可能像小说里那样选择能透视他现在的思想状态和灵魂深处的这两件事。一石居酒楼这一公共空间，决定了"我"和吕纬甫的相遇（他们过去都常来），也决定了吕纬甫要倾诉的事情，这就决定了这篇小说的主旨——写"五四"落潮后启蒙知识分子的痛苦和彷徨。

其二，有时形成小说叙事的内驱力，以推动故事和叙述往下发展。如同戏剧一样，凡是小说就必须要有推动它往前发展的力量，像武侠小说就以江湖门派纷争或英雄复仇为内驱力，侦探小说就破案寻求真相为内驱力，爱情小说以爱情的曲折起伏为内驱力……而鲁迅的《呐喊》《彷徨》，谁都知道其故事性不强（很多小说一开头就把结局给交代出来了），但也不是完全取消了故事，它们也需要有内驱力来推动故事往前发展，或者说，在故事性很弱的情况下，也需要形成小说的"看点"，即除强烈的矛盾冲突外另外一些很有意思的、值得写出来供读者看的东西，这些"看点"可以说是另一种形式的内驱力。

《阿Q正传》里的未庄，也有一个酒店，在小说里，阿Q出场时的第一个局部空间就是"酒店"。我们先看看小说是怎么写的：

> 那是赵太爷的儿子进了秀才的时候，锣声镗镗的报到村里来，阿Q正喝了两碗黄酒，便手舞足蹈的说，这于他也很光采，因为他和赵太爷原来是本家，细细的排起来他还比秀才长三辈呢。其时几个旁听人倒也肃然的有些起敬了。

结果呢？

> 那知道第二天，地保便叫阿Q到赵太爷家里去；太爷一见，满脸溅朱，喝道："阿Q，你这浑小子！你说我是你的本家么？"阿Q不开口。赵太爷愈看愈生气了，抢进几步说："你敢胡说！我怎么会有你这样的本家？你姓赵么？"阿Q不开口，想往后退了；赵太爷跳过去，给了他一个嘴巴。"你怎么会姓赵！——你那里配姓赵！"阿Q并没有抗辩他确凿姓赵，只用手摸着左颊，和地保退出去了；外面又被地保训斥了一番，谢了地保二百文酒钱。知道的人都说阿Q太荒唐，自己去招打；他大约未必姓赵，即使真姓赵，有赵太爷在这里，也不该如此胡说的。

阿Q头天说的话，第二天就有了反应，这说明阿Q的话传播得很快，为什么传播很快？因为阿Q的这话是在未庄的酒店说的。酒店是个什么地方？在像未庄这样的小村镇里，酒店就是未庄人公共生活的中心，是舆论和信息的中心，是未庄的"广播电台"。人们汇聚于此交流信息，回去之后也"播撒"各种信息，所以赵太爷很快就知道了阿Q说的"昏话"，结果就出现了上面的第二个场景。第一个场景是因，第二个场景是果，因果之间就显出了酒店对故事发展的推动作用。

在《阿Q正传》中，鲁迅在建构叙事时，显然充分地利用了未庄的酒店。前面说过，阿Q本处于未庄等级结构的最底层，但又不能正视这一点，而是总想利用种种机会抬高自己。有了这样的机会，怎样才能达到最佳的效果呢？显然，是让最多的未庄人、在最短的时间内知道。要做到这一点，无疑，到未庄的舆论和信息中心——酒店去是阿Q的最佳选择。阿Q是明白这个道理的，所以他的很多想抬高自己地位的做法，都与酒店有关。如，前面提到过的，赵太爷的儿子中了秀才，他便马上在酒店里说自己也姓赵，比秀才还长三辈（但结果是适得其反）；调戏小尼姑，也是发生在酒店门口：

　　但对面走来了静修庵里的小尼姑。阿Q便在平时，看见伊也一定要唾骂，而况在屈辱之后呢？他于是发生了回忆，又发生了敌忾了。"我不知道我今天为什么这样晦气，原来就因为见了你！"他想。他迎上去，大声的吐一口唾沫："咳，呸！"小尼姑全不睬，低了头只是走。阿Q走近伊身旁，突然伸出手去摩着伊新剃的头皮，呆笑着，说："秃儿！快回去，和尚等着你……""你怎么动手动脚……"尼姑满脸通红的说，一面赶快走。

　　酒店里的人大笑了。阿Q看见自己的勋业得了赏识，便愈加兴高采烈起来："和尚动得，我动不得？"他扭住伊的面颊。酒店里的人大笑了。阿Q更得意，而且为了满足那些赏鉴家起见，再用力的一拧，才放手。

　　酒店是一个公共空间，在我们中国的社会里，就是所谓的"大庭广众"，是一个公共场合。对于好面子①的中国人来说，公共场合是一个讲面子的地方，如果大庭广众之下受到表扬，则"很有面子"，反之，如果被批评，则叫"没面子""丢了面子"，被认为是一种侮辱。阿Q欺负小尼姑，正常情况下是不会去摸小尼姑的脸的，但因为酒店里有很多人看着，所以他就这么做了，以显示他的了不起，这样他就很"有面子"了。但这样做的结果是，小尼姑滑腻的脸让他失眠了，他想女人了，这直接导致了后来的"恋爱的悲剧"和在未庄待不下去而只好进城去。阿Q中兴回来，在未庄人面前出现的第一个地方也是

―――――――――

　　①　鲁迅曾在《且介亭杂文·说"面子"》中专门剖析过中国人"好面子"的思想观念。

在酒店里，结果是阿Q中兴的新闻第二天便传遍未庄，他的地位很快上升到与赵太爷等"差不多"，接下来的发展是人们千方百计探听阿Q的底细，底细出来了，阿Q的地位也跌落下来——也推动了故事的发展。

《孔乙己》里的咸亨酒店则制造了小说的"看点"——值得叙述的事情。小说一开头就交代咸亨酒店的格局，在突出它的空间分割时（柜内柜外，房子里房子外）特别强调了顾客喝酒的不同位置和不同方式，这样就把咸亨酒店这一公共空间充分地社会化（等级化）了。也就是说，不同社会等级的顾客到咸亨酒店来都有相应的位置和喝酒的方式。在这一前提下，孔乙己出场了，他却显得"不伦不类"，在咸亨酒店这一充分等级化的公共空间里没有相应的位置：他既不属于短衣帮，也不是"坐喝"的长衫人物，而是独一无二的"站着喝酒而穿长衫的唯一的人"。个中原因，当然是孔乙己不能正视自己：经济上潦倒到连短衣帮都不如的地步了，思想却还抱着读书人高人一等的封建观念不放，这样他的实际社会地位和思想观念里对自己的过高评价就构成了很大的落差，而无疑，咸亨酒店这一充分等级化、经济化（到这儿来就要掏钱消费）的空间就成了展示这种落差的最佳舞台，甚至可以说，它把这种落差"放大"了。象征自视甚高的长衫和只能花几文钱站着喝酒的实际把孔乙己既同短衣帮又同有钱有势的长衫顾客区别开来，在这两类人面前，他只能是少数派，而实际社会地位的低下，则使他遭到多数派的无情嘲笑，形成了以"众"凌"寡"的不平衡结构①。奇怪的是，孔乙己尽管多次在咸亨酒店遭到人们的嘲笑，可他还是"不知悔改"地一次又一次地到咸亨酒店来，为什么？这当中的一个原因是孔乙己"好喝懒做"喜欢喝酒——这从他被丁举人打折了腿还要用手"走"到咸亨酒店来喝酒就可以看出来，另外一个很重要的原因大概就是想到咸亨酒店来"确证"自己的存在。汉娜·阿伦特把人的活动分为三种：劳动、工作和行动。其中，行动是唯一无须物的中介而直接在人与人之间进行的活动，是人类最富自我意识的活动。行动突现人的多样性，意味着在人类"多样性"的条件下，通过他人的在场揭示

---

① 熊家良. 茶馆酒店：中国现代小城叙事的核心化意象 [J]. 东南大学学报（哲学社会科学版），2006（3）.

"我是谁"的问题。一个人是"谁"，只能依靠自我的言说和行动，在主体间的交互关系中，通过他人的看和听得到承认。他人的在场不仅是自我存在的条件，而且验证了我们关于世界的知识。公共领域（在这里等同于"公共空间"——本文作者注）是行动实现的场所和条件。只有在行动赖以确立和保持的公共领域中，人类才保有可见世界的真实感。人们可以不工作而照样活着，但失去了言说和行动的条件——公共领域就不再是人。正是公共领域把我们带向世界和与我们共同拥有世界的他人。相反，如果我们不同其他人接触，封闭于个人特殊的感觉世界之中而没有共同感觉（commonsense），我们就不仅失去了对共同世界的经验，甚至不能相信自己的直接经验。① 孔乙己自己觉得他是读书人要高短衣帮一等，他一个人坐在家里这么认为显然是不够的，他对自己的这种"确认"还需要得到别人的承认，他需要别人"看"和"听"到这一点。于是他就到短衣帮聚会的公共空间——咸亨酒店来了，他要在短衣帮面前"确证"他的看法——这在长衫主顾面前是做不到的。于是，他就在短衣帮面前身着长衫，满口之乎者也，偶尔有钱时就"排"出九文大钱……他想以这些来"确立个人认同和自我存在"。但孔乙己的这番心思并没有得到酒店里人们的认可，他们反因此而嘲笑他，这就由孔乙己自视甚高和实际社会地位低下的落差引发出第二个落差：孔乙己希图证实自己高人一等而实际上在酒店里谁也看不起他。这两个落差都集中到咸亨酒店这一公共空间里来，都在这一舞台上被"放大"了，而恰恰就是这两个落差，才使故事性不太强的《孔乙己》有了值得叙述的东西，是这篇小说的"看点"，它成为小说中有孔乙己出场的几个场景的内在张力和情节核心。而在这一"看点"的背后，就是人的灵魂，孔乙己的，短衣帮的，咸亨掌柜的，还有小伙计"我"的。

其三，这两个典型的公共空间，便于小说形成群体场景叙事。所谓群体场景叙事，是指很多人物同时出现在一个空间场景里的小说叙事，与之相对的是一个或两个人物出现的场景，以及干脆没有人物出现的场景（相当于电

---

① 汉娜·阿伦特. 极权主义的起源［M］. 林骧华，译. 台北：台湾时报文化出版企业有限公司，1995：425.

影里的"空镜头")。公共空间是人们群聚的地方，最易形成群体场景。鲁迅在《呐喊》《彷徨》中利用茶馆酒店来形成群体场景叙事，是服从于他改造国民性的创作目的。鲁迅在创作他的小说时，他希望他笔下的人物能够成为全体中国人的代表，因为在他的思想里落后的国民性不是哪一部分人身上有，而是统治者与被统治者、富人与穷人都概莫能外。所以他的方法是一方面塑造像阿Q这样的典型人物，另一方面就是通过群体场景来进行群像塑造。这些群像，一般都不仅没有名字，就是外貌，也十分模糊：

> 孔乙己一到店，所有喝酒的人便都看着他笑，有的叫道，"孔乙己，你脸上又添上新伤疤了！"他不回答，对柜里说，"温两碗酒，要一碟茴香豆。"便排出九文大钱。他们又故意的高声嚷道，"你一定又偷了人家的东西了！"孔乙己睁大眼睛说，"你怎么这样凭空污人清白……""什么清白？我前天亲眼见你偷了何家的书，吊着打。"孔乙己便涨红了脸，额上的青筋条条绽出，争辩道，"窃书不能算偷……窃书！……读书人的事，能算偷么？"接连便是难懂的话，什么"君子固穷"，什么"者乎"之类，引得众人都哄笑起来：店内外充满了快活的空气。

这是一个典型的群体场景，这当中的人物群像没有名字——用"喝酒的人""有的""他们""众人"代替了，他们每个人长什么样穿什么衣服（尽管都是短衣帮，但肯定还有细小的差别）、嗓门是大还是小，鲁迅都一概不管不顾。这样写的艺术效果就是读者把关注的焦点集中到这些人说的内容和"笑"上来了，三言两语之间他们的灵魂就活灵活现了。而模糊的群像性质，也让他们有了足够的代表性，而且很容易使读者想到自己现实生活里的类似场面，有时也许要将自己也包括进去。而这正是鲁迅希望达致的艺术目的："我的方法是在使读者摸不着在写自己以外的谁，一下子就推诿掉，变成旁观者，而疑心到像是写自己，又像是写一切人，由此开出反省的道路。"①

---

① 鲁迅. 答《戏》周刊编者信 [M] //鲁迅. 鲁迅全集（第六卷）. 北京：人民文学出版社，2005：150.

也许，在茶馆和酒店这样的公共空间里，鲁迅还想借群体场景来表达他的一种思想，即"群众暴力"。陈思和先生在分析《狂人日记》时曾对鲁迅小说里的"群众暴力"做过精辟分析：

> 鲁迅以前说过一句"任个人而派众数"的话，这"众数"就是群众。鲁迅为什么要主张排斥众数？他不相信这个东西，在长时间的专制社会里，被压迫被奴役的群众表面上是沉默的，但就像一头沉默的巨大的野兽，其内在的世界里始终隐藏着一种极其盲目的破坏力量，也可以说是一种暴力倾向。西方马克思主义在研究德国法西斯的时候把这个问题解释为"法西斯主义群众心理学"，法西斯主义的产生是具有一个广泛的群众基础的。这种情况在中国也是存在的。①

鲁迅曾说过"中国人向来有点自大。——只可惜没有'个人的自大'，都是'合群的爱国的自大'"②，一个中国人的胆子是相对很小的（也许是几千年来的"谦虚传统"使然），他们没有"个人的自大"，一般也不展现出强烈的个性，更不会采取一些非常激烈的行为。但是，当一群中国人聚集在一起时，他们的胆儿就壮了，"互相壮胆"，由绵羊般的单个人就变成了一群凶狠的狼，什么都敢干了。即使有部分人开始不敢干，可后来看到有人这样做了时，他们也就敢了，更多的人认为即使是干错事有这么多人在一起也不要紧，"法不责众"嘛！这实际上是"从众"（conformity）心理在作怪，

---

① 陈思和. 现代知识分子觉醒期的呐喊：《狂人日记》［M］//陈思和. 中国现当代文学名篇十五讲. 北京：北京大学出版社，2003：51，52. 关于这段话陈思和先生还在后面附了个很长的注解，是对"法西斯主义群众心理学"的解释："奥地利医生、马克思主义者威尔海姆·赖希在《法西斯主义群众心理学》（张峰译）一书里详细探讨了法西斯主义在欧洲的群众基础。他以大量的资料让人信服地认识到：'法西斯主义不是一个希特勒或一个墨索里尼的行为，而是群众的非理性性格结构的表现。（《第三修订增补版序言》，重庆出版社，1990：11.）这个注解非常有助于我们认识"群众暴力"这个概念。
② 鲁迅. 随感录三十八［M］//鲁迅. 鲁迅全集（第一卷）. 北京：人民文学出版社，2005：327.

从众是指"根据真实的或想象的来自他人的影响而改变自己的行为"①。在这种情况下，他们很容易对他们群体之外的少数人采取暴力行为，鲁迅就在他的小说里多次写到这种社会现象，如：《狂人日记》中就写到狼子村的"一个大恶人，给大家打死了；几个人便挖出他的心肝来，用油煎炒了吃"；在《长明灯》里，阔亭提出整治疯子的一个法子就是大家一起动手打死他，"去年，连各庄就打死一个：这种子孙。大家一口咬定，说是同时同刻，大家一齐动手，分不出打第一下的是谁，后来什么事也没有"。这充分说明鲁迅对群众暴力的形成原因和危害是相当清楚的。当暴力由群众行使时，它披上了正义的外衣，并拥有似是而非的借口。但鲁迅关注的重点还不是群众的行为暴力，作为关注中国人灵魂的启蒙者，他更注意的是由群体形成的"精神暴力"——多数人对极少数人的精神戕害。咸亨酒店里的人不是像丁举人那样打断孔乙己的腿来进行肉体伤害，而是用"笑"来摧残孔乙己仅剩下的一点"自尊"。他们是你一言我一语，结成"众数"，把可怜的孔乙己置于势单力薄的对立面上。即使是地位非常卑微的小伙计"我"，尽管不能"说"孔乙己，但也没有表示同情，更没有阻止别人对孔乙己的嘲笑，"'不介入'的旁观者是从众者"②，他最终也加入了"笑"的群体。这一嘲笑孔乙己的群体，尽管也有社会地位的高下差别（如咸亨掌柜和小伙计），但此时却毫

---

① ［美］埃利奥特·阿伦森．社会性动物［M］．郑日昌，张珠江，等译．北京：新华出版社，2001：454.
② ［美］埃利奥特·阿伦森．社会性动物［M］．郑日昌，张珠江，等译．北京：新华出版社，2001：46.

无例外地加入嘲笑孔乙己的队伍，形成一个除孔乙己之外的"狂欢式"① 群体场景。在咸亨酒店里折射出来的一种人类心理就是：公共空间里的每个人都有意无意地寻求一种与他人的"和谐"统一；一旦出现任何与之相左的行为或言说，都必然遭到公众一致的反击或嘲笑，成为人们奚落、排斥甚至斗争的对象。

本想到咸亨酒店这一公共空间来"确证"自己的孔乙己，就这样无情地被排斥在空间之外，"被剥夺了在一个共同世界的表现以及这个共同世界产生作用的行动，这个个体就失去了全部意义"②，这是一个典型的鲁迅式的"人在空间外"③ 的启蒙命题。在这种精神虐杀中，我们就见出孔乙己的悲剧是一种精神悲剧，而不是肉体悲剧、命运悲剧，它形成的艺术效果就是李长之先生所说的孔乙己是一个"在讽刺和哄笑里的受了损伤的人物"④ 和王富仁先生所说的《孔乙己》"让人感到冷的不是或主要不是丁举人对孔乙己

---

① "狂欢式"一词来源于巴赫金的"狂欢诗学"，它是一切狂欢节式的庆贺、仪礼、形式的总和。狂欢式的形成，使狂欢节逐渐脱离了固定的时间和地点，向人类生活的各个方面渗透，成为一种具有普遍意义的文化形式。巴赫金说："狂欢式这个形式非常复杂多样，虽说有共同的狂欢节的基础，却随着时代、民族和庆典的不同而呈现不同的变形和色彩。狂欢式是没有舞台、不分演员和观众的一种游艺。在狂欢中所有的人都是积极的参加者，所有的人都参与狂欢戏的演出。人们过着狂欢式的生活。而狂欢式的生活，是脱离了常轨的生活，在某种程度上是'翻了个的生活'，是'反面的生活'。"（《诗学与访谈》）狂欢式有两个外在特征：全民性和仪式性，前者指全民参与，谁都不是旁观者，人们都欢笑打闹，是与平常生活完全不同的"翻了个的生活"，是"第二种生活"，后者是指狂欢节总有一定的仪式和礼仪，西方狂欢节最主要的仪式是"笑谑地给国王加冕和随后脱冕"，这种仪式以各种不同的形式出现在狂欢式的庆典中。（程正民. 巴赫金的文化诗学 [M]. 北京：北京师范大学出版社，2001：78，79.）在咸亨酒店里，人们也是聚众狂欢，在他们日常的单调生活之外拿孔乙己取乐、开心，他们的"狂欢仪式"也就是给不肯脱下又脏又破的长衫的孔乙己"脱冕"，而孔乙己则试图在这儿给自己"加冕"——摆出高人一等的读书人派头来。因此咸亨酒店里的群体场景也可视作一个狂欢化"庆典"。
② 汉娜·阿伦特. 极权主义的起源 [M]. 林骧华，译. 台北：台湾时报文化出版企业有限公司，1995：425.
③ 郑萍，张靖.《孔乙己》叙述的空间形式 [J]. 鲁迅研究月刊，2001（5）.
④ 李长之. 鲁迅批判 [M]. 北京：北京出版社，2003：57.

的殴打，而是咸亨酒店一应人众对孔乙己的冷漠和无情"①。华家茶馆里众人对不在场的夏瑜实行的是另一种形式的精神暴力：对他们不理解的革命行为冠以"发了疯了"的名号，在《狂人日记》中狂人也曾被称为"疯子"，狂人则用自己的"疯语"道出了其中的奥妙："他们岂但不肯改，而且早已布置；预备下一个疯子的名目罩上我。将来吃了，不但太平无事，怕还会有人见情。佃户说的大家吃了一个恶人，正是这方法。这是他们的老谱！"这是庸众消灭"独异个人"的常见方法，结果是狂人被关到书房去了，夏瑜死了他为革命流的鲜血还被拿来做人血馒头，想熄灭长明灯的人也被当成疯子被关到安放长明灯的社庙里去了。我们发现，大多数的精神暴力都是在公共空间里完成的，尽管有的实施精神暴力的场所是街头、路上，但毫无疑问，茶馆、酒店则是完成精神暴力的最佳和最典型的公共空间。

在《呐喊》《彷徨》中，还有一个非常类似于茶馆、酒店的公共空间——《风波》里的土场，村民在这里吃饭、谈话、交流信息，更由于赵七爷的到来而掀起一场"风波"。前面说过，中国的公共场合关乎国人的"面子"问题，而在土场上刮起的这场风波，其根由也在于"面子"，它也是这篇小说叙事的基本内驱力和"看点"，落后的国民性也由此清晰地呈现出来了。②

二、客厅与小说叙事建构

在《呐喊》《彷徨》中，除了茶馆、酒店等沙龙式的空间意象外，还存在着一种真正的客厅空间意象，比较突出的有《肥皂》里四铭家的客厅、《长明灯》里四爷家的客厅、《孤独者》里魏连殳的客厅以及《离婚》中慰老爷家的客厅。它们也程度不同地参与了小说的叙事建构。

客厅一般是家这一建筑空间里的一个很重要的局部空间，它的功能是用来会客或供家庭成员坐在一起谈天、沟通交流，在过去由于中国人普遍的居

---

① 王富仁. 中国反封建思想革命的一面镜子——《呐喊》《彷徨》综论［M］. 北京：北京师范大学出版社，1986：217.

② 王富仁先生对此曾做过精彩论述，参见《中国反封建思想革命的一面镜子——〈呐喊〉〈彷徨〉综论》［M］. 北京：北京师范大学出版社，1986：57-60.

室不太宽敞，它还被用来兼作餐厅，也就是供家庭成员聚在一起吃饭的地方。相对于家庭成员各自的卧室来说，它也是一个属于所有家庭成员的"公共空间"；同时，也由于它在建筑上的封闭性，决定了家庭成员之间在这里的主要活动和行为就是"说"，在很大程度上它实际是一个"言说空间"。有客人到来，主客间也是以谈话为主。前面说过，人们的"说"不仅能交代事情，更能透过他们的说而显出他们的灵魂。所以，在这个意义上，小说里的客厅具有与茶馆、酒店类似的叙事功能。但是，它们毕竟不同于茶馆、酒店等完全供不同的社会成员来往的公共空间，它们属于相对个人化的家庭空间，所以在建构叙事上还有自己的特殊之处。

《肥皂》里的四铭，在自家的客厅里上演了一出"好戏"。这篇小说里，有两个场景（晚饭前和吃晚饭）发生在客厅里。四铭一到家，四铭太太就发现四铭与往日不同：吝啬、从不买肥皂的他居然为她买了一块肥皂，而且对儿子学程发火，攻击先前赞成的新学堂……在四铭太太的追问下，他才道出了根由：原来一切都是由四铭在大街上看见了讨饭的孝女，还听见有两个光棍在那儿说："阿发，你不要看得这货色脏。你只要去买两块肥皂来，咯支咯支遍身洗一洗，好得很哩！"也许，四铭根本没有意识到自己买肥皂与孝女的联系，但敏感的四铭太太，与四铭天天生活在一起的四铭太太，却由四铭的变化中看出了其中的联系。所以，当在晚饭桌上，四铭继续责骂学程时，她就忍不住发作了，把四铭的"潜意识"给抖出来：

"'天不打吃饭人'，你今天怎么尽闹脾气，连吃饭时候也是打鸡骂狗的。他们小孩子们知道什么。"四太太忽而说。"什么？"四铭正想发话，但一回头，看见她陷下的两颊已经鼓起，而且很变了颜色，三角形的眼里也发着可怕的光，便赶紧改口说，"我也没有闹什么脾气，我不过教学程应该懂事些。""他那里懂得你心里的事呢。"她可是更气忿了。"他如果能懂事，早就点了灯笼火把，寻了那孝女来了。好在你已经给她买好了一块肥皂在这里，只要再去买一块……""胡说！那话是那光棍说的。""不见得。只要再去买一块，给她咯支咯支的遍身洗一洗，供起来，天下也就太平了。""什么话？那有什么相干？我因为记起了你没有肥皂……""怎么不相干？你是特诚买给孝女的，你咯支咯支的去洗去。我不配，我不要，我也不要沾孝女的光。""这真是什么话？你们女人……"四铭支吾着，脸上也像学程练了八卦拳之后似的流出油汗来，但大约大半也因为吃了太热的饭。"我们女人怎么样？我们女人，比你们男人好得多。你们男人不是骂十八九岁的女学生，就是称赞十八九岁的女讨饭：都不是什么好心思。'咯支咯支'，简直是不要脸！""我不是已经说过了？那是一个光棍……"

家是一个相对私人化的空间，四铭的真实心理在这里才能得到充分的袒露，他买肥皂，他对肥皂店店伙和学生的不满，对孝女的潜在渴望，都通过他在客厅里的言行表现出来了。而这一切，又被长期"近距离观察"他的四铭太太捕捉到，其丑恶的心理、"不足为外人道"的心理，就这样被揭示出来了。而这一切，都不可能发生在家之外的空间里，因为四铭不可能向外人袒露他的真实感受，他也不可能找家庭成员之外的他人来发泄这些感受，而只有在自家的客厅里，在与家庭成员的接触（主要是语言对话）中，这一切都被"放大"，并借同样无"顾忌"的四铭太太的嘴说出来。离开客厅这一家庭公共生活空间，四铭道貌岸然的外表下隐秘的丑恶灵魂就不会如此真实地得到再现。

四爷、慰老爷家的客厅则被改造成一个相对意义上的"公共空间"：小说里的客厅不是用作家庭成员的活动，而是"外来者"与主人群聚一起商议事情的地方。四爷是吉光屯的头面人物，所以当年高德韶的郭老娃、阔亭、方头来到四爷家的客厅时，都觉得很"荣幸"，尤其是阔亭和方头，"不但第一次走进这一个不易瞻仰的客厅，并且还坐在老娃之下和四爷之上，而且还有茶喝"。尽管四爷因为礼仪而坐在客厅的最下首，但他的实际地位，以及"地利"之便，他还是成为讨论怎么对付疯子的"中心"。这一中心的形成，和他家的客厅平常普通人一般进不去、即使有时去了还没有茶喝（这都是上面那句话暗示出来的）有很大的关系，这不能不对郭老娃、阔亭、方头等人产生威压，因此四爷家的客厅就被巧妙地改造成了一个等级空间，居于中心的自然是四爷，郭老娃、阔亭、方头则都处于附和的边缘地位。这从他们的对答之间就可以清楚地看出来：

"真是拖累煞人！"四爷将手在桌上轻轻一拍，"这种子孙，真该死呵！唉！""的确，该死的。"阔亭抬起头来了，"去年，连各庄就打死一个：这种子孙。大家一口咬定，说是同时同刻，大家一齐动手，分不出打第一下的是谁，后来什么事也没有。""那又是一回事。"方头说，"这回，他们管着呢。我们得赶紧想法子。我想……"老娃和四爷都肃然地看着他的脸。"我想：倒不如姑且将他关起来。""那倒也是一个妥当的办法。"四爷微微地点一点头。"妥当！"阔亭说。"那倒，确是，一个妥当的，办法。"老娃说，"我们，现在，就将他，拖到府上来。府上，就赶快，收拾出，一间屋子来。还，准备着，锁。""屋子？"四爷仰了脸，想了一会，说，"舍间可是没有这样的闲房。他也说不定什么时候才会好……""就用，他，自己的……"老娃说。"我家的六顺，"四爷忽然严肃而且悲哀地说，声音也有些发抖了。"秋天就要娶亲……。你看，他年纪这么大了，单知道发疯，不肯成家立业。舍弟也做了一世人，虽然也不大安分，可是香火总归是绝不得的……。""那自然！"三个人异口同音地说。"六顺生了儿子，我想第二个就可以过继给他。但是，——别人的儿子，可以白要的么？""那不能！"三个人异口同音地说。"这一间破屋，和我是不相干；六顺也不在乎此。可是，将亲生的孩子白白给人，做母亲的怕不能就这么松爽罢？""那自然！"三个人异口同音地说。四爷沉默了。三个人交互看着别人的脸。"我是天天盼望他好起来，"四爷在暂时静穆之后，这才缓缓地说，"可是他总不好。也不是不好，是他自己不要好。无法可想，就照这一位所说似的关起来，免得害人，出他父亲的丑，也许倒反好，倒是对得起他的父亲……。""那自然，"阔亭感动的说，"可是，房子……""庙里就没有闲房？……"四爷慢腾腾地问道。"有！"阔亭恍然道，"有！进大门的西边那一间就空着，又只有一个小方窗，粗木直栅的，决计挖不开。好极了!"老娃和方头也顿然都显了欢喜的神色；阔亭吐一口气，尖着嘴唇就喝茶。

在这场对话中，四爷起先并不发表什么明确的意见，而是顺着方头的话先赞成继而用几个问话来引导他们说出他想要的答案。他成为这次商议的实际主宰，郭老娃、阔亭、方头等人则在他的诱导中说出了他希望的解决办法：既关住疯子，他又能名正言顺、合情合理地夺取疯子的房子。如果换到在路上，郭老娃、阔亭、方头等人遇到了四爷，则郭老娃、阔亭、方头等人就不会强烈地感受到四爷的"中心"地位，四爷也无法"礼遇"他们；还有，偶遇的时候四爷也未必像现在这样已想出了"妙计"单等郭老娃、阔亭、方头等人来"商议"（当郭老娃等人把疯子放火的问题提出来时，四爷是"悠悠然，仿佛全不在意模样"，这就证明他早就"胸有成竹"了），那么四爷的"计划"也许会遇到郭老娃、阔亭、方头等人的"挑战"，不按四爷的"计划"来，则他的狡诈与郭老娃、阔亭、方头等人的愚蠢、愚昧也就难以表现了。在《离婚》中，慰老爷家的客厅也被改造成一个等级化的"公共空间"：在这里，形成了一个以七大人为中心的等级结构，周围的人包括慰老爷和几位少爷一干人等对七大人都毕恭毕敬，这无疑加重了早就听说过七大人"威名"的庄木三和爱姑的心理重压。本来很泼辣的爱姑，在慰老爷的客厅这个极度夸张同时又是极度真实的等级化空间里，在离婚纠纷中就不能不莫名其妙地败下阵来。小说里看似与离婚无关的、表现七大人的"闲笔"，恰恰体现了鲁迅的艺术匠心和对中国社会的深刻洞察。客厅的等级化改造，是这篇小说塑造人物、形成结局的关键点，对小说叙事的成功有举足轻重的作用。

《孤独者》里魏连殳的客厅则被改造成另一种意义上的"公共空间"：这里出入的都不是魏连殳的家人，魏连殳在这里招待朋友，在这里关爱房主的孩子……在叙事上，这个被改造而成的公共空间有三个作用：一是形成小说里的"我"与魏连殳的"言说空间"，通过谈话，直接地揭示魏连殳怪癖的外表下的真实灵魂，即前面所说的"言为心声"；二是通过"我"的"看"

来表现魏连殳的行为，在这里，"我"看见了他对孩子的关爱，对"不幸的青年"的宽容，也看见了认真、热心的魏连殳的落魄，客厅在这里实际上又形成了一个"看/被看"的艺术空间；三是通过客厅把魏连殳一生的遭际都串联、贯通起来，在客厅里魏连殳告诉了他小时候的事情，也发生了他落魄的事情，还发生了以"另类方式"（"躬行我先前所憎恶，所反对的一切，拒斥我先前所崇仰，所主张的一切"）反抗社会以后的"盛况"和最终的死亡，更以最终的在客厅里的大殓而与小说开头他祖母的大殓连接起来，使小说形成一个内在联系紧密的有机体，客厅因此成了叙事中的一个"勾连空间"。

第二节　"道路"式空间意象与小说叙事建构

衣、食、住、行是我们人类的基本需要和最常见的生存状态，是我们人类生存的四大要素。前三者不言而喻，至于"行"之所以重要，是因为人如要活动（为了生存不能不活动，活动是生存的必要条件之一）就必须要"行"，而要"行"就离不开"路"，在路上行走（后来发展到坐船、乘车、坐飞机等多样化、现代化的交通行为）是我们人类非常普遍的一种行为。因此，作为对我们人类生活的反映的文学，在叙事写人时就少不了"路"，"道路"是文学中一个非常常见的空间意象。巴赫金在分析西方小说中的"时空体"时曾指出西方文学中大量存在一种"道路"时空体。我们先来看看他是怎么论述的：

　　……小说中的相会，往往发生在"道路"上。"道路"主要是偶然邂逅的场所。在道路（"大道"）中的一个时间和空间点上，有许多各色人物的空间路途和时间进程交错相遇；这里有一切阶层、身份、信仰、民族、年龄的代表。在这里，通常被社会等级和遥远空间分隔的人，可能偶然相遇到一起；在这里，人们命运和生活的空间系列和时间系列，带着复杂而具体的社会性隔阂，不同一般地结合起来；社会性隔阂在这里得到克服。这里是事件起始之点和事件结束之处。这里时间仿佛注入了空间，并在空间上流动（形成道路），由此道路也才出现如此丰富的比喻意义："生活道路""走上新路""历史道路"等等。道路的隐喻用法多样，运用的方面很广，但其基本的核心是时间的流动。

要描绘为偶然性所支配的事件（也不只是为了这一目的），利用道路是特别方便的。由此可以理解为什么道路在小说史上起着重要的情节作用。道路贯穿于古希腊罗马的日常漫游小说、彼特罗尼乌斯的《萨蒂利孔》和阿普列乌斯的《金驴记》中。中世纪骑士小说的主人公们出没于道路上，小说的所有事件常常发生在大道上，或者集中于道路近旁（出现于道路两侧）。像沃尔夫拉姆·封·埃申巴赫的《帕尔齐法尔》这类小说中，主人公去蒙萨里瓦特的现实道路，不知不觉地变成了隐喻意义，成了生活道路、心灵道路；这道路时而接近上帝，时而远离上帝，（取决于主人公的错误和堕落，取决于在他的现实道路上遇到的事情）。道路决定了十六世纪西班牙骗子小说的情节（《拉撒路》《古斯曼》）。在十六和十七世纪之交，堂吉诃德上了路以便看到整个西班牙，从一个登船的罪人直到公爵。这条路借着历史时间的流程、借着时间进程留下的遗迹和标志，借着时代的标记，而得到了深刻的强化。到十七世纪，是痴儿走上了路；这路因三十年战事而得到强化。再往后，道路保留了自己的主干作用，又贯穿在小说史上一些关键作品中，如索莱尔的《弗兰西昂》、勒萨日的《吉尔·布拉斯》。道路的意义还保留在笛福的小说中（指那些骗子小说）、菲尔丁的作品中（尽管意义有所削弱）。道路和路上相会，在下列作品中也保留着自己的情节作用，像《威廉·麦斯特的学习时代》和《威廉·麦斯特的漫游时代》（尽管道路和路上相会所表达的思想，在这里产生了重要的变化，因为"机遇""命运"等范畴从根本上获得了新的理解）。诺瓦利斯作品里的亨利希·封·奥夫特尔根和其他的浪漫主义小说主人公，随之也走上了半真实半隐喻的道路。最后，道路和路上相会的意义，又得以保存在历史小说里，如司各特的作品；特别是在俄国的历史小说里，例如，扎戈斯金的《尤里·米洛斯拉夫斯基》，就建立在道路和路上巧遇的基础上。格里尼奥夫与普加乔夫在途中和暴风雪中的相会，决定着《上尉的女儿》的情节。我们又可以回忆一下道路在果戈理著《死魂灵》中和在涅克拉索夫著《谁在俄罗斯过得快活》中所起的作用。①

（虚横线为原文所有）

在这两段引文中，巴赫金对"道路"时空体在小说中的作用，尤其是对建构小说情节的作用做了非常清楚而有意味的说明，尽管他认为"时空体在作品中总是包含着价值的因素"，但与其他时空体不同的是，他认为"道路"时空体"范围虽广大，感情和价值色彩却较弱"。② 显然，他对"道路"时空体更注重的是它们在建构小说叙事上的重要作用（他称之为"情节作用"），如制造人物的邂逅、相遇，成为事件的起始之点和事件结束之处，等等。这就充分说明，我们在研究小说的空间叙事时，就绝不能忽略"道路"这一空间意象的叙事作用。

道路的主要功能是人们用它来进行交通行为，它主要起着沟通和连接作用。当路的两边有了各种人文建筑，如住宅、店铺、楼房时，它就是街道了（有时也称为街、街上、街头）；当人们乘船来进行交通行为时，所利用的江河湖海被称为"水路"（"水道"），在水路上行进的船可视为另一种形式的"路"，这些都可看作是"道路"的不同形式。鲁迅是一个非常关注"路"的小说家，在《呐喊》《彷徨》中他多次写到了路，道路的这些不同形式在《呐喊》《彷徨》中都有存在，我统一称它们为"道路"式空间意象，它们也积极地参与了小说的叙事建构。

一、"道路"制造相遇，形成小说的"相遇"情节

这是"道路"式空间意象参与小说叙事建构中最明显的一点，也是它们

---

① ［俄］巴赫金. 小说理论［M］. 白春仁，晓河，译. 石家庄：河北教育出版社，1998：444-446.

② ［俄］巴赫金. 小说理论［M］. 白春仁，晓河，译. 石家庄：河北教育出版社，1998：444.

最主要的叙事功能。诚如巴赫金所言，它主要是一个"偶然邂逅的场所"，"在这里，通常被社会等级和遥远空间分隔的人，可能偶然相遇到一起"。不同的人相遇到一起，就有了可以言说的故事，有时也因人们的相遇而推动故事向前发展。巴赫金在讲到"道路"时空体在西方小说里的表现时，提到了西方的骑士小说和流浪汉小说，他们都从一地转移到另一地，是一种大范围的空间转移，因而他们在路上相遇的一般是陌生人。而鲁迅笔下的中国社会，是一个乡土观念根深蒂固的文化区域，人们不是迫不得已一般不会离开自己的家乡，他们一般生活在如费孝通先生所说的"熟人社会"① 里，因而在中国的小城镇里，在广大的村庄里，在路上相遇的多为熟人。这是与西方小说里的相遇很不相同的地方，也是与现代都市（那是一个"陌生人"社会②）小说大不相同的地方。但鲁迅在《呐喊》《彷徨》中除了有大量的乡土社会（小城镇和乡村）的各种道路外，也写到了具有现代气息的北京社区的街头（如《一件小事》《示众》等），所以在《呐喊》《彷徨》里的道路相遇，就既有"熟人"的相遇，也有"陌生人"的相遇。

（一）"熟人"相遇

熟人在路上相遇，一般会发生什么？由于他们彼此有一定的认识和了解，也就是说，在相遇之前他们之间就有一段"历史"存在，所以在路上相遇了，总会多多少少发生一点事情，普通的如熟人见面打个招呼。但在小说里，由于我们人类总想在审美对象中寻找意义（作家这样写，读者也会这么看），所以人们的相遇就没有这么简单，它总有值得玩味的东西。

最值得玩味的就是他们间的"说"。由于相互有一点的了解，所以他们相互间就有对话、言说的可能，而这些"说"则成为形成故事情节、透视人

---

① 费孝通. 乡土中国　生育制度［M］. 北京：北京大学出版社，1998：8-11.

② 麦克·克朗（Mike Crang）在 1998 年出版的《文化地理学》（Cultural Geography）中指出，早在 19 世纪 20 世纪之交，就有社会学家西美尔等人将村落与城市比较，指出村落的社群里人与人直接交往，对彼此的工作、历史和性格都十分熟悉，他们的世界相对来说是可以预知的，反之现代城市则是陌生人的世界，人与人互不相识，互不相知，乡村的宁静平和为都市的喧嚣骚动所取代。（转引自陆扬. 空间理论和文学空间［J］. 外国文学研究，2004（4）.）

物灵魂的重要手段。在《祝福》中，"我"在河边遇到了祥林嫂，就形成了这么一段对话：

> 我就站住，豫备她来讨钱。"你回来了？"她先这样问。"是的。""这正好。你是识字的，又是出门人，见识得多。我正要问你一件事——"她那没有精采的眼睛忽然发光了。我万料不到她却说出这样的话来，诧异的站着。"就是——"她走近两步，放低了声音，极秘密似的切切的说，"一个人死了之后，究竟有没有魂灵的？"我很悚然，一见她的眼盯着我的，背上也就遭了芒刺一般，比在学校里遇到不及豫防的临时考，教师又偏是站在身旁的时候，惶急得多了。对于魂灵的有无，我自己是向来毫不介意的；但在此刻，怎样回答她好呢？我在极短期的踌躇中，想，这里的人照例相信鬼，"然而她，却疑惑了，——或者不如说希望：希望其有，又希望其无……，人何必增添末路的人的苦恼，一为她起见，不如说有罢。"也许有罢，——我想。"我于是吞吞吐吐的说。"那么，也就有地狱了？""啊！地狱？"我很吃惊，只得支吾者，"地狱？——论理，就该也有。——然而也未必，……谁来管这等事……。""那么，死掉的一家的人，都能见面的？""唉唉，见面不见面呢？……"这时我已知道自己也还是完全一个愚人，什么踌躇，什么计画，都挡不住三句问，我即刻胆怯起来了，便想全翻过先前的话来，"那是，……实在，我说不清……。其实，究竟有没有魂灵，我也说不清。"

这是一段非常精彩的熟人间的对话，作为鲁四老爷的侄儿，"我"在鲁镇生活过多年，对祥林嫂应该非常了解，而作为鲁四老爷家的女佣，祥林嫂也应该是知道"我"的基本情况的，所以他们的相遇就有了对话的可能性。因为"我"是"出门人，见识得多"，所以祥林嫂一开口就向"我"问灵魂的有无问题——这个问题她是不会去问其他的鲁镇人的，因为鲁镇人都信其有，而祥林嫂在到鲁镇前是不知道这一点的，因为当柳妈说她死后会被阎罗大王锯成两半时有这么一句："她脸上就显出恐怖的神色来，这是在山村里所未曾知道的"，所以她想找人确证一下。而祥林嫂的这种想法的深层动机是她预感到自己就要死了，她既想因为人有灵魂而见到儿子阿毛，也想没有灵魂而免去被阎王锯成两半的痛苦，这就足以见出封建思想对她的精神戕害之深。如果祥林嫂不开口说话，那又有谁能知道临死前她内心深处的真实想法呢？而这一点，对于《祝福》能够达致的启蒙深度，具有决定性意义。在叙事上，是河边"我"与祥林嫂的相遇使祥林嫂有了开口的机会，没有这次相遇，就没有这么一个精彩的对话和深刻展示祥林嫂灵魂的故事情节。在结构上，这段对话也为下文祥林嫂的死以及"我"对祥林嫂半生事迹的片段的回忆埋下了伏笔，并最终与这些材料形成一个有机的整体。在《离婚》中，在前往庞庄慰老爷家的船上，庄木三和爱姑相遇了其他的乘船的人。前面说过，他们乘坐的是白色的航船，这是绍兴水乡的一种公共交通工具，但一般是供普通百姓乘坐的，有钱有势的人家都有属于自己的乌篷船，因此这就决定了在船上和庄木三、爱姑相遇的人都是和他们差不多的庄户人。在他们中，庄木三有很高的声望，被尊为"木公公"，这就使庄木三和爱姑在他们面前有一定的心理优势。因此在关于爱姑的离婚事件中他们很容易就站在了爱姑的一方。爱姑在他们面前也能彻底说出自己的想法，众人的支持也使她显得更加"理直气壮"。这里的相遇也是熟人间的相遇，它既交代了事情的缘由，也初步刻画了爱姑这个人物；而她被众人鼓起来的"理直气壮"和对"知书识理的人是专替人家讲公道话"的盲目看法，就为下文在慰老爷家里的情况急转直下蓄足了势。可以这样说，没有船上的相遇，既无法交代事情的来龙去脉，也无法形成小说后来的波澜和转折。

另一个值得玩味的是他们间的"做"。熟人见面，有时相互间还会采取一些行动，这些行动也构成了故事情节。单四嫂子在街上遇到了蓝皮阿五，蓝皮阿五就借帮她抱孩子而乘机揩她的油，这一相遇的情节就充分地折射出单四嫂子所处的险恶社会环境。当阿Q在路上遇到王胡时，他就和他比捉虱子，因为他一向看不起王胡，他要在捉虱子上也超过王胡。当他失败时，就出现了下面的情景：

他癞疮疤块块通红了，将衣服摔在地上，吐一口唾沫，说："这毛虫！""癞皮狗，你骂谁？"王胡轻蔑的抬起眼来说。阿Q近来虽然比较的受人尊敬，自己也更高傲些，但和那些打惯的闲人们见面还胆怯，独有这回却非常武勇了。这样满脸胡子的东西，也敢出言无状么？"谁认便骂谁！"他站起来，两手叉在腰间说。"你的骨头痒了么？"王胡也站起来，披上衣服说。阿Q以为他要逃了，抢进去就是一拳。这拳头还未达到身上，已经被他抓住了，只一拉，阿Q跄跄踉踉的跌进去，立刻又被王胡扭住了辫子，要拉到墙上照例去碰头。"'君子动口不动手'！"阿Q歪着头说。王胡似乎不是君子，并不理会，一连给他碰了五下，又用力的一推，至于阿Q跌出六尺多远，这才满足的去了。

阿Q看不起王胡，而王胡也深知阿Q的底细，所以他们的相遇就有了这样的故事。这是展现阿Q性格的一个典型场景，阿Q的自大自贱表现得很形象。不仅如此，《阿Q正传》还充分利用道路是一个公共空间、不同的人都可以在这里行进而让阿Q遇上不同的人，如他在这里遇到未庄的闲人，遇到假洋鬼子，遇到小尼姑，遇到小D，这就形成了不同的情节。这些不同的情节也有类似的地方，就是"打"，或者是欺负。阿Q被闲人打，被王胡打，被假洋鬼子打，和小D"龙虎斗"，唯一他欺负别人的一次是调戏小尼姑，因为小尼姑是比他更弱小的人物。这些打与欺负，就鲜明地体现出未庄的等级性质，也生动地写出了阿Q的精神面貌。而对小尼姑的调戏，还推动了故事的发展——阿Q想女人而产生了"恋爱的悲剧"。阿Q住在土谷祠里，一般的情况下未庄人是不会到他那里去的，所以鲁迅就让他在未庄的街上走，让他遇见不同的人，以构成小说的基本故事情节。

还有一点是他们间的"看"。尽管熟人见面一般会以"说"和"做"为主，但在某些特殊情况下他们之间的行为却以"看"来进行，即不用语言而是用视线来传递情感和信息。在《狂人日记》中，当"狂人"由于受到某种启示而发生了启蒙觉醒的时候，他在他周围的所谓的正常人眼中就是"疯子"，是"狂人"，他拥有的启蒙思想使他与周围的人格格不入，这样他就与那些他曾经很熟悉的人失去了对话和交流的可能。在语言交流不能进行的情况下，他与周围的人就用相互间的"看"来互相观察。前面说过，小城镇居民的日常生活是程式化和单调的，现在出了这么一个"疯子"，无疑是在他们单调乏味的生活中注入了一些刺激性的东西，因此狂人到哪儿都有很多人来围观，充当一向为鲁迅深恶痛疾的"看客"。鲁迅先生曾说过："群众，——尤其是中国的，——永远是戏剧的看客。牺牲上场，如果显得慷慨，他们就看了悲壮剧；如果显得觳觫，他们就看了滑稽剧。"① 看客的目光在觉醒的狂人看来，却含有一种"吃人"的心理在里面：

> 早上小心出门，赵贵翁的眼色便怪：似乎怕我，似乎想害我。还有七八个人，交头接耳的议论我，张着嘴，对我笑了一笑；我便从头直冷到脚跟，晓得他们布置，都已妥当了。我可不怕，仍旧走我的路。前面一伙小孩子，也在那里议论我；眼色也同赵贵翁一样，脸色也铁青。我想我同小孩子有什么仇，他也这样。忍不住大声说，"你告诉我！"他们可就跑了。

这些人本是狂人素来熟悉的，但在狂人"发疯"之后，他们就不再"熟悉"了，狂人在他们眼里是陌生的，他们在狂人眼里也是陌生的，狂人发现他们似乎想"吃人"，这是狂人在没有"发疯"时根本就发现不了的。由此，鲁迅借狂人之口喊出了"五四"时代的启蒙最强音：

> 我翻开历史一查，这历史没有年代，歪歪斜斜的每叶上都写着"仁义道德"几个字。我横竖睡不着，仔细看了半夜，才从字缝里看出字来，满本都写着两个字是"吃人"！

街头与看客的相遇恰恰是狂人思想发展（对中国社会和历史的思考和认

---

① 鲁迅. 娜拉走后怎样［M］//鲁迅. 鲁迅全集（第一卷）. 北京：人民文学出版社，2005：170.

识步步深入）的一个非常重要的阶段①，狂人的活动空间由家外慢慢缩小到屋内，也与这种相遇有密切的关系。也就是说，狂人在街上与周围的人形成的"互看"在思想上包蕴了非常丰厚的内容，在叙事上也推动了故事的发展，可以说是巴赫金所说的"事件起始之点"。《药》中，华老栓到刑场去买"药"的时候，在街上他与许多人相遇了。由于所买之"药"是死刑犯的鲜血做的人血馒头，而且这"药"在他看来能决定他儿子的生死，所以老实、胆小、爱子的华老栓没有与他们打招呼，他只是用眼睛来观察他们。众多看客在看夏瑜被杀，而华老栓在更外围看看客们看夏瑜被杀，而作者、读者则站在更外围看着这一切，这就使小说形成了一个"看/被看"的复式结构（不同于狂人与周围人的"互看"）。它既是小说的一个有机结构，也是小说叙事的一个"起点"：华、夏两家的命运在这里初次发生了联系，明、暗两条线也在这里开始展开。在《祝福》中，当丧子之后的祥林嫂再次来到鲁镇做工时，在街头她与鲁镇人的相遇就成了她向他们痛苦诉说，诉说她的凄惨遭遇，她想以此来博得鲁镇人的同情，好让鲁镇接纳她（关于这一点前面已有论证分析）。但鲁镇人只是"从祥林嫂的痛苦中感到了一种满足"，而且"不是伦理的，而是审美的满足和快感"②，鲁镇人并不真的同情祥林嫂，所以在希望得到同情和并不同情之间，也就失去了真正沟通和交流的可能性，鲁镇人和祥林嫂之间表面上是祥林嫂在说而鲁镇人在听，而实际上是"看"与"被看"的关系。在鲁镇人看来，祥林嫂的痛苦诉说是让他们感到满足和快乐的一种"表演"，因为"'看客'现象的实质正是把实际生活过程艺

---

① 王富仁先生认为狂人觉醒有三个思想层次："（一）首先一般地认识到社会吃人，周围的人吃人；（二）继之认识到他的亲人吃人，他的大哥吃人：'吃人的是我的哥哥！我是吃人的人的兄弟！我自己被人吃了，可仍然是吃人的人的兄弟！'（三）最后认识到自己也曾吃过人。这三个思想层次是'狂人'对封建思想、封建伦理道德由浅入深、由形到质、由表到里不断深化的认识过程。"（《中国反封建思想革命的一面镜子——〈呐喊〉〈彷徨〉综论》，北京师范大学出版社，1986：161，162.）而第一层次实际上是通过在街头狂人与他人相遇来完成的，并且成为后两个层次的基础，因此可以说这是这篇小说叙事的一个起点。

② 高远东：《祝福》：儒道释吃人的寓言［M］//汪晖，钱理群，等. 鲁迅研究的历史批判——论鲁迅（二）. 石家庄：河北教育出版社，2000：340.

化，把理应引起正常伦理情感的自然反应扭曲为一种审美的反应"①。这反映了鲁镇对祥林嫂的拒斥，是祥林嫂走向死亡道路上的重要一环，也是整个小说叙事中不可或缺的一个情节。

（二）"陌生人"相遇

与熟人相遇主要是"说"和"做"不同，陌生人因为在相遇前他们彼此并不认识、了解，所以他们相遇在一起时多为"看"。若对方很平常，是他们习见的，他们则看一眼后就匆匆走过；但如果对方的穿着、神情或其他方面显得有点怪异的话，那么他们就会停下来仔细地"看"，以给他们的生活增添一些谈资或调料。前面说过，中国广大的乡村与小城镇是"熟人社会"，而具有现代气息的都市则是"陌生人社会"，所以陌生人的相遇一般都发生在都市里。《示众》里，当刑警牵着一个"示众"的犯人出现后，盛夏的京城的马路上，马上就聚集起一圈看客。因为犯人和围观者的彼此陌生，所以围观者想了解犯人的各种情况，这是他们"看"的直接原因，而深层原因则是同上文所说的那样，他们想寻找一点"审美的满足和快感"，好来调节一下他们单调、无聊的生活。② 犯人看到这么多人看他，在无事可做、有刑警看着也不能说话的情况下，犯人也看起周围的看客来了，这也许是他打发这段无聊的示众时间的最好办法。所以在犯人和围观者之间就形成了一种"互看"的关系。而围观者则不仅看犯人，他们彼此间也因为偶然相遇或争抢看犯人的"地盘"而彼此"互看"。所以，"看"在这里就成为所有在场者最重要的行为方式，甚至可以说是除了争"地盘"和极少的言语外的唯一行为方式。他们一方面看别人，另一方面则被别人看，几乎每一个人都被卷入"看/被看"的视觉纠缠中。每一个人都想看出点"端倪"来，但鲁迅直到小说结束也不把这"端倪"端出来，"《示众》的最大特点在于，鲁迅造成了

---

① 高远东：《祝福》：儒道释吃人的寓言［M］//汪晖，钱理群，等．鲁迅研究的历史批判——论鲁迅（二）．石家庄：河北教育出版社，2000：340.

② 这篇小说开头，在示众的犯人出现之前，就花了5个自然段的篇幅来渲染夏日京城街道上人们生活的单调和无聊，给人一种恹恹入睡的感觉；在后文，则以一个抱小孩的老妈子说的"阿，阿，看呀！多么好看哪！"揭示了他们"看"的根本动机是"好看"。

悬念，维持着悬念，转移着悬念，但最终也没有消除这些悬念"①，他只是单纯地让小说里的人们"看"，也让我们读者"看"。"看"是这篇小说的唯一"焦点"和最大"看点"，而没有马路上陌生人的相遇，这样的"看"是无法出现的，这正是这篇小说叙事得以完成的全部秘密所在。

在《阿Q正传》中，当阿Q被捉到城里去时，他与居在城里的居民的偶然相遇也可以说是"陌生人"的相遇。一是因为城的范围远较未庄这样的小村镇大，居民人数众多，他未必每一个人都认识，即使如远近闻名的举人老爷，如果阿Q没有到他家做工，他也未必能认识他，只是听说有这么一个人而已；二是我们所说的中国近现代小城镇也是一个"熟人社会"，那基本上是针对小城镇的居民而言的，对于县城来说，阿Q不过是一个居在乡下的农民，尽管他上过几次城，但城里的绝大多数居民于他来说，仍然是"陌生"的。所以，当阿Q在县城的街头游街示众时，他与围观的人群之间，也是一种"陌生人"的相遇。在偶遇时，在阿Q押赴刑场时，他们无法用语言进行沟通，他们彼此只是用眼睛来观察对方（的陌生、新奇处）。与《示众》一样，在阿Q与看客之间，也形成了一种"互看"的关系，而麻木、冷漠、残忍的看客心理则通过阿Q对看客目光的心理感受而深刻地揭示出来：

> 阿Q于是再看那些喝采的人们。这刹那中，他的思想又仿佛旋风似的在脑里一回旋了。四年之前，他曾在山脚下遇见一只饿狼，永是不近不远的跟定他，要吃他的肉。他那时吓得几乎要死，幸而手里有一柄斫柴刀，才得仗这壮了胆，支持到未庄；可是永远记得那狼眼睛，又凶又怯，闪闪的像两颗鬼火，似乎远远的来穿透了他的皮肉。而这回他又看见从来没有见过的更可怕的眼睛了，又钝又锋利，不但已经咀嚼了他的话，并且还要咀嚼他皮肉以外的东西，永是不近不远的跟他走。这些眼睛们似乎连成一气，已经在那里咬他的灵魂。"救命，……"然而阿Q

---

① 王富仁. 中国反封建思想革命的一面镜子——《呐喊》《彷徨》综论［M］. 北京：北京师范大学出版社，1986：280.

没有说。他早就两眼发黑，耳朵里嗡的一声，觉得全身仿佛微尘似的迸散了。

阿Q的这种感觉非常类似于狂人对周围人的目光的感觉，狂人也老是觉得周围的围观者的目光里有一种吃人的力量。当围观者人数众多时，被围观者会不自觉地感到一种心理压迫，即我们常说的"众目睽睽"，而当众目睽睽的目光的出发点是事不关己、看热闹乃至冷漠、残忍的"审美"时，它就会因数量的众多而进一步由心理压迫演化成如阿Q所体味到的可怕的"吃人"力量。这是看客和看客之外的他人难以体会的，只有被围观者才能真正感受到。鲁迅曾说："社会上多数古人模模糊糊传下来的道理，实在无理可讲；能用历史和数目的力量，挤死不合意的人。"① 这里的围观者，也用众多的目光，对即将行刑的阿Q进行"精神虐杀"。这是一个典型的"看客"场景，其深刻的思想意义却通过被看者——阿Q揭示出来。"陌生人"的路上相遇、他们互看的视线碰撞则是建构这一切的全部基础。

二、"道路"形成隐喻，深化小说叙事意蕴

巴赫金在谈到"道路"时空体时曾提到了它的隐喻意义，比如生活道路、心灵道路等。就"道路"这个词语本身来说，它具有很强的隐喻性，这在东西方文学中都很常见。在中国古典文学中比较著名的有屈原在《离骚》中吟唱的"路漫漫其修远兮，吾将上下而求索"诗句（这两句被鲁迅写到了《彷徨》的扉页上），还有李白《行路难》中的"行路难，行路难！多歧路，今安在？长风破浪会有时，直挂云帆济沧海"等，屈原和李白都借实体的路的难走（"修远""多歧路"）而表达一种对人生之路永不屈服、永不停歇的探索精神。在西方，美国诗人罗伯特·弗罗斯特的《未选择的路》则是写"路"的名诗：

---

① 鲁迅. 我之节烈观［M］//鲁迅. 鲁迅全集（第一卷）. 北京：人民文学出版社，2005：129.

黄色的树林里分出两条路，
可惜我不能同时去涉足，
我在那路口久久伫立，
我向着一条路极目望去，
直到它消失在丛林深处。

但我却选了另外一条路，
它荒草萋萋，十分幽寂，
显得更诱人，更美丽；
虽然在这两条小路上，
都很少留下旅人的足迹。

虽然那天清晨落叶满地，
两条路都未经脚印污染。
啊，留下一条路等改日再见！
但我知道路径延绵无尽头，
恐怕我难以再回返。

也许多少年后在某个地方，
我将轻声叹息将往事回顾：
一片树林里分出两条路——
而我选择了人迹更少的一条，
从此决定了我一生的道路。

这首诗借树林里因道路分岔而不得不进行选择的实际情况，反映了对人生之路进行选择的艰难以及不能每条人生之路都进行尝试的惆怅，读来颇多哲理意味。作为洞彻人生的思想大师，鲁迅在《呐喊》《彷徨》中不仅写了许多本体意义上的路，还借此发挥，写到了许多具有隐喻意义的"路"。

最有名的是《故乡》结尾的一段话：

> 我想：希望本是无所谓有，无所谓无的。这正如地上的路；其实地上本没有路，走的人多了，也便成了路。

在这里，"路"成了希望的象征，鲁迅借此表达一种不管人生之路如何难走都要对未来充满希望都要坚定地走下去的人生信念。巴赫金说在《帕尔齐法尔》这类小说中道路的隐喻意义"取决于主人公的错误和堕落，取决于在他的现实道路上遇到的事情"①，这告诉我们鲁迅小说中隐喻意义上的"路"也必须与小说里人物遇到的事情结合起来分析。在《故乡》中，"我"回到了故乡，却发现故乡与自己是如此隔膜，连少年时的好友也与自己无话可说了。小说写道："我躺着，听船底潺潺的水声，知道我在走我的路。"这里的路既是实指，也是人生之路的隐喻。"我"有"我"的"路"（"辛苦展转"），闰土有闰土的"路"（"辛苦麻木"），杨二嫂一类人也有他们的"路"（"辛苦恣睢"），而这些都不是"我"所希望的人生之路，所以"我"希望找到一条新的人生道路，就像在没有路的地面上，很多人去走，就可以踩出一条路来。因此，结尾的隐喻意义上的"路"，就成了对美好希望、美好未来的象征，而希望大家都去走，则是鼓励中国人都去为这美好的未来而奋斗。在这段话之前，小说的故事基本上都结束了，但这儿的"路"的隐喻却使故事极大地拓展了意义空间，并且具有了一种形而上的哲学意蕴。

在《伤逝》中，也出现了许多隐喻意义上的"路"：

> （1）"说做，就做罢！来开一条新的路！"
> （2）她早已什么书也不看，已不知道人的生活的第一着是求生，向着这求生的道路，是必须携手同行，或奋身孤往的了，倘使只知道捶着一个人的衣角，那便是虽战士也难于战斗，只得一同灭亡。我觉得新的

---

① ［俄］巴赫金. 小说理论［M］. 白春仁，晓河，译. 石家庄：河北教育出版社，1998：445.

希望就只在我们的分离；她应该决然舍去，——我也突然想到她的死，然而立刻自责，忏悔了。幸而是早晨，时间正多，我可以说我的真实。我们的新的道路的开辟，便在这一遭。

（3）在通俗图书馆里往往瞥见一闪的光明，新的生路横在前面。

（4）我的心也沉静下来，觉得在沉重的迫压中，渐渐隐约地现出脱走的路径：深山大泽，洋场，电灯下的盛筵；壕沟，最黑最黑的深夜，利刃的一击，毫无声响的脚步……。

（5）现在她知道，她以后所有的只是她父亲——儿女的债主——的烈日一般的严威和旁人的赛过冰霜的冷眼。此外便是虚空。负着虚空的重担，在严威和冷眼中走着所谓人生的路，这是怎么可怕的事呵！而况这路的尽头，又不过是——连墓碑也没有的坟墓。

（6）我没有负着虚伪的重担的勇气，却将真实的重担卸给她了。她爱我之后，就要负了这重担，在严威和冷眼中走着所谓人生的路。

（7）她虽是想在严威和冷眼中负着虚空的重担来走所谓人生的路，也已经不能。她的命运，已经决定她在我所给与的真实——无爱的人间死灭了！

（8）新的生路还很多，我必须跨进去，因为我还活着。但我还不知道怎样跨出那第一步。有时，仿佛看见那生路就像一条灰白的长蛇，自己蜿蜒地向我奔来，我等着，等着，看看临近，但忽然便消失在黑暗里了。

（9）然而子君的葬式却又在我的眼前，是独自负着虚空的重担，在灰白的长路上前行，而又即刻消失在周围的严威和冷眼里了。

（10）但是，这却更虚空于新的生路；现在所有的只是初春的夜，竟还是那么长。我活着，我总得向着新的生路跨出去，那第一步，——却不过是写下我的悔恨和悲哀，为子君，为自己。我仍然只有唱歌一般的哭声，给子君送葬，葬在遗忘中。我要遗忘；我为自己，并且要不再想到这用了遗忘给子君送葬。我要向着新的生路跨进第一步去，我要将真实深深地藏在心的创伤中，默默地前行，用遗忘和说谎做我的前导……。

（1）是涓生被解聘后，他和子君商量着干些别的什么（如钞写、译书等）来维持生活时他们说的话，这可见出此时他们对生活还充满信心；（2）是在艰难的生活中，涓生与子君产生了裂痕，在心里他开始抱怨子君，有了与子君分开的想法；（3）是在通俗图书馆里，因为在那里读书学习，是涓生有了奋斗的渴望，他认为只要他奋斗就可以摆脱困境、找到新路；（4）是是子君走后，涓生认为他可以无所顾忌地前进了，他似乎找到了"脱走的路径"——摆脱困境的办法；（5）（6）是涓生所设想的子君返家后的遭遇；（7）是听到子君的死讯后，涓生对子君死亡的感叹；（8）是涓生再次来到会馆后，对未来的迷惘：人生的路还得走下去，但他却不知道该怎么走；（9）是涓生在回忆中所想象的子君曾走过的以为真实却无比虚空的人生之路；（10）则表达子君的死亡将是涓生在新的人生路上无法抛弃的重负，悔恨与痛苦将是他未来人生路上的永恒"伴侣"。这些"路"，无一不是隐喻意义上的"路"：人生之路，或曰生活之路。依据巴赫金的观点，路的隐喻意义与人物在现实道路上遇到的事情有关，而小说里涓生、子君遇到的是各种人生困境：因为他们的同居与当时的封建礼教不合，所以子君与家里断绝了关系，涓生被单位给解聘了，他们失去了生活下去的经济支柱；因为贫穷，他们遭遇房主的冷眼；因为经济问题，他们渐生龃龉，最后分开，最终是子君回到家里去并在冷眼中死亡，涓生则在痛苦中依然为生活奔波……在这些人生困境中，他们总想找到出路（"新的生路"），但由于大的社会环境的重压，他们因为强烈的爱而对社会的反抗，却都归于失败。我们可以清楚地看出，小说里涓生、子君的人生轨迹基本上可归结为"寻找新路"，这也是小说里绝大部分故事情节的内核，也是推动故事向前发展的根本力量。他们始终找不到新路，则充分说明鲁迅对"五四"时期青年男女追求婚姻爱情自由所做出的冷静而成熟的判断与思考。涓生、子君寻求新路的失败，正说明"人必生活着，爱才有所附丽"的真理。因此，这篇小说里众多隐喻意义上的"路"，既在叙事上把各个情节串起来并成为关键性发展动力，也在思想主旨上成为总的归结点，可以说是叙事结构和思想内容上的"双重焦点"。

第四章

《呐喊》《彷徨》空间叙事的技巧论

　　《呐喊》《彷徨》在利用空间来建构小说叙事时，采用了不少现代技巧——有的是中国传统小说很少采用的技巧，本章将着重分析这些技巧。既然"空间叙事"是分析空间与小说叙事的建构问题，因此这些技巧的一个重点就是《呐喊》《彷徨》的空间处理技巧。另一个重点是，《呐喊》《彷徨》在利用空间建构小说叙事时空间对时间的影响问题。前一个问题是空间本身的问题，后一个问题是空间与时间的关系问题，合起来就是《呐喊》《彷徨》空间叙事中的时空问题。需要我们注意的是，这些技巧分析是放在《呐喊》《彷徨》空间叙事的大框架下进行的，而不是离开这个框架单纯地讨论《呐喊》《彷徨》中的空间与时间问题，这当中的区别就在于与小说叙事的关系是否是研究空间与时间的出发点与最终归宿。另外还需要说明的是，技巧这个概念在这里是一种宽泛意义上的技巧，它不仅包含与空间叙事有关的小说局部的写作手法，更涵盖与空间叙事有关的或用于局部或用于整体的各种手段与方法。

第一节　《呐喊》《彷徨》空间叙事中的空间处理技巧

　　因为要表达的主题不同，任何一部小说与其他的小说相比，其故事发展、人物活动的空间总是大不相同的。这就带来一系列的问题：为什么这样的故事和人物一定要安排在这样的空间里？（换句话说，作家为什么要选择这样的空间来建构他的故事？）这篇小说在利用空间建构故事时，它的空间在本身的建构上与其他小说有什么不同？空间自身的表现方法又有什么不同？……这些问题合起来就是小说空间叙事中的空间处理技巧，它包括空间的选择、空间的表现和空间的控制等几个具体的方面。

一、《呐喊》《彷徨》空间叙事中的空间选择技巧

小说里的空间选择涉及两个问题，一个是地域选择问题，另一个是具体的建筑空间的选择问题，实际上就是一大一小的问题。地域选择是从大的地理范围内进行空间选择，如在世界范围内是选择美国还是中国，在中国范围内是选择北京还是四川，在地理条件下是选择草原还是高山，等等。建筑空间选择是在一个具体的地域确定以后进一步选择更加具体的人物活动空间，如人物是生活在北京的小胡同里还是生活在北京的王府大院里，是生活在一个小村子里还是生活在一个小镇上，再进一步还可具体化为故事发生、人物活动是在屋子里面还是屋子外面。这些选择，它们不是任意、随便的，而是作者的一种精心安排。这种精心安排的根本出发点，就是作者的创作目的。法国思想家萨特说："小说家的美学观点总是要我们追溯到他的哲学上去。批评家的任务是要在评价他的写作方法之前找出作者的哲学。"① 萨特所说的"作者的哲学"实际上就是指小说家要借他的小说表达他对社会、人生的看法，这个看法将从根本上决定包括小说的空间选择在内的美学观点、写作方法等问题。我们要研究鲁迅小说，同样要用这样的方法。王富仁先生也说："所以一个研究鲁迅的，不论写什么题目，都实际上在阐述一种观念，一种与鲁迅的思想有某种联系的观念。"② 那么，鲁迅创作小说的宗旨是什么呢？鲁迅自己曾多次在他的文章中谈到这个问题：

---

① ［法］让-保罗·萨特. 福克纳小说中的时间：《喧嚣与骚动》［M］//李文俊. 福克纳评论集. 北京：中国社会科学出版社，1980：159.
② 王富仁. 中国文化的守夜人——鲁迅［M］. 北京：人民文学出版社，2002：5.

所以我们的第一要著，是在改变他们的精神，而善于改变精神的是，我那时以为当然要推文艺，于是想提倡文艺运动了。

——《呐喊·自序》

要画出这样沉默的国民的魂灵来，在中国实在算一件难事，因为，已经说过，我们究竟还是未经革新的古国的人民，所以也还是各不相通，并且连自己的手也几乎不懂自己的足。我虽然竭力想摸索人们的魂灵，但时时总自憾有些隔膜。在将来，围在高墙里面的一切人众，该会自己觉醒，走出，都来开口的罢，而现在还少见，所以我也只得依了自己的觉察，孤寂地姑且将这些写出，作为在我的眼里所经过的中国的人生。

——《集外集·俄文译本〈阿Q正传〉序及著者自叙传略》

既不是直接对于"文学革命"的热情，又为什么提笔的呢？想起来，大半倒是为了对于热情者们的同感。这些战士，我想，虽在寂寞中，想头是不错的，也来喊几声助助威罢。首先，就是为此。自然，在这中间，也不免夹杂些将旧社会的病根暴露出来，催人留心，设法加以疗治的希望。但为达到这希望计，是必须与前驱者取同一的步调的，我于是删削些黑暗，装点些欢容，使作品比较的显出若干亮色，那就是后来结集起来的《呐喊》，一共有十四篇。

——《南腔北调集·〈自选集〉自序》

自然，做起小说来，总不免自己有些主见的。例如，说到"为什么"做小说罢，我仍抱着十多年前的"启蒙主义"，以为必须是"为人生"，而且要改良这人生。我深恶先前的称小说为"闲书"，而且将"为艺术的艺术"，看作不过是"消闲"的新式的别号。所以我的取材，多采自病态社会的不幸的人们中，意思是在揭出病苦，引起疗救的注意。

——《南腔北调集·我怎么做起小说来》

后来我看到一些外国的小说，尤其是俄国，波兰和巴尔干诸小国的，才明白了世界上也有这许多和我们的劳苦大众同一运命的人，而有些作家正在为此而呼号，而战斗。而历来所见的农村之类的景况，也更加分明地再现于我的眼前。偶然得到一个可写文章的机会，我便将所谓上流社会的堕落和下层社会的不幸，陆续用短篇小说的形式发表出来了。原意其实只不过想将这示给读者，提出一些问题而已，并不是为了当时的文学家之所谓艺术。

——《集外集拾遗·英译本〈短篇小说选集〉自序》

从这几段鲁迅自述的文字可以清楚地看出，他创作小说的目的是想对中国人的灵魂进行暴露和改造，这里的一个前提是他认为中国社会是一个病态社会，中国人都是些具有病态人格的人。所以他要用手中的"金不换"，把他的这些启蒙思想，清楚地、有力地表现出来。因此，他关心的是中国人的精神世界，是中国人陈腐、落后、愚昧、麻木的灵魂的最深处，是到近代已几近僵化、老死的封建文化的积垢的最深处——这一切都决定了他要在小说中建构起能够反映中国人精神世界的"精神事件"，而不是与之相对的"客观事件"。① 这就决定了鲁迅在寻找他的表现对象时，他势必会把目光投向封建文化传统最厚重、最积重难返的地方。在中国，这样的地方无疑是接受欧风美雨最晚、交通不发达的极偏僻的广大乡土农村地区。上海、北京等大都市是接受西方思想文化最早、最开放的地方，相对来说这里的封建思想文化控制已有一定程度的松动，而广大的农村、小城镇则依然是一片黑暗，腐朽的封建思想文化仍是人们头脑里的统治思想，人们精神上的病态较物质上的贫困更为严重。所以，有着丰富空间经历的鲁迅——少年儿童时期在绍兴、青年时期先到南京后到日本、回国后到杭州到北京——一提笔写小说，

---

① "精神事件"和"客观事件"并没有绝对的界限，它们的区别仅在于反映人的精神世界的程度不同："精神事件"是那种能够直接地透视人物灵魂并且达到一定深度的事件，有时它的外在行为性不强，如《祝福》中"我"在河边遇到祥林嫂就是一个精神事件，从"我"和祥林嫂的对话中能够看到祥林嫂的灵魂深处，也能展现"我"的心理世界，但在实际的可见行为上并没有发生什么，也没有产生什么可见的行为后果；"客观事件"尽管也能见出人物的灵魂，但它是间接的，而且是在很浅的层次上表现人们的精神世界的，人们更关注的是它的可见行为效果，如《水浒传》里鲁达三拳打死镇关西就是一个"客观事件"。

首先想到的就是并非大城市的乡村和小城镇，具体地说就是他的家乡绍兴一带的江南水乡。也就是说，鲁迅创作的出发点、他要叙述的故事决定了他的地域选择首先是绍兴而不是他实际创作的地点——北京，也不是他待了长达七年的日本。同样留学日本的郁达夫写了很多关于中国留学生在日本生活的小说，鲁迅则一篇也没有写，这不能不说与他始终关注最广大的中国普通民众的精神重负有关。留学生也有这样那样的精神病态，但与乡土中国的农民身上的精神病态相比，显然不够典型也不够沉重。

鲁迅选择绍兴，另外一个很重要的原因当然是因为那里是他的故乡，他非常熟悉那里的一切，尤其是对那里人们的精神世界有着深刻的洞察。鲁迅在 18 岁到南京读书之前，他一直生活在绍兴。就是出去以后，还多次返乡。他本成长在绍兴城内，又因母家在农村，所以有机会接触周围的农村。对于故乡，鲁迅有着极为复杂的感情。一方面，他对故乡极为眷恋，我们来看《朝花夕拾·小引》中的一段文字：

> 我有一时，曾经屡次忆起儿时在故乡所吃的蔬果：菱角、罗汉豆、茭白、香瓜。凡这些，都是极其鲜美可口的；都曾是使我思乡的蛊惑。后来，我在久别之后尝到了，也不过如此；惟独在记忆上，还有旧来的意味存留。他们也许要哄骗我一生，使我时时反顾。

他对故乡风物是满怀深情的，这种深情也见之于他回忆故乡的一些小说中，如《社戏》里的水乡看戏、《故乡》里与闰土的交往，等等。但鲁迅在故乡时，故乡的人们也给他留下了一些不愉快甚至痛苦的经历。这些鲁迅在《呐喊·自序》里隐约提到过，"有谁从小康人家而坠入困顿的么，我以为在这途路中，大概可以看见世人的真面目"。在《集外集·俄文译本〈阿Q正传〉序及著者自叙传略》说得稍稍具体些："听人说，在我幼小时候，家里还有四五十亩水田，并不很愁生计。但到我十三岁时，我家忽而遭了一场很大的变故，几乎什么也没有了；我寄住在一个亲戚家，有时还被称为乞食者。"这些少年儿童时期的经历，给鲁迅造成了很大的精神创伤，20 世纪 20

年代到北京后在他写的小说里，他还借魏连殳之口写到了亲戚本家想夺他家房产逼他签字画押的情景："我父亲死去之后，因为夺我屋子，要我在笔据上画花押，我大哭着的时候，他们也是这样热心地围着使劲来劝我……"这些都不能不造成他对家乡的负面认识，有论者甚至说："他对家乡的'仇恨'一生没有消减。"① 因此，故乡对鲁迅来说，无论是美好的还是让他痛苦的，都一样刻骨铭心。尤其是使他痛苦的那些事，更使他敏感，更使他彻底地看到了中国人真正的精神世界。作家童年的经历对他的精神人格具有决定性的影响，同样，鲁迅的故乡也是缠绕他一生的梦魇。当他离开故乡后，对故乡的印象不但没有淡化，反而愈加强烈、清晰。法国思想家巴什拉说："我们童年的历史并未标有在心理上的日期。日期是人们在事后加上的；日期来自于其他的人，其他的地方，其他的时代而并非那亲身体验过的时代。日期来自那正逢人们讲故事的时候。"② 当身在北京的鲁迅受到钱玄同鼓动的时候，他关于故乡的记忆应该就会浮现出来并且被慢慢放大吧！对于一向主张写自己熟悉的生活的鲁迅来说③，最终的结果，是它们变成了绝大部分鲁迅小说的极好素材。

前面曾说过，在《呐喊》《彷徨》中以绍兴水乡为空间蓝本的小说，表现得非常明显的有 11 篇，不太明显的有 4 篇。在《呐喊》《彷徨》中出现的另外一个地域空间是北京，在《呐喊》中有 4 篇，在《彷徨》中有 6 篇，分量在逐渐增加。这与鲁迅小说关注的重点渐渐变化有关系。"五四"高潮期他关注的是农民的精神世界，抱有非常明确的启蒙目的，所以目光基本上集中在江南水乡的小城镇上。到"五四"落潮后，他发现社会上的一切都似乎

---

① 黄乔生. 度尽劫波——周氏三兄弟 [M]. 北京：群众出版社，1998：199.

② ［法］加斯东·巴什拉. 梦想的诗学 [M]. 刘自强，译. 北京：生活·读书·新知三联书店，1996：133.

③ 前面几段引文中出现的"我的眼里所经过的中国的人生""历来所见的农村"都已说明了这一点。另外，鲁迅在《上海文艺之一瞥》中也谈到了类似的观点："但我以为这是因为作家生长在旧社会里，熟悉了旧社会的情形，看惯了旧社会的人物的缘故，所以他能够体察；对于和他向来没有关系的无产阶级的情形和人物，他就会无能，或者弄成错误的描写了。"

没有什么变化，启蒙的理想也渐渐破灭，这时他关注的重点悄悄转移到与他有类似经历的启蒙知识分子普遍存在的迷惘、彷徨的精神状态上来，相应的空间也集中到启蒙知识分子生活的城市里来。这种转移，仍然是鲁迅关注人的精神世界的结果。

在具体的建筑空间的选择上，《呐喊》《彷徨》也服从于鲁迅精神叙事的需要。也就是说，无论是江南水乡也好，是北京也好，鲁迅选择的建筑空间都是最能形成精神事件的空间。哪些建筑空间是最能形成精神事件的地方？无疑，是最能使人物暴露或自己主动袒露灵魂的地方，而人物暴露或自己主动袒露灵魂的最好方式就是让他"说"——各种方式的"说"，包括包蕴着丰厚心理内容的人物对话，袒露心迹的日记、书信，还有联想、回忆、心理活动等。因此，在《呐喊》《彷徨》中，鲁迅使用最多的空间就是能使人物"说"的空间。茶馆、酒店让人物充分展开对话，单四嫂子在家里思念儿子，N先生到"我"的寓里来谈"头发的故事"，"我"回到故乡后在家里回忆闰土与"我"的过去，阿Q在土谷祠里用精神胜利法"疗伤"和想象革命，"我"在鲁四老爷的家里回忆祥林嫂的一生，吕纬甫在酒楼上言说自己的内心世界，高老夫子在家里进行想象，"我"与魏连殳在他的客厅里展开对话，涓生在会馆里写下自己的"悔恨和悲哀"，张沛君在自己的寓所里用梦幻暴露了自己自私的灵魂……我们注意到，这些空间的一个共同特征就是它们的封闭性，它们都属于室内空间。封闭的室内空间大小有限，在多人的情况下人的空间距离被拉近了，他们间就有更多的对话、言说机会；在仅有一人的情况下，空间的封闭性也在一定的程度上割断了人与外部世界的联系，人会更倾向于打开自己的心灵，展开丰富的思想活动。也许，在某种程度上，外在的建筑空间与人内在的心理空间是成反比的，《狂人日记》里狂人活动的实体空间越来越缩小、越来越闭塞，但他的心理活动却也越来越激烈，反省也越来越深刻，似乎可以印证这一点。王富仁先生曾说："外部时空的狭小性与内部时空的开阔性的结合，是《呐喊》《彷徨》结构艺术的特征之一。"① 的确，狭小而封闭的室内空间在《呐喊》《彷徨》中是最主要的。但由于人类活动的流动性、丰富性，《呐喊》《彷徨》中也存在少量的室外空间，最多的就是前面分析过的"道路"。道路制造了人们的"偶遇"，熟人的偶遇也会形成心理内容丰富的对话，而陌生人的偶遇则是"互看"，互看中也见出国民的劣根性来。这些封闭的室内空间的另一特点是它们的"一隅性"，即不完整性。它们不仅相对于北京、绍兴这样的大的地域空间来说只是一隅，就是对于单个的建筑来说，它们也只是一隅。如狂人的家，鲁迅并不做整体上的表现，而只是写到大门、书房等几个局部空间。鲁四老爷的家，也只是表现书房，其他局部空间是怎样的鲁迅都不去管它。这样选择（写）的用意也是服从于刻画精神事件的需要：只要把能够体现人的精神世界的空间展示出来就行了，这与鲁迅一贯的"力避行文的唠叨，只要觉得够将意思传给别人了，就宁可什么陪衬拖带也没有"② 的为文主张是一致的。

二、《呐喊》《彷徨》空间叙事中的空间表现技巧

从小说的空间叙事来看，《呐喊》《彷徨》中的空间在小说文本中具体表现出什么特点？这个问题的答案就是《呐喊》《彷徨》空间叙事中的空间表现技巧。前面谈到的封闭的室内空间和"一隅性"都是空间自己的特点，这里谈的是文本表现空间的特点，它是立足于我们读者对文本的观察和思考而得出的结论。

《呐喊》《彷徨》空间叙事中的空间表现技巧之一就是空间表现的场景化、画面化。前面曾谈到过，依据美国小说理论家利昂·塞米利安的看法，"一个场景就是一个具体行动，就是发生在某一时间、某一地点的一个具体事件；场景是在同一地点、在一个没有间断的时间跨度里持续着的事件。它是通过人物的活动而展现出来的一个事件，是生动而直接的一段情节或一个

---

① 王富仁. 中国反封建思想革命的一面镜子——《呐喊》《彷徨》综论 ［M］. 北京：北京师范大学出版社，1986：370.

② 鲁迅. 我怎么做起小说来 ［M］//鲁迅. 鲁迅全集（第四卷）. 北京：人民文学出版社，2005：526.

场面。场景是小说中富有戏剧性的成分，是一个不间断的正在进行的行动"①，我们发现场景里的空间是与时间、事件紧密联系在一起的，它已与它们融合为一个完整的有机体而不再仅仅是它们自己。另外，场景在实际上是一个动态过程，有时间发展和事件的持续，所以在这种情况下，空间也是动态表现出来的。② 换句话说，《呐喊》《彷徨》里的空间，往往不是被作为一个独立的对象被静止地表现出来的③，而是与人和事的行为、变化结合在一起而表现出来的。在这种情况下，空间被隐含在场景中，似有若无，不细心体察，空间的存在就会因注意力被事件吸引而隐匿不见。如在《阿Q正传》中，酒店是阿Q活动的一个重要空间，但小说并未对这个酒店的大小规模、布局结构等专门做静止的说明，它一出现在小说里，就与人和事密不可分地结合在一起。我们来看小说里关于酒店的两个场景：

　　那是赵太爷的儿子进了秀才的时候，锣声镗镗的报到村里来，阿Q正喝了两碗黄酒，便手舞足蹈的说，这于他也很光采，因为他和赵太爷原来是本家，细细的排起来他还比秀才长三辈呢。其时几个旁听人倒也肃然的有些起敬了。

　　但阿Q这回的回来，却与先前大不同，确乎很值得惊异。天色将黑，他睡眼蒙胧的在酒店门前出现了，他走近柜台，从腰间伸出手来，满把是银的和铜的，在柜上一扔说，"现钱！打酒来！"穿的是新夹袄，看去腰间还挂着一个大搭连，沉甸甸的将裤带坠成了很弯很弯的弧线。未庄老例，看见略有些醒目的人物，是与其慢也宁敬的，现在虽然明知

---

① ［美］利昂·塞米利安. 现代小说美学［M］. 宋协立，译. 西安：陕西人民出版社，1987：6-7.

② 这一点与场景的"空间性"并不矛盾，场景的"空间性"是指由于场景的"故事时间"和"叙述时间"大体相等，因而读者在阅读时感觉不到时间的流动而形成一种空间的感觉，这里的空间的动态表现是指场景中的空间是通过与时间的发展、事件的持续结合在一起而表现出来的。

③ 很多中外小说都是这样来表现空间的，如雨果的《巴黎圣母院》开头就用很长的篇幅对巴黎圣母院进行无故事情节的、静止的介绍，当然这种写法与空间的场景化写法并无优劣之分，应该说是各有优长，服从于不同的写作目的而已。

道是阿Q，但因为和破夹袄的阿Q有些两样了，古人云，"士别三日便当刮目相待"，所以堂倌，掌柜，酒客，路人，便自然显出一种疑而且敬的形态来。

　　第一个场景是酒店在小说中第一次出现，阿Q喝酒暗示出这是在未庄的酒店里，第二个场景同样没有对酒店进行介绍，只是用"酒店门前""柜台""堂倌、掌柜、酒客"等把酒店这一空间点出来。酒店的具体情况作者似乎并不在意，而这一点我们有经验的读者也完全可以依据自己的生活经验把它补充完整，在自己的大脑中勾画出酒店的空间形象。另外，酒店是伴随着人物的行动出现的，人物走到那儿才会提到有这么一个空间：酒店是阿Q到酒店喝酒才出现的，静修庵是阿Q在路上遇到小尼姑以及到那儿偷萝卜才出现的。同样，四铭的家是四铭回到家才出现的，高老夫子的家是他在家里胡思乱想才出现的，学校是他走到学校才出现的……这些空间的实际形状、大小等物理特征鲁迅都不向我们作介绍，他也不关心这些东西，他只是把这些空间与人、事紧密结合起来形成场景，以这种方式来表现。离开了场景，这些空间在小说中就没有存在的必要，就会消失。

　　另外，由于场景具有空间性特征，它同时也在读者的脑海里能够唤起画面的形象，因此与场景密不可分的空间还呈现出画面化的倾向。当然，这种画面化不是一种简单的平面化画面，而是一种动态的、立体的画面。如当我们想起《在酒楼上》的酒楼时，我们脑海里就会浮现出"我"与吕纬甫对饮的画面，一提到咸亨酒店我们就会想到众人嘲笑孔乙己的画面，一提到《阿Q正传》的土谷祠也会让我们想到阿Q躺在床上进行心理活动的情景，而北京的街头也总是能唤起"示众"的图景想象……

　　但是，在《呐喊》《彷徨》中，并不是所有的空间都形成如塞米利安所定义的场景，在特定的情况下，空间可以在没有人和事参与的情况下被独立地介绍出来，形成一种电影里的"空镜头"（scenery shot）① 式的空间画面。在这种情况下，其画面化更为直接、显在。与电影里空镜头有写景、写物的两种类型一样，《呐喊》《彷徨》里的空镜头式空间画面也有两种，各举一例。

写景：

> 时候既然是深冬；渐近故乡时，天气又阴晦了，冷风吹进船舱中，呜呜的响，从蓬隙向外一望，苍黄的天底下，远近横着几个萧索的荒村，没有一些活气。

写物：

> 我回到四叔的书房里时，瓦楞上已经雪白，房里也映得较光明，极分明的显出壁上挂着的朱拓的大"寿"字，陈抟老祖写的，一边的对联已经脱落，松松的卷了放在长桌上，一边的还在，道是"事理通达心气和平"。我又无聊赖的到窗下的案头去一翻，只见一堆似乎未必完全的《康熙字典》，一部《近思录集注》和一部《四书衬》。

写景画面反映的空间是"我"的故乡，写物画面反映的空间是鲁四老爷的书房，如电影里空镜头的表现方法一样，鲁迅对景物空间运用的是全景、

---

① 《中国大百科全书·电影》对"空镜头"是这样解释的："影片中没有人物只有景物的镜头。空镜头有写景与写物之分。写景的往往用全景、远景，通常叫作风景镜头；写物的大都用特写、近景。空镜头是电影艺术的特有的表现手段，一般具有 3 个功能：介绍故事发生的环境（如'华灯初上的马路''寂静的山林''炊烟缭绕的村庄'等）；表现故事发生的时间（如'朝霞''夕阳''月夜'等）；作用于人物的情绪。出色的空镜头，通过形象的画面，唤起观众的联想，借景抒情，从而烘托和揭示人物的内心世界与感情变化。空镜头可用来调节影片的节奏，如短促、动荡的空镜头，可以在观众心理上造成某种紧迫感，舒缓、稳定的空镜头，能使节奏变得稳定起来。空镜头的运用，不只是单纯描写景物，而是把客观的景物与主观情绪结合起来，向观众灌注作者态度的一种手段。"（中国大百科全书·电影 [M] .北京：中国大百科全书出版社，1991：232.）

远景，进行的是整体上的观照，而对写物空间则采用的是特写、近景，突出其中的几件事物——"寿"字、对联和几本书。这些空镜头式空间画面，与场景式空间的表现技巧一样，也是在人物到了这一空间后才被表现出来的，只不过此时人物并没有以自己的行为参与进去，所以它们显得更"静态"一些。但它们与电影里的空镜头一样，并没有脱离人物的控制，而是为折射人物的精神世界服务。这一点，会在下文中仔细分析。

《呐喊》《彷徨》空间叙事中的空间表现技巧之二是与第一点密切相关的。上文说过，鲁迅在表现小说里的空间时，他并没有关注这些空间的规模大小、形状布局等外在的、可见的物理性质的东西，那么他关注的是什么呢？他关注的是这些空间的社会维度，即它们能够反映人物精神面貌的内在性质。如果一个空间能够积极地、深刻地反映出人物的思想状态、灵魂世界，那么它就会进入鲁迅的小说，而其外观则无足轻重；反之，如果一个空间尽管形式上很美，但不能由此透视人物的灵魂，鲁迅则会把它大方弃去，它进入不了鲁迅的小说世界。鲁迅这样选择的目的，仍然服从于他要表现中国人的灵魂因而要叙述发生在中国人身上的精神事件这个总的创作原则和目的。所以，空间在《呐喊》《彷徨》中表现出来的也是它们的"社会性"，或者说是"精神气质"，它们的实际物理性质尽可能地被降到了最低，或者干脆不予表现。《呐喊》《彷徨》的这种空间表现技巧，我称之为"遗貌取神"。

那么，《呐喊》《彷徨》里空间的"神"是什么呢？应该说，每一个具体空间的"神"都有这样那样的不同，但由于鲁迅对中国社会、中国人有一个总体上的而且是相对稳定的认知，所以这些空间的"神"在有具体差异的前提下还是有一些相同的东西，一个相对稳定的内核。这个内核又是什么呢？逄增玉先生认为是"荒村"性：

> 作为"五四"新文学奠基和开山之作的鲁迅小说，启蒙主义是最主要的创作动机和目的追求，由此导致了其忧愤深广的反封建主题——对属于封建主义思想文化范畴的伦理道德观念、家族礼教制度和由此形成的习俗人心，进行了深刻痛切的发掘与批判，因此鲁迅小说被称为"反

封建思想革命的镜子"。为寄托和承载这样的思想动机和追求，鲁迅小说主要选择和营造了中国封建主义政权解体前后的乡村和小镇的空间意象。这些具有浙东地域色彩的乡村或乡镇虽然凝聚了鲁迅的家乡记忆、童年体验和人生经历，有现实真实的基础和影像，但更是一种主观化、符号化的"虚拟"的空间存在和意象，是为了表达和寄托心中之意而有意"虚造""虚设"的符号之"象"。因此，鲁迅笔下的"故乡"和"鲁镇"，少有历代文人笔下的江南水乡的轻灵俊逸和生机盎然，而是"苍黄的天底下，远近横着几个萧索的荒村"。沉郁、萧索、破败、压抑的"荒村"，是鲁迅小说中封建主义的传统思想和规范占统治地位的中国乡村、乡镇意象的基本内涵和色调，封建主义的传统思想和规范的绝对统治与"荒村"意象，构成了必然性的联系。在这样的空间环境里存在的更具体的空间事物和现象，如《药》里的茶馆，《孔乙己》里的酒店、《阿Q正传》里的土谷祠，《故乡》里的"瓦楞上长着断茎的枯草"的老屋，《祝福》里鲁四老爷的书房，《离婚》里七大人的轩屋客厅，《风波》里的临河土场，与总体的"荒村"意象构成了内在的精神联系，是"荒村"意象的具体的符号因子和具象存在。①

　　逢增玉先生的这段分析实在透彻，《呐喊》《彷徨》里的众多空间意象的确呈现出他所说的"荒村"色调。这段话里非常关键的一句是"封建主义的传统思想和规范的绝对统治与'荒村'意象，构成了必然性的联系"，逢先生在这里的意思似乎是说"封建主义的传统思想和规范的绝对统治"就造成了"荒村"的结果。但这一面，似乎是《呐喊》《彷徨》里的众多空间意象的外在色调，是我们今天的读者或如小说里的"我"一样的现代启蒙知识分子才能从这些空间意象看出来的色调。它们更为内在的东西，应该是它们作用于生活于其间的人们的精神气质。对于生活于其间的人们来说，这些空间更像是鲁迅所说的"铁屋子"。

---

① 逢增玉. 现代文学叙事与空间意象营造 [J]. 文艺争鸣，2003（3）.

　　"假如一间铁屋子，是绝无窗户而万难破毁的，里面有许多熟睡的
人们，不久都要闷死了，然而是从昏睡入死灭，并不感到就死的悲哀。
现在你大嚷起来，惊起了较为清醒的几个人，使这不幸的少数者来受无
可挽救的临终的苦楚，你倒以为对得起他们么？""然而几个人既然起
来，你不能说决没有毁坏这铁屋的希望。"

　　这是《呐喊·自序》里的一段著名文字，经常被人们引用。鲁迅在这儿
借与金心异（钱玄同）的对话，非常清楚地表明了他对中国社会的基本判
断：中国社会就是一个大的闷死人的"铁屋子"，里面的人多在"昏睡"，只
有少数"清醒"者。而在鲁迅看来，毁坏"铁屋子"的希望是极为渺茫的，
显然他的结论是悲观的。但无疑，鲁迅把他的这一思想灌注到了《呐喊》
《彷徨》里的众多空间当中，这些空间的根本精神气质和社会维度就是"铁
屋子"。可以说，《呐喊》《彷徨》里的众多空间在精神气质上形成了一个
"铁屋子"谱系，都是"铁屋子"的具体表现。敬文东先生曾对鲁迅小说里
的"铁屋子"进行过深刻的分析，他认为"铁屋子""既是整个中国现实境
遇的一个缩写、一个简称，又是整个中国文化在新的历史境遇面前一个按比
例微缩而成的、挺立在纸面上的'实物'"，是"中国现实（无论是实存的
现实还是文化的现实）一个绝妙的比喻"。他进一步分析道："实际上，在鲁
迅看来，除了极少数对铁屋子有所了解和异常愤怒的先觉者，绝大多数中国
人，从来都是促成铁屋子的生成的主力军。群众就是'铁屋子'光荣而勤劳
的建设者，是'铁屋子'的意识形态自觉或不自觉的先进生产者。"① 敬文
东先生在这里语含讽刺，却也非常机警地说出了鲁迅小说的一个基本"事
实"：这些"铁屋子"空间不仅是用建筑材料建起来的，更是用众多普通民
众的腐朽、落后的思想观念堆出来的。因此我们就看到了围观狂人的"看客"，
看到了孔乙己在咸亨酒店里的笑声中死去，看到祥林嫂在鲁镇的祝福喜庆中死
去，也看到了子君的死和涓生的悔恨、痛苦……他们无论是生活在乡村还是城

---

① 敬文东. 从铁屋子到天安门——关于二十世纪前半叶中国文学"空间主题"的札记
　　［J］. 上海文学，2004（8）.

镇都市，无论是在酒店还是在路上，他们碰到的都是由周围人们的腐朽思想编织的精神压迫之网，结果是要么像祥林嫂、子君、孔乙己那样被"闷死"，要么就是像单四嫂子那样在痛苦中走上死路，或者像吕纬甫、涓生那样陷入深深的痛苦和迷惘中不能自拔。应该说，"荒村"和"铁屋子"都可以成为《呐喊》《彷徨》里的众多空间意象的精神表征，但从与生活在其间的人物的关系来看，显然"铁屋子"要更为形象、直观，也更为接近它们的精神内核一些。

因此，鲁迅在表现《呐喊》《彷徨》里的空间时，就会注意表现那些最能展示人们的精神世界，也最能作用于人的精神世界的空间，他要展现出这些空间的"吃人"性质，因为他从根本上要写的是关于中国人的"精神事件"。在构筑人物的活动空间时，他必须构筑出人物活动的"精神空间"，所以他笔下的空间很少见出外在的物理形态的东西，更多的是能够透视人的精神世界的老例、风俗习惯、对落后思想的遵从、对话、心理活动，等等，这些东西不仅被投影到外在的建筑空间上，并且已与它们融为一体，在实际的文本效果上已成为共生共存的关系。鲁迅对中国社会的精神认定，就决定了当他把目光投向他非常熟悉的故乡时他能够选取的也只是符合他这种认定的"精神空间"，如闭塞、落后而等级秩序鲜明的未庄，冷漠而充满迷信气息的鲁镇，冷漠、麻木、残酷的咸亨酒店……历代文人所描写的"杏花春雨江南"等空间意象在他的小说里就从来没有出现过，代表江南水乡特色的小桥流水也很少正面表现，有的倒是"船从黑魆魆中荡来"（《阿Q正传》）的可怖情景。总而言之，对《呐喊》《彷徨》里的空间，鲁迅注重的是"精神"表现，是符合他的"铁屋子"判断的精神表现。

三、《呐喊》《彷徨》空间叙事中的空间控制技巧

既然鲁迅在表现《呐喊》《彷徨》里的空间时采取的是"遗貌取神"的叙事策略，那么这些空间的"神"又是通过哪些更为具体的技巧而表现出来的？这是一个很复杂的问题，应该包含多方面的解读（如人物、事件、风俗习惯等），我在这里仅分析其中的与空间叙事密切相关的一个小的方面，即叙事中对空间的控制技巧。空间的控制，说得简单点就是你在叙事中用什么

来控制一个空间，或者说这一空间由谁来控制。一个空间由谁来控制在小说叙事中是由谁来看这个空间即关于空间的视点问题，用什么来控制空间是用什么感觉（听觉、视觉、情绪、心理等）来控制这个空间的问题。

空间不是空荡荡的，它总被什么东西充斥着，这些充斥的东西作用于我们的感觉，就形成我们对空间的感觉认识。一般来说，一个具体的空间会全方位地从听觉、视觉、嗅觉等各个方面被我们感知，但小说里的空间，因作家要达到既定的艺术目标，这些艺术空间就会被略去某些感觉同时突出另外一些感觉。当艺术作品里的某一空间的某些感觉被突出、放大时，我们读者就会有这一空间被这些感觉控制住了的阅读体验。创作目的不同，选择控制空间的感觉自然不同。鲁迅要叙写"精神事件"并达致暴露落后国民性的创作目的，因此他在《呐喊》《彷徨》中就选择了极易显出空间的精神气质的感觉来控制小说里的空间。如《孔乙己》中鲁迅就一直用"笑声"控制着咸亨酒店这一空间，"笑声"中就见出这一空间的冷漠性质来；再如《狂人日记》《示众》里的人们的互看也折射出这些空间的精神面貌，是视觉控制了它们；在《故乡》《伤逝》里，则由人物的情绪笼罩了他所看到的空间，实际上是一种空间的情绪控制。但总体上来说，空间的感觉控制只是在一部分小说里表现明显，而在部分小说里表现不明显，或者说它受几种感觉的综合控制因而哪一种也凸显不出来，所以对这部分小说也不便于进行研究。对感觉控制表现明显的那部分小说，也因感觉控制各不相同而难以归类综合分析，所以我们重点分析《呐喊》《彷徨》空间叙事中对空间进行视点控制的技巧。

视点（point of view）是叙事学中一个非常重要而且常用的概念，又译"观察点""叙述观点"或"观点"。较早明确界说视点这一术语的是珀·路伯克。他说："小说技巧中整个错综复杂的方法问题，我认为都要受视点问题——叙述者所站位置对故事的关系问题——调节。""视点明确地包含在作品中，当视点能在作品中加以辨认、加以检验时，那么，作品的各个部分就都经过同样的精心推敲并塑造出来了。"（《小说技巧》）路伯克考察了第一人称、第三人称、内在的、外在的、全知的等各种视点在小说中的运用。这些形成了西方批评中考察视点的传统。在这个术语中包括了"看"（谁看、位置）和"说"（谁说、态度）两个主要方面。罗吉·福勒说："视点，即作者对其叙述者、人物（和其他内容要素）以及假设的读者的修辞姿态。""这个词有两层含义：原初意义指审美感知，更重要的意义则是指观念形态。它首先类似于视觉艺术的'观察位置'，即观察表现对象的角度……它规定理想的观赏者必须采用某一特定的观察位置。与此相仿，在文学文本中，作者必须根据他所表现世界的内容来规定自己和读者的位置。""这种规定包括时间和空间的定位。作者或他的叙述者要么远在天边，要么近在眼前；要么充当史料的编纂者，要么充当目击者。""视点的第二层含义，即对表现对象的态度和看法，在小说结构中更重要。叙事文本以其措辞来表示叙事声音，是隐含说话者对内容采取的方法，对读者作出的姿态的语气。"因为语言"不允许我们'说某事'而不表示对它的态度。当我们说话或写作的时候，我们遣词造句都引起听众和读者共鸣，抒发我们只能部分控制的内在意蕴。尽管小说家的创作过程是缓慢而细致的，但他同无拘无束、随心所欲的交谈者一样，也要承受表意的压力"。（《语言学与小说》）茨维坦·托多洛夫则侧重从"看"的方面阐说这一术语：视点"即人们赖以观察事物的角度和观察的质量（比如正确的或错误的、片面的或全面的）"。因为"构成故事环境的各种事实从来不是'以它们自身'出现，而总是根据某种眼光、某个观察点呈现在我们面前的"，所以"视点问题具有头等重要性确是事实。在文学方面，我们所要研究的从来不是原始的事实或事件，而是以某种方式被描写出来的事实或事件。从两个不同的视点观察同一个事实就会写出两种截然不同的事实。一个物体的各个方面都是由为我们提供的视点所决定的"。他还指出："文学作品的视点与读者的感知活动并无关系，却与作品内部所反映的、并且以特定方式完成的感知有关。"由视点所完成的感知方式包括"对于作品所反映事件的主观或客观的认识""视点的广度（或角度）及其深度或透视的程度"，等等。（《文学作品分析》）华莱士·马丁综合了诸多批评家的讨论，做出如下概括。一、视点"是叙事的规定性特点"，"被作为从作者到读者的叙事交流的一个方面来看待"。二、"这个术语泛指叙述者与故事的关系的所有方面。视点包括距离（细节和意识描写的详略，密切还是疏远）、视角或焦点（我们透过谁的眼睛来看——视觉角度），以及法国人所谓的声音（叙述者的身份与位置）。"三、"视点不是作为一种传送情节给读者的附属物后加上去的，相反，在绝大多数现代叙事作品中，正是叙事视点创造了兴趣、冲突、悬念乃至情节本身。"四、视点"构成一个人对待世界之方式的一组态度、见解和个人关注"。（《当代叙事学》）① 从这些理论家对视点的论述来看，视点涉及作家、读者、作品三者间的复杂关系，单就作品来说，它也涉及人、事以及作品的其他构成因素是如何被"看"到的问题。我们在这里，只研究鲁迅小说里的"空间"是被谁看到的问题。

在《呐喊》《彷徨》中，鲁迅经常采用的一个技巧就是让作品里的人物来看作品中的空间。这是一种内视点的观察方法，与之相对的是全知全能的外视点观察，即空间同其他构成要素一样完全是通过小说叙述人叙述出来的，读者与作品里的空间只隔着一个叙述人，而内视点观察则是在叙述人和作品里空间之间还加了一双眼睛——小说里某位人物的眼睛。我们来看下面两段与空间有关的文字：

　　秋天的后半夜，月亮下去了，太阳还没有出，只剩下一片乌蓝的天；除了夜游的东西，什么都睡着。华老栓忽然坐起身，擦着火柴，点上遍身油腻的灯盏，茶馆的两间屋子里，便弥满了青白的光。

　　老栓也向那边看，却只见一堆人的后背；颈项都伸得很长，仿佛许多鸭，被无形的手捏住了的，向上提着。静了一会，似乎有点声音，便又动摇起来，轰的一声，都向后退；一直散到老栓立着的地方，几乎将他挤倒了。

前一段文字写的空间是华家茶馆，是通过叙述人写出来的，就如同舞台上的戏剧表演一样，观众和表演之间可以直视无碍，显得很客观，用的是外

---

① 王先霈，王又平主编. 文学理论批评术语汇释 [M]. 北京：高等教育出版社，2006：371-372，"视点（point of view）"词条.

视点观察；后一段文字是老栓的眼里看到的众多看客看夏瑜被杀头的情景，它反映的空间是丁字街口的刑场，用的是内视点观察。这里尽管没有写老栓看到这一切而产生的心理活动，但随着观看范围的缩小（由看老栓及他周围的空间缩小到只看老栓注意到的，把老栓排除在外），读者的注意力集中了，因此老栓看到的一切于读者、于老栓来说，就像电影里的特写镜头一样被放大了，这个被放大了的东西就会让读者的视觉多停留一下，并思索这背后的意义：作者为什么要把这个放大？老栓、读者注意到这一点意味着什么？答案就是这一空间场景表达了鲁迅对中国人的"看客心理"的极端愤恨！鲁迅显然是借老栓及读者对这一场景的关注，从围观者看夏瑜被杀的丑态（借站在他们后面的老栓之眼显示出来）中看出或者体味到中国国民的麻木、愚昧、不觉悟的精神状态。由此，这一空间场景事实上，或者说在文本效果上就变成了一个折射中国人灵魂的精神空间场景。

这是一种在全文大部分空间都由叙述人来"看"（叙述）而部分空间从某一人物的眼睛来看的内视点类型，它的特点是人物看到这一空间场景后叙述人并没有写出他由此产生的心理活动——他把这一任务交给"理想读者"① 去完成。这一类型中的另一情况是某一空间不仅由某一小说人物的眼睛看出，更写到了人物由看到的空间所引起的心理反应、情绪变化，因此这一外在的空间就进入人物的内心世界而被主观化，人物对空间的"看"也

---

① 理想读者（ideal reader）是由作者或批评家根据文学作品的预期效果得以实现而设想出来的读者类型。用汉斯·罗伯特·姚斯的话来说："理想读者不仅具备我们今天可及的一切有关文学史的知识，还能够有意识地记录任何审美印象，并反过来印证文本的效果和结构。"（《阅读视野嬗变中的诗歌文本》）沃尔夫冈·伊瑟尔在《阅读行为》中对这一概念进行了详尽的剖析，他认为，理想读者纯粹是一种虚构之物。……但是，伊瑟尔承认，理想读者这一概念是有用的，有时还是必需的。例如，"当文本难于理解时，'理想读者'常常被邀请出来——人们希望他会解开文本的秘密，如果不存在奥秘，那他就不会产生。事实上，这就是这一特殊概念的真正必要性。"伊瑟尔的结论是：理想读者"是一种纯粹的虚构之物，没有现实的基础；但正是这一点使他相当有用。作为虚构物，他能弥补在任何关于文学效果与反应的分析中不断出现的缺陷，不管他被邀请出来解决什么问题，人们可以根据希望赋予他各种各样的特性"。（王先霈、王又平主编. 文学理论批评术语汇释［M］. 北京：高等教育出版社，2006：519-520，"理想读者（ideal reader）"词条 .）

183

因他精神世界的变化而实际上成为一个"精神事件"。比如在《离婚》这篇小说中,它有两个空间(航船和慰老爷家的客厅)和在这两个空间的基础上形成的两个空间场景(船上对话和客厅里的离婚过程),第一个空间和场景用的是全知全能的外视点,到第二个空间和场景,小说更多的是借爱姑的眼睛来看它们,还写到了爱姑看到这一切后产生的心理活动:

> 客厅里有许多东西,她不及细看;还有许多客,只见红青缎子马挂发闪。在这些中间第一眼就看见一个人,这一定是七大人了。虽然也是团头团脑,却比慰老爷们魁梧得多;大的圆脸上长着两条细眼和漆黑的细胡须;头顶是秃的,可是那脑壳和脸都很红润,油光光地发亮。爱姑很觉得稀奇,但也立刻自己解释明白了:那一定是擦着猪油的。
>
> ……她打了一个寒噤,连忙住口,因为她看见七大人忽然两眼向上一翻,圆脸一仰,细长胡子围着的嘴里同时发出一种高大摇曳的声音来了。"来——兮!"七大人说。她觉得心脏一停,接着便突突地乱跳,似乎大势已去,局面都变了;仿佛失足掉在水里一般,但又知道这实在是自己错。立刻进来一个蓝袍子黑背心的男人,对七大人站定,垂手挺腰,像一根木棍。全客厅里是"鸦雀无声"。七大人将嘴一动,但谁也听不清说什么。然而那人,却已经听到了,而且这命令的力量仿佛又已钻进了他的骨髓里,将身子牵了两牵,"毛骨悚然"似的;一面答应道:"是。"他倒退了几步,才翻身走出去。爱姑知道意外的事情就要到来,那事情是万料不到,也防不了的。她这时才又知道七大人实在威严,先前都是自己的误解,所以太放肆,太粗鲁了。她非常后悔,不由的自己说:"我本来是专听七大人吩咐……。"

爱姑是一个普通的没有多少文化的村妇,平常是少与七大人这样的城里老爷接触的,因此用她的眼睛来看七大人的种种行为,就具有了"陌生化"的叙事效果,显得非常真实、新奇而有趣。同时,小说也借爱姑对七大人行为的"陌生",写到了爱姑由此产生的心理反应:感到一种心理上的威压,一种不能不服从、也不得不服从的心理倾向，所以最后爱姑"糊里糊涂"地接受了离婚就有了合理的解释。一向桀骜不驯的爱姑在看到七大人的"古怪行为"后就离了婚，这本身就说明爱姑的"看"包蕴着丰富而深刻的思想意义，它让人意识到像爱姑这样的农民身上根深蒂固的封建等级观念和奴化意识，也让人看到了封建地主阶级是如何借助于种种手段对农民进行思想、文化的控制和奴役的。爱姑的"看"，在文本意义上来说，它的"精神事件"性质远甚于"行为事件"性质。类似人物的"看"还有《阿Q正传》里几次阿Q的"看"，他看到辛亥革命爆发后未庄人"慌乱的神情"，看到了未庄人对他喊"造反了"而显出的"惊惧的眼光"，看到县城衙门里大堂上的各种人物，看到了观看他游街示众的人们的目光，这些阿Q所看到的空间与场景，反过来又引起了他在行为和心理上的反应，并从这些反应中见出阿Q的精神世界来。因此，这些空间的内视点控制为小说精神事件的形成提供了一个必要的条件。

由全知全能的外视点到内视点，这些小说里的视点在不知不觉中发生了"视点移动"，这一技巧从根本上是服务于鲁迅叙写"精神事件"的需要的。如果说叙述人的"看"（叙述）在读者和文本之间划了一道边界（或者说是为文本设置了一个类似于画像相框的东西），并把文本里的世界与读者生活的现实世界区别开了的话，那么，文本内部某一人物的内视点观察则在文本内部又设置了一个"边界"（或"相框"），它把"看"到的空间、部分和文本其他的空间、部分也区别开来。这种边框设置意味着对这一空间、部分的凸显，它们会更多地引起读者的注意和思考，这同样有助于"精神事件"的形成。

《呐喊》《彷徨》中另一个对空间进行控制的内视点类型是整篇小说里所有的空间都是通过某一人物的眼睛去看、去观察的，这主要表现为《呐喊》《彷徨》中的第一人称叙事小说，如《狂人日记》《孔乙己》《故乡》《社戏》《祝福》《在酒楼上》《孤独者》《伤逝》等。大家都知道，《呐喊》《彷徨》里的很多小说都是鲁迅依据自己的亲身经历写出来的，而写自己的亲身经历的最好办法就是用第一人称来叙述，这是"一种精巧的、比其他方式有影响的方法"①。在这些小说中，由于"我"的主观情绪，"我"所看到的空间不可避免地被主观化了；反过来，"我"所看到的空间，有时也会引起"我"的心理、情绪的变化，形成一个内外互动的关系，其文本效果就是：要么"我"的心理活动有助于揭示，或者干脆直接显示了所看到的空间的思想、文化意义；要么在外在空间进入"我"的心理世界后引起"我"的精神变化而揭示出"我"的精神状态；要么上述两种情况同时出现。两种情况同时出现的如《故乡》的开头，"我"看到萧索的"荒村"时"禁不住悲凉起来"，由"我"看到的外在空间引起情绪、心理的变化；同时，因为"我"回乡"本没有什么好心绪"，所以"我"看到的空间也被涂抹上一层悲凉的色调。这样，空间的情绪化和情绪的空间化，就注定了"我"这次回乡的重心将是一次"精神之旅"，而不是一次简单的"行为之旅"。"我"的心理活动显示了"我"所看到的空间的思想、文化意义，最明显的表现，是在《在酒楼上》和《孤独者》两篇小说中。因为"我"与吕纬甫在S城一起生活过，有类似的经历并且曾经非常熟悉，所以"我"看到吕纬甫到一石居酒楼来喝酒，看到吕纬甫看见废园里斗雪盛开的梅花、山茶时闪出"射光"时，就能明白其中的意义。这当中"不足为外人道也"的意义是除"我"之外的他人所无法了解也无法明白的，酒楼、废园、边喝酒边诉说的吕纬甫必须在"我"的注视下才呈现出精神意义。《孤独者》里魏连殳的客厅也是在"我"的目光注视下呈现出来的一个空间，因为"我"与连殳同为启蒙知识分子，所以在"我"渐渐了解他的思想状况后就慢慢地看出他在客厅里的一系列"古怪"的行为背后的真正思想动机，因此客厅也就有了真正的为作者所期待的意义。小说里大良、二良的祖母不明白这些则反证了这一点。鲁迅在这里似乎要说的是，"五四"落潮后启蒙知识分子的痛苦、彷徨、迷茫只有借同为一代人的启蒙知识分子的眼睛才能得到非常真切的表达。看到外在空间而引起"我"的情绪、心理的变化在《狂人日记》和《伤逝》中表现最为

---

① 雷纳·韦勒克（也译作勒内·韦勒克）语，转引自王先霈，王又平主编. 文学理论批评术语汇释 [M]. 北京：高等教育出版社，2006：384，"第一人称叙事 (first-person narrative)"词条.

突出。狂人在路上、街上以及自己家里看到众多的"吃人"目光后,他就开始了追问、联想、反思,有了非常剧烈的思想活动。涓生看到会馆,看到图书馆,看到子君离开后的家时,都有不同的情绪、心理变化,这些变化就形象而深刻地表现出一个失败的现代知识分子的痛苦灵魂。

《呐喊》《彷徨》中的第一人称空间控制在《孔乙己》中表现得远较上述诸小说要复杂。这篇小说里的"我"在小说里具有双重身份,一个是二十年前的咸亨酒店里的小伙计,另一个是二十年后已经长大成人的"我"。小说在进入叙述时分明是现在的"我","这是二十多年前的事,现在每碗要涨到十文"就证明了这一点。有论者说:"'孔乙己是站着喝酒而穿长衫的唯一的人'这样准确的特征概括,'孔乙己是这样的使人快活,可是没有他,别人也便这么过'这样深刻的人生感叹,都不是一个十几岁的小孩所能说出来的话。"① 但当小说进入具体的空间并形成空间场景时,小说的视点马上变为二十年前的小伙计。有时小伙计还似乎隐匿消失,只有一班酒客和咸亨酒店的掌柜在那里嘲笑孔乙己,小说局部似乎变成了全知全能的外视点叙事。换句话说,小说在叙事中不断地玩弄着"视点转移"的技巧。当小说以二十年前的小伙计的眼光去看咸亨酒店时,与《藤野先生》里提到的在观看幻灯片时除了日本学生的欢呼外"在讲堂里的还有一个我"一样,此时的小伙计也被列入对孔乙己进行精神戕害的人群之中。他对周围人对孔乙己的嘲笑不仅没有干涉、阻止(当然他也无力干涉、阻止),反而加入嘲笑的队伍之中,以此来调剂他单调和因受咸亨掌柜和酒客呵斥而形成的压抑生活。作为一个涉世不深的少年,他应该有一颗爱心,他理应对孔乙己抱有同情。但在咸亨酒店这样一个冷漠空间里,显然他被这种环境"同化"了,"'不介入'的旁观者是从众者"②,他也由"不介入"的旁观者到事实上的"介入者""从众者",他是咸亨酒店里对孔乙己进行精神上的、以众凌寡的"群众暴力"的人群中的一分子。这反映出咸亨酒店这一冷漠空间对一个十几岁的

---

① 李友益.《孔乙己》的空间形式及其历史性误读 [J].鲁迅研究月刊,1994 (1).
② [美] 埃利奥特·阿伦森.社会性动物 [M].郑日昌,张珠江,等译.北京:新华出版社,2001:46.

少年的心灵浸染和毒害，显现出它深刻的"铁屋子"特征。这样，小说就借本应有爱心却同他人一样冷漠的小伙计的眼睛，展现出咸亨酒店是一个多么冷漠的世界，在无尽的冷漠中，中国国民冷酷、麻木的精神世界也就得到了生动的体现。但这一当年小伙计的视点，被包在由小说开头和结尾出现的两个"现在"形成的长大成人的、现在的"我"的视点之中。现在的"我"对二十年前的事还历历在目，说明"我"对咸亨酒店记忆很深刻，这种记忆深刻的潜台词就是对当年的事情有了另一种价值判断。也就是说，现在的"我"再看当年的事情时就觉得自己那样做（参与嘲笑孔乙己）是不对的，众酒客和咸亨掌柜也不对。现在的反省和批判意识才使他在回忆当年的咸亨酒店、孔乙己时突出了人们精神上的冷漠，反过来对这种精神冷漠的刻画又暗示了现在的"我"对孔乙己的同情，对麻木、冷漠的国民的批判。二十年前的小伙计的视点，有助于显示人们的冷漠，现在的"我"的视点则形成了反向的批判与同情，这就使咸亨酒店这一空间显示出双重的精神格调，并最终完成了一个内蕴丰富的"精神叙事"。

第二节　《呐喊》《彷徨》空间叙事中的空间与时间

时间是物质运动的持续性，空间是物质运动的广延性，一定的事物总是存在于一定的时间和空间之中。同时，在我们人类的现实世界中，时间与空间又结合得如此紧密，它们在事实上不可分割，一定的时间总是一定空间的时间，而一定的空间也总是存在于一定时间内的空间。时间与空间的关系问题是我们人类哲学、思想、文化等领域里最为复杂的问题之一，这一点同样存在于反映人类生活、反映人的思想情感的文学艺术中。就小说来说，它也存在着时间与空间的复杂纠葛。它是一门叙事艺术，无论它的情节淡化到什么程度，就一般的情况来说，与人有关的事件仍然是它的叙事基础，而事件它总是存在于一定的时间和空间内，它里面的人物也必须生活在一定的时间和空间内。我们常说小说是一门时间的艺术，在一般的情况下这一说法包含有两个意思：一是小说所运用的语言媒介，必须排列成一个线形序列，才能完成对一个故事的叙述，也就是说，这些语言媒介是在时间序列里一个接一个地被作家写出来同时也是这样被读者阅读和欣赏的，它的表述和接受都依赖时间；二是指小说的基础——事件或故事，它们都是建立在时间的基础之上的，它们的发生、发展都表现为时间的持续。这种说法自然有它的道理，但无意中却造成了对小说与空间的关系的忽略与遮蔽。我们人类的感知似乎难以同时注意时间和空间，换句话说，我们经常在注意到时间时忽略了空间，或者在注意到空间时忘记了时间。"走马观花"的结果是看不清楚花，要仔细欣赏花还得驻足细看，前者赢得了时间却失去了空间，后者得到了空间却会忘记时间。福柯说："对所有那些将历史与进化的旧图式、生存的延续性、有机的发展、意识的进步或存在的规划混同起来的人来说，使用空间的词语看起来就具有一种反历史的气息。如果有人开始用空间的词语来谈论问题，那么，这就意味着他对时间充满敌意。"① 美国文学理论家戴维·米切尔森依据海森伯测不准原理②也得到了一个类似的文学推论："一个作者可以精确地描写一个主题的速度（时间）或者位置（空间），但是不能二者并举。测量它们的准确性是成反比例的，因为它们在任何一种维度上的获得是与在其他维度上的失去相称的。"③ 日常生活现象和福柯等人的话似乎都能印证，我们在关注小说是时间的艺术时相对忽略了它与空间的密切关系。在一定的意义上，我们也可以说小说是一门"空间的艺术"。这一说法同样也有两个意思：一是小说作品本身也是一个空间存在，就像一本书，它有自

---

① ［法］米歇尔·福柯．关于地理问题［M］//阎嘉．文学理论精粹读本．北京：中国人民大学出版社，2006：135．

② 海森伯是德国物理学家、哲学家，他的"测不准原理"又叫"不确定性原理"，该原理表明：一个微观粒子的某些物理量（如位置和动量，或方位角与动量矩，还有时间和能量等），不可能同时具有确定的数值，其中一个量越确定，另一个量的不确定程度就越大。测量一对共轭量的误差的乘积必然大于常数 $h/2\pi$（h 是普朗克常数）。这个原理是海森伯在 1927 年首先提出的，它反映了微观粒子运动的基本规律，是物理学中的一条重要原理。

③ ［美］戴维·米切尔森．叙述中的空间结构类型［M］//秦林芳，编译．现代小说中的空间形式．北京：北京大学出版社，1991：166．

己的空间形状，同时，小说里的文字一行一行地排列起来也呈现出空间性质；二是小说里的人和事总必须落在一定的具体空间里。小说里的空间问题，一点也不亚于小说里的时间问题。曹文轩先生说："我们说小说是时间的艺术，是从小说形式而言的。而从小说所要关注的、最终作为自己内容的那一切来看，空间问题却又成了它基本的、永远的问题。既然它所关注的对象无法离开空间，那么它也就无法抛弃空间。并且，恰恰因为小说在形式上属于时间艺术，因此，空间问题反而在这里变得更加引人注意了：作为时间艺术的小说究竟如何看待空间，又如何处理空间？空间问题就成了小说家的一门大学问。"①小说中的空间问题势必会引起人们越来越多的关注和重视，本论文运用的"空间叙事"概念就是对小说叙事研究的重点从时间转向空间的一次尝试。

空间叙事研究是从空间的角度来研究小说的叙事是如何被建构起来的，因此空间自然成为研究的焦点。但由于空间与时间的密不可分，我们在研究空间时不能不涉及时间，反之，我们对时间的研究也有助于我们更好地认识小说里的空间。与以前单纯关注小说里的时间不同，当我们在空间叙事的前提和框架中来研究小说中的时间时，实际上是要研究小说里的空间与时间的互动关系。

一、压缩时间、突出空间：《呐喊》《彷徨》的基本时空特征

《呐喊》《彷徨》里的小说都是短篇小说②，"短篇小说是用最经济的文学手段，描写事实中最精彩的一段或一方面……譬如把大树的树身锯断，懂植物学的人看了树身的横断面，数了树的年轮，便可知道这树的年纪"③，

---

① 曹文轩. 小说门［M］. 北京：作家出版社，2002：170.
② 也有人认为《阿Q正传》是中篇小说，实际上它也不过两万三千字左右，依据我们对长篇小说（十万字以上）、中篇小说（通常在三五万字之间，最多也不超过十万字）、短篇小说（三五千字到一二万字之间）的习惯分类标准，它应该算作是稍长的短篇小说。
③ 胡适. 论短篇小说［M］//中国新文学大系・建设理论集（影印本）. 上海：上海文艺出版社，2003：272.

短篇小说多是"截取生活的横断面",因此它写的故事的时间跨度就不会很长。长篇小说则相反,因为它要写出人物的成长、发展,或事件的发展历程,所以它往往选择大的时间跨度,它的时空特征是时间发展占主导地位,空间被裹挟入了时间的急流中,其核心是发展、变化和流动。而短篇小说,由于时间跨度的短小,依据时间与空间的"反比例"原理,它就必须由空间的详细描绘来弥补,也就是说,在短篇小说里,空间就得到了更多的关注和表现。它强调的不是发展、变化,而是空间的静态展示;占主导地位的也不是时间,而是空间,时间由于被包容到空间里去而成为构成小说叙事的一个次要因素。王富仁先生说:"长篇小说和短篇小说虽然都是小说,但二者差别极大。如果说短篇小说是空间性的,那么,长篇小说就是时间性的。短篇小说也在时间的流动中组织情节,但最终给你的还是一种空间的感觉。"①短篇小说的空间性的形成,与故事时间的短促和空间表现的丰富、突出是分不开的,实际上二者也是相辅相成的。鲁迅是杰出的短篇小说大师,他的《呐喊》《彷徨》的空间性也极为明显。

(一)《呐喊》《彷徨》对时间的压缩

《呐喊》《彷徨》对时间的压缩最明显的一种方法就是尽量控制故事的时间跨度,也就是说,把故事的时间段尽可能降到最低。如《明天》这篇小说,它所写的故事的时间跨度只有三个晚上、两个白天;在《风波》里,故事的主体部分只不过是吃一餐晚饭的时间;《白光》里陈士成的故事也只有从下午到晚上的半天时间;《祝福》里的时间只有三天,《在酒楼上》也只是一餐饭的工夫,《幸福的家庭》《肥皂》《长明灯》《示众》《高老夫子》《离婚》等小说里的故事时间都不超过一天。时间被高度集中了,其发展、变化的可能性也就被降到了最小。

第二种方法是在《呐喊》《彷徨》的一部分小说里,尽管有一定长的时间跨度,但小说仅选取其中的几个时间点来叙述,这一时间跨度之内的其他时间,则都被省略了。这样的写法,实际上是叙写一个人的几个生活片段,

---

① 王富仁. 中国文化的守夜人——鲁迅 [M]. 北京:人民文学出版社,2002:233.

或一个较长故事的几个部分、阶段，其他未写出来的部分则需要读者去补足。而在每一个片段或部分、阶段，故事时间仍然是很短暂的，可以说被压缩成一个时间点——它没有时间上的延展性，而只有空间上的拓展性。比如，在《狂人日记》里，狂人从发病到康复应该是一段不短的时间，但作者只用了狂人的十三则日记来表现狂人的心理状态，以达到"意在暴露家族制度和礼教的弊害"① 的启蒙目的。这十三则日记实际上是狂人在发病期间在十三个时间点上的心理记录，故事时间极短，几乎没有什么发展变化，但同时又在空间上进行了深入的心理开掘。再如《孔乙己》中，关于孔乙己的故事应该是一个很长的时间跨度，但小说仅选取了他到咸亨酒店的几个场景就写尽了他的一生。《药》的时间跨度是头年的秋天到第二年的清明，但小说也就选取了三个时间点来建构叙事：夏瑜被杀时老栓"买药"，茶馆里小栓吃"药"、茶客"谈药"，清明上坟，而前两个时间点也被集中在从清晨到上午的半天时间内，从这两个时间点到清明这大段时间在小说里被全部略去，成为时间线条上的空白。再如《故乡》，"我"的返乡之旅大概有十几天之多，但小说也仅选择了三个时间点来建构叙事：母亲与"我"的谈话触动了"我"对闰土的回忆，"我"见杨二嫂，"我"见闰土，发生在其他的时间点上的人和事都没有写出来。而且，几个时间点之间的联系是很松散的，过渡也是很随意的，有时则被完全取消了。这在长篇小说中是很少见的，长篇小说在大多数情况必须交代这一时间点是怎么由上一时间点发展来的，此时过渡交代就起着非常重要的上下勾连的作用。缺少它们，故事就显得线索不清，读者也会疑窦丛生了。短篇小说却因此在不影响主题表达的前提下节省了文字，而且突出了作者希望突出的那一部分。

第三种方法是对发展、变化的漠视或取消。时间显示自己存在的最好方式就是发展、变化，当没有发展、变化时，时间的重要性和意义就被大大降低了。《呐喊》《彷徨》里的大部分小说，人物性格和心理特征从小说开始到小说结束就一直没有什么变化，他们都是些"静态"人物，因而他们在小说

---

① 鲁迅.《中国新文学大系》小说二集序［M］//鲁迅. 鲁迅全集（第六卷）. 北京：人民文学出版社，2005：247.

里的存在就不依赖于时间，而依赖于空间。如阿Q，从出场到消失，他身上的阿Q性格就从来没有变过，小说写的，也是他的阿Q性格在不同的具体情景下的生动展现。这篇小说的前半部分的几个场景并没有一个具体而明确的时间刻度，多以"有一回""每每""有一年"等表示常态情景的时间词语出现，因而它们无法被拉成一条表示向前发展的"直线"，时间在这种情况下就没有了意义。《狂人日记》里的十三则日记之间，《孔乙己》里的几个场景之间，都是这样。在《风波》《头发的故事》《在酒楼上》等几篇小说里，则以没有什么行为动作上的变化来显示故事时间的不重要，人们就在那儿说，而所说的一通也没有引起实际上的什么后果，说完就完了，因而它就是一个孤立的东西，它不依赖于发展，也不需要发展。还有几篇小说，则在小说开头就把结果拿出来，减少读者对故事结局，也就是对小说发展的期待。如《狂人日记》在正文的十三则日记前有一段文言的小序，它把与这十三则日记有关的前因后果都交代出来，这样读者在阅读时就不太会关注狂人最后康复了没有，而是把他们的注意力集中到狂人"发狂"本身上来。换句话说，他们关注的是细节（与空间有关），而不是发展、变化（与时间有关）。《孔乙己》《社戏》《伤逝》等小说则立足于所有事件已全部完成的当下回忆，《故乡》《祝福》《在酒楼上》等"返乡"小说开头的回乡就暗示了再次离开的必然，也就是说，小说的结局是早就确定好了并且读者也知道的。在结局确定的前提下，文本必然把叙述的重心放到返乡的细节上，而不会去追求如何向结局发展。读者在接受小说时同样如此。

（二）《呐喊》《彷徨》对空间的突出

当《呐喊》《彷徨》里的各篇小说的时间被高度压缩时，它们的空间就必须承载更多的东西，当承载了丰富内容的空间在小说里出现时，这一空间在小说里就具有较时间更突出的地位。换句话说，小说里的空间的突出不是说它本身被刻画得多么鲜明、形象、有特点，而是说它以丰富的承载突出了自己。同追求故事情节的长篇小说相比，《呐喊》《彷徨》里的空间承载了更多的内容和信息，它们不像长篇小说里的空间，在简单的叙述之后就很快地被裹入了故事发展的时间之流，相反，它们是让故事时间一碰到它们就停止下来，然后对自己的各方面进行仔细地叙写。由于《呐喊》《彷徨》的创作目的是暴露中国人落后的国民性，所以中国人的精神状态、思想意识是《呐喊》《彷徨》里的空间承载的核心内容。然而又不止如此，《呐喊》《彷徨》里的空间还包裹进了许多其他的东西。

我们来看《孔乙己》里的"咸亨酒店"这一空间承载了哪些内容：

> 鲁镇的酒店的格局，是和别处不同的：都是当街一个曲尺形的大柜台，柜里面预备着热水，可以随时温酒。做工的人，傍午傍晚散了工，每每花四文铜钱，买一碗酒，——这是二十多年前的事，现在每碗要涨到十文，——靠柜外站着，热热的喝了休息；倘肯多花一文，便可以买一碟盐煮笋，或者茴香豆，做下酒物了，如果出到十几文，那就能买一样荤菜，但这些顾客，多是短衣帮，大抵没有这样阔绰。只有穿长衫的，才踱进店面隔壁的房子里，要酒要菜，慢慢地坐喝。

> 我从十二岁起，便在镇口的咸亨酒店里当伙计，掌柜说，样子太傻，怕侍候不了长衫主顾，就在外面做点事罢。外面的短衣主顾，虽然容易说话，但唠唠叨叨缠夹不清的也很不少。他们往往要亲眼看着黄酒从坛子里舀出，看过壶子底里有水没有，又亲看将壶子放在热水里，然后放心：在这严重监督之下，羼水也很为难。所以过了几天，掌柜又说我干不了这事。幸亏荐头的情面大，辞退不得，便改为专管温酒的一种无聊职务了。

《孔乙己》全文不足三千字，作者却在开头以近四百字的篇幅来介绍咸亨酒店和"我"当年工作的情况，而此时主要人物孔乙己还没有出场。从孔乙己这一面来说，他的故事还没有开始，所以此时的故事时间实际上为零。但这段近乎无发展无明显时间刻度的叙述文字，却包蕴着惊人的丰富信息：一是对鲁镇酒店的布局做了一风俗画式的介绍；二是对人们因社会地位、贫富的不同而采取的不同喝酒方式和占用的不同空间做了一个介绍，突出了社会的等级差别；三是写出了"我"与掌柜的关系，"我"被认为"不能干"

因而受到掌柜的轻视；四是写到掌柜与顾客的关系，对长衫主顾他要"侍候"，对短衣帮则是羼水欺骗，短衣帮则是"严重监督"；五是"我"与短衣帮的关系，他们也轻视"我"，对"我"是"唠唠叨叨缠夹不清"；六是点明咸亨酒店的变化（酒价涨了），却在变化中暗示了它在二十年后依然存在，即没有变化的一面。从这些信息当中，我们看到了江南水乡的风俗，看到了中国传统社会森严的等级结构，看到在近现代中国人与人之间的冷漠、自私与不信任，看到了"卖者—商品—买者三者关系的结合形式"①，也看到了中国社会和思想文化的"超稳定"性，以及在"我"的回忆中包蕴的种种复杂的感情。这些信息的核心是中国人麻木、冷漠、互不信任的精神世界，这就为下文孔乙己来到这一个冷漠的空间做了必要的精神氛围上的准备。当孔乙己出场后，"严肃"的、互相提防的咸亨酒店里就马上笑声一片，刚才还互有隔阂的掌柜、酒客、"我"一下子就泯灭了界限，都加入到嘲笑孔乙己的大军中来。孔乙己呢？则在这里偶尔"摆阔"，经常炫耀读书人身份，偶尔显出善良，经常表现出迂腐，他的思想状态、性格爱好等各方面都被展现出来。而短衣帮和掌柜的麻木、冷酷，丁举人的狠毒，"我"的被环境濡染而产生的与少年人不相称的冷漠、麻木，以及现在对当年的反省……都集中到这一空间里来了。在这里，咸亨酒店既是一个表现故事的背景空间，也是一个展现人物的舞台空间；既是一个实体空间，也是一个精神空间；既是刻画孔乙己的空间，也是表现掌柜、酒客、"我"的空间；既是一个表现"我"对孔乙己冷漠、没有同情心的空间，也是一个表现"我"有爱心、同情孔乙己的空间；既是表现孔乙己善良的空间，也是表现他迂腐的空间；既是表现孔乙己要面子的空间，也是表现他没有面子的空间……这惊人的信息量，就使咸亨酒店这一空间被凸显出来，故事时间在这里也就没有多大的价值和意义了。

咸亨酒店承载的丰富信息，在与别的小说里的酒店相比中我们会看得更清楚。优秀长篇小说《水浒传》里存在着大量的酒店，它们与小说故事的发

---

① 王富仁. 中国文化的守夜人——鲁迅［M］. 北京：人民文学出版社，2002：209.

展、人物的命运有着非常密切的联系。有论者甚至这样说："《水浒传》中的主要事件，基本与酒店有关。可以说，没有酒店，便没有《水浒传》。"① 但这些酒店，它们只承载着"作为事件场所"的功能，并很快被淹没于小说向前发展的时间之流中。如第三回写到" 鲁提辖拳打镇关西"一节，鲁智深与史进、李忠在潘家酒店喝酒时遇到了金翠莲父女，结果是鲁智深送走金家父女后将镇关西打死。潘家酒店在这里仅是一个故事发生的场所，它让鲁智深遇上金家父女，并最终形成了鲁智深命运的一次转折。至于潘家酒店里的其他人物，他们的精神状态，掌柜与伙计的关系……这些内容小说都没有让这一酒店承担。更重要的是，潘家酒店只是鲁智深命运发展中的一个"点"，这个"点"引出了下一个点，并最终与众多的其他的点连接成一条向前发展的直线。因此，它仅作为事件发生的一个场所而存在，当事件完成时，它的使命也就完结了，在故事的向前推进中，新的空间很快出现，它则被很快遗忘，人们记住的是鲁智深打死镇关西的事件，而不是这一空间。咸亨酒店则不然，它不仅作为事件的场所存在，而且作为其他众多信息的承载存在。它的作用也不是要引出下一步的行动、下一个空间，它要表现的是它自己本身。它也没有淹没在故事发展的时间急流中，而是把故事时间拦住了，让时间停下来。孔乙己的性格、思想、精神状态总是与咸亨酒店连在一起的，再没有别的什么空间能让我们如此深刻地认识孔乙己。在一定的意义上，孔乙己已与咸亨酒店结为一体、不能分割了。

　　《呐喊》《彷徨》里的其他空间，也是如此。《故乡》里的"故乡"这一空间，既是记忆中的美丽故乡，也是现在破败的故乡；既是实体存在的故乡，也是精神上的故乡；既有闰土过去的活泼、可爱，也有闰土现在的麻木、迂腐；既有闰土农民式的困苦，也有杨二嫂式的小市民的灰色人生；既有"我"回到故乡的亲情温暖，也有离别故乡的忧伤……故乡这一空间不是为另一新的空间做准备的，它就在那里慢慢地、细致地展现出自己的各个方面。同时，它也在表现自己的各个方面中被凸显出来，成为远较故事时间重

① 王彬．水浒的酒店［M］．北京：中国三峡出版社，1997：3．

要得多的叙事因素。总而言之，《呐喊》《彷徨》里的空间由于各方面都得到展现而承载着异常丰富的信息量，它也借这种丰富的信息承载而突出了自己，成为小说叙事中的主导因素。本书的题目"《呐喊》《彷徨》的空间叙事"也暗含有在建构小说叙事中，空间具有比时间更重要的作用的意思。需要特别说明的是，这并不意味着故事时间的可有可无。正如布鲁斯东所说的："为着艺术的目的，时间和空间归根结底是不可分的。指出某一元素的从属性，并不等于说这一元素就是无关紧要的。"①

二、《呐喊》《彷徨》里的空间对时间的改造

在压缩时间和突出空间的过程中，《呐喊》《彷徨》里的时间和空间也存在着复杂的互动关系。如果我们以空间为考察对象的话，那么这种互动关系就表现在两个方面，一是空间对时间的表现，另一个是空间对时间的改造。

截至目前，我们谈论的《呐喊》《彷徨》里的时间，还只是小说里的故事时间，而实际上在小说里还有另外一个时间：叙述时间。故事时间是指小说里从故事开始到故事结束所经历的客观物理时间，如《故乡》里从"我"回到故乡到离开大概有十几天时间，《肥皂》写的就是晚饭前后的一段时间。而叙述时间，它是以小说文本的实际长度来作为衡量标准的，就是说，篇幅长的小说叙述时间就长，篇幅短的小说叙述时间就短，一部三百页的小说我们就可以说它的叙述时间为三百页，而它可能用三百页的篇幅叙述了一个实际时间跨度三十年的故事，也可能叙述了一个时间跨度为三天的故事，还可能叙述了一个仅有三小时的故事。叙述时间的长短与故事时间的长短无关，它只决定于小说篇幅的长短。因此，在小说里就存在两个时间系统，一般情况下，这两个时间系统是错位、不一致的，就是说经常会出现一年的故事时间只用一句话的篇幅就表现了，或者是一个早晨的故事时间却花了十几页的文字。哪些故事时间需要用大量篇幅来进行重点表现，哪些故事时间可以匆

① ［美］布鲁斯东．从小说到电影［M］．高骏千，译．北京：中国电影出版社，1981：68.

匆带过或者完全省略，这都取决于作者要表达的主题。但这两个错位的时间系统中仍然有一个很重要的东西，那就是它们表达的都是时间关系，都讲究先后的次序和发展、变化。作为艺术构思产生的两个时间系统，它们的时间关系有一个共同的内核：因果关系。我们来看徐岱先生的一段相关论述：

> 再从组合轴来看，时序在故事中指的是时间的前后顺序，但在文本里它其实已经被空间化了，指的是小说家对故事时间的线性安排。在这种安排中，事件之间的因果联系总是处于一个中心位置。托多洛夫举过一对例子：
>
> A. 让扔了一块石头。窗子破了。
>
> B. 让扔了一块石头，把窗子打破了。
>
> 在严格意义上，第一句是顺序关系，第二句才是因果关系。但托多洛夫认为，因果关系在上面两个例句中都是存在的，区别只是第一句并不明言，第二句被挑明了而已。仔细体会上面这对例子，我们不能不对托多洛夫的意见表示赞同，事实是，小说中的时序关系便是一种因果关系，这是时序的主要功能之一。①

故事作为小说的基础和核心（在情节小说中表现最为明显），它得以形成的逻辑基础就是因果关系，这一件事导致了另一件事，接着又引发了下一件事，直至故事全部结束。用法国叙事理论家罗兰·巴尔特的话来说，就是："叙述的主要动力正是后事与后果的混淆，阅读叙述时，居后的事件就是被前事所造成的事件"②。叙述时间尽管可以对故事时间进行种种变形，例如把后发生的事提到前面来叙述，或者把未来的事插入现在的叙述，等等，但只要它要叙述一个故事，一个以因果关系为逻辑基础的故事，它就必须采取相应的逻辑基础——因果关系。换句话说，故事时间隐含的逻辑关系悄悄转移到叙述时间上来了，最终使叙述时间的逻辑基础也成为一种因果关

---

① 徐岱. 小说叙事学 [M]. 北京：中国社会科学出版社，1992：257.

② 转引自徐岱. 小说叙事学 [M]. 北京：中国社会科学出版社，1992：257.

系。当然，这是就一般以故事情节为中心的传统小说而言，对于大胆探索种种写作技巧的现代小说来说，实际情况可能要复杂得多。

我们在上面简要介绍了小说中的两种时间，与此不同的是我们在这里谈论的空间始终是小说里故事发生发展、人物活动的具体地点和场所，文本本身形成的文字排列空间和它存在的空间（如以一本书，或几页纸）都被排除在外。我们在上面所说的空间对时间的表现主要是指空间对故事时间的表现，而空间对时间的改造就既有对故事时间的改造，也有对叙述时间的改造。

在《呐喊》《彷徨》中，空间对故事时间的表现主要有两点：一是通过具体空间的转移、变化来显示故事时间的发展、变化，其表现形式为小说里的空间、时间同步向前推移、发展，这种情况一般出现在移动空间叙事和相对固定空间叙事里。如《药》里，具体空间从夏瑜被杀的刑场到华家茶馆再到坟场，故事时间也在这些空间场所的转移、变化中向前同步推移，还有《长明灯》《离婚》等小说里，都是如此；二是具体空间并不发生转移、变化，而是以空间场景的变化来显示故事时间的流逝，这种情况主要出现在绝对固定空间叙事里，如《孔乙己》里，孔乙己到咸亨酒店的几个场景各不相同，这就显出故事时间的变化（但朝哪一个方向变化并不很清楚，因为这些场景都没有明确的时间刻度），在《故乡》里，则以记忆中的美丽故乡和现实的荒村图景的叠印以及从见杨二嫂的场景到见闰土的场景的变化来显示故事时间的流逝、发展。美国文学理论家约瑟夫·弗兰克在评价一位作家的创作时，说了一段非常有助于理解这种空间表现时间的方法的话："为了知道时间，这位叙述者开始明白，把他自己从熟悉的环境——或者，等于那同一事物的东西，从对那个环境有影响的时间流里——迁移出来，接着，在数年流逝之后，再投入到那个时间流中去，这是完全必要的。这样做时，这位叙述者发现他自己面对着两个意象——他先前已经知道的世界与现在在他面前所看到的被时间改变了的世界；当这两个意象被并置时，通过其可见的效果，时间的流逝被突然体验到了。"① 这段话对理解从记忆中的故乡到现实中的故乡的变化是最为准确、直接的，但同时它也适用于同一空间里在不同时间点上的场景变化，这种变化同样使我们体验到了时间的流逝。

我们着重要研究的是《呐喊》《彷徨》里的空间对时间的改造。

（一）空间对故事时间的吞噬

《呐喊》《彷徨》里的故事时间也有个特点，那就是它一在文本中出现时就与空间、事件、人物结合在一起形成场景，它很少有略去空间的、纯粹作时间交代的叙述、过渡，像《故乡》里"此后又有近处的本家和亲戚来访问我。我一面应酬，偷空便收拾些行李，这样的过了三四天"这样用来过渡的故事时间推进是极少的。故事时间被织进场景中，场景的顺时连接或跳跃就突出了故事时间的变化。像《药》里的故事时间，就全被织入四个场景中，前三个场景是顺时连接，第四个场景与前三个之间则出现了很大的跳跃。《离婚》里的故事时间也几乎全由两个场景表现出来，两个场景之间的过渡段落（"木三他们被船家的声音警觉时，面前已是魁星阁了。他跳上岸，爱姑跟着，经过魁星阁下，向着慰老爷家走。朝南走过三十家门面，再转一个弯，就到了，早望见门口一列地泊着四只乌篷船"）短暂而且几乎没有什么故事情节上的明显变化，因而简直可以忽略不计。如果说场景的转移、变化显示了故事时间的推移、发展的话，那么，在一个具体的场景内部，故事时间和空间的关系怎样呢？

答案是：在《呐喊》《彷徨》的一个具体场景中，故事时间被空间吞噬了。这个答案有两层意思。第一层意思是，在具体场景中，由于故事时间和

---

① ［美］约瑟夫·弗兰克. 现代小说中的空间形式［M］//秦林芳，编译. 现代小说中的空间形式. 北京：北京大学出版社，1991：12-13.

叙述时间的大体一致①，读者在阅读中就不易觉察到故事时间的发展，而是把注意力转移到此一空间承载的丰富信息上去了。同时，依据美国小说理论家利昂·塞米利安的看法，"一个场景就是一个具体行动，就是发生在某一时间、某一地点的一个具体事件；场景是在同一地点、在一个没有间断的时间跨度里持续着的事件。它是通过人物的活动而展现出来的一个事件，是生动而直接的一段情节或一个场面。场景是小说中富有戏剧性的成分，是一个不间断的正在进行的行动"②，一个场景里事件和时间的"不间断性"，实际上就是它们的"不可分割性"。尽管是一段时间，但由于它的"不可分割性"，我们就可视它为一个静止的"时间点"；而相应的，事件也被视为一个完整的东西被我们接受。当时间被视为是"静止"、事件被认为是"完整"时，我们的注意力自然就集中到了与空间有关的内容上面，我们感受到的不是发展、变化，而是事件在空间展开中表现出来的细节、内容的丰富性和生动性。我们在这里的分析在实际的阅读中恰恰是相反的，即读者首先是被场景的生动性和丰富性所吸引（与空间密切相关），埋头于对细节的细细品味中而"忘记了"故事时间的推移和情节的发展变化。换句话说，场景里的空间由于它们的丰富承载，使场景里的故事时间变得不为人们注意了。在某种意义上我们可以说，场景里的时间像掉进了空间的"黑洞"里，它被空间吞噬了。用查希里扬的话来说，就是"时间仿佛是以一种潜在的形态存在于一切空间展开的结构之中"③。人们常说场景是空间性的，理由就在这里。这也是几乎所有小说的场景的特点，《呐喊》《彷徨》里的各个场景都可做如是

---

① 茨维坦·托多洛夫把场景设定为故事时间和叙事时间的"完全吻合：它只有在直接引语的情况下才有可能实现，即话语表示故事情节"（《文学作品分析》）。热拉尔·热奈特也说，场景"一般是'对话式'的，习惯上它被认为代表着叙事文和故事时间的等同状态"，其公式为："TR = TH"。（见王先霈，王又平主编. 文学理论批评术语汇释 [M]. 北京：高等教育出版社，2006：367，"场景（scene）"词条.）

② [美] 利昂·塞米利安. 现代小说美学 [M]. 宋协立，译. 西安：陕西人民出版社，1987：6-7.

③ [苏] 格·巴·查希里扬. 银幕的造型世界 [M]. 伍菡卿，俞虹，译. 北京：中国电影出版社，1983：27.

分析。

　　但《呐喊》《彷徨》里的场景还有为其他一般的小说所没有的、仅属于它们自己的特点，这就是我要说的这个答案的第二层意思。前面说过，鲁迅创作《呐喊》《彷徨》的目的是刻写中国人的灵魂、展现他们的精神世界以"引起疗救的注意"，所以他叙写的事件也是以反映人的灵魂、精神为主，我们可称之为"精神事件"。尽管它包含人的外在行为，但它不同于纯粹的行为事件：它倾向的重心是人的内心世界，能够充分表现人的内心世界的人物语言、神态、眼睛等得到了仔细表现，这些都是没有明显外在变化的东西（因为我们人类相信，与精神、思想活动有关的人的内心的变化，是在很短的时间内就可完成的，也就是说，尽管人的内心世界有了丰富的变化，但发生这一切的外在的物理时间是可以表现为静止的），而有明显外在变化的，如动作行为等，则被置于次要的地位。因此，对于这些场景，读者也就不易感觉到故事时间（它是一种物理时间）的推移和变化，进入读者关注焦点的是与空间有关的那些内容，如人物的语言、思想活动等能够反映人的精神世界的东西。因此，在《呐喊》《彷徨》中我们看到了许多对话场景（"说"），许多只与视觉有关的场景（"看"），却很少有与动作密切相关的场景（"做"）。像《孔乙己》里的几个场景，就是咸亨酒店的酒客和掌柜的在那里嘲笑孔乙己、孔乙己在那里为自己"辩解"，他们的行为就是"说和笑"，而且不把重点放在"说和笑"的过程上，而是放在了"说和笑"本身上：

　　　　孔乙己一到店，所有喝酒的人便都看着他笑，有的叫道，"孔乙己，你脸上又添上新伤疤了！"他不回答，对柜里说，"温两碗酒，要一碟茴香豆。"便排出九文大钱。他们又故意的高声嚷道，"你一定又偷了人家的东西了！"孔乙己睁大眼睛说，"你怎么这样凭空污人清白……""什么清白？我前天亲眼见你偷了何家的书，吊着打。"孔乙己便涨红了脸，额上的青筋条条绽出，争辩道，"窃书不能算偷……窃书！……读书人的事，能算偷么？"接连便是难懂的话，什么"君子固穷"，什么"者乎"之类，引得众人都哄笑起来：<u>店内外充满了快活的空气</u>。

在这个场景中，人们的"说和笑"没有开始的源头，也没有必要的结束之处，因此它就没有呈现为一个发展、变化的过程。吸引读者关注的，始终是"说和笑"本身，是在这"说和笑"中体现出来的人物语言、神态的生动性和丰富性（见引文中加了着重号的词语），并由此表现出孔乙己和酒客的精神世界。应该说，这一场景是消耗了一定的故事时间的，但由于鲁迅对人的灵魂的关注使他在表现这一场景时把重点放在了不易见出变化的、能够形象写出人物精神面貌的语言和神态上，所以故事时间在这里就不能引起我们的注意。读者关注的，始终是"说和笑"的空间展开，即它们本身。再比如，在《药》里写清明节上坟的场景，里面也有华大妈、夏四奶奶为儿子祭祀的动作，但只是简单地以"排出四碟菜，一碗饭，哭了一场"一句话就轻轻带过去了，倒是她们上坟时的内心感受成为这一场景的重心和焦点："呆呆的坐在地上；仿佛等候什么似的，但自己也说不出等候什么"写出了华大妈对儿子的思念；"忽然见华大妈坐在地上看他，便有些踌躇，惨白的脸上，现出些羞愧的颜色"写出了夏四奶奶因儿子葬在埋葬死刑犯的那一边而产生的羞愧心理，这说明她对儿子的死并没有一个正确的认识，在她的意识里被刑杀是一件耻辱的事情；"便觉得心里忽然感到一种不足和空虚，不愿意根究"反映了华大妈看到夏瑜坟上有花而儿子坟上没有而产生的失落心情；夏四奶奶的自言自语、让乌鸦显灵以及"华大妈不知怎的，似乎卸下了一挑重担，便想到要走"等，都使这一场景的重心转移到人物的心理、情绪上来。人物思想、情绪的变化并不被读者认为显现了故事时间的变化，因为读者关注的是思想、情绪本身以及思想、情绪背后更深层次的东西。鲁迅通过这种悄悄的转移，把以华大妈、夏四奶奶为代表的民众对夏瑜革命行为的不理解以及由此透视出来的导致辛亥革命失败的思想原因——民众并未被进行广泛的思想启蒙，等等，都深刻地揭示出来了。这里体现的，依然是鲁迅一贯的"思想革命"和"精神改造"的主题。

这样，《呐喊》《彷徨》里的场景为了追求对人的精神世界的表现，就把叙事的重心转移到与人的精神世界有密切联系的活动上来，这无疑削弱了对最能够显示故事时间的发展、变化的人的外在行为的表现。这样的场景重在人的精神活动在空间里的详细展开，从空间与时间的"反比例"感知原理来说，我们也可以说是"空间吞噬了时间"。

（二）空间对叙述时间的切割

上述的空间对时间的吞噬是发生在空间场景之内的，是就单纯的某一个场景来说的。当几个场景被编织进一个小说文本时，这些主要呈现为空间性、画面性的场景的组接会对时间产生什么样的影响呢？前面说过，空间场景的转移、变化能够显示故事时间的变化，由于在这过程中也要消耗叙述时间，因此也能表明叙述时间的推进和变化。这是就文本来说的一般情况，但从小说的实际叙事效果来看，却没有这么简单。前面也说过，故事时间和叙述时间表现的都是一种时间关系，当它们在作为艺术作品的小说里出现时，总会被人们赋予一定的意义，即在里面加入能够显示意义的逻辑关系。就小说的叙事文体性质来说，人们阅读小说就是为了看故事，看建立在因果关系基础上的故事，人们对传统小说就是这么看的。当一个小学生在作文里写下"早晨我喝了一杯牛奶，中午我到同学家玩，晚上被妈妈训了一通"时，多半会被语文老师批为"记流水账"，因为这几句话尽管有一个清晰的时间脉络，也都与"我"有关，但把它们放在一起时却没有显示出一定的逻辑结构以及由结构表达出来的意义。而人在面对身外的审美对象时，总是在固执地寻求结构和意义。美国心理学家鲁道夫·阿恩海姆说："我个人认为，艺术首先要达致的是一种认知功能。……知觉必须寻求结构。事实上，知觉即是结构的发现。结构告诉我们什么是事物的组成部分，它们通过哪种秩序进行相互作用。"① 艺术作品总有自己的逻辑、结构，我们的知觉就是要找出这种结构和结构背后的逻辑。传统小说，一般以故事情节为中心的小说，各组成部分间的逻辑关系都是因果关系，这种因果关系使故事时间呈现为一个线性序列，事件的各部分都可以安放在一个向前发展的直线上，并且相互间是

---

① ［美］鲁道夫·阿恩海姆．艺术心理学新论［M］．郭小平，翟灿，译．北京：商务印书馆，1994：347．

前后勾连的关系。就这条线上的某一具体部分来说，它前面是什么情节，它后面又是什么情节，包括它自己本身，都是固定的，不能变动。换句话说，某个情节严格地依赖上下文而存在，它的位置也因依赖上下文而在作品中被固定下来。这就内在地制约了叙述时间，在叙述时间框架内你先叙述出来的部分和后叙述出来的部分，也要形成一种因果关系。但在特殊的情况下，这一切都会发生改变。

在福楼拜的《包法利夫人》中有一个著名的农产品展览会场景，情节同时在三个层次上展开：在最低的层次上，街道上有横冲直撞的人群，他们同被带到展览会去的家畜混杂在一起；正在发表演说的官员站在略高于路面的讲台上，对着侧耳倾听的群众夸大其词、口若悬河地吹嘘着陈词滥调；在最高的层次上，罗道夫和爱玛从俯瞰这一切的窗户里，注意着事情的经过，脉脉含情地倾谈着。在这里，各种相关的情节在不同的舞台层次上同时发生。福楼拜后来自己评论说："所有事物都应该同时发出声音，人们应该同时听到牛的吼叫声、情人的窃窃私语和官员的花言巧语。"美国文学理论家约瑟夫·弗兰克据此提出了一种小说的"空间形式"理论。他在分析福楼拜的农产品展览会场景时，认为其中起作用的逻辑结构是"并置"，"就场景的持续来说，叙述的时间流至少是被中止了：注意力在有限的时间范围内被固定在诸种联系的交互作用之中。这些联系游离叙述过程之外而被并置着；该场景的全部意味都仅有各个意义单位之间的反应联系所赋予"。① 他认为，所谓"空间形式"就是"与造型艺术里所出现的发展相对应的……文学补充物。二者都试图克服包含在其结构中的时间因素。"现代主义小说家都把他们的对象当作一个整体来表现，其对象的统一性不是存在于时间关系中，而是存在于空间关系②中；正是这种空间关系导致了空间形式的发生。这种空间关系在他看来就是"并置"（这个概念在罗杰·夏塔克那里又进一步细分为

① ［美］约瑟夫·弗兰克. 现代小说中的空间形式［M］//秦林芳，编译. 现代小说中的空间形式. 北京：北京大学出版社，1991：2–3.

② 需要特别说明的是，"空间形式"这个概念里的"空间"是指一种空间关系，而本书提到的"空间叙事"中的"空间"专指人物活动和事件发生发展的具体地点和场所。

"同类并置"和"异类并置"），并列地摆放小说里的那些叙事单元，这实际上是对叙述时间流的"切割"，把它从一条直线切割为一段一段的，然后把这些线段"并置"起来。另外，现代主义小说用来获得"空间形式"的方法还有主题重复、章节交替、多重故事和夸大的反讽等。而读者在接受"空间形式"小说时，也必须运用"反应参照"的方法，就是"把事实和推想拼合在一起的尝试"（米切尔森语），而实现反应参照的前提则是"反应阅读"或"重复阅读"。这就是说，读者必须在重复阅读中通过反思记住各个意象和暗示，把独立于时间之外而又彼此关联的各个参照片段在空间中融接起来，并以此重构小说的背景；只有这样，读者才能在连成一体的参照系的整体中同时理解每个参照的意义。①

弗兰克的"空间形式"理论，经过其他理论家的发展，已渐趋完善和成熟。1991 年被译为中文介绍到国内以来，已经在国内学界产生了广泛影响，人们纷纷用它来对各种小说进行分析。尽管这种理论主要是依据西方现代主义小说总结出来的，但它显然表现出了很大的普适性。从《呐喊》《彷徨》来说，这里面的小说也包含有现代主义的质素，这一点也得到学术界的公认。比如，李春林先生就认为，"鲁迅文学中的现代主义与西方现代派文学不独是平行关系，而且是同源关系"②。因此，用"空间形式"理论来研究《呐喊》《彷徨》就有一定的可行性。事实上，已经有很多研究者这样做了，而且取得了很大的成绩。③ 叶世祥先生认为，"鲁迅的大部分小说都不同程度上具有空间形式小说的特征"④，那么我们在这里就要追问，包括《呐喊》

---

① 秦林芳．译序［M］//秦林芳，编译．现代小说中的空间形式．北京：北京大学出版社，1991：2-5.
② 王吉鹏，李春林主编．鲁迅与外国文学关系研究［M］．长春：吉林人民出版社，2003：109.
③ 代表性论文有：李友益的《〈孔乙己〉的空间形式及其历史性误读》（载《鲁迅研究月刊》1994 年第 1 期），叶世祥的《鲁迅小说的空间形式》（载《鲁迅研究月刊》1997 年第 11 期），郑家建的《文本分析：〈故事新编〉的空间形式》（载《鲁迅研究月刊》1998 年第 2 期），郑萍、张靖的《〈孔乙己〉叙述的空间形式》（载《鲁迅研究月刊》2001 年第 5 期），等等。
④ 叶世祥．鲁迅小说的空间形式［J］．鲁迅研究月刊，1997（11）.

《彷徨》在内的鲁迅小说的"空间形式"是怎样产生的？这个问题可以从多个方面去寻求答案，一些研究者也做出了自己的分析。下面我就从《呐喊》《彷徨》里的空间的角度来做些分析。

前面曾提到过，《呐喊》《彷徨》里的空间大多数具有狭小、封闭的外在特征，而且在很多小说里空间是固定的，即没有空间上的大范围转移。这就容易形成"多个故事"：一是在封闭空间里人容易"向内转"产生丰富的内心活动，就会在现实世界之外出现一个"心理世界"，如《故乡》里"我"对美丽故乡的回忆，《阿 Q 正传》里阿 Q 在土谷祠做关于"革命"的梦幻，《幸福的家庭》里作家设想中的"幸福家庭"，《弟兄》里张沛君梦见自己对侄儿们的冷酷，等等；二是在封闭空间里容易形成的"说"可能包含多个不同的故事，如《在酒楼上》吕纬甫就谈了两个不同的故事，《头发的故事》中 N 先生也说到好几个不同的与头发有关的故事；三是由于空间的集中，会形成在同一空间里的不同人物的不同故事，如《故乡》里就有"我"的故事、闰土的故事、杨二嫂的故事，在《祝福》里就有"我"与鲁镇的故事、祥林嫂与鲁镇的故事、"我"与祥林嫂的故事，等等；四是由于作品完全集中在一个空间里，在这一空间里的不同的时间点上就形成了不同的事，如《孔乙己》，结果也是多个故事出现了。在《呐喊》《彷徨》中，这些"多个故事"基本上都是以场景的面目在文本中出现的。

当这些"多个故事"之间是一种"并置"的关系时，它们就是"多重故事"了。这就是说，叙写这些"多个故事"的场景并没有被组接成一条反映因果关系的"直线"，而是以"平行线"的形式被摆放在一起。《呐喊》《彷徨》的场景之间，能够成为一种"平行线"的关系吗？我们来看《孔乙己》里的几个场景：

> 孔乙己喝过半碗酒，涨红的脸色渐渐复了原，旁人便又问道，"孔乙己，你当真认识字么？"孔乙己看着问他的人，显出不屑置辩的神气。他们便接着说道，"你怎的连半个秀才也捞不到呢？"孔乙己立刻显出颓唐不安模样，脸上笼上了一层灰色，嘴里说些话；这回可是全是之乎者

也之类，一些不懂了。在这时候，众人也都哄笑起来：店内外充满了快活的空气。

在这些时候，我可以附和着笑，掌柜是决不责备的。而且掌柜见了孔乙己，也每每这样问他，引人发笑。孔乙己自己知道不能和他们谈天，便只好向孩子说话。有一回对我说道，"你读过书么？"我略略点一点头。他说，"读过书，……我便考你一考。茴香豆的茴字，怎样写的？"我想，讨饭一样的人，也配考我么？便回过脸去，不再理会。孔乙己等了许久，很恳切的说道，"不能写罢？……我教给你，记着！这些字应该记着。将来做掌柜的时候，写账要用。"我暗想我和掌柜的等级还很远呢，而且我们掌柜也从不将茴香豆上账；又好笑，又不耐烦，懒懒的答他道，"谁要你教，不是草头底下一个来回的回字么？"孔乙己显出极高兴的样子，将两个指头的长指甲敲着柜台，点头说，"对呀对呀！……回字有四样写法，你知道么？"我愈不耐烦了，努着嘴走远。孔乙己刚用指甲蘸了酒，想在柜上写字，见我毫不热心，便又叹一口气，显出极惋惜的样子。

有几回，邻居孩子听得笑声，也赶热闹，围住了孔乙己。他便给他便给他们茴香豆吃，一人一颗。孩子吃完豆，仍然不散，眼睛都望着碟子。孔乙己着了慌，伸开五指将碟子罩住，弯腰下去说道，"不多了，我已经不多了。"直起身又看一看豆，自己摇头说，"不多不多！多乎哉？不多也。"于是这一群孩子都在笑声里走散了。

这三段话写了三个场景，从内容上我们可以看出，它们彼此之间不存在因果关系，也就是说，场景之间并没有 A 是 B 的原因、B 是 A 的结果的逻辑关系，它们也没有构成一个完整而统一的大的事件，因而在实际上它们是"并列"的，是一种平行线的关系。在故事时间上，鲁迅用"有一回""有几回"等表示常态性的词语模糊了它们的先后顺序，也就是说，在这里没有一个明确的故事时间的推进。就叙述时间来说，尽管它在直线推进，但由于场景之间的因果逻辑关系的取消，读者倾向于认为这一直线在事实上被"切割"成了平行的三个"线段",好像是叙述时间发展到一个场景结束,它又回过头来重新开始第二个场景的叙述,第三个也是如此。它没有从第一次开始的地方一直沿直线发展下去,而是三个场景有三个开始、三个结束。因而实际上,叙述时间的顺序被取消了,这三个场景就形成了三个彼此独立的故事,是三重故事,结果就是产生了弗兰克所说的"空间形式"。它们在情节关联上彼此独立,但同时又统一于这篇小说的主题——揭示中国国民的灵魂世界。戈特弗里德·本对这种取消了时间顺序的结构有一个非常形象的比喻:"这部小说……是像一个桔子一样来建构的。一个桔子有数目众多的瓣、水果的单个的断片、薄片诸如此类的东西组成,它们都相互紧挨着(毗邻——莱辛的术语),具有同等的价值……但是它们并不向外趋向于空间,而是趋向于中间,趋向于白色坚韧的茎……这个坚韧的茎是表型,是存在——除此以外,别无他物;各部分之间是没有任何别的关系的。"米切尔森认为这个比喻——小说应该按桔状构造——与空间形式有效地发生了联系,他说:"空间形式的小说不是萝卜,日积月累,长得绿意流泻;确切的说,它们是由许多相似的瓣组成的桔子,它们并不四处发散,而是集中在唯一的主题(核)上。"①《孔乙己》就是这样的桔状结构。

在小说文本里能够形成这样的"多重故事"并且把它们"并置"起来,是与场景的彼此独立性紧紧相连的,而它们独立的一个很重要的原因又在于它们的"完整性"——不需要依仗其他的场景的支持就可以在小说里存在。《孔乙己》里的三个场景为什么具有独立性和完整性?这是与鲁迅创作《呐喊》《彷徨》的启蒙目的是分不开的。鲁迅要表现的是中国人的精神世界,因此他要写的是"精神事件",而精神事件是不像外在的"行为事件"那样需要一个属于自己的原因、发展以及结局的过程的,也不像"行为事件"那样往往由别的事件引起并最终导致了新的事件的发生。精神事件可以是偶然的,随时随地的,往往也不需要一个清楚的缘由,也不会导致新的事件,可以说是"无所来而来,无所去而去",开头和结尾都是极随意的。如《示众》

---

① [美]戴维·米切尔森. 叙述中的空间结构类型 [M]//秦林芳,编译. 现代小说中的空间形式. 北京:北京大学出版社,1991:142.

这篇小说，它表现中国人的"看客心理"，偶然地，警察牵来一个犯人到街上来示众，就引来很多看热闹的人，就像我们日常生活里经常看见的情景一样。它不是由别的什么事件引发出来的，也没有产生什么新的事件，它要表现的就是它自己——因为它本身就能把中国人的"看客心理"清楚、形象地呈现出来。上面举的《孔乙己》里的三个场景，第一个表现了孔乙己的死要面子、故作清高以及其他民众的麻木、冷酷，第二个表现了善良而又爱炫耀、卖弄的一面，第三个则表现他可爱的一面，每一个场景对于自己想表达的意思来说，都足够了，因而它们每一个都把自己封闭起来，使自己成为一个独立、完整的东西，而不像"行为事件"那样还对别的事件"张开了口子"。《狂人日记》里的十三则日记，《阿Q正传》里前半部分表现阿Q的精神优胜的一些事件，都是如《孔乙己》里的场景一样，既没有明确的故事时间，叙述时间也被独立而完整的众多场景给"切割"成了几个"平行的线段"，或者如本所说的"桔状构造"，结果就形成了小说的"空间形式"。

在《呐喊》《彷徨》中，没有明确故事时间的小说只是小部分，更多的是有故事时间的小说，它们也如此吗？

首先可以肯定的是，这些小说里的场景也大都具有相对的完整性和独立性，根源也在于它们要反映人的精神世界。在《药》里，主要有四个场景，每一个场景都有自己的开始处和结束处，如第三个场景开始于"店里坐着许多人"结束于驼背五少爷的"疯了"，第四个场景开始于华大妈上坟而结束于她和夏四奶奶离开坟场，每一个场景都有只属于自己的中心事件和要表达的意思（前一个场景表达的是普通民众对夏瑜革命行为的不理解；后一个场景表达的是母亲也不理解儿子，但直觉到儿子被"冤枉"），因而都各自封闭、完整。从行为事件的眼光来看，这些场景都没有自己必然的因和果，因而只能算是"生活的断片"，但从反映人物的精神面貌来说，它们又是圆满、自足的。从另一方面来说，尽管小说有一个相对完整的故事时间框架，但在这一框架之内，这些场景也不像以情节为中心的小说那样，场景之间环环相扣，这一场景是下一场景的因，后一场景是前一场景的果，组成一个以因果关系为逻辑基础的线性结构，所有的场景都有一个明确的趋向目的——故事的结局。这种类型小说的主要推动力是向前的，是向着那个行动的结果前进的，而有经验的读者往往也能在看到这一场景时就猜测到故事下一步会怎样发展。而《药》里的四个场景，却没有一个明确的趋向目的，它们发展的主要动力也不是向前的，因为每一个场景都重新开始，都有属于自己的事件（仅属于自己的事件），所以与其说它们是沿故事时间直线前进的，不如说它们是"旁逸斜出"的。后一个场景不是前一个场景的必然的结果，只是在另一个方向上的可能的发展，换句话说，不是"后果"，而是"后事"。从读者一方来说，在看到这一场景时，一般也无法预知"后事"，因为这一场景是完整、自足的，它并没有留下必然的发展空间。故事时间发展了，故事却不能说在同一个方向上有发展，毋宁说随着故事时间的发展故事不断开拓出新的天地。所以，在一定的意义上，每一个场景都是"现在"，但它不是在过去和未来之间有明确位置的"现在"，而是一个在空间里不断扩张的"现在"，几个场景组合在一起形成一篇完整的小说就是一个"现在的加法算术"。①

《离婚》里的两个场景（一个在船上，一个在慰老爷的客厅里）就是这样的关系，它们都相对圆满、自足，在慰老爷客厅里发生的事并不是在船上发生的事的必然结果，所以它们也只是被故事时间的发展松散地连在了一起。结果是，场景之间的因果逻辑被弱化甚至完全取消，读者在接受时就把它们"并置"起来做整体上的理解。当这一切发生时，不仅叙述时间，就是小说的故事时间，都被众多的"现在"（场景）"切割"了，其文本效果就

---

① "现在的加法算术"来自萨特对福克纳的小说《喧嚣与骚动》里的时间的分析。他认为福克纳对现在的概念，"并不是在过去和未来之间一个划定界限或有明确位置的点。他的现在在实质上是不合理的；它是一件事件，怪异而不可思议，像贼一样来临——来到我们眼前又消失了。现在再往前，什么也没有，因为未来并不存在。一个现在从不可知中出现，赶去另一个现在。它是一个我们反复计算着的总数：'还有……，还有……，再还有……'福克纳象多斯·巴索斯一样，把小说看作是加法算术，但他写得更精巧"。（［法］让-保罗·萨特. 福克纳小说中的时间：《喧嚣与骚动》［M］//见李文俊编选. 福克纳评论集. 北京：中国社会科学出版社，1980：159.）这段话对我们理解《呐喊》《彷徨》中的"现在"（场景）非常有帮助。

是"空间形式"产生了。细细品味，我们就会发现《呐喊》《彷徨》里的小说绝大多数都是这样，都具有"空间形式"。像《肥皂》里晚饭前、吃晚饭和晚饭后三个场景，就是三个"不断扩张的现在"，彼此间并没有必然的因果联系，只是随着故事时间的发展一个接一个地出现了；每一个场景都是突然而来又突然而去，每一个都是"自给自足"的，并不包含我们预期的未来事件。因此，我们也倾向于把它们并列起来理解，它们就是三条"平行线"，或者就是同一个桔子的三个"瓣"，而不是像传统的以故事情节为中心的小说那样，是一条沿一个方向前进的"直线"。这些场景的组合、拼接显示的不是故事在发展，而是在每一个场景中都发现不同的事件；但这些不同的事件却都是为着一个共同的主题而存在的。这些不同的事件、场景、"现在"，就"阻断、切割"了故事时间和叙述时间的发展，并最终形成了小说的"空间形式"。

　　需要说明的是：一、因为《呐喊》《彷徨》里的空间在文本中都表现为场景，并且空间对叙述时间的改造主要以场景的组接来进行，所以我在论述时就以场景代替了空间；二、空间对故事时间、叙述时间的"切割"是在读者对小说的理解、接受中完成的，但其根源却在作品，用杰罗姆·科林柯维支的话说，就是"虽然空间形式是各种字面因素的一个创造物，但是小说空间只存在于精神之中"①；三、《呐喊》《彷徨》里的场景既存在"同类并置"也有"异类并置"，但由于不是我论述的中心，所以并未详细展开；四、这些并置的场景，当它们仍然被放入一个故事时间框架之内时，它们之间多多少少有些因果联系，因而它们的并置也只是相对的，而不是绝对的，所以"纯粹的空间性是一种为文学所渴望的，但永远实现不了的状态"②，但空间

---

① ［美］杰罗姆·科林柯维支．作为人造物的小说：当代小说中的空间形式［M］// 秦林芳，编译．现代小说中的空间形式．北京：北京大学出版社，1991：64.
② ［美］杰罗姆·科林柯维支．作为人造物的小说：当代小说中的空间形式［M］// 秦林芳，编译．现代小说中的空间形式．北京：北京大学出版社，1991：51.

形式"这个概念确实有助于我们欣赏现代小说中的新东西"①，当然也有助于我们理解《呐喊》《彷徨》；五、中国古典小说一般以情节为中心，呈现出以因果关系为基础的时间性结构，而《呐喊》《彷徨》里的绝大多数小说都是"空间形式"小说，呈现为一种空间性结构，由此也见出《呐喊》《彷徨》在中国小说史上的重要转型意义。

---

① ［美］戴维·米切尔森. 叙述中的空间结构类型 ［M］//秦林芳，编译. 现代小说中的空间形式. 北京：北京大学出版社，1991：168.

结　语

　　《呐喊》《彷徨》作为中国现代文学史上的经典，在思想和艺术方面都具有众多的"原创性"，借用美国文论家哈罗德·布鲁姆评价莎士比亚的话来说就是鲁迅用《呐喊》《彷徨》"设立了文学的标准和限度"①。《呐喊》《彷徨》的这些原创性，在它们出版后的近一百年间，有的已经为后来的文学所吸收，有的则成为无法学习、模仿的对象。布鲁姆在深入分析西方众多的文学经典后认为："一部文学作品能够赢得经典地位的原创性标志是某种陌生性，这种特性要么不可能完全被我们同化，要么有可能成为一种既定的习性而使我们熟视无睹。"② 在《呐喊》《彷徨》中，到底有多少我们无法学习或熟视无睹的原创性因素呢？

　　我认为，鲁迅在《呐喊》《彷徨》中对空间的选择和运用，在很大程度上就是我们既无法学习，同时又熟视无睹的原创性因素之一。

　　如同西方的文艺复兴是一个"需要巨人而且产生了巨人的时代"一样，中国的"五四"作为中国思想史、文学史上的著名启蒙时代，也产生了属于自己的伟大启蒙者鲁迅。作为文学家，鲁迅主要不是以自己的思想、理论而成为伟大的启蒙者的，他的启蒙思想形象地体现在他的小说、散文和杂文

---

① 哈罗德·布鲁姆评价莎士比亚的原话是"莎士比亚就是经典。他设立了文学的标准和限度"。(哈罗德·布鲁姆. 西方正典　伟大作家和不朽作品 ［M］. 江宁康，译. 南京：译林出版社，2005：36.)

② ［美］哈罗德·布鲁姆. 西方正典 伟大作家和不朽作品 ［M］. 江宁康，译. 南京：译林出版社，2005：36.

中。作为启蒙者，他非常关注中国人的精神世界，关注的是他们的思想和灵魂。可以说，在中国文学史上还没有另外哪一个作家像他这样始终以解剖中国人的灵魂为文学创作的最高目标，这是因为在中国文学史上也没有哪一个时期像"五四"这样有非常急迫的启蒙需要并最终产生了一场轰轰烈烈的思想启蒙运动。"五四"之后的 20 世纪 20 年代后半期到 30 年代，中国人都干革命去了，40 年代也是一场战争接一场战争一次革命接一次革命，"现代性"的激进诉求把中国人的注意力都转移到这些事情上来，思想启蒙的需求被抛掷到了一边。相应地，文学对人的思想、灵魂的关注，也被对革命、战争的关注所取代，所以，在这个意义上说，《呐喊》《彷徨》是仅属于"五四"时代的经典，它们应该有属于自己的东西。与中国古典小说相比，《呐喊》《彷徨》的表现重心也发生了明显的转移，即由古典小说重故事重人的外在行为到重人的精神世界。① 鲁迅认为中国小说起源于古代人们休息时彼此谈论故事，"谈论故事，正是小说的起源"②，这就决定了对故事性的追求成为中国古代小说叙事的中心。中国古代小说在追求故事性的过程中，接受了佛教的因果报应思想，人物行为的因果关系（在行为上种下什么样的"因"，就会结出什么样的"果"）渐渐成为小说叙事的内在逻辑基础。中国古代小说，尤其是宋元话本，往往借因果报应来对读者进行惩恶扬善的道德训诫，这以后的小说没有不受这种传统影响的。即使伟大如《红楼梦》，也未摆脱这种传统，如小说里巧姐的命运安排，就是因为其母王熙凤从前接济了刘姥姥所以后来得到刘姥姥的帮助而有一个好的结果——第五回中巧姐的判词就是："势败休云贵，家亡莫论亲。偶因济村妇，巧得遇恩人。"总之，一般的中国古代小说都重在人物的外在行为及其结果，人物的精神世界很少成为关注的唯一中心。就是古代的短篇小说，一般也是叙述一个有头有尾、依因果

---

① 捷克著名的小说理论家米兰·昆德拉认为这也是西方小说发展的一个特点，"小说在探寻自我的过程中，不得不从看得见的行动世界中掉过头，去关注看不见的内心生活"。（[捷克] 米兰·昆德拉. 小说的艺术 [M]. 董强，译. 上海：上海译文出版社，2004：30. ）

② 鲁迅. 中国小说的历史变迁 [M] //鲁迅. 鲁迅全集（第九卷）. 北京：人民文学出版社，2005：313.

关系结成的故事，很像是被压缩了的长篇小说。它们很容易就被拉长成长篇小说或长剧本，如李公佐的《南柯太守传》，汤显祖可以将他扩充成四十出那么长的《南柯记》；薛调的《无双传》，陆采也可以将他扩充成四十余出那么长的《明珠记》。现代意义上的"横截面式"的短篇小说，中国古代是很少的。因此，中国人的灵魂是唯一关注焦点的《呐喊》《彷徨》就成为中国小说史上非常独特的东西，它们创作目的的独特性就必然带来艺术技巧上的一些独特性，即它们在艺术上的原创性。在建构小说叙事时对空间的选择和运用即是其中之一，反过来说，研究它们对空间的选择和运用，也是透视它们的原创性的一个可行而有效的角度。

这正是我以"空间叙事"作为研究《呐喊》《彷徨》切入点的初衷所在。通过研究，我们就发现，《呐喊》《彷徨》在利用空间来建构叙事时，很少进行大范围的空间转移，更多的时候人物被限制在一个固定的空间里，而且往往是一个狭小的、相对封闭的空间里，如咸亨酒店、四铭的家、酒楼、会馆等。即使是在外观上开放的空间，在叙事时也形成一个向内收拢的趋势，如《风波》里人们吃饭的土场，《示众》的街头，它们都没有向外四射，而是分别以赵七爷、被示众的犯人为中心向内收拢，周围的人则在外围形成一个包围式的圆圈，因此这些开放式的空间就内在地收紧了。小部分小说，空间发生了明显的转移，但鲁迅也把它们限制在很小的地域范围内，用费孝通先生的话来说这些很小的地域范围基本上都是"熟人社会"，彼此熟悉就有了充分的"对话"可能。与空间的封闭、狭小形成反向对比的，则是人的心灵充分的开放性。在这里，人物主要是"说""看"和"思"，很少像以情节为中心的传统小说那样人物以"做"为主，而且这"做"往往导致了进一步的行动。即使是"说"（人物对话），也不同于情节小说里的对话。情节小说里的人物对话往往不仅表达自身，它还要引出"下面"的情节来，其推动情节发展的作用远远超出借此展现人物精神世界的作用，因此它表达出来的人物心理内容就在一定程度上遭到了推动情节发展这一作用的削弱和遮蔽，即在情节的快速流动中人物心理就不能给读者留下深刻的印象。《呐喊》《彷徨》里的对话则相反，它们往往含有丰富的心理内容，要表达的也仅仅是它们自己本身，而不是为了推出后面的情节，因此通过对话反映出来的人物的精神面貌就成为读者唯一的关注焦点。如咸亨酒店里众人与孔乙己的对话，就没有产生什么行为上的后果，它只折射人物的精神世界，形成的是"精神后果"——对孔乙己精神上的伤害。鲁迅很重视小说里人物的对话，他曾称赞陀斯妥耶夫斯基写人物对话的技巧，"他写人物，几乎无须描写外貌，只要以语气、声音，就不独将它们的思想和感情，便是面目和身体也表示着"①；同样的话也用于称赞巴尔扎克，"高尔基很惊服巴尔扎克小说里人物对话的巧妙，以为并不描写人物的模样，却使读者看了对话，便好像目睹了说话的那些人"②。也许，在鲁迅看来，包含有丰富心理内容的人物对话，是最能显示"灵魂的深"③ 的。而这些"说""看"和"思"，都与小说里空间的选择、设置和安排有非常密切的关系。从作品一面来说，这样的空间设置和安排，就容易显出人物"灵魂的深"；从鲁迅一面来说，为了刻画中国人"灵魂的深"，他就在《呐喊》《彷徨》中对空间进行了这样的选择和安排。

通过研究，我们还发现，《呐喊》《彷徨》里的空间，不仅是"行为的地点"，即为小说提供了一个舞台空间，更是"行动着的地点"，即这些空间都以其丰富的社会思想内容参与了小说叙事建构，我在论文中把空间的这一性质称为"社会维度"。这是《呐喊》《彷徨》里的空间，不论是整体空间还是局部空间，都具有的最根本的特点。没有这一特点，人物的精神面貌，就很难得到深刻的表现。空间具有社会维度已被众多思想家所证明，但有的小说家在建构小说叙事时对这一点不太重视往往轻轻略过，而鲁迅则充分地利用了这一点。在《呐喊》《彷徨》中，他把人物放在一个个被充分社会化的空间里去表现，最后形成了没有这样的空间就没有这样的人和事的文本效果。如我在论文中分析的，阿Q"精神胜利法"的形成就完全得益于未庄这

---

① 鲁迅.《穷人》小引［M］//鲁迅. 鲁迅全集（第七卷）. 北京：人民文学出版社，2005：105.

② 鲁迅. 看书琐记［M］//鲁迅. 鲁迅全集（第五卷）. 北京：人民文学出版社，2005：559.

③ 鲁迅.《穷人》小引［M］//鲁迅. 鲁迅全集（第七卷）. 北京：人民文学出版社，2005：105.

一等级鲜明的空间，阿Q身处未庄最底层却总想往上爬到社会的高层里去（恐怕一般的中国人都有这样的心理，只是在阿Q身上表现得更强烈，并且他还往往付诸行动），但他的行动在"一级一级的制驭着，不能动弹"① 的等级结构中不能不遭到一次又一次的失败，失败了的心理安慰就是"精神胜利法"。而未庄的等级性就几乎是《阿Q正传》里一切事情的根本性质，它也是《阿Q正传》叙事建构的内核和秘密。空间如果缺少了社会维度，或者表现不明显，《呐喊》《彷徨》就不可能成为显示中国人灵魂的典范之作，也不能在这方面树立起一个无法跨越的高度。

通过研究，我们还可以发现，《呐喊》《彷徨》在利用空间参与小说叙事建构时还使用了一些技巧。如在空间选择上，在具体的空间上鲁迅选择了狭小、封闭的空间，而在更阔大的地域空间的选择上，鲁迅则将目光投向了他的故乡——绍兴一带的江南水乡，这不仅有鲁迅对这里的一切都非常熟悉的考虑，更有鲁迅意识到广大偏远的乡土中国承载着中国人最沉重的灵魂的启蒙思考。换句话说，在鲁迅看来，包括小城镇在内的乡土中国是中国传统文化积垢最为厚重的地方，也是中国人落后的国民性体现得最鲜明的地方。在具体空间的文本表现和运用上，鲁迅则采取了"遗貌取神"和"视点控制"的技巧。更复杂的是《呐喊》《彷徨》里对时间和空间的关系的处理技巧，它是《呐喊》《彷徨》利用空间参与叙事建构中最后的秘密。具体地说，就是弱化时间，突出空间，被突出了的空间"吞噬"或者"切割"了时间，这种"吞噬"和"切割"恰恰是造成时间被弱化的极重要原因。空间与时间的这种复杂关系，根源也在于鲁迅面对的是"精神事件"（或曰"精神现象"），它不依赖于时间存在，却无法不以某一具体空间做基础。同时，也因为是"精神事件"，所以彼此间都是圆满、独立、自足的，并不靠相互依赖而存在——这在很大程度上也削弱了时间的重要性，反过来空间也因此凸显，并最终出现了弗兰克所说的"空间形式"。

以上三个方面的内容就构成了我这篇论文的三大板块——"形态论"

---

① 鲁迅. 灯下漫笔［M］//鲁迅. 鲁迅全集（第一卷）. 北京：人民文学出版社，2005：227.

"功能论"和"技巧论",因为"功能论"是最核心部分,内容较多,篇幅也长,所以安排为两章。希望这三大板块、四章内容能够相对完整地勾勒出《呐喊》《彷徨》空间叙事的"个性",从而在一个比较具体的方面见出《呐喊》《彷徨》的"原创性"以及它们在中国小说史上的崇高地位。另外,我在论证、凸显《呐喊》《彷徨》空间叙事"个性"的过程中,出发点和最后的落脚点都是鲁迅创作《呐喊》《彷徨》的目的——表现中国人的灵魂,这是《呐喊》《彷徨》一切艺术技巧的源泉,技巧都是这一源头流下来的活水。巴赫金说:"我(指创造者)在形式中成为积极者,我用形式从内容——作为认识和伦理方向性——外部表示我的价值态度:这是第一次使形式有可能完成内容以至一般实现它对内容的一切审美功能。"① 我在这里的空间叙事研究也是从内容到形式,然后又从形式到内容的互动,所以它不是纯粹的西方文学理论意义上的叙事学研究,毋宁说这一种"思想内容和艺术技巧的双重变奏",是一种非常宽泛的小说叙事研究。

也许,我的空间叙事研究相对于以往的《呐喊》《彷徨》研究来说,并没有提供什么新的东西,也没有什么惊人的结论或足以引起轰动的理论发现。但是,如同美国叙事学家西摩·查特曼所言:"但是,叙事理论并不是批评。它的目的不是提供新的或提高了对作品的理解,而是确切地'解释我们在正常的阅读行为中带着无意识的快乐所读到的一切东西'。这样一种解释不应被轻视……"② 在这个意义上说,我的研究也只是解释了我们在阅读《呐喊》《彷徨》中直觉到的空间的重要价值——希望此书能够完成这一任务。

---

① [俄] 巴赫金. 巴赫金文论选 [M]. 佟景韩,译. 北京:中国社会科学出版社,1996:304.
② 西摩·查特曼. 故事与叙事 [M] //阎嘉. 文学理论精粹读本. 北京:中国人民大学出版社,2006:17.

参考文献

一、著作部分

1. 鲁迅 . 鲁迅全集（共十八卷）［M］. 北京：人民文学出版社，2005.

2. 张梦阳 . 中国鲁迅学通史（三卷六册）［M］. 广州：广东教育出版社，2005.

3. 林非 . 鲁迅和中国文化［M］. 北京：学苑出版社，2000.

4. 李长之 . 鲁迅批判［M］. 北京：北京出版社，2003.

5. 王富仁 . 鲁迅研究的历史与现状［M］. 福州：福建教育出版社，2006.

6. 王富仁 . 中国文化的守夜人——鲁迅［M］. 北京：人民文学出版社，2002.

7. 王富仁 . 中国反封建思想革命的一面镜子——《呐喊》《彷徨》综论［M］. 北京：北京师范大学出版社，1986.

8. 冯光廉，刘增人，谭桂林 . 多维视野中的鲁迅［M］. 济南：山东教育出版社，2002

9. 乐黛云 . 国外鲁迅研究论集［M］. 北京：北京大学出版社，1981.

10. 乐黛云 . 当代英语世界的鲁迅研究［M］. 南昌：江西人民出版社，1993.

11. 冯光廉 . 鲁迅小说研究［M］. 天津：天津人民出版社，1989.

12. 杨义 . 鲁迅作品综论［M］. 北京：人民出版社，1998.

13. 刘中树 .《呐喊》《彷徨》艺术论［M］. 长春：吉林大学出版社，1999.

14. 严家炎 . 论鲁迅的复调小说［M］. 上海：上海教育出版社，2002.

15. ［美］李欧梵 . 铁屋中的呐喊［M］. 尹慧珉，译 . 石家庄：河北教育出版社，2000.

16. 汪晖. 反抗绝望——鲁迅及其文学世界 [M]. 石家庄：河北教育出版社，2000.

17. 李长之，艾芜，等. 吃人与礼教——论鲁迅（一）[M]. 石家庄：河北教育出版社，2000.

18. 钱理群，汪晖，等. 鲁迅研究的历史批判——论鲁迅（二）[M]. 石家庄：河北教育出版社，2000.

19. 周作人，周建人. 年少沧桑——兄弟忆鲁迅（一）[M]. 石家庄：河北教育出版社，2000.

20. 周作人，周建人. 书里人生——兄弟忆鲁迅（二）[M]. 石家庄：河北教育出版社，2000.

21. 许寿裳. 挚友的怀念——许寿裳忆鲁迅 [M]. 石家庄：河北教育出版社，2000.

22. 瞿秋白，等. 红色光环下的鲁迅 [M]. 石家庄：河北教育出版社，2000.

23. 钱理群. 心灵的探寻 [M]. 石家庄：河北教育出版社，2000.

24. 钱理群. 走进当代的鲁迅 [M]. 北京：北京大学出版社，1999.

25. 钱理群. 鲁迅作品十五讲 [M]. 北京：北京大学出版社，2003.

26. 钱理群. 与鲁迅相遇 北大演讲录之二 [M]. 北京：生活·读书·新知三联书店，2003.

27. 吴中杰. 鲁迅的艺术世界 [M]. 上海：复旦大学出版社，2006.

28. 赵卓. 鲁迅小说叙述艺术论 [M]. 北京：首都师范大学出版社，2002.

29. 张箭飞. 鲁迅诗化小说研究 [M]. 南宁：广西教育出版社，2004.

30. 郑欣淼. 鲁迅与宗教文化 [M]. 北京：中国社会科学出版社，2004.

31. 周建人，口述. 周晔，编写. 鲁迅故家的败落 [M]. 福州：福建教育出版社，2001.

32. 傅建祥. 鲁迅作品的乡土背景 [M]. 杭州：杭州出版社，2003.

33. [日] 竹内好. 鲁迅 [M]. 李心峰，译. 杭州：浙江文艺出版社，1986.

34. ［日］丸尾常喜."人"与"鬼"的纠葛——鲁迅小说论析［M］. 秦弓，译. 北京：人民文学出版社，2006.

35. 阎嘉. 文学理论精粹读本［M］. 北京：中国人民大学出版社，2006.

36. ［俄］巴赫金. 陀思妥耶夫斯基诗学问题［M］. 北京：生活·读书·新知三联书店，1988.

37. ［英］伊格尔顿. 二十世纪西方文学理论［M］. 伍晓明，译. 北京：北京大学出版社，2007.

38. ［俄］维克托·什克洛夫斯基等. 俄国形式主义文论选［M］. 方珊等，译. 北京：生活·读书·新知三联书店，1989.

39. ［美］韦勒克、沃伦. 文学理论（修订版）［M］. 刘象愚，等译. 南京：江苏教育出版社，2005.

40. ［英］卢伯克，福斯特，缪尔. 小说美学经典三种［M］. 方土人，罗婉华，译. 上海：上海文艺出版社，1990.

41. ［秘鲁］巴·略萨. 中国套盒：致一位青年小说家［M］. 赵德明，译. 天津：百花文艺出版社，2000.

42. ［美］利昂·塞米利安. 现代小说美学［M］. 宋协立，译. 西安：陕西人民出版社，1987.

43. ［美］约瑟夫·弗兰克，等. 现代小说中的空间形式［M］. 秦林芳，编译. 北京：北京大学出版社，1991.

44. ［俄］巴赫金. 小说理论［M］. 白春仁，晓河，译. 石家庄：河北教育出版社，1998.

45. ［美］W.C.布斯. 小说修辞学［M］. 华明，胡晓苏，周宪，译. 北京：北京大学出版社，1987.

46. ［捷克］米兰·昆德拉. 小说的艺术——米兰·昆德拉作品系列［M］. 董强，译. 上海：上海译文出版社，2004.

47. 崔道怡，朱伟，等."冰山"理论：对话与潜对话（上、下）［M］. 北京：工人出版社，1987.

48. ［荷］米克·巴尔. 叙述学 叙事理论导论（第二版）［M］. 谭君强，译. 北京：中国社会科学出版社，2003.

49. ［美］华莱士·马丁.当代叙事学（第二版）［M］.伍晓明，译.北京：北京大学出版社，2005.

50. ［美］浦安迪.中国叙事学［M］.北京：北京大学出版社，1996.

51. ［美］James Phelan，Peter J. Rabinowitz.当代叙事理论指南［M］.申丹，等译.北京：北京大学出版社，2007.

52. 申丹，韩加明，王丽亚.英美小说叙事理论研究［M］.北京：北京大学出版社，2005.

53. 胡亚敏.叙事学（第二版）［M］.武汉：华中师范大学出版社，2004.

54. 杨义.中国叙事学［M］.北京：人民出版社，1997.

55. 陈平原.中国小说叙事模式的转变［M］.北京：北京大学出版社，2003.

56. 徐岱.小说叙事学［M］.北京：中国社会科学出版社，1992.

57. 徐岱.小说形态学［M］.杭州：杭州大学出版社，1992.

58. 曹文轩.小说门［M］.北京：作家出版社，2002.

59. 叶朗.中国小说美学［M］.北京：北京大学出版社，1982.

60. 吴士余.中国小说美学论稿［M］.上海：复旦大学出版社，2006.

61. 黄霖，韩同文，选注.中国历代小说论著选（上、下）［M］.南昌：江西人民出版社，1982.

62. 张世君.《红楼梦》的空间叙事［M］.北京：中国社会科学出版社，1999.

63. 杨义.中国现代小说史（全三册）［M］.北京：人民出版社，1998.

64. 夏志清.中国现代小说史［M］.刘绍铭，等译.上海：复旦大学出版社，2005.

65. ［美］戴维·哈维著.后现代的状况——对文化变迁之缘起的探究［M］.阎嘉，译.北京：商务印书馆，2004.

66. ［美］爱德华·W.苏贾.后现代地理学——重申批判社会理论中的空间［M］.王文斌，译.北京：商务印书馆，2004.

67. 包亚明.现代性与空间的生产［M］.上海：上海教育出版社，2003.

68. 包亚明. 后现代性与地理学的政治 [M]. 上海：上海教育出版社，2001.

69. 包亚明. 权力的眼睛——福柯访谈录 [M]. 上海：上海人民出版社，1997.

70. ［法］福柯. 规训与惩罚 [M]. 刘北成，杨远缨，译. 北京：生活·读书·新知三联书店，1999.

71. ［英］马凌诺斯基. 文化论 [M]. 费孝通，译. 北京：华夏出版社，2002.

72. ［英］丹尼·卡瓦拉罗. 文化理论关键词 [M]. 张卫东，张生，赵顺宏，译. 南京：江苏人民出版社，2006.

73. 李烈炎. 时空学说史 [M]. 武汉：湖北人民出版社，1988.

74. 费孝通. 乡土中国·生育制度 [M]. 北京：北京大学出版社，1998.

75. 费孝通. 费孝通选集 [M]. 天津：天津人民出版社，1988.

76. 姜彬. 吴越民间信仰民俗 [M]. 上海：上海文艺出版社，1992.

77. 高丙中. 民俗文化与民俗生活 [M]. 北京：中国社会科学出版社，1994.

78. 李泽厚. 中国现代思想史论 [M]. 天津：天津社会科学院出版社，2004.

二、论文部分

1. 金健人. 小说的空间构成 [J]. 杭州大学学报，1987（2）.

2. 逄增玉. 现代文学叙事与空间意象营造 [J]. 文艺争鸣，2003（3）.

3. 敬文东. 从铁屋子到天安门——关于二十世纪前半叶中国文学"空间主题"的札记 [J]. 上海文学，2004（8）.

4. 吴晓东. 现代小说的空间形式 [J]. 天涯，2002（5）.

5. 马玉琛. 小说创作中空间的运用 [J]. 陕西教育学院学报，2003（2）.

6. 龙迪勇. 论现代小说的空间叙事 [J]. 江西社会科学，2003（10）.

7. 龙迪勇. 空间形式：现代小说的叙事结构 [J]. 思想战线，2005

（6）．

8. 龙迪勇．叙事学研究的空间转向［J］．江西社会科学，2006（10）．

9. 熊家良．茶馆酒店：中国现代小城叙事的核心化意象［J］．东南大学学报（哲学社会科学版），2006（3）．

10. 熊家良．小城文学：一个地域文化空间的命题［J］．文艺理论与批评，2007（3）．

11. 赵奎英．从中国古代的宇宙模式看传统叙事结构的空间化倾向［J］．文艺研究，2005（10）．

12. 张介明．空间的诱惑——西方现代小说叙事时间的畸变［J］．当代外国文学，2001（1）．

13. 陆扬．空间理论和文学空间［J］．外国文学研究，2004（4）．

14. 刘进．"空间转向"与文学研究的新观念［J］．兰州大学学报（社会科学版），2007（3）．

15. 赵冬梅．现代小说中的时空关系［J］．河北学刊，2003（2）．

16. 姜振昌．《呐喊》《彷徨》：中国小说叙事方式的深层嬗变［J］．文学评论，2006（5）．

17. 陈思和．关于中国现代短篇小说［J］．小说评论，2000（1）．

18. 周海波，苗欣雨．"鲁镇"的生存哲学——重读《孔乙己》［J］．山东社会科学，2003（1）．

19. ［韩］李珠鲁．试论鲁迅《狂人日记》的文学时空［J］．苏州大学学报（哲学社会科学版），2001（2）．

20. 李莉．中国现代小城镇小说［D］．武汉：武汉大学，2007.

22. 韩晓．中国古代小说空间论［D］．上海：复旦大学，2007.

附录论文三篇

鲁迅为什么不写长篇小说？
——一种文体学解释
余新明

摘要：文章比较、分析了过去人们对"鲁迅为什么不写长篇小说"的多种解释，认为其中的一种看法是最为合理的，即：鲁迅创作后期因现实斗争的需要而选择了更直接、更灵活的杂文——这是一种文体上的选择。在此基础上，文章后半部分重点分析了鲁迅前期创作的小说为什么只能是短篇小说而不是长篇小说，有两个主要原因：一是鲁迅着力表现的中国国民的病态人格不能形成长篇小说的骨架，二是因追求心理、精神的刻画和病态人格的概括性，而滤掉了本可以组成长篇小说血肉的一些材料。鲁迅选择短篇小说同样是出于一种文体上的考虑。

一代文豪鲁迅给后人留下了数目庞大的文学遗产，包括三部短篇小说集、两部散文集和十几部杂文集，还有大量的日记、书信、翻译等，使他无愧于"中国现代文学之父"而能与世界上最伟大的文学家比肩并立。但是，在鲁迅留下的全部创作中，竟没有一部长篇小说，这在广大读者看来是十分令人遗憾的。鲁迅为什么不写长篇小说？这个问题从鲁迅活着的时候就开始有人追问了。到今天，关于这个问题的解释有很多种；而这个问题又不可避免地与鲁迅小说创作的中断掺杂在一起，更显复杂。

其实，在鲁迅的创作生涯中，是有过长篇小说的写作计划的。据鲁迅的亲朋好友回忆，在鲁迅生前至少有三部长篇小说的腹稿：一是 1922 年前后准备写的历史小说《杨贵妃》，二是 1932 年前后打算写的关于红军长征的小说，三是 1936 年 6 月大病之后想写的一部反映中国四代知识分子生活的长篇小说。可由于种种原因，这些小说最后都没有写出来。鲁迅自己和他的亲朋好友对此做过很多解释。

许寿裳的看法是："鲁迅则行文敏捷，可是上述的好多篇腹稿和未成稿，终于没有写出，赍志以殁了。其原因：（一）没有余暇。因为环境的艰困，社会政治的不良，自己为生活而奋斗以外，还要帮人家的忙，替别人编稿子，改稿子，绍介稿子，校对稿子，一天忙个不了。他从此发明了一种战斗的文体——短评，短小精悍，有如匕首。攻击现实，篇篇是诗，越来越有光彩，共计有十余册，之外，再没有工夫来写长篇了，真是生在这个时代这个地方所无可奈何的！（二）没有助手……"①

冯雪峰的看法是："我觉得他很不有意去计划写长篇者，主要的是他埋在现实社会的短兵相接的斗争里，从他的岗位来说，对于现在中国社会，他以为社会批评的工作比长篇巨制的作品更急需。记得他曾说：'我一个人不能样样都做到；在文化的意义上，长篇巨制自然重要的，但还有别人在，我是斩荆除棘的人，我还要杂感杂感下去……'鲁迅先生特别看重社会的，政治的，也是文化的那更首要的任务，是不消说的。其实，基本的任务还是一个，这是选择武器的问题。倘若我们将长篇小说的形式从旧的比较笨重的，不直接的，不能迅速反映现实和迅速发生实际效果的意义去看，则鲁迅先生首先采取灵活、迅速、锋利的杂感短评的形式去完成他的任务，是当然的了。"②

茅盾也有类似的看法："一九二七年以后，鲁迅不写小说了——除了几篇《故事新编》。那时他用以进行思想斗争的武器是杂感，这是大家都知道

---

① 许寿裳. 亡友鲁迅印象记［M］//许寿裳. 挚友的怀念——许寿裳忆鲁迅. 石家庄：河北教育出版社，2001：31.

② 冯雪峰. 鲁迅先生计划而未完成的著作［M］//中国社会科学院文学研究所鲁迅研究室编. 1913—1983 鲁迅研究学术论著资料汇编·2. 北京：中国文联出版公司，1986：879.

的。为什么他不再写小说？他曾经说笑话道：'老调子已经唱完。'当然他的忙于写杂感是一个主要原因。在当时思想斗争的需要上，杂感是比小说更有力。"①

许寿裳、冯雪峰都是鲁迅的密友，茅盾则是著名的作家和文学评论家，应该说，他们的看法是符合实际而且相当准确的。他们的意见归纳起来，就是：1. 鲁迅从事了太多的工作，时间、精力不够；2. 时代、社会需要比长篇小说更迅速、更有力的杂感。这些就造成了鲁迅在 1926、1927 年前后几乎中断了小说创作，更没有长篇小说创作了。

另一位著名的鲁迅研究者李长之的看法却不同。在谈到"鲁迅创作的中断"及为什么不写长篇小说时，他这样说："这种不爱'群'，而爱孤独，不喜事，而喜驰骋于思索情绪的生活，就是我们所谓'内倾'的。在这里，可以说发现了鲁迅第一个不能写长篇小说的根由了……宴会就加以拒绝，群集里就坐不久，这尤其不是小说家的风度"，"他缺少一种组织的能力，这是他不能写长篇小说的第二个原故，因为长篇小说得有结构，同时也是他在思想上没有建立的原故，因为大的思想得有体系。系统的论文，是为他所难能的，方便的是杂感。"②

李长之是从鲁迅的精神人格的缺陷和能力的不足来看鲁迅的小说创作的，归结起来就是鲁迅没有能力写长篇小说，因为他是一个"内倾"而没有"大的思想"的人。什么叫大的思想？如果说要像康德、黑格尔、马克思、恩格斯那样建立一个庞大的思想体系才叫大的思想的话，写出了长篇小说的列夫·托尔斯泰、雨果、巴尔扎克、曹雪芹也没有这样的思想体系。如果大的思想指一种深刻的洞察力，那么，看看《鲁迅全集》就知道毫无疑问鲁迅具备了。

鲁迅是否没有组织长篇小说的结构能力？我们来看看冯雪峰的一段回忆："大约过了一星期，一晚再去访问的时候，鲁迅先生说道：'那天谈起的

---

①　茅盾. 论鲁迅的小说［M］//瞿秋白等. 红色光环下的鲁迅. 石家庄：河北教育出版社，2001：167.

②　李长之. 鲁迅批判［M］. 北京：北京出版社，2003：142，161.

写四代知识分子的长篇，倒想了一下，我想从一个读书人的大家庭衰落写起……'又加说：'一直写到现在，份量可不少。——不过一些事情总得结束一下，也要迁移一个地方才好。'这证明这已经是鲁迅先生有意的存心的计划了。"①

冯雪峰是与晚年鲁迅交往最为密切的人之一，这段回忆文字又作于1937年，距所忆内容仅一年时间，应该是真实可信的。而一向谦虚的鲁迅，在这段回忆中却表现出对写这个长篇的十足的自信；而且，那从一个大家庭写起的开头和"社会变迁"的纵式结构，不正是很多长篇小说的结构吗？

所以，李长之的判断是不太准确的，我倒更愿意采信许寿裳、冯雪峰、茅盾等人的说法，即鲁迅在1926年以后忙于杂文的写作而放弃了小说的创作，当然也就没有长篇小说了。

但另一个问题也来了：如果我们以1926年为界把鲁迅的创作分为前后两个时期的话，后期他忙于写杂文，那前期呢，他为什么也没有写长篇小说？《呐喊》《彷徨》为什么是短篇小说而不是长篇小说？这个问题是包括许寿裳、冯雪峰、茅盾、李长之在内的很多人都忽略了的。

我认为，《呐喊》《彷徨》里的小说之所以只能是短篇小说而不能是长篇小说，主要有两个理由。

第一，鲁迅着力表现的国民劣根性不能形成长篇小说的骨架。

一部长篇小说得以形成，其首要条件就是它必须有一个长篇小说的骨架，即一个相对于短篇小说来说庞大得多的结构和篇幅，这就要求有一个强劲的叙事动力来维持一个较长的叙述。强大的叙事动力怎么产生？只能来自强烈的冲突，来自你死我活、势不两立的斗争，这边要往东走，那边要往西走，矛盾产生了，就有了冲突、斗争；一方战胜了另一方，矛盾就解决了，故事也就完了。我们通常所说的故事的开端、发展、高潮和结局就是这样的，所有的事件、材料都是奔着一个结局——目标而去的。《红楼梦》的叙

---

① 冯雪峰. 鲁迅先生计划而未完成的著作［M］//中国社会科学院文学研究所鲁迅研究室编. 1913—1983鲁迅研究学术论著资料汇编·2. 北京：中国文联出版公司，1986：880.

事动力是大观园内的红楼儿女形成的纯情世界和大观园外的贪欲世界的对立，其指向目标是以荣、宁二府为代表的封建社会的衰亡、没落；《三国演义》的叙事动力是魏、蜀、吴三个政治、军事集团的复杂斗争，其结局是三家归晋。这些优秀的古典长篇小说，是一类具有尖锐的事件性建立在外在冲突上的叙事作品。近二三个世纪以来，由于对人的精神世界的关注，在西方又出现了另一种类型的长篇小说，叙事动力的事件性因素明显减弱，而人的内心冲突的重要性则越来越上升。被推到首位的不再是外在事件，而是主人公的意识——具有多层次性和复杂性、带有无止境的变动不居和心理上的细微差别的意识。这些人物，往往会一往无前地追求某些个人目标，而且还会反思自己在世界上的地位，能理清并紧张地去确定自己的价值坐标。这一类型小说的典型代表是陀斯妥耶夫斯基的小说。

《呐喊》《彷徨》能否成为这样的长篇小说呢？

我们都知道，鲁迅创作小说的根本目的是改造国民劣根性，这种国民劣根性在学过医的鲁迅看来，是一种病态人格。它主要指国民性中的愚昧麻木、不觉悟、看客心理、迷信思想、等级观念、软弱妥协、凉薄冷酷等，其最集中体现当然是阿 Q 的精神胜利法。鲁迅深知中国历史，加上特殊、丰富的人生经历，炼就了一副"火眼金睛"，这副"火眼金睛"使鲁迅能穿透现实人生中的各种表象，直达人的灵魂深处，直达中国思想文化的深处，得出常人难以得出的结论来。而这些结论，却往往让鲁迅感到绝望。对于黑暗的中国社会，鲁迅有两个形象的比喻：一个"绝无窗户而万难破毁的铁屋子"（《呐喊·自序》），一个是"安排人肉的筵宴的厨房"（《坟·灯下漫笔》）。这两个比喻都表达了鲁迅对中国社会的思考：中国社会黑暗势力太强大了，人在其中只有被"闷死"或成为被吃的"人肉"。人在这样的环境中，早已失去了反抗环境的信心和能力，剩下的只有消极适应，被动接受。鲁迅曾高度概括中国人的生存状态：一，想做奴隶而不得的时代；二，暂时做稳了奴隶的时代。（《坟·灯下漫笔》）无论哪种时代，中国人的最好状况也不过是驯服的"奴隶"。其结果就是《呐喊》《彷徨》里的人物与环境之间没有冲突。阿 Q 何曾想过反抗？赵太爷给了他一个嘴巴质问他"你那里配姓赵"，阿 Q "并没有抗辩"，只是退出来，还要谢地保二百文酒钱。连奴隶地位都意识不到，哪里有反抗呢？有人说祥林嫂问"我"人有不有魂灵是一种觉醒、反抗的开始，这是"高估"她了，其实她关心的是既想死后见她的阿毛，又怕被两个丈夫锯成两半，她的精神世界和以前相比并没有任何变化。人没有能力，也没想过，或者说，也不想改变环境。

人不能对环境产生作用，而环境也不能对这些病态人格产生任何影响。当江南水乡的一场风波来临时，各色人等上演了一曲闹剧，然后复归于平静，一切像没发生过。阿 Q 被赵太爷打嘴巴，被闲人们打，被王胡打，被假洋鬼子打……直到"大团圆"要被杀头了，他的阿 Q 性格可曾变过？圆圈画不圆，心里想：孙子才画得很圆的圆圈呢。阿 Q、祥林嫂、单四嫂子、孔乙己、陈士成、爱姑等，都是如此。他们的病态人格从未变化，小说一开始，他们就是那个样子，小说结束时他们还是那个样子——尽管看起来他们的外部生活发生了变化，包括死亡，但这些仍然是他们病态人格的一种展现方式。这种静态性格，不会有变动、发展，也就永远产生不了内心冲突。萧红在谈到鲁迅小说时就很敏锐地发现了这一点："鲁迅小说的调子是低沉的。那些人物，多是自在性的，甚至可以说是动物性的，没有人的自觉，他们不自觉地在那里受罪，而鲁迅却自觉地和他们一起受罪。"① "没有人的自觉"——可谓一语中的。

既没有与环境的冲突，也没有内心的冲突，以表现病态人格为中心的小说就很难拉长，有的就只是人生断面、人生常态的展现。所以《呐喊》《彷徨》中少有向前推进的具体时刻，更多的是很难朝一个方向发展的、没有具体时刻的模糊时间，如《孔乙己》里常见的是"这些时候""有几回""有一天""一天的下半天"，等等；《阿 Q 正传》里时间也是这样，尤其是前半部分，也多是"有一回""许多年""有一年的春天""这一天"等时间概念。没有推进、发展，人就与环境构成"共谋"的关系：没有斗争、冲突，彼此维持——这都与长篇小说的要求相反。建构了一种独创性的长篇小说理

---

① 萧红. 现时文艺活动与《七月》——座谈会记录 [J]. 七月，1938（15）.

论的巴赫金在《史诗与长篇小说（长篇小说研究的方法论）》（1941）中指出，长篇小说的主人公"不是作为定型的、一成不变的，而是作为在成长的，在变化的，由生活所教育出来的"来展示的；俄国当代文学理论家哈利泽夫进一步认为，长篇小说"通常，是在主人公与周围环境之冲突性的关系中，来把握人的生活"，"在为数众多的长篇小说中，得到刻画的是主人公与周围环境格格不入的情境，是恶魔式的为所欲为，得到强调的是主人公不能安分于现实之中、无家可归、生活上的流浪与精神上的漂泊"。① 鲁迅要表现的是毫无自主状态的、依顺环境的奴隶，他们成不了"恶魔"，因而就没有了长篇小说。

《呐喊》《彷徨》中还有一类人物，像狂人、吕纬甫、魏连殳等，是一批最先醒来的先觉者。他们向环境发起了挑战，可很快失败了：狂人一清醒，就"赴某地候补矣"，吕纬甫像蜂子或蝇子那样"飞了一个小圈子，便又回来停在原地点"，魏连殳则在"躬行先前所憎恶，所反对的一切，拒斥先前所崇仰，所主张的一切"后死去。黑暗环境的势力太强大了，一接战，他们就被打倒在地，战事很快结束，故事也就继续不下去了——也不可能有长篇小说。

第二，因追求心理、精神的刻画和病态人格的概括性，而滤掉了本可以组成长篇小说血肉的一些材料。

鲁迅关注的是人的精神世界，所以他在表达他的主题时，他倾向的重心势必是心灵事件，而不是现实生活中如我们所见的"客观事件"。他要揭示的，是外部事件在人的心灵中的反应和影响，为此，他设置了一些最能透视人内心的心理框架："狂人"的日记，《孔乙己》《一件小事》的全篇回忆，《伤逝》的"手记"形式，《阿Q正传》的传记形式，《故乡》《祝福》的部分回忆，《孤独者》中的书信，《兄弟》中的梦幻和潜意识；带有丰厚心理内容的人物对话（往往是对事情的评论、看法）也得到了大量运用。人的心理意识尽管有"观古今于须臾，抚四海于一瞬"（陆机《文赋》）的优势，但

① ［俄］瓦·叶·哈利泽夫. 文学学导论［M］. 北京：北京大学出版社，2006：398-399.

很显然，它也有强烈的选择、过滤性。最让人痛苦的，或最让人欢欣的，往往最容易留在记忆的底片上，并成为人的心理世界的一部分；相反，与人关系不大的，或对人没产生什么印象的，往往就随风而逝，消失在时间的长河里。所以，如果不是以人的心理框架来写作的话，事件就会更接近于生活的原生状态，也更为丰富——然而其最重要的、本质性的东西也会因过多的杂质而冲淡。

如在《祝福》里，对祥林嫂进行直接正面表现的只有她死前与"我"的一次交谈，其他的关于祥林嫂的事迹，全部是在"我"的回忆里完成的。祥林嫂两次结婚，两个丈夫都死去，其间到鲁镇做工、被婆婆发卖、生儿子阿毛、阿毛被狼叼走、大伯收屋，又到鲁镇做工，这经历，从时间上来说从二十几岁到四十上下有十几年，从空间上来说，从鲁镇到祥林嫂婆家到贺家坳再到鲁镇范围也够大，如果正面表现这个故事，显然就不是一个短篇小说能容纳得了的。因为"我"的位置固定在鲁镇，所以关于祥林嫂的故事就只能回忆与鲁镇有关的情况，为了弥补不足，在"我"的回忆里又穿插了卫老婆子的叙述和祥林嫂自己的叙述。这样写的目的不仅凸显了祥林嫂的不觉悟、旁人对祥林嫂的冷酷，同时，也写出了作为启蒙知识分子的"我"的两难："我"同情她然而无能为力。然而，从全篇看，至少过滤掉了这几个事实：一、祥林嫂娘家的情况；二、祥林嫂第二次婚后应该有的一段短暂的快乐时光；三、祥林嫂被鲁四老爷赶出来之后流落街头的情况；四、祥林嫂死亡的具体情况，而小说中她的死只有四叔的"谬种"的评价和短工的"穷死的"结论。这些材料，若在长篇小说中将会是很有用的。再比如《药》中夏瑜的故事，是通过茶馆里"庸众"的谈话断断续续地展示出来的，并因此成为一个"精神事件"。若当成一个外在事件去写，则夏瑜的革命活动、狱中给阿义讲革命道理、英勇就义就会得到详细刻画——但这样一来，就是个常见的革命故事，"庸众"的灵魂，落后的国民性也就不见影了。在鲁迅看来，只要把病态人格表现出来了，略去一些材料是不足惜的。

鲁迅小说中的人物具有高度的概括性，这从《阿Q正传》在《晨报副刊》上连载时就有许多人疑神疑鬼地认为在写自己就可见一斑。当然，这种高度的概括性是以牺牲人物身上的一部分特有的细节为代价的。比如《白光》里的陈士成，他的原型是鲁迅的叔祖辈的本家周子京，周作人回忆说他一生的大事只有"教书、掘藏以及发狂"，末了一次发狂"用剪刀戳伤气管及前胸，又把稻草洒洋油点火，自己伏在上面，口称好爽快，末后从桥上投入河内，大叫道'老牛落水了'"，被救起后过两天就死了。① 这么一个材料，在长篇小说家看来是难得的好素材，鲁迅却大方弃去，只留了"掘藏"和"落水"的细节，而把其他热衷科举的读书人因落榜而发狂与周子京的发狂嫁接起来，这就使人物更有代表性。鲁迅自己说他的人物是这样写出来的："人物的模特儿也一样，没有专用过一个人，往往嘴在浙江，脸在北京，衣服在山西，是一个拼凑起来的脚色。"（《南腔北调集·我怎么做起小说来》）这样写，人物的代表性有了，但由于大量生活细节的删除，文体上的结果就是写成短篇，而不是要求血肉丰富的长篇了。

　　由此可以看出，鲁迅前期要表达的主题决定了鲁迅只能选择短篇小说（也很难写成中篇——《阿Q正传》是唯一的中篇——理由同长篇小说，因为中篇更接近于长篇而不是短篇小说）。同长篇小说相比，短篇小说具有更适宜于这种主题表达的文体特征。《呐喊》《彷徨》里的小说有强烈的"撄人心"的情感效果，是与短篇小说这种文体的特点分不开的。鲁迅喜爱的美国作家爱伦·坡在强调文学作品的感染力时有一个近乎苛刻的观点：优秀的诗篇或小说必须能在一个小时内读完，否则读者的情绪就会受到破坏。他在《评霍桑的〈故事重述〉》中写道："如果有人要问最伟大的天才怎样才能最充分地展现其才华，我们会毫不犹豫地回答——在于创作可在一小时内读完的有韵诗。只有在这个限度内才能产生真正优秀的诗作。在此我们只需要强调，在几乎各类创作中，效果或感受的一致性是最最重要的。"坡接着写道，比可在一小时之内读完的有韵诗稍显逊色的是"散文故事，即霍桑在此为我们展示的作品。我们指的是半个小时到一两个小时可以读完的短篇散文叙事。根据已经阐述的原因，长篇小说仅长度一点就不可取。由于不能一气

① 周作人.《彷徨》衍义［M］//周作人，周建人.书里人生——兄弟忆鲁迅（二）.石家庄：河北教育出版社，2002：58.

读完，长篇小说自然也就破坏了读完全文才能获得的巨大冲击力……在那段阅读小说的时间内，读者的灵魂被作者所控制。没有疲倦或干扰所构成的外界影响"①。鲁迅有没有看到坡的这段话我们不得而知，但无疑《呐喊》《彷徨》里的小说是具有坡所说的这种情感效果的一致性和强烈的感染力的——这也许是鲁迅选择短篇小说的另一个重要的原因吧！

在鲁迅创作的前期，暴露国民的病态人格使鲁迅选择了短篇小说而不是长篇小说，后期为了现实战斗的需要使鲁迅选择了短小、更直接的杂文，这都有文体上的考虑。鲁迅没有长篇小说是令人遗憾，但这丝毫不影响鲁迅的伟大，倒更可见出他的拳拳赤子之心。但如果以此来非难鲁迅，说他没有能力写长篇小说，那就要么是没有进行深入分析，要么就是一种态度过激的偏见了。如前所述，如果鲁迅把关注国民性的目光移到其他问题上来（他构思的几部长篇小说就是其他题材），或者时代环境稍稍宽松一些，并给以足够的时间，以他已经显露出来的才华，他是能够写出伟大的长篇小说的。

（本文刊于《文艺理论与批评》2008 年 1 期）

---

① 转引自申丹，韩加明，王丽亚. 英美小说叙事理论研究 ［M］. 北京：北京大学出版社，2005：81.

小说叙事研究的新视野

——空间叙事

余新明

摘要：阐述了人文社科领域内的"空间转向"和小说叙事研究的"空间叙事"的概念及其关系，并对小说的空间叙事研究应以空间的叙事功能为核心问题，还可进行一些形态、视点、节奏等外围问题的研究进行了深入分析。笔者认为这些都为小说叙事研究打开了一个全新的视野。

一、重新认识空间

小说是一种时间艺术，小说里的故事总是在一定的时间流里发生、发展的。相应地，人们在研究小说叙事时，就很注重研究时间在叙事中的作用，并几乎形成了关于时间叙事的一整套完整而复杂的理论构架。而小说中故事发生、发展的另一维度——空间，则备受冷落，它在叙事中的作用很少被研究者谈及，更不用说形成一些固定的理论术语和研究系统了。

小说叙事研究这一失衡局面的形成，除传统小说强调故事情节这个客观原因外，还与人们对空间的认识有关。在大多数小说理论著作中，空间有时等同于建筑物，有时等同于地点、场所，有时还等同于地域。但无论哪种情况，空间都摆脱不了附属的、次要的地位，始终在人物、情节、环境小说三要素之最末的环境范围内游荡，没有相对独立的位置，其在叙事中的作用也就被更显眼的时间遮蔽了。

但到了 20 世纪末叶，这一切开始发生变化了。其起因与人文社科领域的"空间转向"密切相关，"而此一转向被认为是 20 世纪后半叶知识和政治发展中最举足轻重的事件之一"，"学者们开始刮目相待人文生活中的'空间性'，把以前给予时间和历史，给予社会关系和社会的青睐，纷纷转移到空间上来"。① 福柯在《规训与惩罚》《疯癫与文明》等著作中着重研究了权力与空间的关系，他认为，"空间是任何公共生活形式的基础。空间是任何权力运作的基础"②，"有关空间的历史——这也就是权力的历史——从地缘政治的大战略到住所的小策略，从教室这样制度化的建筑到医院的设计。……空间的定位是一种必须仔细研究的政治经济形式"③。有研究者评论说："对福柯而言，空间乃权力、知识等话语，转化成实际权力的关键。"④ 这无疑会大大改变我们对空间的理解和认识。西方另一位著名的思想家亨利·列斐伏尔在《空间的生产》中说："空间是一种社会关系吗？当然是……空间里弥漫着社会关系；它不仅被社会关系支持，也生产社会关系和被社会关系所生产"⑤，"空间从来就不是空洞的：它往往蕴涵着某种意义"⑥。列斐伏尔的这些论述都围绕着一个核心问题："什么才是社会关系的真正存在方式？"很显然，他的答案是空间："只有当社会关系在空间中得以表达时，这些关系才能够存在：它们把自身投射到空间中，在空间中固化，在此过程中也就产生了空间本身。因此，社会空间既是行为的领域，也是行为的基础。"⑦ 福柯和列斐伏尔都把空间看成是某种意识形态的产物，反过来，空间又表现、生产、强化这种意识形态，并且是意识形态转化为实际的关键，因而空间对于生活其间的人来说具有决定意义。这种看法，无疑是在空间仅仅是一个等待

① 陆扬. 空间理论和文学空间［J］. 外国文学研究，2004（4）：31-37.

② 包亚明. 后现代性与地理学的政治［M］//都市与文化丛书：第1辑. 上海：上海教育出版社，2001：13-14.

③ 包亚明. 权力的眼睛——福柯访谈录［M］. 上海：上海人民出版社，1997：152.

④ 包亚明. 后现代性与地理学的政治［M］//都市与文化丛书：第1辑. 上海：上海教育出版社，2001：29.

⑤ 包亚明. 现代性与空间的生产［M］//都市与文化丛书：第2辑. 上海：上海教育出版社，2003：48.

⑥ 包亚明. 现代性与空间的生产［M］//都市与文化丛书：第2辑. 上海：上海教育出版社，2003：83.

⑦ 包亚明. 现代性与空间的生产［M］//都市与文化丛书：第2辑. 上海：上海教育出版社，2003：97.

填充的空洞之物的基础上大大前进了一步。

因此，空间不仅具有人们能看见、能触摸的物理实体性质，更重要的，它还生产出人们看不见摸不着但又弥漫于空间各个角落的社会关系、权力运作乃至人的思想观念等形而上的意识形态内容。另一方面，空间又是这些观念形态转化为实际的关键，因而空间与意识形态是一种互相生产、互为表征的密不可分有机结合的关系——这才是人文社科领域里空间的准确含义！当我们在这个意义上来看小说中的空间时，我们就会发现，空间在小说叙事中起了重要，有时甚至是决定性作用。所以，从空间的角度来研究小说叙事，是与时间一样，也是一条有效而重要的途径。

二、叙事学研究的"空间转向"

空间对小说叙事的重要作用已经被很多研究者注意到，有人还做了种种很有意思的分析。周蕾在分析张爱玲的名作《封锁》时就给予这篇小说中的空间——停驶的电车以很高的、决定性的地位："如果没有了大都市，没有了电车，没有了一切现代的物质文化，'封锁'的故事根本不能成立。"① 正是"封锁"的电车，才把小说主人公从他们日常生活的轨道中强行拉出来，而电车所规定的互不相识然而又聚集到一起的乘客关系，才使一场梦幻"艳遇"有了可能。巴尔扎克的小说《沙漠中的爱情》里的空间也具有类似功能。这篇小说的空间是一望无际的沙漠和狭窄的山洞，一个士兵掉队，躲藏在山洞里，一觉醒来，发现身边躺着一只母豹——无边的沙漠和狭窄的山洞里就只有一位士兵和一只母豹，此外再无别的生物。士兵没有伤害母豹，母豹也没有伤害士兵，二者和平相处，还产生一种类似爱情的感情。巴尔扎克绝顶聪明，在战争的残酷背景下写人性与兽性的升华，寓意深刻。那么，这一小说叙事及其深刻主题是依靠什么完成的？其特殊真实性又是如何形成的？"关键之点当然在环境，即空间。环境不可置换，若将这一对'特殊人物'放在城市、放在农村、放在动物园的铁栅栏里，不是士兵打死母豹就是

---

① 周蕾. 技巧、美学时空、女性作家——从张爱玲的《封锁》谈起［M］//杨泽. 阅
　　读张爱玲. 桂林：广西师范大学出版社，2003：104.

母豹撕碎了士兵。而只有在沙漠里的山洞这一典型环境中，没有别的任何生物存在，士兵和母豹才能和平相处。小说的真实性和深刻性源于特殊而典型的环境"①，这种分析确为切中肯綮之论。离开了这一特定空间，《沙漠中的爱情》将无法完成这样的叙事。

因此，以前偏于时间的叙事研究在某种意义上说是很不完善的，我们现在应该为小说中空间的叙事作用"补课"。对此，很多有识之士发出了呼吁。江西社科院的龙迪勇先生在一篇题为《叙事学研究的空间转向》中宣称："事实上，像一切完整的研究一样，叙事学研究也是既存在一个时间维度，也存在一个空间维度。然而，尽管时间和空间都是构成叙事和叙事作品的基本要素，但在传统的叙事学研究中（无论是经典叙事学还是后经典叙事学），人们都只对前者倾注了过多的热情，而有意无意地忽视了后者。我们认为，对时间的重视不能导致对空间的忽视，现在，叙事学是到了该重视空间维度上的研究的时候了。"② 在另一篇文章中，龙迪勇认为很多现代小说家"不仅仅把空间看作故事发生的地点和叙事必不可少的场景，而是利用空间来表现时间，利用空间来安排小说结构，甚至利用空间来推动整个叙事进程"③，这就开始涉及空间在叙事中的具体作用了。

暨南大学的张世君教授则在对具体作品的分析中阐明空间与叙事的关系。她的《〈红楼梦〉的空间叙事》一书对《红楼梦》中的空间的叙事功能进行了独到的、卓有成效的分析，拓宽了对《红楼梦》的叙事研究领域，并取得了许多前人未见的独特发现。但我认为，这本书最大的理论价值，在于它在对具体作品翔实分析的基础上，明确无误地提出了"空间叙事"这个概念。很显然，这个概念是相对于"时间叙事"而提出来的："空间叙事是所有中国文学和西方文学叙事都存在的现象，但人们尚未给予它充分的重视和肯定，并对它进行深入切实的研究。迄今为止的叙事学理论大都重视对时间

---

① 马玉琛. 小说创作中的空间运用 [J]. 陕西教育学院学报，2003（2）：58-61.
② 龙迪勇. 叙事学研究的空间转向 [J]. 江西社会科学，2006（10）：61-72.
③ 龙迪勇. 论现代小说的空间叙事 [J]. 江西社会科学，2003（10）：15-22.

的研究，强调叙事结构在时间序列中建构，忽视叙事中的空间作用。"① 过去，有哪一家的叙事理论承认自己是一种"时间叙事"理论呢？——尽管他们的叙事理论很大程度建立在时间的基础之上。因而，"空间叙事"这一概念的潜在对立指向——"时间叙事"，就照出了过去叙事理论的偏颇，以及对于空间在叙事中的重要作用的遮蔽。简言之，"空间叙事"就如同一盏探照灯，把过去隐藏在时间的阴影中的空间给照亮了，从此，空间在叙事中不再是一个可有可无的可怜的配角，它开始有了不再依附于时间的相对独立的价值（尽管在实际上空间与时间不可分割）。"批评就是一场为给那些从未被人注意到的东西命名而进行的斗争"②，从这个意义上说，"空间叙事"为小说叙事研究打开了一个崭新的视野。

三、"空间叙事"的具体研究方法

第一，小说空间叙事的核心问题应该是空间的叙事功能，即空间如何参与叙事、影响叙事。我认为，进入这一问题最关键的一把钥匙是分析空间"生产"出了怎样的社会关系、权力结构、思想观念，这些形而上的意识形态特征又是怎样转化为空间里人们的实际行为，从而影响、决定了小说叙事的进程。如《孔乙己》这篇小说，鲁迅选取咸亨酒店作为舞台绝不是随意的，而是一种精心的设计。这篇三千字的小说一开始，就用二百字左右的篇幅对咸亨酒店进行了介绍，着重突出其森严的等级特征。孔乙己沦落为社会等级的底层却不自知（还穿着标志读书人身份的"长衫"），因此森严的等级和忘记自己的社会位置必然要发生猛烈的碰撞。其结果是，在公众汇聚的酒店里，"站着喝酒而穿长衫"的孔乙己成了这一公共场所的唯一，因而遭到人们的嘲笑：孔乙己一到酒店，酒店里马上就笑声一片，人们开始集体狂欢。庸众的笑对孔乙己来说是一种把他从咸亨酒店这一公共空间排除出去的力量，而孔乙己想竭力维持自尊以进入这一空间。所以，咸亨酒店就成了一个排除与谋求进入的战场。在来

---

① 张世君. 《红楼梦》的空间叙事 [M]. 北京：中国社会科学出版社，1999：3.
② [美] 华莱士·马丁. 当代叙事学 [M]. 伍晓明，译. 北京：北京大学出版社，2005：123.

回的搏斗中，庸众的冷酷、麻木、愚昧，孔乙己的中毒（中科举制度之毒）之深和不觉悟的精神状态，就都被清晰地表达出来了。因此，在这篇小说中，咸亨酒店这一空间形象，既是被等级观念、冷酷的人际关系生产出来的，同时，它又是它们转化为实际生活的关键，在这一转化过程中，就制造了孔乙己的悲剧，也达到了鲁迅解剖国民性的创作目的。可以说，是咸亨酒店产生了孔乙己的故事，它影响、控制并最终形成了整个小说叙事。

进入这一问题的另一把钥匙是空间叙事的单位问题。在优秀的小说中空间也不是完全静止地被描述出来了，而是人在空间里活动时同时表现出来的，这就是场景，场景就是空间叙事的基本单位。"场景是在同一地点、在一个没有间断的时间跨度里持续着的事件"①，空间对叙事的参与在很大程度上是通过场景来进行的。场景对叙事的影响有两个方面，一是对叙事时间的干预，二是场景与场景的转移衔接形成小说叙事结构。场景的表达手法是描写，它的故事时间暂时停止或发展缓慢，因而读者在阅读时，不易感觉到时间的流动，而是被空间细节深深地迷住了，其结果是读者对小说叙事时间流的抗拒。场景的组接可形成较大的叙事单元，较大的叙事单元构成故事，因而场景之间的关系与小说结构密切相关。如鲁迅小说《风波》，在土场这一空间里主要写了三个场景，它们之间尽管有时间先后顺序，但彼此间并没有因果关系，所以它们只能是一种并列关系，这篇小说就是一种并列结构，它靠松散的时间和九斤老太的"一代不如一代"等重复性事物来贯穿、统一。

第二，小说空间叙事的外围问题，这个问题大概可以包含空间叙事的形态、视点、节奏等几个方面。

空间叙事的形态指空间在完成叙事中所呈现出来的一些外在特征，通常以一篇完整的小说里所有的空间作为考察的对象。如按照小说叙事是否是在一个固定的具体地点、场所完成的，我们可以把小说空间叙事的形态划分成两类：将在一个固定的地点、场所完成的空间叙事称之为静态空间叙事，如鲁迅小说《孔乙己》《风波》《示众》，等等，它可以刻画一个场景，也可以

---

① ［美］利昂·塞米利安. 现代小说美学 ［M］. 宋协立，译. 西安：陕西人民出版社，1987：6-7.

刻画多个场景；将地点、场所有移动变化的空间叙事称之为动态空间叙事，如鲁迅的《药》《阿Q正传》等，与场所的变化相关的是人物性格的反复呈现和小说叙事的逐步展开，当然，空间场景也是多个。对空间叙事形态的深入分析会有助于我们更全面地掌握空间叙事的特点和作用。

空间叙事也有一个视点问题，即某一具体空间或空间场景是通过谁的眼睛反映出来的，这也会对空间叙事造成很大的影响。如《孔乙己》里的咸亨酒店，是通过处在于这一空间的最底层的小伙计的眼睛表现出来的，他也可以"附和着笑"，参加对孔乙己的集体狂欢，他似乎也与其他庸众取同一价值立场，但这只是一个伪视点，真正的视点是二十多年后、已经长大成人的、现在的"我"，而这一视点则是对前一视点的否定，包含了对狂欢场景的批判和对当年参加这一集体狂欢的自我反省。伪视点显出空间场景的真实性和可感性，真正的视点显出否定性和批判性，《孔乙己》就这两个视点的对立撕扯中产生震撼人心的艺术力量。

空间叙事的节奏是指空间场景之间某种有规律的重复，所以只有一个空间场景的小说就不可能有节奏，有多个场景而没有某种重复也就不可能有节奏，它只是在不断变化。空间场景重复和变化的依据是什么？当然是场景所包蕴的思想内容、心理趋向、情感色彩，等等。鲁迅小说《故乡》依次大致有"萧索的荒村"故乡形象、脑中记忆的美丽故乡形象、见杨二嫂、见闰土、离开故乡时再想起记忆中的故乡形象等五个场景，记忆中的故乡是美好、充满诗意的，而现实故乡的几个场面无不让人忧伤，是一种低沉、压抑的灰色调。因此《故乡》的节奏可归结为ABAAB式。这种空间叙事的节奏研究用于中短篇小说比较方便，长篇小说可能就复杂一些，我们可以用划分空间叙事单元的方法来解决这个问题。

当然，小说的空间叙事还可研究一些其他问题，这主要根据作品的"个性"来设计。

（本文刊于《沈阳大学学报》2008年2期）

鲁迅的诗人气质和鲁迅小说的诗性叙述

余新明

一、鲁迅的诗人气质

鲁迅是诗人吗?

答案当然是肯定的。自 1900 年作《别诸弟三首》到 1935 年 12 月的《亥年残秋偶作》为止,包括旧体诗、新诗和民歌体诗在内,鲁迅一共创作了 64 题 83 首诗歌。① 从数量上来说,很不少了,与一些以"诗人"名世的文学家相比,也是毫不逊色。从质量上来说,鲁迅诗作质量之高,名句之多,称他为"杰出的诗人"亦毫不为过。"寄意寒星荃不察,我以我血荐轩辕"(《自题小像》),"血沃中原肥劲草,寒凝大地发春华"(《无题》),"横眉冷对千夫指,俯首甘为孺子牛"(《自嘲》),"心事浩茫连宇宙,于无声处听惊雷"(《无题》),等等,皆是我们耳熟能详的名句,它们很多都已经化作中国现代文学语言的一部分了。高旭东先生认为,"鲁迅不但很有诗人气质,而且还是现代杰出的诗人","对现代中国人的精神影响而言,毛泽东与鲁迅的旧诗远远超过了一般新文学的创作文本"②,这一高度评价道出了鲁迅诗作的崇高价值。

---

① 详见周振甫注《鲁迅诗歌注》,江苏教育出版社 2006 年 1 月第一版。周振甫先生在 1991 年为此书写的前言中说,"这个本子,说它是《鲁迅诗全编》,在目下大概还可以",此书收录鲁迅各类诗歌(包括翻译作品和非诗歌类的小说、杂文、散文中的诗歌)共 64 题 83 首。

② 高旭东. 高旭东讲鲁迅 [M]. 北京:北京大学出版社,2008:269,270.

　　"和鲁迅生平有三十五年的交谊，彼此关怀，无异昆弟"① 的许寿裳，也早做出过"鲁迅是诗人"的评价："鲁迅是诗人，不但他的散文诗《野草》，内含哲理，用意深邃，幽默和讽刺随处可寻。就是他的杂感集，依罗膺中（庸）看法，也简直是诗，因为每篇都是短兵相接，毫无铺排。异于辞赋，而且中有我在。至于旧诗，虽不过是他的余事，偶尔为之，可是意境和音节，无不讲究，功夫深厚，自成风格。"② 但这些"自成风格"的好诗，却由于鲁迅的自谦，以及这些诗作中的大部分仅限于亲朋好友间的赠答，而没有像他的众多小说、杂文、散文那样被公开发表，因此，小说家、杂文家的鲁迅就一定程度上遮蔽了"诗人"鲁迅。另外，还由于鲁迅的大部分诗作是旧体诗，是文言文写的，看起来也与五四新文学的用语追求（白话）背道而驰，因此，绝大部分的新文学史是不谈鲁迅的诗歌的——这种刻意的回避似乎是为了"保护"鲁迅作为五四新文学运动的"旗手"的"纯粹性"。但不谈"诗人鲁迅"的鲁迅不仅是不完整的，而且，极有可能，我们因此还失掉了切近鲁迅的一个极为重要的方面——鲁迅在本质上是一个诗人。

　　李长之的《鲁迅批判》是"鲁迅研究史上第一部成体系的专著，是惟一经过鲁迅批阅的批评鲁迅的专著，也是迄今在研究鲁迅的学术领域中引文率最高的专著"③，在这本著作中，李长之的一个著名的观点就是：鲁迅在本质上就是一个诗人。在这本书的总结部分，李长之用的小标题就是："总结：诗人和战士的鲁迅：鲁迅之本质及其批评"。据李长之在《鲁迅批判·三版题记》中说："鲁迅先生是看见过付印之前的稿样的，他很帮忙，曾经订正过其中的著作时日，并寄赠过一张近照。"由此可见，对于李长之的这一鲜明观点，至少鲁迅本人是没有否定的，否则，他何以要热心地"订正"时日并寄赠照片以支持这本书的出版呢？

　　当然，鲁迅的这种诗人式的人格气质究其根源可追溯至鲁迅"从小康人

----

① 许寿裳. 挚友的怀念——许寿裳忆鲁迅［M］. 石家庄：河北教育出版社，2000：53.
② 许寿裳. 挚友的怀念——许寿裳忆鲁迅［M］. 石家庄：河北教育出版社，2000：96.
③ 于天池，李书. 李长之《鲁迅批判》再版题记［M］// 李长之. 鲁迅批判. 北京：北京出版社，2003：1.

家坠入困顿"的青少年时代，敏感、聪慧、不喜交际、耽于思索，等等，都可以在众多关于鲁迅的回忆性文章中找到根据。但这种人格结构，只是形成鲁迅诗人气质的一个方面，另一重要的方面是鲁迅长期以来对中外诗歌的学习与浸淫。

鲁迅出生于传统中国社会里的官宦人家，从小接受的自然是传统读书人该学习的那些知识，即正宗的诗、文。成年后，通过长期刻苦的学习——很大一部分是通过自己购书自学，鲁迅拥有了极为深厚的中国古典文学知识，其中就包括中国古典诗歌。自小和他一起学习的周作人说："对于中国旧文艺，鲁迅也自有其特殊的造诣。他在这方面功夫很深……"① 鲁迅对屈原（楚辞）的喜爱，已为众多的回忆资料所证明。许寿裳在《亡友鲁迅印象记》关于"屈原和鲁迅"一节中，就提到了鲁迅赠他《离骚》一书、鲁迅对《离骚》的评价、鲁迅众多诗歌与《离骚》的密切联系等细节，尤让人称奇的鲁迅对许多段落都能朗朗背诵。由此可见，对众多优秀古典诗人（诗歌）的长期浸淫，必定会催生鲁迅身上本已具有的诗人气质。

留学日本后，鲁迅又得以学习西方的文学经验。他广泛涉猎，尤爱西方的"摩罗诗人"。1907 年，鲁迅写了他的第一篇文学论文（也是中国最早有系统地介绍欧洲文学的论文之一）《摩罗诗力说》，在文中他介绍了一大批"摩罗诗人"，鲁迅认为这些摩罗诗人都是欧洲文学史上"力足以振人，且语之较有深趣者"，他们的共同特征是"立意在反抗，指归在动作，而为世所不甚愉悦者"。鲁迅是想借对他们的介绍，来呼唤中国"摩罗诗人"的出现，其实，这也是鲁迅对自己从事文学运动的期望——作中国的"摩罗诗人"。过去，我们的研究者都注意到了这篇论文在阐述鲁迅文学思想——用文艺来改造国人的灵魂，即文中所说的"撄人心"——上的价值，但我们认为，单从这一方面来看，《摩罗诗力说》的重要价值显然被低估了，至少，《摩罗诗力说》所显露出来的鲁迅在文体上的偏好——诗歌，就被忽略了。《摩罗诗力说》在谈到这些摩罗诗人的诗歌时，都称之为"声"，"声"在此论文中就

---

① 周作人. 鲁迅的青年时代［M］//周作人，周建人. 年少沧桑——兄弟忆鲁迅（一）. 石家庄：河北教育出版社，2000：184.

是"诗歌"的代名词,因此,文末对"至诚之声""温煦之声"的呼唤,实际上就是对具有强烈的"撄人心"效果的浪漫主义诗歌的期待,其中隐含的文体选择——诗歌——应该说是很明显的。

但这之后的几年,鲁迅并没有成为"摩罗诗人",因为身处国外,触手可及的是极好的翻译材料,且认为翻译这些作品到中国来,"异域文术新宗,自此始入华土"①,所以那时候"也不是自己想创作,注重的倒是绍介,在翻译"②。但也没有翻译"摩罗诗人"们的诗歌,倒是翻译了一些东欧弱小民族的短篇小说,因为翻译外国诗歌在鲁迅看来,虽"也是一种要事,可惜这事很不容易"③,对于刚刚从事翻译工作的鲁迅来说困难更大。因此,作一个摩罗诗人的愿望,只能是暂时潜伏起来。

五四新文化运动时期,鲁迅在创作《狂人日记》的同时,还写了白话新诗《梦》《爱之神》《桃花》等,但很快就停下来不写了。他后来说:"因为那时诗坛寂寞,所以打打边鼓,凑些热闹;待到称为诗人的一出现,就洗手不作了。"④ 鲁迅不继续写白话诗的一个很重要的原因,就是他发现他面临一个无法克服的"语言障碍"——白话文,新文化运动、鲁迅本人都是大力提倡白话文而反对文言文的,可是,白话文在鲁迅看来却是不适合写诗的:

> 我以为内容且不说,新诗先要有节调,押大致相近的韵,给大家容易记,又顺口,唱得出来。但白话要押韵而又自然,是颇不容易的,我自己实在不会做,只好发议论。⑤

---

① 鲁迅. 域外小说集·序言 [M] //鲁迅. 鲁迅全集(第十卷). 北京:人民文学出版社,2005:168.
② 鲁迅. 南腔北调集·我怎么做起小说来 [M] //鲁迅. 鲁迅全集(第四卷). 北京:人民文学出版社,2005:525.
③ 鲁迅. 集外集拾遗·对于《新潮》一部分的意见 [M] //鲁迅. 鲁迅全集(第七卷). 北京:人民文学出版社,2005:232.
④ 鲁迅. 集外集·序言 [M] //鲁迅. 鲁迅全集(第七卷). 北京:人民文学出版社,2005:4.
⑤ 鲁迅. 书信·致窦隐夫(一九三四年十一月一日)[M] //鲁迅. 鲁迅全集(第十三卷). 北京:人民文学出版社,2005:249.

尽管也写旧体诗，但这些诗多为亲友间的应答。许广平在给许寿裳的一封信中说："迅师于古诗文，虽工而不喜作。偶有所作，系应朋友邀请，或抒一时性情，随书随弃，不自爱惜，生尝以珍藏请，辄遭哂笑。"① 从鲁迅写作旧体诗的目的来说，仅限于亲友间的"抒情"，受众面小不说，另一方面，显然也难以承担其根本的拯救国人灵魂的文艺创作目的，所以鲁迅是不大看重他的这些旧诗的。写新诗不能，写旧诗又不愿，这对于长期浸淫于中外诗歌文学之中且深具诗人气质的鲁迅来说，该是一种怎样的心理焦虑？他的诗人情怀又如何在文学上得以实现呢？

"只好发议论"，我们是否因此可以说，鲁迅的诗人才情都转而用到了杂文写作上？我们是否由此可以推及他的小说、散文也是如此？

关于杂文，许寿裳就曾经多次说过"篇篇是诗"，著名的文学史家、鲁迅研究专家唐弢先生也持此观点。相对于散文、小说来说，杂文（以发议论为主）是一种离诗歌距离更远的文体，它尚且如此，我们又有什么理由来否认鲁迅同样是以诗人的笔力、才情来写他的小说、散文呢？换句话说，鲁迅是以写诗的态度来写他的小说、散文的，套用古人"以文为诗"的说法，可以叫作"以诗为文"。

诗歌是一种抒情的艺术，其本质是抒情，"缺乏抒情品质，诗就不成其为诗"②。而小说，很显然，它最基本的要素就是故事，小说的艺术就是一种讲故事的艺术。鲁迅认为小说起源于休息时的谈论故事："而这谈论故事，正是小说的起源。"③ 因此，从文体上来说，诗与小说是有各自不同的质的规定性的。

诗人鲁迅，该怎样讲故事以形成他的小说？他的策略是：以讲故事为外形，而以抒情为内核。

---

① 许寿裳.《鲁迅旧体诗集》序［M］//许寿裳. 挚友的怀念——许寿裳忆鲁迅. 石家庄：河北教育出版社，2000：107.
② 黎志敏. 诗学构建：形式与意象［M］. 北京：人民出版社，2008：15.
③ 鲁迅. 中国小说的历史变迁［M］//鲁迅. 鲁迅全集（第九卷）. 北京：人民文学出版社，2005：313.

在鲁迅小说中，故事不是最重要的，它们往往人物、情节都很简单，如狂人发病到康复（《狂人日记》），"我"回到故乡见了闰土然后又离开了故乡（《故乡》），"我"看到孔乙己到咸亨酒店来喝酒然后又在咸亨酒店消失（《孔乙己》）……没有波澜起伏，没有婉转曲折，平平常常，如同我们简单的日常生活。显然，鲁迅小说的巨大魅力不能够从这些故事本身产生，它们应该来自故事之外的某种东西，尤其值得我们注意的是故事被讲述的方式。在我看来，鲁迅讲述这些毫不起眼的故事的方式，用鲁迅自己的话来说，就是"以诗人的感情来叙述"①，其结果就是形成了鲁迅小说的抒情内核。

下面我们就以《呐喊》《彷徨》为例，来重点探讨鲁迅小说是如何"以诗人的感情来叙述"（简称为"诗性叙述"）的。

二、鲁迅小说诗性叙述方法之一：设置诗性人物

鲁迅在他的小说里设置了众多善于抒情的"诗性人物"，利用他们的"抒情"来形成小说浓郁的抒情氛围。所谓"诗性人物"，是指有着丰富、强烈的内心情感（思想）活动，并且能够利用种种方式来抒发内心情感的小说人物。

鲁迅小说中大部分的"诗性人物"是知识分子，他们有着丰富的文化知识，感觉敏锐，思想活跃，富有反思、反省和追问的精神。因此，人生、家国的些微变化，都能够引起他们内心的情感波澜，情不能已，就或强烈或柔婉地形之于外。这些诗性人物，在《呐喊》《彷徨》中，很多时候是以第一人称"我"的面目出现的——第一人称小说有 13 篇，占《呐喊》《彷徨》全部 25 篇小说的一大半。还有些诗性人物，在小说中以非第一人称面目出现的，如《孤独者》中的魏连殳、《在酒楼上》的吕纬甫等。无论哪种情况，鲁迅都把他们置于强烈的情感状态之中，并借一些恰当的抒情方式，让他们展现内心的情感：

---

① 鲁迅《集外集拾遗·诗歌之敌》中有评论柏拉图的话："然而柏拉图自己却是一个诗人，著作之中，以诗人的感情来叙述的就常有；即《理想国》，也还是一部诗人的梦书。"

1. 借最具"个人性"的日记、手记和书信来抒写内心的情感，代表作品是《狂人日记》《伤逝》和《孤独者》三篇

在《狂人日记》的文言小序中，"余"讲了一个返乡看望患"迫害狂"病症的朋友的故事，并且告诉读者朋友已病愈，"赴某地候补矣"。这个小序单从故事来说是很完整的，但却没有什么意义，这对固执地想从阅读的作品中发现意义的读者来说，是不能不让人失望的。于是，他们把阅读的重点转向了小说正文——狂人的日记，而外在的故事，只是一个并不重要的"框架"。狂人由于启蒙意识的觉醒（在他周围的人看来是患了"迫害狂"），而被周围的人视为"狂人""疯子"，因此，狂人和他周围的人始终处于两个对立的世界之中，这两个世界不能沟通，但同时又互相窥探：周围的人是喜欢看热闹的无聊的"看客"，他们希望借看一个"疯子"来得到"审美的满足与快感"①，而狂人则在探究这些"看客"为何要围观他。遭迫害而变得异常敏感的狂人发现，周围围观的看客的目光中有一种可怕的想吃人的东西，这让他感到异常"恐惧"，他的"恐惧"使看客觉得越发有趣，就更加"热情"地去围观。于是，看客和狂人间就形成了一种"互看"的"互动结构"。在这一互动结构中，看客得到的始终是一种满足无聊的快感，而狂人，则在一步步探索"吃人"的目光背后隐含的东西。他发现：不但他周围的人是"吃人"的人，就是满口"仁义道德"的中国的历史也是一部"吃人"的历史，更进一步，他还发现他的家人甚至他自己都是"吃人"的人！从发现围观的人是"吃人"的人并且想"吃"他开始，他就处于极度的惊恐之中，到后来发现不但他大哥、母亲甚至自己也是个"吃人"的人时，这种惊恐可以说达到了极点！因此，强烈的情感性是狂人日记的根本特征。

《伤逝》全文都是涓生的"手记"，是涓生这个诗性人物的"诗性倾诉"，他和子君的整个爱情悲剧都被包裹进这一诗性倾诉之中。涓生是个上

---

① 高远东.《祝福》：儒道释吃人的寓言［M］//汪晖，钱理群，等.鲁迅研究的历史批判——论鲁迅（二）.石家庄：河北教育出版社，2000：340.高远东在这篇文章中认为，"看客"现象的实质正是把实际生活过程艺术化，把理应引起正常伦理情感的自然反应扭曲为一种审美的反应，在"看客效应"中，除自身以外的任何痛苦和灾难都能成为一种赏心悦目的对象和体验。

过大学的知识分子，有知识分子的敏感和脆弱，五四时期接受了新思潮的影响，又有了感动和热情。而在个性解放和爱情婚姻自由思想的影响下，他和新女性子君经过热烈的爱恋而同居，谁知爱恋的结局不是幸福，而是在社会压力和自身软弱（弱点）的双重打击下的爱恋的消失，并最终导致了子君的死亡，这于还活着的涓生来说，该是一种怎样的情感上的、道义上的、良心上的重负？斯人已去，连同那爱情故事也已消逝，可涓生再住会馆时，竟还是那间破屋子，曾与子君发生热烈爱恋的破屋子。涓生和子君的悲剧不仅是一个爱情悲剧，也是一个时代悲剧、社会悲剧，还可以说是他们的性格悲剧，这个悲剧承载了太多太多的内容，但作者，却让这万千重量，由亲身参与、制造这悲剧因而也亲身体验这悲剧的涓生来承担，悲剧的整个过程也全部在涓生的回忆中完成，这该是一种怎样的能量聚焦？这一能量聚焦的结果，就是小说文本中的涓生，成为一个灵魂痛苦不堪的抒情诗人，他要抒发他的悲哀，他的悔恨，他的忏悔，他的自怜，他的寂寞，他的空虚，他的迷茫，他的模糊的希望……他的语言，每一句都成为饱含情感的倾诉、哀吟或叹息。整篇小说也因此被紧紧包裹进涓生情感的汪洋大海之中，读者也会在阅读中被其牵引，"心弦立应"，产生强烈的情感共鸣。李长之说"《伤逝》可以代表鲁迅的一切抒情的制作"①，这正是对《伤逝》的抒情特色的高度概括和评价。

对于书信这样容易达致抒情的文体，鲁迅自然也会巧妙加以利用，在小说《孤独者》中，就插入了魏连殳写给"我"的一封长信。这是"我"离开 S 城半年来魏连殳给"我"的第一封信，而这之前"我"为他请托帮忙找工作的事已给他去信三封，对于这样一个牵挂他的朋友，魏连殳会说些什么呢？他说："我已经躬行我先前所憎恶，所反对的一切，拒斥我先前所崇仰，所主张的一切了。我已经真的失败，——然而我胜利了。……"魏连殳的转变，在"正常人"看来是一种再正常不过的行为，而对于孤高、抗世的魏连殳来说，却是一种投降，是人生信仰的失败。这对于无法理解他的"正常

---

① 李长之. 鲁迅批判［M］. 北京：北京出版社，2003：83.

人"来说，因此也不会感受到他这一转变过程中的痛苦。而"我"是曾与他一起战斗、曾真心关心他的友人，能够理解他，因此，"我"就是正处于压抑、挣扎、痛苦中的魏连殳的最佳倾诉对象。他在信中的自嘲、自叹、自我评判、自问自答，甚至相互矛盾的自言自语，都袒露出他那颗永不屈服而要用一种奇特方式进行抗争的痛苦灵魂。魏连殳的语言是一种感叹式的语言，情感浓烈而痛苦，读后自然有一种如饮烈酒般的辛辣刺激。

2. 设置特定情境，让"诗性人物"开口作长篇倾诉或发议论，或进行深入、细致的内心情感活动，以形成小说的抒情氛围

作长篇倾诉的，有《头发的故事》《孤独者》《在酒楼上》等几篇作品。《头发的故事》整篇小说几乎全部由 N 先生的独语组成的，由于"N 先生本来脾气有点乖张，时常生些无谓的气，说些不通世故的话"，加以"双十节"的触动，因而他的话语交织着气愤、慷慨、激昂、痛苦混合而成的强大情感力量。《在酒楼上》的主体部分是吕纬甫的倾诉，他在故乡遇到故人，想起自己青春飞扬的青年时代，又在过去常来的酒楼上，他怎能不敞开心扉，说出心底的情感体验呢？他谈他的过去，谈他的现在，谈他的思想和精神状态，深情款款，却又忧伤难抑，是一首无可奈何的哀歌。《孤独者》里的魏连殳，在几次与我的谈话中，也是"长篇大论"，如他谈他的祖母，谈他孤独的感受，都像是情感忧郁的抒情诗。

鲁迅一部分小说中人物的内心情感活动也很丰富，这在一定程度上也削弱了小说的故事性而增强了小说的诗性。《白光》中就一个中心人物陈士成，因为"掘藏"是一种隐秘行为，因此他无从与他人互动而展开故事，因此，要深刻了解他行为背后的思想动机就不能不写他内心的情感活动。整篇小说大部分写他内心的思想活动：回忆看榜时的焦灼，到家后对前程的绝望、对考官的愤怒，对儿时祖母讲述宝藏的回忆，掘藏时的恐惧与期盼，掘藏失败后的神经错乱……而陈士成的外在行动，是由他内心的情感活动一步一步激发出来的，并且被他的这些思想情绪所缠绕、包裹，内心是主，行动是次，因此小说给予读者的印象也使整篇小说都被浓郁的主观情绪所包围。《弟兄》在故事叙述过程中，大量地插入张沛君内心的思想活动，有一次是"凌乱的

思绪"，还有一次是"梦的断片"，这两处地方的内心活动非常真实地折射出张沛君的深层意识：他不想为弟弟的病而承担任何责任！这暴露了他其实是个非常自私的人，他表面上的"兄弟怡怡"是做给别人看的。这不仅影响到这些文字本身，更影响到这些文字之外关于张沛君"兄弟怡怡"情状的描写，使它们成为被反读的对象，从而呈现出一种新的意义。换句话说，这些内心思想情感的书写，成为统帅整篇小说的灵魂。

农民一般来说由于他们的文化知识普遍很贫乏，所以他们一般都敏于行动而讷于言辞、思想，因而在一般的情况下他们与擅长抒情的诗人形象相去甚远。但是，在一些极端的情境下，他们也会因为极度的情感积累而成为敏于言说和思想的"诗人"。《祝福》里的祥林嫂，在第一次到鲁镇时，"她不很爱说话，别人问了才回答，答的也不多"，到第二次到鲁镇时，别人还没问，她就以极具抒情性的"我真傻，真的"开头来叙述她"日夜不忘的故事"——她儿子阿毛被狼吃了。熟悉中国历史和文化的人都知道，有一个儿子对于一个寡妇来说意味着什么，所以儿子的死给祥林嫂的打击非常大，使她长期处于沉痛的精神状态中。这种精神沉痛，使她需要抒发这种情绪，因此她才由过去的讷于言变成现在的经常进行痛苦诉说。《明天》里的单四嫂子也是一个失去儿子的寡妇，儿子的死使她的思想、感觉敏锐起来，小说里写她在夜晚思念死去的宝儿，觉得屋子"不但太静，而且也太大了，东西也太空了"，还想起宝儿如果活着时此刻的可爱与天真。《阿Q正传》里的阿Q，本是个无文化的农民，但因为他四处流浪，"很沾了些游手之徒的狡猾"[1]，所以小说里也写到了他很多的思想情感活动。这些思想情感活动，都是阿Q在一些极端的生活状态下产生的。如他的想女人，是与长期做光棍的现实处境和思想意识里要传宗接代的极度矛盾密切相关的；他关于革命的幻想，是与长期处于未庄的底层而希望可以通过"革命"爬到未庄的上层去的极强愿望紧密相连；他临刑时，想起四年前见到的一只饿狼，想起"又凶又怯"的狼眼睛，也是因为临死前的极度恐惧……极端的处境，形成了阿Q

---

① 鲁迅. 且介亭杂文·寄《戏》周刊编者信［M］//鲁迅. 鲁迅全集（第六卷）. 北京：人民文学出版社，2005：154.

极端的思想、情绪的开放状态。这些处于极端状态下的农民，他们的思想活动和情绪表达，实际上也使他们在某些时候成为"诗人"，他们是鲁迅小说中的第二类诗性人物。

在鲁迅笔下，无论是知识分子还是农民，他们都在很大程度上成为具备强烈情感和能够表达他们情感的"诗性人物"。他们的无论是长篇倾诉还是议论抒情，在实际上都构成小说中的非叙事成分，故事在这里的发展实际上处于停滞状态。它们或分解、淡化了叙事，或控制、笼罩了叙事，使鲁迅小说的故事性因素被大大降低而抒情性因素得到极大彰显。这些文字强烈的主观性和抒情性，导致了不仅它们本身而且整篇小说都散发出浓郁的诗性。

三、鲁迅小说诗性叙述方法之二：利用诗性情感

我们人类的情感丰富多样，然而这些情感有浓有淡，在日常生活中对我们的影响也大小不一。诗人一般是具有强烈情感气质且易表露出这些情感气质的人，他们创作的诗歌，就是他们强烈情感的文字表现，我们把经常、多次出现在众多诗歌里的强烈情感就称为"诗性情感"。如，在中国古代，就出现了众多的思乡诗，因此，思乡就可视为一种强烈的诗性情感。再如，在中国古代还有众多的赠友诗，因此友情也可视为一种诗性情感。由于有众多已有诗、文的文化积淀，加之以我们人类在情感上的普遍性和恒久性，因此诗性情感很容易唤起我们情感深处那根幽幽的琴弦，使我们情不能已，也涌出相似的情感波涛，产生类似的情感反应。因此，利用诗性情感来形成文学作品的抒情氛围，就能收到事半功倍的艺术效果。

鲁迅是中国传统文化孕育出来的文化巨人，并且在本质上也是一个诗人，因此，他是极其熟悉这些诗性情感的，他也在他的小说中巧妙地加以利用。鲁迅最常利用的诗性情感是中国人传统的思乡之情。传统中国人是极其恋家的，尤其是离家的游子，"故乡"这个词总是能唤起我们内心深处的一种思念。因此，中国人是讲究"落叶归根"的，家乡就是我们的根，漂泊再远，也最终要"少小离家老大回"。鲁迅是离开故乡的现代知识分子，他对自己家乡的情感是很复杂的。一方面，他眷恋故乡的风物，在《朝花夕拾·

小引》中说：

> 我有一时，曾经屡次忆起儿时在故乡所吃的蔬果：菱角、罗汉豆、
> 茭白、香瓜。凡这些，都是极其鲜美可口的；都曾是使我思乡的蛊惑。
> 后来，我在久别之后尝到了，也不过如此；惟独在记忆上，还有旧来的
> 意味存留。他们也许要哄骗我一生，使我时时反顾。

另一方面，他又在《朝花夕拾·琐记》里说：

> S城人的脸早经看熟，如此而已，连心肝也似乎有些了然。总得寻
> 别一类人们去，去寻为S城人所诟病的人们，无论其为畜生或魔鬼。

　　类似的话，在《呐喊·自序》里也出现过，这说明故乡也给他留下
了一些不愉快的记忆——主要与故乡愚昧、势利的人们有关。但毫无疑
问，鲁迅是把他对于故乡的这些亲身体验，和他从传统诗文中得来的关
于故乡的情感经验，都融入了他的"返乡小说"，或以他的故乡为背景
的一些小说。"我"离开故乡多年后，回到故乡，一定时间后再次离开
故乡（形成了一种"离去——归来——再离去"的情节、结构模式），
这样的就属于"返乡小说"，如《故乡》《祝福》《在酒楼上》等，而以
鲁迅故乡绍兴为背景的小说还有《孔乙己》《药》《明天》《风波》《阿
Q正传》《白光》《社戏》《长明灯》《孤独者》《离婚》等等。

　　《故乡》写"我"回到故乡去，本"是专为了别他而来的"，要"永别
了熟识的老屋，而且远离了熟识的故乡，搬家到我在谋食的异地去"，因此
这次回乡"本没有什么好心绪"。小说一开始，就用这些带有浓重情绪色彩
的语句营造一种浓烈的抒情氛围，并为整篇小说奠定一个抒情的基调——悲
凉。因为故乡不仅是一个地方，更重要的是她与我们过去的生活经验紧密相
连——如果是"少小离家"的话，还与我们人生最快乐的童年生活经验紧密
相连。身在异乡时，故乡只是记忆中的故乡，是与美好的童年融为一体的故

乡，因而也多半是一个想象的故乡，一个被"旧日的梦"（《在酒楼上》）所催化的美丽的故乡，也是漂泊在外的游子的精神家园。当游子真的回到故乡时，若故乡失却了昔日的美丽，变得破败时，怕只能是"近乡情更怯"吧？此时，只能是现实的故乡与记忆中的故乡的分裂，这对于日夜思念故乡的"我"来说，该是一种怎样的精神痛苦？于"我"来说，记忆中的美丽故乡是与闰土的少年友情联系在一起的，所以，面对外相破败的故乡，"我"极希望能通过唤醒、延续与闰土的友情来弥合现实故乡与记忆中的故乡的分裂。可当现在的闰土真的站在"我"的面前时，这种分裂不是被弥合，而是被加深了——过去的亲密友情，被"厚障壁"取代，过去活泼的小英雄，也换作了麻木的中年人，记忆中的美丽故乡，在现实面前，更加破败不堪了！不仅是闰土，过去的"豆腐西施"，现在的"细脚伶仃的圆规"，也更加强化了这种分裂！这种越来越加大的分裂，也越来越痛苦地撕扯着"我"的灵魂，使"我"更加深入地陷入一种悲凉、迷茫的情绪中，而外在的行动，如搬家，辞别亲友，这些本是回故乡的主要目的，倒是无关紧要的了。当小说结尾，写"我"再次离开故乡时，"我"是越发的情绪化了，"非常的悲哀"，对故乡是"并不感到怎样的留恋"。至此全篇完结之处，小说的情感氛围始终不减，而是始终围绕"故乡"而高扬低回，感叹、唏嘘不已。李长之说《故乡》是"诗人的抒情，整篇文字，是在情绪里"①，日本作家龟田胜一郎称《故乡》为"东方产生的最美的抒情诗"②。我想，没有"故乡"这一概念本身所包蕴的诗性情感，《故乡》是难以达致这一抒情境界的。

《在酒楼上》接续了《故乡》对故乡的思考，"我"因怀旧到 S 城去，不料碰到了十年前在 S 城的旧友吕纬甫。古人说人生三大乐事之一是"他乡遇故知"，对于离开故乡的人来说，"故乡遇故知"也算是人生的一大乐事吧！小说在"我"与吕纬甫的对话中徐徐展开，而以吕纬甫的话语为主体。吕纬甫向"我"这一旧友谈了他目前的状况——已由过去的启蒙斗士变成一

---

① 李长之. 鲁迅批判［M］. 北京：北京出版社 2003：79.

② 转引自杨剑龙，工藤贵正. "东方产生的最美的抒情诗"——中日学者《故乡》谈［J］. 鲁迅研究月刊，1999（1）.

个丧失了斗争意志、做事模模糊糊的中年人了。然而颓唐之中，他又心有不甘，想寻找些"旧日的梦的痕迹"，于是深情款款地叙述起他为小弟弟迁坟和为顺姑送剪绒花的故事。小弟弟"是一个很可爱念的孩子，和我也很相投"，而顺姑又是一个能干、有着美好心灵的女孩子，更重要的是，他们都与吕纬甫值得怀念的、意气风发的青年时代紧密相连，因此，他到 S 城来非常认真地做这两件事，实质上是对过去的追寻和怀念。这本身就说明了他的斗志并未真正泯灭、彻底消亡，然而现实人生又是如此无奈，是无奈中的追寻，在追寻中仍旧无奈——这又是一种怎样的精神痛苦！在吕纬甫身上，我们见到了五四退潮后一部分精神先驱在心灵上的彷徨、犹疑和沉重的精神创痛。"我"与吕纬甫的过去是与 S 城及一石居酒楼连在一起的，怀旧的心情，酒精的刺激，低沉的诉说，都织就了这篇小说浓郁的抒情氛围。

鲁迅在他的小说中经常利用的第二类诗性情感就是与"故乡"相伴而生的关于乡土的诗情画意，一种人类普遍的对于美丽自然风光的赞美之情。传统中国社会是典型的农业社会（与现代都市社会相对），中国古代的诗人们在乡村风光（生活）中发掘出浓浓的诗意，红花绿树、春风秋月、渔猎耕种，都成为他们审美的对象。山水田园诗派成为中国古代诗歌流派中蔚为大观的一支，诗人、诗作极多，源远流长，流风余韵直至五四时期的乡土小说和 20 世纪 30 年代以沈从文为代表的京派小说。鲁迅的小说是五四乡土小说的杰出代表，张定璜在评论《呐喊》时说："他的作品满熏着中国的土气，他可以说是眼前我们唯一的乡土艺术家。"① 由于鲁迅创作的宗旨是启蒙主义，因此，在实际上他是借乡土小说这一载体，在中国的乡村社会中发掘封建思想"吃人"的本质，这在一定程度上造成了长期以来众多研究者在研究鲁迅小说的乡土气息时，往往着重于"地方色彩"和"风俗画面"，而对其中隐约透露出来的乡土诗意略而不见。这其实是把鲁迅、鲁迅小说简单化了，其复杂性也因此没有得到足够的重视。鲁迅小说的整体倾向性是否定和批判的，但作为离乡的现代知识分子，他在把目光投向他长大的传统乡村社

---

① 张定璜. 鲁迅先生 ［J］. 现代评论，1925（1）.

会时，他就没有一些温馨与留恋？或当现代都市社会呈现出一些负面的东西时，身处都市的鲁迅，不会因此而回味乡村的好处？《社戏》的前半部分回忆了"我"在北京戏园子里两次看戏的情况，感觉很难受，"不适于生存"，由此在后半部分就充满深情地回忆起少年时期在故乡看社戏的情况。其中，"月夜行船"一节，尤为诗意盎然；接近和离开戏台时，那戏台"漂渺得像一座仙山楼阁，满被红霞罩着"，是"画上见过的仙境"；而回家时偷罗汉豆吃，则更见出童趣，很能唤起读者的童年和乡村记忆。这些乡村风光和童真童趣，距离鲁迅写作这篇小说已几十年了，鲁迅写来却如在眼前，艺术感染力之强，直可比肩宋元山水、唐诗宋词。

再看几处描写：

> 深蓝的天空中挂着一轮金黄的圆月，下面是海边的沙地，都种着一望无际的碧绿的西瓜……
>
> ——《故乡》

> 村外多是水田，满眼是新秧的嫩绿，夹着几个圆形的活动的黑点，便是耕田的农夫。
>
> ——《阿 Q 正传》

> 几株老梅竟斗雪开着满树的繁花，仿佛毫不以深冬为意；倒塌的亭子边还有一株山茶树，从晴绿的密叶里显出十几朵红花来，赫赫的在雪中明得如火，愤怒而且傲慢，如蔑视游人的甘心于远行。
>
> ——《在酒楼上》

这些描写，皆简洁而传神，既勾勒了乡村风物，又恰当地与人物心情相映衬。尽管从鲁迅小说的启蒙色彩来说，它们似乎是整体性灰暗色调下的偶尔亮丽，但从文化传统上来说，它们仍然承接了中国古代山水田园诗的审美趣味，作用于同是这一文化传统中的中国读者，也仍然会产生类似的审美情感——诗情画意。从文本构成上说，它们是描写，而不是叙述，不能直接地推动事件朝前发展，相反，它们使我们阅读的故事停下来。这于读者的阅读欣赏来说，我们因此也暂时不去追寻故事"接下来"怎样怎样，而是会停留在这些文字本身，去品味它们的美，结果，就是一种山水田园诗般的抒情意味的产生。我们从前过于注重从作品整体性的启蒙中去分析这些风物描写，实在是低估了鲁迅和鲁迅对故乡情感的复杂性。

在《呐喊》《彷徨》中还有部分小说，从表面看似乎没有浓郁的抒情气氛，但实际上，由于鲁迅的高超笔法，或以叙述人对故事加以评述（如《阿Q正传》），或在小说中多次挖掘人物的内心世界（如《肥皂》《高老夫子》《离婚》等），或用整体性的回忆框架（如《孔乙己》），或用强烈的象征与暗示（如《药》），等等，也使小说的意味溢出故事之外，意义的重心从故事悄悄移向思想、情绪和评判上来，因而也程度不同地体现出诗性特征。究其根本，还在于创作主体——鲁迅人格精神中的诗人气质。许寿裳说鲁迅"之所以伟大"，本原就在"冷静和热烈双方都彻底"，所以，"他的一枝笔，从表面看，有时好像是冷冰冰的，而其实是藏着极大的同情，字中有泪的。这非有真热烈不能办到的"①。因此，在部分小说中的表面冷静，实际上内蕴着奔腾不止"冰下之火"。

李长之认为，"鲁迅的笔是抒情的，大凡他抒情的文章特别好"②。捷克汉学家普实克在评论鲁迅的文言小说《怀旧》时认为，哈利·列文评乔伊斯《芬尼根的守灵》的话——"我们当代最好的作品不是在创造故事情节，而是充满回忆，唤起人们的情绪"——可适用于鲁迅"自《怀旧》以始的全部文学创作"。③ 显然，鲁迅以自己的诗人气质和中外诗歌的深厚修养，开创了一种有别于一般现实主义小说的抒情性小说，使小说这种文体散发出诗歌的韵味，是"无韵之诗"。诗性人物的精心设置和诗性情感的巧妙利用，则创造性地、几乎是不着痕迹地完成了诗歌向小说的渗透，是中国古代文体互

---

① 许寿裳. 怀亡友鲁迅［M］//许寿裳. 挚友的怀念——许寿裳忆鲁迅. 石家庄：河北教育出版社，2000：77.

② 李长之. 鲁迅批判［M］. 北京：北京出版社，2003：51.

③ ［捷］雅罗斯拉夫·普实克. 鲁迅的《怀旧》——中国现代文学的先声［M］// 乐黛云. 国外鲁迅研究论集. 北京：北京大学出版社，1981：471.

参中"以高行卑"的体位定势①的现代演绎。鲁迅用自己不羁的天才创造力"以诗为文",不仅完成了中国小说的现代转型,而且还开创了中国小说的一个极为重要的发展方向——抒情小说。

（本文刊于《鲁迅研究月刊》2010 年 10 期）

---

① 蒋寅先生在《中国古代文体互参中"以高行卑"的体位定势》一文（发表于《中国社会科学》2008 年第 5 期）中认为:"文体互参是中国古代文学创作中的一个习见现象,古人很早就注意到在诗词曲之间,在古文和时文之间、辞赋和史传之间,甚至在韵文和散文两大文类之间,普遍都存在这互参现象,并且互参之际显示出以高行卑的体位定势,即高体位的文体可以向低体位的文体渗透,而反之则不可。"诗歌显然是较小说体位要高的一种文体。

后　记

　　鲁迅研究是中国现代文学研究中的"显学"，鲁迅小说研究更是"显学"中的"显学"，当年以鲁迅小说研究作为博士论文选题时，是有一点"初生牛犊不怕虎"的勇气的。这其中，自有从读小学起便喜欢鲁迅作品的渊源。记得在小学语文课本上，第一次读到《少年闰土》时，就被它的语言魔力给深深迷住了。后来上中学，陆续读到《故乡》《藤野先生》《孔乙己》《祝福》《为了忘却的记念》《拿来主义》，等等，更是佩服非常。后来读了大学中文系，从更高层面、相对系统性地学习了鲁迅作品，更多地了解了鲁迅思想的伟大。大学毕业后又到中学教语文，在课堂上给中学生讲鲁迅作品，也是兴味盎然。再后来，有机会到华中师范大学文学院许祖华教授门下读中国现当代文学博士，他是著名鲁迅研究专家，三年聆听、亲炙他的鲁迅研究，对鲁迅多了许多学理性思考。几年学理性思考的一个结果，就是 2008 年 5 月完成的博士论文《〈呐喊〉〈彷徨〉的空间叙事》。而现在的这本书，就是在这篇博士论文的基础上，略加修改而成。附录中的三篇论文（《鲁迅为什么不写长篇小说——一种文体学解释》《小说叙事研究的新视野——空间叙事》《鲁迅的诗人气质和鲁迅小说的诗性叙述》），都与这篇博士论文密切相关，因此也收录进来，算是对博士论文的一个拓展和补充。

　　博士研究生毕业以后，南下到广州的广东教育学院（2010 更名为广东第二师范学院）工作，教学、科研领域都是中国现代文学，鲁迅研究自是其中应有之义。然而，因为种种原因，这篇博士论文一直没有出版。直到 2019 年底，因缘际会，入选光明日报出版社的"光明社科文库"，我便又重新把它整理出来。虽是十几年前的旧稿，但从这十几年的"空间叙事"研究和鲁迅小说研究的发展来看，它并未过时，仍有其存在的价值。"空间叙事"研究在 2008 年前后还是新的领域，到 2013 年前后才蔚为热潮，近几年更是大热。但"空间叙事"理论并非是随着时代起舞的一种理论，它不具有时效性，相反，它具有超时代性，因此把它与鲁迅的《呐喊》《彷徨》结合起来集中研究鲁迅小说叙事艺术，仍然是非常有价值的一种研究。鉴于此，我"不悔少作"，还是把它拿出来出版，以期得到前辈、方家和各位读者的批评指正，同时也为鲁迅研究贡献一个微薄的成绩。于我自己来说，是一个总结，也是一个新的鼓励。

这本书能够出版，首先要感谢我的导师许祖华先生，他不仅带着我进入学术殿堂，以实干、严谨、务实的人格风范影响我，还在 2020 年 2 月武汉封城的特殊时期认真阅读书稿并为本书赐序。他的奖掖与鼓励，是我在鲁迅研究领域继续前行的动力。还有华中师范大学文学院的黄曼君（先生已于 2010 年故去，甚为心痛）、王又平、周晓明、王泽龙等诸位先生，在我的博士论文写作过程中，都给予了许多宝贵的指点和帮助。本书的部分章节，曾在《鲁迅研究月刊》《文艺理论与批评》《湖北社会科学》《沈阳大学学报》《湖北工程学院学报》《广东教育学院学报》等刊物上发表，向这些刊物的编辑们付出的劳动表示我诚挚的谢意！论文投稿难，发表难，全靠编辑"慧眼识珠"。《小说叙事研究的新视野——空间叙事》投稿、退稿几次后，最终发表在《沈阳大学学报》2008 年第 2 期上，到 2020 年 2 月，这篇论文"被引"次数达到 141 次，我想，这是对刊物和编辑们最好的回馈！

特别需要感谢的是光明日报出版社的编辑和各位老师，感谢你们让这部沉睡的书稿焕发出新的生命，这是一种天生的缘分，正是你们的辛勤劳动，才让书稿的出版成为可能！

记得 2008 年春节前后，我在武汉紧张地准备博士论文，当时中国南方遭遇严重雪灾，在华中师范大学的学生宿舍里一抬头就能看见窗外树枝上沉重的积雪；而 2020 年春节，我在广州整理这部书稿，湖北正遭遇严重的新型冠状病毒的侵袭，全国也是疫情蔓延，新闻里感染人数每天都在增加。我多灾多难的祖国啊！我勤劳坚强的人民啊！每至此，我总想起鲁迅先生的一句话："无穷的远方，无数的人们，都与我有关。"我想用这部书稿，向鲁迅这位伟大的作家，向《呐喊》《彷徨》这两部伟大的小说，致敬！

余新明

2020 年 2 月 14 日记于广州